La princesa
de los apóstoles

Manolo Rodríguez

Copyright © 2020 Manolo Rodríguez

Todos los derechos reservados.

Para todas las mujeres de mi vida,
que son muchas.

CAPÍTULO 1

*En el principio creó Dios
los cielos y la tierra*

Génesis 1:1

Guiados por una premonición, Laura, María y Felipe traspasaron el umbral de la iglesia de las Capuchinas. Una bocanada de aire fresco mezclado con un penetrante olor a humedad les dio la bienvenida. Al pisar el templo notaron la gran diferencia de temperatura con el exterior. Fuera, la ciudad de A Coruña ardía. Los termómetros marcaban unos inusuales 34 grados. Sus habitantes no se cansaban de repetir que era el verano más caluroso que se recordaba. Faltaban pocos minutos para las siete de la tarde de aquel lunes 1 de julio. La mano de Laura apretaba con fuerza el segundo de los papeles que Felipe había encontrado por la mañana en aquel libro perdido en su desván. En ese pequeño trozo de papel viejo y amarillento aparecían dos letras y tres números: una eme, una ce, un siete, un tres y un cuatro. Un versículo de la biblia. Horas antes, Felipe había descifrado el primero de los acertijos. Había descubierto las siete iglesias de A Coruña que, uniéndolas con una línea imaginaria, formaban una eme mayúscula. Después, María había hallado el orden que debían seguir para recorrer las siete iglesias y encontrar los manuscritos escondidos de María Magdalena. El templo de las Capuchinas era la primera parada.

Horas antes, Felipe había vuelto con rapidez a la cocina de la casa de Laura. En sus manos traía su vieja biblia de pastas verdes impresa en noviembre de 1975 en Bilbao. Estaba casi seguro de lo que decía ese versículo, pero no quería confundirse.

—Y levantando los ojos al cielo, dio un gemido, y le dijo: effata, que quiere decir: ábrete —exclamó Felipe.

El seminarista apartó la vista de la biblia. Cruzó una veloz mirada con sus dos amigas. Los tres se miraron. Anhelaban encontrar la respuesta en los ojos de los otros dos, pero no la hallaron.

Ahora se encontraban ante la iglesia de las Capuchinas. Era el cuarto templo de los siete que formaban la misteriosa eme mayúscula que visitaban aquel día. Estaban convencidos de que en la primera de las tres frases del papel que había encontrado María por la mañana se escondía la clave: «Pues nada hay oculto si no es para que sea manifiesto; nada ha sucedido en secreto, sino para que venga a ser descubierto». El reto había aumentado cuando descifraron el enigma que contenía: siete iglesias de la ciudad, que formaban una gran eme mayúscula, escondían el testamento de Magdalena, una de las discípulas de Jesús de Nazaret. Pese al calor, permanecieron varios minutos con la mirada fija en la fachada de la iglesia de las Capuchinas. Antes, ya lo habían hecho con las de San Nicolás, Santa María y Santiago. Todas en un radio de menos de un kilómetro. Como en las tres anteriores, ninguno descubrió ni el más mínimo detalle que les pudiese dar una pista sobre la enigmática frase que contenía el segundo papel. Pero la corazonada que había tenido María sentada en la iglesia de Santiago les había hecho recobrar la ilusión perdida.

—Y levantando los ojos al cielo, dio un gemido, y le dijo: effata, que quiere decir: ábrete —repitió María varias veces en voz baja frente a la fachada presidida por la Virgen de las Maravillas del templo de las Capuchinas.

Pero como las otras tres fachadas, esta tampoco parecía poseer la respuesta. Dentro, los tres comprobaron como el constructor, pese a ser uno de los artistas gallegos de aquella época que con más profusión decoraba sus obras, había seguido a rajatabla el ideal franciscano. Fernando de Casas Novoa también había realizado la fachada del Obradoiro de la catedral de Santiago de Compostela. La iglesia de las Capuchinas era una construcción sobria, sin grandes efectismos. En aquella única nave, muy luminosa, dividida en cuatro tramos, era el lugar en el que Laura, María y Felipe iban a comenzar un viaje que les cambiaría sus vidas.

Dos retablos barrocos situados en el presbiterio y en el crucero, realizados entre 1730 y 1740, y catorce pequeños cuadros que representaban el vía crucis eran lo más destacable de la simple decoración franciscana. Como habían hecho en las tres anteriores iglesias, el trío se dispersó por el pequeño templo. En esos momentos, eran los únicos visitantes, o al menos eso creían. Pasaron más de media hora deambulando por el recinto sin encontrar un indicio que les ayudase a descifrar el versículo del evangelio de San Marcos. Sólo los pasos de algún turista despistado, que entraba para protegerse del calor más que para visitar la iglesia, les sacaban de sus pensamientos. La posibilidad de que todo fuese una invención y que no hubiese nada que encontrar se hacía cada vez más grande. Comenzaban a desilusionarse como había ocurrido en las tres iglesias anteriores. Después de perder la cuenta de las veces que había dado vueltas al templo, de escudriñar cada centímetro del aquel lugar, Laura se sentó en uno de los bancos. María y Felipe seguían ensimismados en la búsqueda de algo que no sabían lo que era.

—Y levantando los ojos al cielo, dio un gemido, y le dijo: effata, que quiere decir: ábrete —susurró Laura mientras fijaba su mirada en el retablo del presbiterio.

Eran incontables las veces que lo había mirado, pero allí sentada descubrió un nuevo detalle que antes le había pasado desapercibido. «Y levantando los ojos al cielo, dio un gemido», volvió a repetir. Laura levantó su mirada y se encontró con un cielo. En un acto reflejo, dio un pequeño gemido. Sus ojos estaban posados sobre el cielo de uno de los cuadros del retablo en el que aparecían tres pastores junto a una tumba. A su lado, les observaba una mujer. El corazón le dio un vuelco.

—Ábrete —masculló mientras se levantaba del banco.

El cuadro se encontraba ahora a poco más de dos metros de su cabeza. Felipe se paró a su lado.

—¿Qué sucede?

—Necesitamos una escalera. Creo que lo hemos encontrado —exclamó Laura con una ilusión contenida mientras clavaba su mirada en Felipe y después en el cuadro.

Laura abrió muy despacio el tubo de madera, como si tuviese miedo de romperlo. Los tres aún jadeaban después de salir a la carrera de la iglesia de las Capuchinas. Lo habían encontrado. El primero de los siete pergaminos que escribió María Magdalena. Habían recorrido en unos minutos el poco más de kilómetro y medio que separaba el templo de la casa de Laura. En la cocina, y bajo la atenta mirada de sus dos amigos, la bibliotecaria extrajo a cámara lenta un pergamino que había sido enrollado con mucho esmero. Por su apariencia parecía llevar mucho tiempo allí metido. También sacó un pedazo de papel del mismo tamaño y textura que los que María y Felipe habían encontrado por la mañana en el libro. Laura cogió el trozo de papel pequeño.

—Esta vez son dos versículos. Uno es el 28:12 del Génesis y el otro el 24:12 de Éxodo —balbuceó nerviosa.

Empezó a desenrollar el pergamino con cuidado, como si creyese que se le iba a deshacer entre sus dedos. Por encima de su hombro, sus dos amigos intentaban averiguar su contenido. Laura desenrolló casi un metro y no vio el final.

—Parece que está escrito en francés —avanzó Felipe—, pero es un francés antiguo.

—Sí, parece. Y yo conozco a la persona que nos puede ayudar a traducirlo —aseguró con una sonrisa en sus labios.

———————

El pergamino que tiene en sus manos data del año 1507 y es una copia del original, que fue escrito por María de Magdala, más conocida como María Magdalena. Lo redactó poco antes de su muerte cuando hacía ya mucho tiempo que había abandonado su país. El texto posee seis partes más y no siguen un orden cronológico. Lo único que pretendió esta gran mujer fue dejar escrito para quien quisiera leerlo una pequeña parte de las experiencias que vivió durante los cinco años que compartió con Jesús. Esperamos y deseamos que el poseedor de este pergamino, y el de los otros seis, si llega a encontrarlos algún día, haga buen uso de ellos. Si algún día descubre los siete papiros, también hallará el lugar donde estuvieron escondidos durante casi dos mil años. Una advertencia: a partir de ahora, su vida puede correr peligro, aunque siempre estará protegido.

GAVEP 1893

Nací en Magdala. Una ciudad próspera recostada en la ribera del mar de Galilea. Cuando yo vivía allí, la mayoría de sus habitantes se dedicaban a la pesca y a los trabajos relacionados con esta actividad, como salar los pescados, elaborar anclas o comerciar. Magdala era un lugar bullicioso, sitio de paso para muchos comerciantes y viajeros y siempre en crecimiento. También poseía un rico suelo al estar cruzado por numerosas corrientes, muchas de ellas subterráneas. Las cosechas eran espléndidas, y salvo en épocas de carestía, para las que se guardaba una parte cuando había abundancia, sus habitantes siempre tenían para comer. La próspera y luminosa ciudad de Magdala estaba muy cerca de Cafarnaúm y se encontraba de paso hacia Jerusalén.

Era todavía joven cuando murieron mis padres. Fue tan de repente que cuando me quise dar cuenta ya los había enterrado. Aún no sé la causa de su muerte. Debió ser algún agua contaminada o alguna comida en mal estado. Los dos, a la vez, comenzaron a tener fiebres muy altas y en tres días murieron. No fue una epidemia, porque nadie más de la ciudad murió por esos síntomas. Así que desde muy joven me encontré sola en la vida y me tuve que valer por mí misma. Mis padres me dejaron más de lo que iba a necesitar para el resto de mis días. Era hija única, algo poco habitual, aunque tuve seis hermanos, todos varones, que no pasaron de los dos años de vida. Después nací yo. A pesar de que tanto mi padre como mi madre quisieron tener más descendencia, yo fui la última. Mi padre quería tener un hijo, como todos los padres, pero aun así me enseñó todo lo que sabía. También me dejó que adquiriese otros conocimientos, algo casi prohibido para las mujeres en aquellos días, y aun ahora también. Al no tener hermanos, me quedé al cuidado de unos tíos, que también vivían en Magdala. Consideraron que una mujer tan joven no podía estar sola y me fui a vivir a su casa. Estaba casi al lado de la de mis padres.

La posesión más hermosa que heredé y la que siempre llevaré en mi corazón, esté donde esté, es la torre Magdala, construida en la colina del Mdjedel. Mi padre la ganó con el sudor de su frente y con muchos años de trabajo. A sus pies brotaba un enjambre de pequeñas casas donde vivían los pescadores. Sus calles polvorientas, siempre llenas de vida, olían a mar. En ellas, los hombres se afanaban en tener todos sus utensilios de pesca en perfecto estado. Las mujeres cuidaban de la casa y de sus hijos. Ahora, mucho tiempo después de abandonar mi tierra y a muchas jornadas de distancia, echo de menos mi preciosa casa, el olor del mar, el silencio de las noches estrelladas, los gritos de los niños y aquellos atardeceres desde la torre Magdala. Aunque ya ha pasado mucho tiempo, aún recuerdo las tardes en las que subía hasta allí con mis padres. Veíamos juntos cómo volvían los barcos tras una dura jornada de trabajo y descargaban el pescado en la orilla. Era todo tan hermoso que parecía un sueño.

Mi nombre es María, que en hebreo significa 'preferida de Dios' o 'bella'. María es uno de los nombres más comunes en mi tierra, porque así se había llamado la hermana de Moisés, que sacó a nuestro pueblo oprimido, Israel, de Egipto. María era profetisa. Cuando Yahveh ordenó a las aguas del mar que volviesen a su cauce para ahogar al ejército egipcio que perseguía a nuestro pueblo Israel, María hizo sonar un tímpano y el resto de las mujeres la siguieron. Esa fue la primera María de la historia. Y por eso, a muchos padres les gusta tener una María en su familia.

Desde muy pequeña aprendí que, para diferenciar a una María de otra, había que agregarle otro nombre. Se dice, o se decía en aquel tiempo, porque después de tantos años alejada de mi tierra quizá las costumbres han cambiado, María la esposa de...; María la madre de... o María la hermana de... Junto a Jesús íbamos varias mujeres con el mismo nombre: María, la madre de Jesús; María, la mujer de Cleofás; María, la madre de Santiago y José; María, la hermana de Marta y muchas otras que con el paso del tiempo se me han olvidado. En mi caso, como habían muerto mis padres y no tenía hermanos ni había conocido hombre, me llamaron María Magdalena, que significa María de Magdala. Era, y creo que lo seguirá siendo, muy poco común que a una mujer se la conociese por el lugar donde nació y no por el de su padre, su hermano o su marido. Pero yo también era muy poco común para aquellos tiempos. Y aún lo sigo siendo, aunque ya esté vieja.

Fui de las primeras acompañantes de Jesús. Mucho antes que otros que después quisieron ser los principales. Pero a mí no me producía ningún problema. Nos conocimos cinco años antes de que todo acabase. Él había comenzado sus enseñanzas tiempo atrás, pero eran muy pocos quienes le seguían. Poco después de mi viaje por Egipto apareció Jesús y mi vida quedó unida a él para siempre. Desde el primer día, me impactaron sus palabras, cómo las decía y lo que decía. Hablaba de cosas tan maravillosas, que no pude evitar seguirle para aprender más. Respondí a su confianza con una entrega incondicional y me convertí en su seguidora más leal. Tres mujeres le acompañamos siempre durante todos sus viajes: María, su madre; la hermana de María y yo.

Desde el principio, la situación de privilegio que tenía con Jesús me provocó problemas. La gente, sobre todo los hombres, tenía celos de cómo me trataba y de las distinciones que hacía conmigo. No entendían esa igualdad que defendía Jesús, entre hombres y mujeres. Él hablaba a las mujeres acerca de las cosas de Dios, y los hombres no entendían que nosotras las comprendiésemos. Las mayores confrontaciones que tuve, dentro del grupo que seguía a Jesús, fueron con Simón, hijo de Jonás, al que después el maestro le cambiaría el nombre y le llamaría Pedro. Era un pobre pescador de Galilea que residía en Cafarnaum. Un hombre de pueblo, sencillo, con poca instrucción y que vivía de su modesto oficio. Pronto se distinguió entre los seguidores por su ruda y fuerte personalidad. Su peculiar jactancia era uno de sus grandes defectos.

Un día, Jesús nos dijo a los que le acompañábamos que nos íbamos a escandalizar, ya que todo estaba escrito: 'Heriré al pastor y se dispersarán las ovejas', nos dijo, y Pedro, con su vehemencia habitual, exclamo: 'Aunque todos se escandalicen, yo no lo haré'. Instantes después Jesús le recriminó que esa misma noche le negaría tres veces antes de que cantase el gallo. Pedro le respondió que eso nunca ocurriría, que él nunca le traicionaría. Pero el hijo de Jonás negó a Jesús tres veces cuando le preguntaron si le conocía.

En otra ocasión, Jesús nos explicó que debía acudir a Jerusalén y que allí sufriría el acoso de los ancianos, los sumos sacerdotes y los escribas y que hasta podría ser matado por ellos. Jesús me dijo después que cuando acabó de hablar, Pedro se lo llevó aparte y le reprendió por aquellas palabras que había dicho: 'Nunca dejaré que te hagan eso'. El maestro, a su vez, también reprendió a Pedro porque seguía sin entender cuál era su destino: '¡Quítate de mi vista, Satanás! ¡Escándalo eres para mí, porque no sientes las cosas de Dios sino las de los hombres!'.

El hijo de Jonás fue siempre muy desconfiado y rechazaba a las mujeres. Sobre todo, me rechazaba a mí como compañera más cercana y elegida por Jesús para ser portadora de sus enseñanzas. Siempre le molestaba mi presencia porque yo era la única del grupo de las mujeres que no se sometía a sus órdenes. Pedro sabía que yo era capaz de tratar sin problemas a los pescadores rudos y con poca instrucción como él. Me lo había enseñado mi padre.

En aquel almacén donde mi amado progenitor comerciaba con gente de todo el mundo aprendí muchas de las cosas que sé ahora. El incesante ir y venir de viajeros y marineros que habían estado en otros mares y en otras regiones, que jamás pensé que existiesen, me sirvió para adquirir muchos conocimientos. Al contrario de lo que sucedía en Magdala y en otros pueblos de los alrededores, a estos hombres no les importaba compartir todo lo que sabían con una mujer. Es más, les gustaba que me interesase por su trabajo. Mi gran curiosidad por conocer todo lo que había más allá del horizonte era aprobada por mi padre. Siempre estaba atento para que no me ocurriese nada cuando conversaba con ellos. Le era suficiente que no me marchase de su vista. Me contaban cosas increíbles, historias que parecían mentira y que con el paso del tiempo he comprobado que eran ciertas. Me hablaban de otras culturas, de otras gentes que eran diferentes a nosotros y que hacían cosas distintas a las nuestras. Por lo que me decían, llegué a la conclusión de que unas regiones estaban mucho más atrasadas que la nuestra y otras, mucho más avanzadas.

Con el paso de los años he visto con mis propios ojos que todo lo que me dijeron era verdad. En aquellos momentos, pensaba que algún día yo viajaría a esas regiones más avanzadas. Anhelaba ver por mí misma todo lo que aquellos hombres me narraban y que me hacían abrir los ojos como platos. Años después comprobé que no me habían mentido.

A muchos de los acompañantes de Jesús, a los que yo consideraba de los nuestros, tampoco les gustaba que las mujeres opinásemos sobre los asuntos que se trataban en las reuniones y mucho menos que supiesen leer y escribir como lo hacía yo. La única del grupo. No éramos muchas las mujeres que en esos tiempos teníamos instrucción. Y que yo fuese una de esas afortunadas no era de su agrado. No les gustaba nada. Las confrontaciones con Pedro eran casi siempre continuas. El hijo de Jonás tenía celos de los privilegios que, según él, Jesús tenía conmigo. Para Jesús y para mí, y para muchos otros que le seguían, eran normales.

Pedro fue siempre muy impulsivo conmigo y me sorprendió cuando un día gritó durante una reunión en la que había más personas: 'Que se aleje María de nosotros, pues las mujeres no merecen la vida'. Mi cólera aumentó cuando en otra ocasión también debió sentirse amenazado por mi presencia y le dijo a Jesús, delante también de muchos otros: 'Señor mío, no podemos soportar a esta mujer que habla todo el tiempo y no nos deja decir nada'. Jesús no pensaba lo mismo. Ni fui excluida, ni fui rechazada por el maestro. Continué ocupando mi lugar, muy cercano a él. Nada más terminar Pedro sus palabras, Jesús se levantó para que le escuchasen todos los allí presentes y dijo bien alto: 'Quien recibe la revelación y la gnosis debe hablar, y da igual que sea un hombre o una mujer quien lo haga'. Se giró hacia mí, me miró a los ojos y dijo: 'Yo te declaro bienaventurada y puedes hablar con franqueza, porque tu corazón está dirigido al cielo más que el de los otros discípulos'. Después, a solas, le expliqué mis miedos. 'Pedro me hace vacilar. Me asusta el odio que tiene hacia las mujeres', le dije. Era algo que sentía desde que me uní a su grupo. El maestro también se había dado cuenta. Jesús me pidió que tuviera paciencia y me dijo que hablaría con Pedro. A partir de ese momento, el hijo de Jonás no fue tan agresivo conmigo. Aun así, sabía que seguía odiando a las mujeres y odiándome a mí en lo más profundo de su corazón. Lo veía cada vez que le miraba a los ojos.

Un día, poco después de que Jesús desapareciese, Pedro se acercó y me dijo: 'Dinos las palabras del Salvador, las que recuerdas. Las que sabes, pero nosotros no, ni llegamos a escucharlas'. Ellos estaban entristecidos y lloraban con amargura. Se preguntaban cómo iban a predicar el evangelio del reino de Dios entre los gentiles si habían matado a Jesús. Me levanté, los saludé a todos y les dije: 'No lloréis y no os entristezcáis. No vaciléis más, pues su gracia descenderá sobre todos vosotros y os protegerá'. Después comencé a relatarles las palabras del maestro. Cuando acabé de hablar, me senté y me quedé en silencio. Entonces, Andrés, uno de los seguidores más antiguos de Jesús, se levantó y dijo a todos: 'Opinen lo que quieran sobre lo que ella ha dicho. Yo, por lo menos, no creo que el Salvador haya dicho eso'. Nada más acabar Andrés, intervino Pedro: 'El Salvador ha hablado con una mujer sin que lo sepamos. ¿Vamos a creer lo que dice una mujer?'. Yo me eché a llorar y le pregunté: '¿Qué piensas? ¿Crees, quizá, que me he inventado estas cosas o que digo mentiras en lo que respecta al Salvador?'. Creía que Pedro había cambiado, que después de su conversación con Jesús era otro, pero tras su desaparición volvió a ser el de antes. En ese momento, otro hermano tomó la palabra y le dijo: 'Pedro, tú siempre eres colérico. Observo que tratas a las mujeres como si fueran enemigos. Si el señor la ha hecho digna, ¿quién eres tú para rechazarla? Ciertamente, el Salvador la conocía muy bien. Es mejor que nos avergoncemos, nos revistamos del hombre perfecto, nos formemos como él nos ha mandado sin importarnos más mandato o ley que la dicha por el Salvador'. Ese fue el último enfrentamiento que tuve con Pedro. Esa misma noche decidí que, sin Jesús, aquel ya no era mi sitio y me dispuse a partir. Antes de desaparecer Jesús, la situación era tensa, pero después la conflictividad fue en aumento por el relieve que habíamos adquirido las mujeres.

———————

Laura, María y Felipe parecían estar sumergidos en un sueño. Sentados en el inmenso salón de la casa de Joaquín, las palabras del anfitrión que acababa de terminar de leerles el primero de los manuscritos de María de Magdala les habían transportado dos mil años atrás. Creían ver a Magdalena cómo hablaba a todos los seguidores de Jesús tras su muerte. María fue la primera en romper el silencio.

—Es increíble lo que acabamos de escuchar.

—Sí que lo es —se apresuró a contestar Felipe con un tono de incredulidad en sus palabras que no le gustó a María.

—Es un hallazgo increíble —prosiguió la informática catalana—. Ese pergamino es una joya, un descubrimiento de consecuencias inimaginables.

Para Laura, María y Felipe, aquel papiro, que aún continuaba en las manos de Joaquín, poseía significados diferentes. Felipe no creía nada de lo que acababa de oír. Muchas de aquellas palabras atentaban contra sus principios religiosos y chocaban con lo que había aprendido en el seminario. Algunas de las frases salidas de la boca de aquel hombre que permanecía sentado en su silla de ruedas, del que también dudaba de su capacidad para traducir aquel manuscrito, atacaban los cimientos de la Iglesia Católica. Para cualquiera de sus miembros, lo que acababan de escuchar era una blasfemia.

Laura no se había preguntado si era falso o no lo que decía aquel escrito. A la responsable de la biblioteca de la Diputación de A Coruña lo que le preocupaban, y le habían mediatizado todo el relato, habían sido aquellas primeras palabras: «A partir de ahora, su vida puede correr peligro». Aquellas nueve palabras se le habían clavado como alfileres y le provocaban un agudo dolor de cabeza.

Unas horas antes, todo era tranquilidad. Había invitado a sus dos mejores amigos de la universidad a pasar unas semanas en su casa, pero el libro que había encontrado María en su desván lo había cambiado todo. La informática no dudaba de su autenticidad. Desde el principio, aquella aventura, porque así se lo había tomado, la había encarado como algo personal, como un desafío al que enfrentarse y que debía superarlo. Para ella, todo aquello era un reto, el más grande de su vida.

—Eso no puede ser. Alguien se lo ha inventado —saltó Felipe con su habitual ímpetu.

—¿Por qué? —preguntó María, que se había creído aquel relato desde la primera línea y que no quería que nadie le estropease su aventura.

—La biblia no dice nada de lo que recoge ese papel. Ni de la supuesta rivalidad entre Pedro y Magdalena, ni de los privilegios que dice que tenía, ni de que San Pedro rechazase a las mujeres —elevó el tono Felipe—. Ni que Magdalena fuera la portadora de las enseñanzas de Jesús. De los doce apóstoles, ¿cuántos eran mujeres? Ninguno. Todo lo que dice ese papel es mentira.

En aquel inmenso salón, con una decoración moderna y unas increíbles vistas de la ciudad de A Coruña, se hizo el silencio. Los cuatro sabían, Felipe incluido, que existían muchas voces, tanto fuera como dentro de la iglesia, que denunciaban la discriminación que habían sufrido y que sufrían aun las mujeres dentro del cristianismo, y que abogaban por una igualdad de sexos.

—Felipe —dijo María en tono conciliador—. Todos sabemos que muchas de las afirmaciones que acabamos de oír van en contra de tu forma de pensar. Nadie te dice que la cambies. Sólo te pido que valores lo que acabamos de escuchar. Que valores la importancia, que de ser cierto —matizó—, tiene este hallazgo. Y lo hemos hecho nosotros solos.

—Pero todo lo que pone ahí es mentira —interrumpió enojado el seminarista.

—También la existencia de Dios puede ser mentira. ¿Y por qué creemos en él?, ¿por qué? —insistió su amiga que quería que le contestase porque tenía la respuesta preparada.

—Por la fe —aseguró Felipe.

—Eso es. Y yo tengo mucha fe puesta en estos manuscritos. Para empezar, no tenemos ningún indicio que nos asegure que es auténtico, pero tampoco que es falso. ¿Acaso crees que alguien en su sano juicio se tomaría la molestia de esconderlo en un tubo de madera, en una iglesia perdida de un rincón de España, si no fuera porque posee una gran importancia, si no fuera porque es auténtico? —María hizo una parada, tomó aire y continuó su discurso—. Felipe, recuerda la eme que tú descubriste. Siete iglesias de la ciudad que forman una eme mayúscula. ¿Es eso falso? Es grandioso y lo descubriste tú. Tú solo.

Felipe no contestó. No creía ni una sola de las palabras escritas en aquel papiro. Le había encantado descifrar el primer enigma y encontrar las siete iglesias. La aventura de jugar a los detectives le había divertido, pero no iba a hacer caso de aquella sarta de mentiras que acababa de escuchar. Joaquín y Laura habían seguido en silencio la discusión entre los dos amigos. El primero, desde su silla de ruedas, y la segunda, sentada en el alféizar interior de uno de los grandes ventanales del salón. La bibliotecaria había escuchado con atención el intercambio de opiniones entre María y Felipe. Ensimismada, observaba la maniobra de desatraque de un trasatlántico. Por la mañana lo había visto atracar desde su casa mientras desayunaba con sus dos amigos. Ahora, la vista del barco era un poco más lejana, pero igual de majestuosa. El sol empezaba a esconderse por detrás de los edificios de la calle Juan Flórez. Las sombras comenzaban a adueñarse de la ciudad. Aun así, el calor apretaba.

—A mí me preocupa otra cosa

Los tres se giraron hacia Laura.

—¿Qué? —preguntaron a trío.

—Al principio del manuscrito se dice que nuestras vidas pueden correr peligro.

—Es verdad —dijo Felipe dirigiéndose a María—. Se me había olvidado ese pequeño matiz.

Ninguno, excepto María, le había dado importancia a aquella frase. Se habían sumergido con tanta pasión en aquel pergamino y habían apartado todo lo que les pudiese evitar seguir con la búsqueda que sus subconscientes habían borrado aquella advertencia. Ahora que Laura las había recordado, las palabras volvieron a brotar con más fuerza que la primera vez.

—¿Visteis algo extraño en la iglesia que os llamase la atención?, ¿alguna persona que os observase? No sé, cualquier detalle que creáis relevante —preguntó preocupado Joaquín.

El trío de amigos intercambió un rápido cruce de miradas. Los tres negaron con la cabeza.

—Me parece que es una advertencia demasiado exagerada —siguió Joaquín—, pero es el pequeño riesgo que deberéis tomar si queréis encontrar los otros seis manuscritos.

—¿Pequeño? —saltó Laura.

—El escrito también dice que siempre estaremos protegidos, pero, ¿quiénes nos protegerán? —preguntó María, consciente de que nadie le iba a responder.

Los cuatro se sumergieron en sus respectivos pensamientos. El silenció invadió el gran salón. Felipe continuaba sin creer lo que acababa de escuchar. Las palabras de Magdalena le taladraban la cabeza. Era demasiado increíble todo lo que decía aquel pergamino y aún había otros seis más. Se acababa de tomar medio año de descanso para poner en orden sus ideas y aquel escrito no le ayudaba nada. Había aceptado la invitación de Laura para poder pensar con calma, alejado de las cuatro paredes del seminario de Cuenca. Creyó que un par de semanas de vacaciones le vendría bien para reflexionar, y ahora se encontraba con todo aquello.

Laura continuaba sentada en el alféizar. La noche caía y el transatlántico abandonaba la bahía coruñesa. Aquella era una de sus horas favoritas. Justo cuando el sol se escondía y los colores cambiaban de tonalidad cada minuto, cada segundo. La vida de una persona no puede correr peligro por un trozo de papel, se repetía de forma insistente para hacer desaparecer sus miedos. A no ser que los manuscritos no sean falsos, contengan algo muy valioso y alguien no quiera que salgan a la luz. Pero nadie sabía que los dos trozos de papel que encontraron por la mañana se encontraban en un libro en su desván desde hacía tanto tiempo que ni ella misma lo recordaba. Por mucho que lo había pensado, continuaba sin saber cómo había llegado aquel libro a su casa. Quizá estaba ya en el desván cuando su abuelo le dejó la casa. Unos días después tendría la respuesta. Y llegaría a través de su abuelo ya muerto. El trasatlántico era ahora un pequeño punto de luz en el horizonte.

María se encontraba en una nube y no quería que nadie la bajase de ella. Necesitaba zambullirse en una historia tan alucinante como la que tenía ante sí para olvidar su aburrido trabajo de informática y sus problemas personales. Lo único que sabía es que iba a encontrar esos manuscritos con o sin la ayuda de sus amigos. Ni por un momento se le había pasado por la cabeza la posibilidad de que fuesen falsos, ni que podrían ser obra de algún loco que quisiese jugar con ellos. Si era así, se había tomado demasiadas molestias. La eme mayúscula que formaban las siete iglesias o el agujero en la pared en el interior de la iglesia de las Capuchinas no parecían llevar el sello de un demente. María pensó que, si alguien había preparado todo aquello con tanta meticulosidad, querría estar en el momento en el que el juego comenzase. Pero ellos partían con ventaja. El rival nunca sabría cuándo iba a empezar, o al menos eso creía. El libro que ella había encontrado aquella mañana en el desván de la casa de Laura llevaba allí muchos años y habría estado muchos más si no se le hubiese caído al suelo. Ella había comenzado toda aquella aventura y la quería terminar. Ella había encontrado el primer papel en el libro y ella había tenido la corazonada de que la búsqueda tenía que arrancar en la iglesia de las Capuchinas. No estaba dispuesta a abandonar cuando el juego no había hecho más que empezar. Más que las dudas sobre la autenticidad o no de las palabras de Magdalena, lo que la inquietaba era la advertencia que también preocupaba a Laura y que ahora también rondaba las cabezas de Felipe y Joaquín. Pero la inquietud no era tan grande como para no seguir adelante. Pensó, además, que sí tenían algún problema, reforzaría su tesis de que el manuscrito era auténtico. Si fuese por ella, en aquel momento estarían a la búsqueda del segundo pergamino en la segunda iglesia, pero a esas horas estaría ya cerrada. Al día siguiente, nada más levantarse, irían en su búsqueda. Era un descubrimiento increíble, se repetía una y otra vez. Un descubrimiento increíble.

Joaquín continuaba en el mismo lugar en el que había leído las hojas traducidas. Había enrollado el manuscrito y lo había metido en el tubo de madera. Volvió a examinar el cilindro, como ya lo había hecho antes de abrirlo, pero no encontró nada extraño. No aparecía ningún símbolo ni ninguna inscripción. Eso sí, por el color de la madera y por su olor parecía tener muchos años. Era como los tubos donde los arquitectos guardaban los planos. Un poco más delgado y también un poco más pequeño. El anfitrión sabía a la perfección lo que pasaba por las cabezas de sus tres visitantes. Sus gestos, sus miradas y sus palabras los delataban. Y para un buen observador, eran suficientes.

Sabía las dudas que recorrían la cabeza de Felipe, los miedos que acechaban a Laura y las incontenibles ansias de continuar con aquella aventura que asaltaban a María. Y compartía los sentimientos de aquel trío de treintañeros, cercano ya a los cuarenta, que tenía ante él.

Aunque no lo había expresado, Joaquín también tenía sus dudas, y muchas, sobre la autenticidad de aquel manuscrito. De ser cierto y salir a la luz, los cimientos de la Iglesia Católica comenzarían a resquebrajarse. Y si hacía caso de lo que aparecía en las primeras líneas aún quedaban otra media docena de bombas como aquella, o mucho más potentes, por descubrir. Pero también le asaltaban los mismos miedos que a su amiga Laura. ¿Y si todo aquel que tuviese relación con aquellos manuscritos ponía su vida en peligro? Pero en ese punto también estaba de acuerdo con María. Si eran falsos, nadie correría peligro. Pero si sucedía algo, era la mejor prueba de que eran auténticos y de que estaban ante un descubrimiento de consecuencias inimaginables. Pero, sobre todo, compartía las ansias de la informática catalana. Veía en sus ojos la fuerza que él había tenido antes del accidente y que al despertarse en la habitación del hospital le había abandonado. Reconocía en sus palabras las ganas de vivir que a él le faltaban tras veinte años enclaustrado en aquella silla de ruedas. Con su vehemencia casi adolescente, María le había despertado las ganas de vivir. Le había contagiado su ilusión y su valentía, y eso le gustaba. Mientras cada uno seguía a solas con sus pensamientos, Joaquín comenzó a recordar cómo había empezado toda aquella historia ese mismo día por la mañana.

Laura cogió su móvil y marcó un número que tenía guardado en la memoria del teléfono.

—¿Joaquín? Hola, soy Laura, ¿qué tal? Unos amigos y yo necesitamos de tu francés antiguo. Es urgente —Laura escuchó unos segundos a su interlocutor—. Gracias, en diez minutos estamos en tu casa.

La llamada le dejó un poco preocupado. Había notado cierta ansiedad en las palabras de su amiga, pero tampoco quería preguntarle nada. En diez minutos sabría lo que le sucedía. Hacía muchos años que se conocían. Su amistad se había fraguado después de muchas idas y venidas de Joaquín a la biblioteca de la Diputación de A Coruña. Era un lector empedernido, una persona ávida de conocimiento, interesado en cualquier tema que le fuese capaz de despertar su enorme curiosidad.

Cada vez que tenía algún problema para encontrar un libro que no había en ninguna de las bibliotecas ni de las librerías de la ciudad, se acercaba al lugar de trabajo de Laura. Sabía que ella, tarde o temprano, lo hallaría. Cuando Joaquín daba por perdida la posibilidad de leer el ejemplar que buscaba, allí aparecía Laura. El ritual era siempre el mismo: cruzaba en su silla de ruedas el pasillo que separaba la puerta de entrada de la mesa de Laura, se detenía ante ella y le entregaba un papel amarillo. En él estaban escritos los datos del libro. A veces sólo aparecía el título. Otras veces el título y el autor. Y en otras ocasiones, las menos, algún dato más que consideraba que la podía ayudar. Ambos se cruzaban una mirada y se intercambiaban las mismas dos frases.

—Cada vez me lo pones más difícil.

—Sé que tú serás capaz de encontrarlo.

Y Laura lo encontraba. Podía tardar una semana, un mes o dos meses, pero al final se cumplía el ritual. Laura le llamaba a su móvil y le decía las tres palabras mágicas: «Ya lo tengo». El ritual continuaba y en menos de media hora el casi inaudible ruido del motor de la silla de ruedas de Joaquín se colaba entre las cuatro paredes de la biblioteca. Aquel susurro provocaba que Laura levantase la vista de su mesa. En ocasiones, los libros eran nuevos. Otras veces parecían estar a punto de deshacerse en las manos. Estaban escritos en español, inglés, francés o italiano. Pero también, en griego, japonés o árabe. Laura sabía que Joaquín hablaba sin problemas inglés, francés y alemán, pero un día que le entregó un libro escrito en chino, le preguntó intrigada si conocía ese idioma.

—No, pero internet ofrece traductores de cualquier idioma y muy profesionales. Sólo hay que encontrarlos. Como tú haces con mis libros cuando yo te lo pido.

Nada más echar un vistazo al pergamino de Magdalena en su cocina y comprobar que estaba escrito en francés antiguo, la bibliotecaria supo que él sería capaz de traducirlo. Los dos se sentían una admiración mutua. Laura, porque Joaquín tenía unas enormes ganas de aprender y adquirir la mayor cantidad de conocimiento posible, y Joaquín, porque, a pesar de que la empresa de conseguir uno de sus libros parecía imposible, ella siempre lo lograba. A Laura le encantaba que Joaquín la sometiese a esos retos. Le hacía olvidar su aburrido trabajo de bibliotecaria. Se sumergía en la búsqueda de ese libro del que, a pesar de estar rodeada de ellos, nunca había oído hablar y le seguía la pista como si fuese un detective. A veces llegaba a un callejón sin salida y tenía que retroceder, recuperar otro camino de investigación hasta que daba con él.

Casi siempre los encontraba en pequeñas librerías temáticas de Francia, Inglaterra o Alemania. Otras veces tenía que cruzar el Atlántico, con su imaginación y el teléfono de la biblioteca, para seguir la pista del ejemplar en Estados Unidos o en algún país de Sudamérica. Y al final, siempre aparecía. En ocasiones, el que llegaba a sus manos no era el original, sino unas fotocopias encuadernadas. Pero a Joaquín no le importaba. Lo que quería era comprobar si lo que había escuchado o leído de aquel libro era cierto. Cada vez que levantaba la cabeza y veía a Joaquín cómo atravesaba muy despacio el pasillo de la biblioteca, el estómago le daba un vuelco. Sabía que tenía otro reto ante sí.

La misma sensación sintió cuando, junto a María y Felipe, cruzó el umbral del portal de la casa de Joaquín. La informática apretaba con fuerza el cilindro de madera que acababan de descubrir en la iglesia de las Capuchinas. Joaquín vivía en uno de los lugares más privilegiados de A Coruña. En el número 29 del Cantón Pequeño, a unos metros de la Plaza de Pontevedra y a otros cientos de metros de la calle Real. El amigo de Laura habitaba las dos últimas plantas del inmueble. El edificio de ocho pisos estaba coronado por una pequeña torre circular también propiedad suya. Cada uno de los dos pisos medía más de 200 metros y los había adaptado a su situación personal. En el superior se encontraban el gimnasio y las habitaciones, que tenían una pequeña terraza cada una. Por esa planta también se accedía a la torre circular. En el piso inferior había un gran salón, una cocina y dos cuartos de baño. Lo más espectacular de aquella casa, junto a la torre, era el salón. A lo largo de una de sus paredes se abrían unos grandes ventanales desde donde se divisaba gran parte de la ciudad, el mar y hasta las vecinas localidades de Mera, Santa Cruz y Santa Cristina. Era un mirador espectacular. Todos los cristales de la fachada eran de color rosa lo que le daba un aspecto muy agradable a la estancia.

En uno de los ambientes del salón, una gran chimenea presidía el espacio. En otro, la reproducción de un cuadro de Monet de más de tres metros. Toda la estancia estaba decorada con exquisito gusto. Joaquín recibió al trío de amigos en el octavo piso. Al noveno se accedía por un ascensor interno. Las paredes del elevador eran de cristal y se encontraba en una de las esquinas del salón. También se podía subir a la planta superior a través de una escalera de caracol, con un diseño muy moderno, que había en la otra parte del inmenso salón. Joaquín sólo se desplazaba a la puerta para recibir a sus amigos más allegados. De lo contrario, era Roberto quien lo hacía. Roberto era lo que antes se llamaba un criado, pero a ninguno de los dos le gustaba que se utilizase aquella palabra. Roberto cuidaba de Joaquín. Le hacía compañía. Le ayudaba a levantarse de la silla de ruedas y a realizar los ejercicios de rehabilitación todas las mañanas. También hacía la comida y se encargaba de mantener la casa limpia. Como los dos pisos eran tan grandes, una señora acudía tres veces a la semana para limpiar más a fondo. Roberto siempre acompañaba a Joaquín cuando tenía que salir y también era su chofer. Su discreción era absoluta y eso era algo que Joaquín valoraba por encima de todo. El amigo de Laura les recibió con una amplia sonrisa. Ni María ni Felipe se sorprendieron de verle sentado en una silla de ruedas. En los diez minutos que tardaron desde la casa de Laura, la bibliotecaria les explicó, por encima, cómo lo había conocido. También les contó su pasión por los libros, el vasto conocimiento que poseía y el accidente que había sufrido. La única sorpresa que se llevaron fue comprobar que no era tan mayor como se lo habían imaginado. Laura, que no les había dicho la edad, porque tampoco lo consideró relevante, les comentó que era una persona con una vasta fortuna y les describió, también a grandes rasgos, la casa en la que vivía. Ellos, de forma automática, se habían hecho la idea de que era un hombre más mayor. Pensaban que una persona con tanto conocimiento, como decía Laura, y con la fortuna que poseía, debería ser mayor. A María le gustó, no supo muy bien por qué, que fuese casi de la misma edad que ellos. A Felipe le dio igual. Lo único que le preocupaba era confiar aquel hallazgo a una persona que no conocía.

Laura hizo las presentaciones y pasaron al salón. Roberto les preguntó si querían tomar algo, pero los tres estaban demasiado nerviosos. Roberto se retiró con discreción. Si María y Felipe se sorprendieron al comprobar que Joaquín no era tan mayor como habían creído, la sorpresa aumentó cuando entraron en el salón. Era inmenso. Tras adquirir los dos pisos, Joaquín realizó una remodelación total. En el de abajo, el octavo, tiró todas las paredes y los más de 200 metros los dividió en una cocina, no demasiado grande, pero tampoco pequeña, un cuarto de baño adaptado a la silla de ruedas, otro cuarto de baño y un gran salón. Tan grande había quedado esta última dependencia que el decorador que había realizado la reforma, uno de los más renombrados de la ciudad, había creado cuatro ambientes diferentes. Pero por lo espacioso que era podía haber hecho seis o siete, pensó María.

La informática se sentó en un inmenso sofá blanco. Felipe escogió un sillón individual de color granate con un diseño vanguardista y Laura se acomodó en el alféizar de uno de los grandes ventanales. Desde allí tenía unas vistas maravillosas de gran parte de la ciudad. María apretaba con fuerza el cilindro de madera. Desde que les recibió en la puerta, Joaquín se había percatado de la presencia de aquel objeto que la amiga de Laura protegía con tanto interés. Pero no quiso hacer ninguna pregunta. La preocupación era tan grande, desde que la bibliotecaria le había llamado con aquella urgencia, que cuando observó en su cara que no sucedía nada grave, se tranquilizó. Eso sí, su curiosidad aumentó al ver el tubo que llevaba María, pero esperó a que sus tres invitados se la saciasen. Ni Laura, ni María, ni Felipe sabían por dónde empezar. No sabían si hacerlo por el principio o por el final. Así que los tres comenzaron a relatarle, como pudieron, todo lo que les había sucedido desde que se habían despertado aquella mañana. La informática fue la primera en empezar.

Pasaban siete minutos de las nueve de la mañana cuando María se levantó de la cama. Abrió la ventana de su dormitorio y le invadió el fresco olor a mañana temprana. El sol hacía unas horas que había salido. Sus rayos aún no golpeaban con fuerza la fachada de la casa de Laura como lo harían poco después. Aun así, la jornada se presentaba tan calurosa como el día anterior cuando llegó al aeropuerto de A Coruña. Pensó en darles una sorpresa a sus dos amigos y hacerles el desayuno. Salió de su habitación y cruzó el pasillo en dirección a la cocina. A mitad de camino escuchó un ruido extraño que procedía del desván. María ya había estado allí arriba el día anterior. Laura le había enseñado la casa nada más llegar. Abrió la puerta y subió despacio la veintena de escalones. Su amiga había hecho de aquel desván una coqueta buhardilla. Un gran ventanal en el techo le daba la suficiente iluminación como para no encender la luz hasta que no fuese de noche. También tenía otras tres ventanas, con unas vistas magníficas, que daban al paseo del Parrote. El sol ya se encontraba encima de la casa y sus rayos entraban como un cañón por la claraboya del techo en el que destacaban una docena de grandes vigas de madera. A la derecha había dos sofás, una mesa, un equipo de música y una lámpara de pie. A la izquierda, una cama y un par de sillas. Todas las paredes estaban llenas de estanterías repletas de libros. Muchos ya no cabían y se amontonaban en el suelo.

—Sé que debería hacer limpieza y tirar más de la mitad —se había disculpado Laura el día anterior cuando le enseñó aquel desván que a María le encantó—, pero me duele tirar los libros. Quizá los regale.

María conocía el enorme amor que su amiga sentía por los libros. Eran su pasión. Sabía que era incapaz de dejar uno sin acabar porque pensaba en el esfuerzo que le había costado al escritor. Su abuelo, de quien había sido la casa, y antes de su padre, se la había dejado en herencia y con ella también parte de aquella biblioteca. Con el tiempo, Laura la había aumentado hasta sobrepasar los más de dos mil ejemplares. Siempre se decía que algún día los clasificaría, pero nunca lo hacía. Sin embargo, casi podía saber dónde estaban colocados la mayoría de ellos.

María echó un vistazo al desván. No vio nada raro. Quizá había sido un ratón, moradores habituales de aquellas casas de la Ciudad Vieja coruñesa. O también una gaviota que se había posado sobre el tejado. Pese a que el piso se lo había dejado su abuelo y, según Laura, muchos de los muebles eran los mismos, la vivienda tenía el sello personal de la bibliotecaria y sobre todo aquella buhardilla. María se acercó a una de las estanterías y pasó los dedos por los lomos de los libros situados a la altura de sus ojos. Mientras, ladeaba la cabeza para leer con rapidez el autor y el título. No reconocía ninguno. Sus dedos se detuvieron en uno con el lomo marrón.

—*Nuctemeron*. Apolonio de Tiana —susurró.

Joaquín apuntó apresurado el título y el autor del libro. Laura reconoció la libreta donde tomaba notas. Los papeles eran del mismo color y tamaño que los que le llevaba a la biblioteca cada vez que tenía que encontrar un libro.

María sacó despacio el ejemplar, pero se le resbaló y cayó al suelo. El golpe sonó en toda la casa. Se asustó. Se agachó a recogerlo y vio que entre las primeras páginas asomaba la punta de un papel amarillento. Era cuadrado y no medía más de cinco centímetros. En él aparecían escritas tres frases. Estaban redactadas a mano y las letras tenían un trazo antiguo.

―――――――

Pues nada hay oculto si no es para que sea manifiesto; nada ha sucedido en secreto, sino para que venga a ser descubierto.

Por eso, la primera de Magdalena marca el camino, y Nicolás, Santiago y Clara hacen tres de siete.

Y él les dijo: ¿Y por qué me buscabais? ¿No sabíais que yo debía estar en la casa de mi padre?

GAVEP 1893

―――――――

Allí estaban aquellas cinco letras y aquellas cuatro cifras como al comienzo del primer manuscrito de Magdalena.

Laura abrió su mochila. Sacó un libro y se lo acercó a Joaquín.

—Éste es el libro que encontró María en el desván y entre sus primeras páginas estaba el papel —le dijo a Joaquín que había seguido con mucha atención el relato de María a la vez que tomaba notas en su inseparable libreta amarilla.

No había dudado en escribir con mayúsculas el nombre del libro y su autor: *Nuctemeron*. Apolonio de Tiana.

—Luego investigaré quién es Apolonio de Tiana. He oído hablar de él, pero necesito más datos.

Felipe dudaba de que supiese quién era. Laura no tenía ni la menor duda. El hombre abrió el libro por donde se hallaba el papel. Lo cogió, lo leyó en voz baja y volvió a cerrarlo.

—María, ¿el papel estaba entre estas dos hojas?

—Sí —respondió sin saber por qué se lo preguntaba y después de dirigir sendas miradas a sus amigos.

—Puede que el lugar en el que se encontraba también tenga su importancia —puntualizó después de que las miradas de sus tres invitados se posasen sobre él.

—Felipe, ¿dónde estaba el tuyo? —volvió a interrogar, en este caso al seminarista.

Felipe dudó qué contestar, pero al final respondió la verdad.

—No me acuerdo —soltó con cierto desdén.

Laura y María no habían reparado en el detalle del sitio en el que hallaban los papeles en el libro. Felipe, por llevar la contraria a Joaquín, no consideró que fuese relevante, pero no dijo nada. María continuó con su relato. Ahora ya participaron sus dos amigos. Hasta ese momento se habían mantenido en silencio porque aún no habían entrado en acción.

La informática introdujo el papel entre las dos páginas, cerró el libro y bajó con él a la cocina. Tuvo que abrir casi todos los armarios para encontrar una cazuela, tres tazas, el café y el azúcar. Cuando estaba a punto de terminar, apareció Laura. Un minuto después lo hizo Felipe. Los dos tenían aún caras de dormidos. La noche anterior se habían quedado de charla hasta tarde. Después de tanto tiempo sin verse, tenían muchas cosas que contarse. Las cartas, los correos electrónicos y las llamadas no eran suficientes. Por eso habían decidido verse los tres en A Coruña.

Mientras María terminaba de preparar el café, Laura y Felipe acercaron la mesa a la galería. El desayuno prometía. Las vistas eran increíbles. A la derecha podían admirar todas las galerías de los edificios de la avenida de la Marina, que eran el fondo de muchas postales y de las fotografías de los turistas, y uno de los reclamos más importantes de la ciudad. Enfrente se divisaba toda la dársena coruñesa, donde se encontraba el puerto deportivo y el inmueble de la sede del náutico. Al fondo se levantaba un hotel y los edificios de la Diputación de A Coruña, Correos y la Autoridad Portuaria. A la izquierda se encontraba el muelle del Centenario, donde los grandes barcos hacían las descargas.

—¿Y este libro? —preguntó Laura a su amiga mientras hojeaba con curiosidad la cubierta.

—Es tuyo. Lo encontré arriba.

—Pero, ¿tú sabes francés?

—No, pero mira en las primeras páginas.

Felipe, que en ese momento pasaba por allí, leyó el papel junto a Laura.

—Y esto, ¿qué significa? —exclamó la bibliotecaria.

—No sé —respondió María—. Habla de cosas ocultas, secretos, de Magdalena y de Santiago. De tres de siete. Parece un acertijo.

—Lo que sí parece —intervino Felipe —es que es bastante antiguo. Aquí hay una cifra, 1893, y por el papel —el seminarista lo tocó —parece que tiene bastantes años. La escritura es antigua y hay algunas letras que están casi borradas.

Laura y María se cruzaron una rápida mirada y soltaron una carcajada a dúo.

—No sabíamos que en el seminario también dieseis clases de arqueología —sonrío Laura.

—Qué graciosas sois las dos. Menuda pareja. En el seminario no nos dan clases de arqueología, pero sí de sentido común. Y es lo que he aplicado.

Los tres amigos se sentaron a desayunar frente a la dársena herculina. La imagen que tenían delante de ellos era espectacular.

—Tienes una casa preciosa —apuntó María.

—Y las vistas son impresionantes —agregó Felipe—. Seguro que te dan una pasta por ella.

—Pero no la quiero vender —respondió con rapidez, mientras le daba un sorbo a la taza de café—. No sé si me adaptaría a vivir en otro sitio que no fuese éste.

—No me extraña. Con estas vistas, yo tampoco me adaptaría a vivir en otro sitio —respondió Felipe antes de comerse media magdalena de un bocado.

En esos momentos, un trasatlántico realizaba la maniobra de atraque. Laura, María y Felipe eran unos espectadores privilegiados. La galería del cuarto piso era un mirador perfecto. El muelle no distaba más de doscientos metros y parecía que el barco iba a entrar por la ventana. Tardó en atracar casi el mismo tiempo que ellos en desayunar. El sol empezaba a calentar, aunque los rayos aún no entraban por las ventanas. Felipe había atendido al mismo tiempo a su desayuno, a los movimientos de aquel gigante en el mar y al papel que había encontrado María en el libro escrito en francés. Se levantó de un salto y corrió hacia su habitación. Laura y María se miraron extrañadas.

—¿Estás bien, Felipe? —preguntó Laura.

Los pasos del seminarista sonaron con fuerza en el pasillo. Felipe volvía a la cocina. En sus manos traía su vieja biblia de pastas verdes impresa en Bilbao en 1975, un año en el que aún era un niño y desconocía a qué iba a dedicar su vida.

—La primera y la última frase corresponden a dos versículos de la biblia —acertó a decir.

—Pero, ¿de qué hablas? —preguntó María.

—Del papel que encontraste antes en el libro. La primera frase es del Evangelio según San Marcos y la tercera del Evangelio según San Lucas.

—Y eso, ¿qué significa? —intervino Laura.

—No lo sé —contestó nervioso el seminarista con la biblia abierta—. He estado todo el desayuno con esas frases en la cabeza. Nada más leerlas ya sabía que la tercera pertenecía al Evangelio según San Lucas. Es un pasaje muy conocido —las amigas se miraron entre ellas—, pero la primera no acababa de ubicarla. Sabía que también estaba en la biblia, pero no conseguía acordarme del lugar.

—Ya comprobé que no nos hacías mucho caso durante el desayuno. ¿Y la segunda frase? —preguntó María con curiosidad.

—Ni idea, pero de lo que estoy seguro es de que no aparece en la biblia. Seguro.

Joaquín escuchaba con atención el relato de sus tres invitados mientras tomaba notas. Esta última parte la escribió en mayúsculas y la subrayó. Era lo que hacía cada vez que consideraba que algo de lo que le contaban era muy importante. Felipe continuó.

—La tercera frase corresponde al versículo 2:49 del Evangelio según San Lucas. También aparece en los otros dos sinópticos.

—¿Qué son sinópticos? —interrumpió María.

Laura estuvo a punto de responder, pero dejó que Felipe lo hiciera.

—¿Nunca has leído la biblia? —preguntó el seminarista. María negó con la cabeza.

—La biblia está dividida en el viejo y el nuevo testamento. Al principio de este último se dice que de los cuatro libros canónicos que narran la buena nueva, es decir los evangelios según San Mateo, San Marcos, San Lucas y San Juan, los tres primeros presentan entre sí tales semejanzas que pueden ser leídos en paralelo. De ahí viene el nombre de sinópticos. De la palabra griega *syn* que quiere decir junto y de *opsis* que significa visión.

—¿Y el de San Juan? —volvió a interrogarle su amiga.

—Es diferente a los otros tres. Tanto el estilo como los contenidos reflejan una tradición diferente, como si lo hubiesen escrito dos grupos que no se conocían. Pero volvamos a la tercera frase —cortó Felipe, que tenía más interés en seguir con su descubrimiento que en resolver las dudas religiosas de la informática—, la que corresponde al versículo 2:49 del Evangelio según San Lucas. Se encuentra dentro de la parte en la que Jesús, cuando tenía doce años, se quedó en Jerusalén sin que lo supieran sus padres. Éstos, angustiados, comenzaron a buscarlo y lo hallaron en el templo tres días después —Felipe tenía los ojos llenos de emoción—. Cuando lo encuentran, su madre María le dice: «Hijo, ¿por qué nos has hecho esto? Mira, tu padre y yo, angustiados, te andábamos buscando» —El seminarista levantó la vista de la biblia y miró a sus dos amigas—. Y ahora es cuando viene el versículo 49: «Él les dijo: ¿Y por qué me buscabais? ¿No sabíais que yo debía estar en la casa de mi padre?».

—¿Y qué significa eso? —preguntó Laura intrigada.

—No lo sé —se encogió de hombros el seminarista —pero tiene que tener relación con las otras dos frases que están escritas en el papel.

—¿Y la primera? —insistió la bibliotecaria.

—La primera, al principio, me despistó, y eso que aparece en los evangelios de San Marcos, San Mateo y San Lucas.

—Los sinópticos —apuntó María con una sonrisa triunfal.

—Así es. Aunque es en el primero donde esa frase aparece de forma textual. En el de San Lucas es muy similar y en el de San Mateo utiliza otras palabras, aunque el significado es el mismo.

Felipe estaba lanzado y no dejaba que sus amigas le interrumpiesen. La primera frase pertenecía al versículo 4:22, cuando el evangelista narra la parábola de la lámpara. Al comienzo, Jesús les dice a sus discípulos:

«¿Acaso se trae la lámpara para ponerla debajo del celemín o debajo del lecho?, ¿no es para ponerla sobre el candelero?». Después aparecía la frase que encabezaba el papel que María había encontrado en el libro: «Pues nada hay oculto si no es para que sea manifiesto; nada ha sucedido en secreto sino para que venga a ser descubierto».

—La clave se encuentra en la segunda frase —apuntó Felipe.

Sus dos amigas le miraron con incredulidad. No entendían lo que su amigo les quería decir.

—Pero, ¿de qué clave hablas? —preguntó María extrañada.

—La clave para encontrar el secreto —respondió Felipe casi en susurros—. Lo dice bien claro la primera frase: «Pues nada hay oculto si no es para que sea manifiesto; nada ha sucedido en secreto sino para que venga a ser descubierto».

María cogió el pequeño papel y dejó el libro abierto sobre la mesa de la cocina. La informática comenzó a leer aquellas tres frases e intentó comprender lo que decían. Descifrar el secreto que, según Felipe, guardaban. Su amigo podía tener razón, pensó. De repente creyó haber descifrado la tercera frase, aunque le pareció demasiado obvio.

—¿Cuál es la casa del padre de Jesús?

—¿El cielo? —respondió con una pregunta Laura.

—No, aquí en la tierra. ¿Dónde dice la biblia que José y María encontraron a Jesús? —insistió la informática.

—En un templo, en una iglesia —afirmó sorprendido Felipe—. Así que lo que tenemos que encontrar está en la casa de Dios, está en una iglesia.

Laura, con un punto de realismo en sus palabras, intentó bajar a sus amigos de la nube a la que se habían subido.

—Esperad un momento —intervino con el tono de voz bajo y monótono que la caracterizaba después de tantos años en una biblioteca—. Primero, no sabemos si ese papel es la puerta de algún secreto o sólo es una broma. Segundo, y en el caso de que fuera lo primero, ¿a qué iglesia se refiere? A una de Francia, porque recordad que el libro está escrito en francés; a una española o de Sudamérica, porque el papel está escrito en español; a una de Galicia o a una de aquí, porque el libro y el papel están en A Coruña. Y tercero y último. Si estuviese aquí, sólo esta ciudad cuenta con más de treinta o cuarenta iglesias. No creo que nos vayamos a pasar todas las vacaciones de visita de santos y a la búsqueda de algo que no sabemos ni lo qué es. Yo, por lo menos, no lo voy a hacer. Vosotros haced lo que queráis.

María y Felipe asintieron. Pero ninguno de los dos se daba por vencido. No tan pronto.

—Tiene que estar en la ciudad de Santiago de Compostela, porque habla del camino y de Santiago. En ningún otro lugar tienen tanto significado estas dos palabras como allí —aseveró María.

—Pues ya está. La iglesia que buscamos es la catedral de Santiago de Compostela —apuntó Laura que quería terminar cuanto antes con aquella historia.

Ni Felipe ni María dijeron nada. Asintieron, pero sin estar muy convencidas. Parecía demasiado obvio para que fuese tan fácil. El seminarista se preguntó entonces cuál era la función de Magdalena, María y Nicolás. También se les nombraba en el papel, pero su protagonismo parecía ser mínimo. Las piezas no encajaban. Tampoco entendía el significado de la frase que decía que Magdalena, Nicolás, Santiago y Clara «hacen tres de siete», cuando eran cuatro los nombres que señalaba. El seminarista cogió el papel que había descubierto su amiga. «La primera de Magdalena marca el camino y María también», leyó en voz baja. «Y Nicolás y Santiago hacen tres de siete», continuó. Lo había hecho ya tantas veces que se lo sabía de memoria. Pero quería leerlo otra vez por si se le había escapado algún detalle. No tenía claro que la catedral de Santiago de Compostela fuera la puerta del secreto.

Laura podía tener razón, pero había piezas que no encajaban en el rompecabezas. Aquellas tres frases le martilleaban la cabeza y decidió tomarse un descanso. Les dijo a sus amigas que se iba a duchar. Laura y María se quedaron de charla en la terraza, mientras se tomaban el segundo café de la mañana.

Felipe abrió el grifo del agua caliente y después el de la fría. Bajo el chorro templado, seguía sin poder apartar de su cabeza aquellas tres frases que escondían, según él, un secreto. De repente le asaltó una idea. Fue como un fogonazo. Al principio la desechó tan rápido como le llegó. Era demasiado descabellada. Era imposible que fuese realidad lo que pensaba. La retomó poco a poco y cada vez se hacía más grande en su cabeza. Era tan sólo una premonición, pero de convertirse en realidad habría descifrado el acertijo. Sólo le faltaba averiguar un dato. Aquella idea estaba a punto de reventarle la cabeza cuando cerró los dos grifos. Se secó a medias y se puso la toalla por la cintura. Laura y María continuaban con su animosa charla cuando Felipe entró en la cocina. Las dos lo miraron de arriba a abajo y pensaron que los años en el seminario no le habían hecho perder el buen cuerpo que había tenido cuando le conocieron hacía casi dos décadas. El seminarista, que adivinó el pensamiento de sus dos amigas, soltó con rapidez la pregunta que le martilleaba la cabeza desde hacía varios minutos.

—Laura, ¿sabes si hay en la ciudad una iglesia dedicada a San Nicolás, otra a Santiago y otra a Santa Clara.

La bibliotecaria miró primero a María, después a su amigo y, sin pensárselo, contestó las dos palabras que el seminarista anhelaba escuchar.

—Sí, claro.

—¿Descubriste algo? —preguntó María con los ojos abiertos como platos.

—Puede ser. Laura, ¿tienes un mapa de la ciudad?

—Pues no, pero en la oficina de turismo, que está ahí al lado y que te enseñé ayer, sí que hay.

Felipe dio media vuelta y dejó a sus dos amigas con la palabra en la boca. Se vistió a una velocidad endiablada y se despidió de ellas con un «ahora estoy de vuelta». Bajó las escaleras de tres en tres y estuvo a punto de caerse. A pesar de que aún era temprano, el sol empezaba a calentar y el calor era ya intenso. Parecía que el día iba a ser igual de caluroso que el anterior. La oficina de turismo distaba poco más de trescientos metros de la casa de Laura. A Felipe se le hicieron larguísimos.

Según caminaba, casi a la carrera, a su derecha tenía las galerías acristaladas de las casas de la Marina en las que ya se reflejaba el sol, y a su izquierda, el gran trasatlántico que comenzaba a vomitar pasajeros en fila de a uno. Llegó a la oficina de turismo. Como aún no había mucha gente, no esperó demasiado. Eso sí, tuvo que aguantar la charla de un minuto de la agradable muchacha, aunque a Felipe no se lo pareció, que le explicó los lugares más interesantes y turísticos de la ciudad.

El seminarista echó un rápido vistazo al mapa. Lo enrolló con rapidez y salió fuera. Estuvo a punto de darse la vuelta y decirle a la amable muchacha que le señalase dónde se encontraban las iglesias de San Nicolás, Santiago y Santa Clara, pero quería reservarle ese gusto a Laura. Seguro que le gustará, pensó. Si el camino de ida se le hizo largo, el de vuelta fue eterno. La ansiedad era tan grande que los últimos cincuenta metros, a la altura de Puerta Real y un poco antes de entrar en la calle Tabernas, los hizo a la carrera. Tenía un nudo tan grande en el estómago que parecía que le iba a reventar por dentro. También tenía las manos frías y sudorosas. Siempre le sucedía cuando se ponía muy nervioso.

La última vez que le ocurrió fue al comunicarle al director de su seminario que había decidido tomarse unos meses de reflexión.

—Para reflexionar, ¿qué? —le había preguntado con un tono mezcla de enojo e impotencia.

El padre Miguel no había entendido sus motivos, pero le dio igual. Era una decisión que tenía pensada desde hacía tiempo.

Subió las escaleras de tres en tres y abrió la puerta de casa con la llave que Laura les había dado la noche anterior. La bibliotecaria acababa de salir del baño. María aún estaba en la ducha.

—Laura, ¿tienes un trozo de cuerda fina o de hilo?

—¿Una cuerda fina?, ¿te sirve lana? —preguntó embutida en su albornoz y con una toalla en la cabeza.

—Sí, claro.

—Pero, ¿puedes esperar a que nos vistamos?

—No, tiene que ser ahora —insistió.

Los golpes de Felipe en la puerta del baño provocaron que María saliese casi con el jabón en el cuerpo. El seminarista arrastró a sus dos amigas hacia la cocina y cogió una de las chinchetas que Laura tenía en un corcho pegado en la pared. Allí dejaba pequeños papeles con los recados que tenía pendientes. También había una foto de los tres al poco tiempo de conocerse. Felipe clavó en el corcho el mapa que había ido a buscar.

—Laura —le pidió—, coloca una chincheta en el lugar en el que se encuentra la iglesia de Santa Clara.

—Está aquí, en el convento de las Clarisas, que está dedicado a Santa Clara.

Laura terminó la frase en el mismo instante que clavaba la chincheta en el lugar en el que se encontraba.

—Ahora la de San Nicolás —le volvió a pedir Felipe, que veía cómo su corazonada empezaba a convertirse en realidad.

—Está aquí —continuó mientras ponía la segunda chincheta sobre el mapa—. Y supongo que ahora querrás que coloque una chincheta en la iglesia de Santiago. Pues es aquí, a menos de cincuenta metros de esta casa.

Felipe se acercó al mapa con una sonrisa en los labios. Cogió otras dos chinchetas y las colocó en otros dos lugares un poco más alejados de las dos primeras. Miró a sus dos amigas y, como si fuese un mago que estuviese a punto de sacar un conejo de su chistera, cogió la lana roja, enrolló la punta a la primera de las chinchetas que él había colocado y la unió con la que marcaba la iglesia de Santa Clara. Dio un par de vueltas a la chincheta e hizo lo mismo con la que señalaba la iglesia de San Nicolás. Repitió el ritual y enlazó la chincheta que marcaba la iglesia de San Nicolás con la de Santiago Apóstol. Para terminar, unió esta última con la segunda que había clavado él.

—¿Qué os parece? —dijo henchido de orgullo.

—¿Qué nos parece qué? —preguntó Laura sorprendida que, al igual que su amiga, no había acertado a descifrar lo que Felipe les quería mostrar.

—Hay que daros todo bien comido —respondió molesto mientras quitaba la lana, las chinchetas, giraba el mapa cuarenta y cinco grados a la derecha y volvía a colocar las chinchetas en el mismo lugar y a unirlas con la lana.

—Parece una eme mayúscula —dijo Laura sin demasiado entusiasmo en sus palabras.

Felipe la miró a los ojos.

—¿Cómo empieza la segunda de las frases del papel?

—La primera de Magdalena marca el camino... —balbuceó Laura casi sin terminar la frase porque de inmediato se dio cuenta de lo que quería enseñarles su amigo.

María seguía sin entender nada y Laura la ayudó. Felipe, con una sonrisa de satisfacción, escuchaba con atención.

—¿Cuál es la primera de Magdalena? —le preguntó despacio como si hablase con un niño—. La eme, María. La eme mayúscula es la primera letra de Magdalena y la que marca el camino. Y el camino lo tenemos ahí enfrente pintado de rojo.

—Santo Dios —fue lo único que salió de los labios de la informática a la vez que se llevaba una mano a la boca.

Laura se acercó al mapa. Comprobó que las dos chinchetas que había colocado su amigo señalaban los lugares donde se encontraban las iglesias de las Capuchinas y la Castrense. La primera marcaba el final del palo izquierdo de la eme mayúscula y la segunda, el del derecho. La de San Nicolás señalaba el vértice del que partían las dos líneas diagonales hacia los extremos superiores de los dos palos verticales. En el izquierdo la chincheta estaba situada sobre la iglesia de Santa Clara y en el derecho, sobre la de Santiago Apóstol.

—Pero aquí sólo hay cinco iglesias y el papel dice que Nicolás, Santiago y Clara hacen tres de siete. Faltan dos —apuntó Laura, aún envuelta en su albornoz, pero sin la toalla en la cabeza que se la había quitado hacía unos minutos.

Felipe, que había previsto esa pregunta, comprobó mientras trazaba la eme mayúscula con la lana que otras dos iglesias quedaban bajo la línea roja.

—Acercaos y mirad —invitó a sus amigas, que se colocaron a cada lado de él

El seminarista era incapaz de disimular su entusiasmo por el descubrimiento que acababa de realizar. Cogió una chincheta y la clavó casi en la mitad del palo vertical izquierdo de la eme mayúscula. Justo donde se levantaba la iglesia de San Jorge. Subió unos centímetros y en el mismo palo izquierdo clavó la séptima chincheta, cerca del templo de Santa Clara. Era la iglesia de Santa María del Campo, más conocida en la ciudad como la Colegiata. Después supieron que en su interior se guardaba una imagen policromada de Magdalena. Los tres amigos retrocedieron un paso para observar mejor lo que tenían ante sus ojos. Era increíble. Una gran eme mayúscula roja que señalaba siete iglesias de la ciudad de A Coruña. María, sin que sus amigos se diesen cuenta, se pellizcó una pierna. Quería cerciorarse de que no soñaba. Le dolió. Ninguno era capaz de articular palabra. Se habían quedado mudos.

Joaquín había dejado por un momento de tomar notas. En su mente se imaginó la situación de las siete iglesias. No podía saber con certeza si formaban una eme mayúscula, pero era más que posible. Además, si los tres la habían visto sobre el mapa, sería verdad. La eme formada por los siete templos fue uno de los datos que subrayó con más fuerza para después comprobarlo. Debió ser un momento emocionante cuando descubrieron el acertijo, pensó poco antes de que sus tres invitados siguiesen con su increíble narración de lo que les había sucedido esa mañana.

Laura, María y Felipe parecían estar hipnotizados. Hacía unos minutos, aquel trozo de lana roja tenía un significado ínfimo. Ahora, aunque ellos no lo sabían, poseía un valor incalculable. Los tres amigos permanecieron callados durante unos minutos, mientras observaban el trazado de la eme mayúscula. Aún no tenían nada, pero la sola presencia de aquella imagen los animaba a creer que se encontraban ante algo importante. Algo muy importante. Una eme mayúscula que unía siete iglesias de la ciudad de A Coruña y las siete separadas por menos de un kilómetro. Aquello prometía. Con la escala que aparecía en el mapa comprobaron que las dos iglesias más alejadas eran la Castrense y la de Santa Clara, separadas por unos 800 metros. Joaquín comprobaría después que eran exactamente 834. El palo izquierdo de la eme mayúscula era asombroso. Allí estaban las iglesias de las Capuchinas, San Jorge, Santa María del Campo y Santa Clara que formaban una línea casi recta. Entre la primera y la última había poco más de 600 metros. No podía ser una coincidencia, se dijeron. Si alguien se lo hubiese contado, y no lo hubiesen visto con sus propios ojos como lo hacían ahora, no le habrían creído.

La línea diagonal que salía de la parte superior del palo izquierdo, donde se encontraba la iglesia de Santa Clara, hasta el vértice de la eme, donde se situaba la de San Nicolás, tenía una distancia aproximada, calcularon, de algo menos de 600 metros. Joaquín comprobaría después que eran 574. Entre la de San Nicolás y la de Santiago, que formaban la diagonal que unía el vértice de la letra con la parte superior del palo derecho, la distancia era de 444 metros. Sólo 130 de diferencia con su línea gemela. Por último, el palo derecho, marcado por las iglesias de Santiago, en la parte superior, y la Castrense, en la inferior, tenía una longitud de 666 metros. La diferencia entre la línea izquierda de la eme, que medía 664 metros, y la derecha era de solo dos metros. Esa similitud provocaba que la eme mayúscula fuese casi perfecta. La letra dibujada sobre el plano tenía una longitud de unos 20 centímetros, pero en la realidad medía 2.340 metros. Parecía una obra de ingeniería. Era un camino corto, que se podía recorrer en poco más de media hora. Pero a Laura, María y Felipe les iba a costar muchísimo más. Casi la vida. A la bibliotecaria le resultó curioso que tres de las siete iglesias se encontrasen a menos de trescientos metros de su casa. La de Santiago Apóstol estaba tan cerca, a unos cincuenta metros, que podía escuchar a la perfección el repicar de las campanas y el bullicio de los feligreses cuando salían de la misa. Quizá su casa también tenía algo que ver con todo aquello, pensó, pero desechó la idea al instante por considerarla absurda. Estaba equivocada.

—¿Y ahora qué? —preguntó Laura con un ligero tono de desánimo en su voz—. Tenemos una eme mayúscula que une siete iglesias de la ciudad. Tenemos algo que hay oculto y que tiene que ser descubierto y que ese algo se esconde en una de esas siete iglesias. Pero ¿cómo vamos a saberlo?

La letra, que Felipe había creado con siete chinchetas y un trozo de lana, los miraba de forma misteriosa. El seminarista dio un paso al frente y se giró de modo que el mapa quedó a su espalda y sus dos amigas, enfrente. Como si fuera un mago, desplegó un pequeño papel ante los ojos de Laura y María. Tenía el mismo color y apariencia que el que había encontrado la informática en el libro, pero un poco más pequeño.

Sólo tenía escritas unas letras y unos números. Laura y María tardaron en reconocer lo que significaban aquellos cinco caracteres. A Felipe le había bastado un segundo. Esas dos letras y esos tres números le eran muy familiares después de cinco años en un seminario.

—Es un versículo de la biblia —gritó con los ojos encendidos de alegría—. Veis: hay una eme, una te, y tres números, el siete, el tres y el cuatro. Es un versículo del Evangelio según San Marcos. Es el 7:34.

Laura y María le miraron con una mezcla de sorpresa y admiración. Su amigo había resuelto hacía unos minutos el primer acertijo y estaba a punto de hacer lo mismo con el segundo. Al seminarista le brillaban los ojos como si estuviesen a punto de saltarle las lágrimas.

—¿Y qué dice ese versículo? —preguntó María entusiasmada.

Felipe corrió a su habitación. Regresó al instante con su vieja biblia. Estaba casi seguro de lo que decía, pero no quería confundirse.

—Y levantando los ojos al cielo, dio un gemido y le dijo: effata, que quiere decir: ábrete —exclamó con solemnidad.

Las dos mujeres se miraron sin entender nada.

—Apuesto a que tú sabes lo que significa —le dijo Laura.

—No, no lo sé —respondió con sinceridad—. Pero tenemos que buscar en las siete iglesias y confiar en que hallemos algo que nos conduzca hasta el secreto.

—Encontraste el papel en el libro, ¿verdad? —le preguntó María con un tono de admiración en sus palabras.

—Sí, mientras terminabas de salir de la ducha. Fue una corazonada, la segunda del día, pero no hay más papeles. ¿Os dais cuenta de que si a María no se le hubiese caído el libro esta mañana todo esto tan increíble no estaría pasando?

—Es todo aún más sencillo —intervino Laura—. Si en lugar de quedar al descubierto el segundo de los papeles, hubiese sido el primero, tampoco habría pasado nada porque no lo hubiésemos entendido.

Los tres decidieron buscar primero en las iglesias que estaban más cerca de la casa de Laura: la de Santiago Apóstol y la de Santa María del Campo. Además, la primera era una de las tres que aparecía nombrada en el papel. Después irían a la de San Nicolás y más tarde, a las otras cuatro. Pasaban siete minutos de las doce de la mañana cuando los tres salieron de la casa de Laura. Aunque las ventanas del edificio se abrían al paseo del Parrote, el portal se encontraba en la parte trasera, en la calle Tabernas.

A María y a Felipe les sorprendió que la iglesia de Santiago estuviese tan cerca. El día anterior no se habían fijado que, al entrar en el portal, a sus espaldas, a unos cincuenta metros, se alzaba el templo en honor al patrón de España. El sol ya lucía en lo más alto. El calor era agobiante. Una bocanada de aire caliente les recibió nada más abrir la puerta de la calle. Los tres se habían preparado para pasar el menor calor posible. Vestían pantalones cortos y camisetas. Las de Laura y María, sin mangas. Felipe se había puesto una gorra azul que le había dejado Laura, y ellas, dos gorros. El de la anfitriona, de color rojo, y el de la informática, blanco. Laura tenía una pequeña mochila y Felipe, un pequeño bolso cruzado. María sólo llevaba una pequeña libreta. El trío se había reído antes de salir de casa por la apariencia que tenían.

A los tres les gustaba aquel reto. Se habían reunido para pasar unos días juntos y no habían hecho ningún plan especial. Desconocían si el descubrimiento que acababan de realizar era cierto o no, ni tampoco lo que tenían que encontrar. Pero daba igual. Solo querían estar juntos y divertirse un poco. Tampoco se preguntaron si alguno de los tres no quería seguir adelante. No había nada que perder. Era como si cada uno tuviese la certeza de que sus amigos querían seguir adelante con aquel juego. Los tres se hacían ilusiones sobre lo que podrían encontrar. Ninguno las compartía en voz alta porque consideraba que eran demasiado fantasiosas. Se colocaron frente a la iglesia de Santiago.

Felipe dijo en alto el versículo del evangelio de San Mateo que aparecía en el papel amarillento.

—Y levantando los ojos al cielo, dio un gemido, y le dijo: effata, que quiere decir: ábrete.

Ninguno relacionó la frase con la fachada. A pesar de que el calor caía sobre sus cabezas protegidas por los gorros, permanecieron más de un cuarto de hora mientras escudriñaban una y otra vez, centímetro a centímetro, toda su extensión.

—Será mejor que entremos —dijo María— y hacer caso a la última de las frases del papel que encontré: «No sabíais que yo debía estar en la casa de mi padre». Parece que lo que tenemos que encontrar está dentro de la iglesia, no fuera.

Laura y Felipe asintieron y entraron en el templo. La humedad y el ambiente mucho más fresco les hicieron recuperarse. El calor que hacía fuera les había hecho sudar. A María le empezaba a doler la cabeza. Los tres comenzaron a pasear por el interior. Al principio fueron juntos, pero a los pocos minutos cada uno deambulaba por separado. Pero permanecían unidos por una misma frase: «Y levantando los ojos al cielo, dio un gemido, y le dijo: effata, que quiere decir: ábrete». Después de más de media hora, se dieron por vencidos. María se unió a Laura y a Felipe, que hacía un rato se habían sentado en uno de los bancos.

—Nada, ¿verdad?, ¿probamos en la siguiente? —dijo la informática.

Los tres estaban un poco desanimados, pero se encaminaron hacia la segunda iglesia, la de Santa María del Campo, conocida como la Colegiata. Tardaron un par de minutos en llegar. Distaba menos de 200 metros. Los tres repitieron el mismo ritual ante la fachada. Escudriñaron todos sus recovecos, pero no encontraron nada que les llamase la atención. Ni tampoco nada que tuviera relación con la enigmática frase. Entraron en el templo. De nuevo, agradecieron el cambio de temperatura. Durante los primeros minutos permanecieron juntos, pero después se separaron. Pasaban siete minutos de las dos de la tarde. Eran los únicos visitantes de la iglesia. El desánimo iba en aumento. No habían encontrado nada porque tampoco sabían lo que tenían que buscar.

María era la más animada y estaba dispuesta a visitar las siete iglesias aquel mismo día. Laura y Felipe eran más realistas y no eran de la misma opinión. Al principio les había encantado la idea de descubrir algo escondido, pero ahora comenzaban a darse cuenta de que todo había sido una invención. Acordaron volver a casa, hacer la comida y a las seis, cuando el calor remitiese, visitarían la tercera iglesia que aparecía nombrada en el primer papel. Después, continuarían con alguna de las otras cuatro. María no estaba muy de acuerdo. Hubiera preferido seguir con la búsqueda nada más terminar de comer, pero aceptó las explicaciones de sus amigos.

La comida fue plácida y la sobremesa, mejor. Por un momento se olvidaron de las siete iglesias y de la búsqueda del secreto. Como la noche anterior, empezaron a contarse todo lo que les había sucedido en los últimos tiempos. Desde que dejaron la facultad de Historia, hacía casi quince años, los tres se habían juntado en muy pocas ocasiones. Mantenían el contacto por carta, por teléfono y, los últimos años, por correo electrónico, pero era más frío, pensaban los tres. Ahora, cara a cara, podían decirse todo lo que les había pasado y comprobar las reacciones de sus otros dos amigos. Pero María deshizo el hechizo.

—Son ya las seis de la tarde. Deberíamos prepararnos para salir y buscar en las iglesias.

A regañadientes, Laura y Felipe recogieron las tazas de café que habían tomado en el salón. La conversación había resultado reparadora para los tres. A Laura y a Felipe les supo a poco, aunque las palabras de María reactivaron sus subconscientes. Al contrario que la informática, sus dos amigos habían guardado el episodio de las siete iglesias en un cajón de su memoria y lo habían cerrado con siete llaves. Las palabras de la informática habían descubierto todos los cerrojos y habían vuelto a abrir el cajón de la curiosidad. Salieron de la casa con la ilusión renovada. No era tan grande como cuando se colocaron delante de la primera de las fachadas, la de Santiago, pero aún tenían las suficientes ganas como para visitar dos o tres iglesias más aquella tarde. Tampoco tenían otra cosa mejor que hacer. Se encaminaron al templo de San Nicolás, el que marcaba el vértice donde se unían las dos líneas diagonales de la eme mayúscula. La distancia desde la casa de Laura era de menos de medio kilómetro. Por el camino, María expuso a sus dos amigos sus pensamientos.

—Quizá en esta iglesia, al estar en el centro de la eme, encontremos lo que buscamos.

Sus dos amigos asintieron sin demasiada efusividad. Caminaron por debajo de la Puerta Real y atravesaron la plaza de María Pita en diagonal. Por la emblemática plaza pasaban tres de las cuatro líneas de la eme mayúscula. Casi desde el centro se veía la fachada entera de la iglesia de San Jorge, otra de las siete que formaban parte de la eme. Habían acordado que sería una de las últimas que visitarían. Pasaron por la plaza de San Agustín, dejaron el mercado a la derecha, giraron a la izquierda por la plaza del Humor y se adentraron por la calle La Florida hasta la calle San Nicolás, justo donde se encontraba la iglesia. Como en las otras dos, se colocaron frente a la fachada. El calor era insoportable, a pesar de que eran poco más de las seis de la tarde. La temperatura había bajado unos grados, pero no los suficientes.

De nuevo, escudriñaron cada centímetro de la fachada, y de nuevo, no observaron nada extraño ni relevante. El calor y la ausencia de pistas les empujaron al interior del templo. Allí dentro, la temperatura era más agradable. Varios turistas admiraban la arquitectura del edificio, sus cuadros y sus imágenes. Laura, María y Felipe se mezclaron entre ellos y les imitaron. Media hora después, los tres se encontraban sentados en uno de los bancos. No tenían ni ganas ni fuerzas para seguir con la búsqueda. Sus miradas permanecían fijas en el suelo.

—Quizá nos estemos confundiendo en algo —dijo María, que no se daba por vencida.

—Y quizá —interrumpió Laura— no haya nada que confundir porque no existe nada. Nos hemos inventado esta historia de detectives, que no existe.

Sus dos amigos callaron. Hacía tiempo que también pensaban lo mismo. No querían decirlo en alto por miedo a que el hechizo se evaporase y no fuese más que un recuerdo cuando años después se volviesen a reunir y se pasasen la noche y la sobremesa contándose batallas.

—Algo no estamos haciendo bien —insistió María, que se negaba a aceptar que todo aquello fuese una invención.

A la informática aún le quedaba un pedazo de ilusión y pensó que no era una invención el papel que ella había encontrado, ni el que halló después Felipe, ni mucho menos la eme mayúscula que formaban las siete iglesias.

—La primera de Magdalena marca el camino —dijo entre dientes, mientras una corazonada le provocó una punzada en el estómago que la hizo estremecerse.

—¿Qué dices? —preguntó Laura, que estaba separada de María por Felipe.

—La primera de Magdalena marca el camino —insistió—. La eme marca el camino. No podemos empezar el camino por la mitad como lo hacemos ahora. Tenemos que encontrar el principio.

—¿Y cuál es? —preguntó Felipe, más por no dejar a su amiga sola con su conversación que por el interés que le generaba.

—La eme mayúscula es el camino imaginario que debemos recorrer. Lo estamos haciendo mal porque no seguimos el camino correcto. No seguimos el orden de la eme.

—¿Y cuál es? —insistió Felipe que empezaba a impacientarse.

María les expuso su teoría. Al principio, su escepticismo les impedía razonar con claridad, pero cuando la informática terminó, los dos amigos habían abierto una nueva puerta a la ilusión. Quizá tenía razón y lo estaban haciendo de la forma inadecuada porque no seguían el camino correcto. María quiso ser breve. Algo le empujaba a salir a la carrera hacia la iglesia de las Capuchinas, pero no quería hacerlo sola. Quería compartir con sus dos amigos el hallazgo del secreto que estaba allí escondido, pero antes tenía que convencerles de que aquel templo era el inicio del camino. María les explicó la corazonada que acababa de tener allí sentada. Si la primera de Magdalena, la eme mayúscula, marca el camino, ¿por qué la eme mayúscula no puede ser el mismo camino?, les preguntó.

El camino aparecía pintado en el mapa que Felipe había dado forma en el corcho de la cocina de Laura. María continuó con su hipótesis. Sus dos amigos seguían sus explicaciones con interés. Si la eme es el camino, les dijo, todo camino tiene su principio y su final. La informática soltó entonces la pregunta cuya respuesta sustentaba toda su premonición. ¿Cuál es el principio de la eme mayúscula? Sus dos amigos se miraron sin entender nada. Felipe hizo un comentario gracioso sobre el sol que le había dado en la cabeza, pero la catalana no quiso oírlo y siguió con su teoría. ¿Cuál es el principio de la eme mayúscula?, repitió. ¿Cómo se suele empezar a escribir una eme mayúscula?

—Primero la línea de la izquierda, de abajo a arriba —respondió Laura— y después la línea... —y en ese momento se dio cuenta de lo que quería explicarles.

—Entonces, el principio del camino se encuentra en la iglesia de las Capuchinas —exclamó Felipe que también había entendido lo que quería decir su amiga.

Los tres se fundieron en un abrazo y salieron con paso veloz de la iglesia de San Nicolás. Su destino, la iglesia de las Capuchinas, se encontraba a solo 150 metros.

Guiados por una premonición, Laura, María y Felipe traspasaron el umbral de la iglesia de las Capuchinas. Una bocanada de aire fresco mezclado con un penetrante olor a humedad les dio la bienvenida. Al pisar el templo notaron la gran diferencia de temperatura con el exterior. Fuera, la ciudad de A Coruña ardía. Los termómetros marcaban unos inusuales 34 grados. Sus habitantes no se cansaban de repetir que era el verano más caluroso que se recordaba. Faltaban pocos minutos para las siete de la tarde de aquel lunes 1 de julio.

CAPÍTULO 2

Gordo y grande. Así había definido Felipe a su atacante. Estaba blanco como si acabase de ver al mismo diablo. Cuando entró en la casa de Joaquín, aún no se había recuperado del encuentro con el fisianiano y los dos rosacruces. El día anterior habían descubierto el primer manuscrito de Magdalena en la iglesia de las Capuchinas y hoy, martes 2 de julio, el segundo, en la de San Jorge. Después habían ido a casa de Laura y la habían encontrado revuelta. Alguien había entrado.

Tras la comida habían traducido el segundo papiro y Felipe, después de escuchar lo que decía, había decidido dar un paseo por las calles cercanas para aclarar su mente. No habían pasado diez minutos y el seminarista estaba ya de vuelta. Le faltaban palabras para explicar lo que le había sucedido. Todo duró menos de veinte segundos, dijo entre temblores. Las amenazas del primer individuo, que se definió como un fisianiano, aún seguían en su cabeza. Y a continuación, la aparición de los dos rosacruces que metieron en una furgoneta a su intimidador le había abierto los ojos. Ahora sí, la historia en la que se habían metidos iba en serio. La teoría de María de que si les ocurría algo les otorgaba toda la credibilidad a los manuscritos se acababa de cumplir. Todo era cierto. A partir de ese momento, comenzaron a cambiar muchas cosas en la cabeza del seminarista.

Tras el primer día de emociones fuertes, y después de la cena a la que les había invitado Joaquín en su casa, habían estado hasta las tres de la madrugada discutiendo el contenido del primer manuscrito que habían encontrado por la mañana. Felipe había dormido muy poco después. Quizá extrañaba la cama. Era la tercera diferente en los últimos tres días. Pero lo que de verdad le había desvelado eran los comentarios de sus dos amigas y del anfitrión. La discusión había sido tan acalorada y había durado tanto que todos estuvieron de acuerdo en pasar la noche en la casa de Joaquín. Allí había sitio para ellos tres y muchos más. Felipe se levantó de la cama y subió la persiana. Otro día veraniego, se dijo. Las vistas eran preciosas. Si ya lo eran desde el octavo piso donde se encontraba el inmenso salón en el que habían escuchado el primer manuscrito y habían cenado, más lo eran desde el noveno. Abrió la ventana y comprobó que aquel martes 2 de julio también iba a ser caluroso en la ciudad de A Coruña. Felipe no podía quitarse de la cabeza las palabras que había escuchado la noche anterior.

Después de que los tres amigos terminaron de narrar cómo habían hallado el primer cilindro de madera escondido en la iglesia de las Capuchinas, Joaquín les invitó a cenar.

—Es lo mínimo que puedo hacer después de que me hayáis hecho partícipe de esta magnífica historia —reconoció el anfitrión desde su silla de ruedas—. Así, además, podréis comprobar lo buen cocinero que es Roberto.

Mientras Laura, María y Felipe le contaban la historia, Roberto se había adelantado y había preparado la comida. Cenaron en uno de los ambientes que poseía aquel inmenso salón. El que tenía en el centro una preciosa, moderna y carísima mesa negra, pensó María. Roberto, que se había mostrado muy detallista desde que los tres llegaron, encendió una docena de velas que le dieron a la estancia un ambiente muy acogedor. De fondo, sonaba música de jazz. Por un rato, los cinco, porque Roberto también se unió a la cena, dejaron las siete iglesias y los pergaminos a un lado.

—La cena estaba deliciosa —le dijo María a Roberto después de terminar el último trozo de tiramisú hecho por él.

—Sí que lo estaba —ratificaron Laura y Felipe.

—Acompañadme. Os va a gustar el lugar al que os voy a llevar ahora —dijo Joaquín, mientras dirigía su silla de ruedas hacia el ascensor de cristal que se encontraba en el otro lado del salón.

Roberto comenzó a recoger la mesa y un rato después se uniría al grupo.

—¿Qué pensáis de lo que dice el primer pergamino escrito por Magdalena? —preguntó Joaquín a bocajarro.

—Que es todo una mentira —saltó con rapidez Felipe.

—No quiero llevarte la contraria —le tranquilizó el anfitrión—, pero en ese papel aparecen muchos datos que son ciertos.

—Y otros muchos que son mentira —apuntó con celeridad el seminarista.

Los tres amigos abandonaron por la mañana la casa de los Cantones. Desayunaron todos juntos y decidieron continuar con la búsqueda del segundo manuscrito. Felipe era el más reacio. Había defendido con vehemencia su postura la noche anterior en el interior de la cúpula que coronaba el edificio donde vivía Joaquín. Pero como creía que todo lo que contenía aquel papel era falso, le daba igual seguir con la búsqueda de los otros seis. Su tesis particular se basaba en que, aunque encontrasen más papeles como aquel, la mentira nunca se convertiría en verdad. Sabía que a Laura y sobre todo a María les gustaba aquella aventura, y él no quería convertirse en un aguafiestas. Primero tenían que volver a la iglesia de las Capuchinas. Joaquín había mostrado un gran interés por saber cuál era el cuadro en el que habían encontrado el primer cilindro de madera y quién era su autor. Después acudirían al siguiente templo, el de San Jorge, a buscar el segundo.

La iglesia de las Capuchinas distaba poco más de un kilómetro de la casa de los Cantones. Caminaron por la calle Juana de Vega hasta la Plaza de Pontevedra y allí giraron a la derecha por la calle San Andrés. Anduvieron la vía encajonada entre edificios hasta llegar a la calle Cordonería y después a la calle Panaderas, donde se alzaba la iglesia de las Capuchinas. Al ver de nuevo la fachada, volvieron a revivir las sensaciones que les habían invadido el día anterior. Los tres recordaron cómo habían llegado hasta allí tras seguir la corazonada de María. Habían salido de la iglesia de San Nicolás y se habían dirigido a la de las Capuchinas. Sólo les separaba menos de doscientos metros.

Aquel primer día siguieron la corazonada de María. Abandonaron el templo de San Nicolás, tomaron la calle San Nicolás y dejaron atrás el cruce de la Estrecha de San Andrés y la calle Pontejos. En dos minutos estuvieron en la calle Panaderas, donde se alzaba la iglesia de las Capuchinas. La hipótesis de María de que el orden que debían seguir tenía que ser semejante a la forma habitual en la que se escribía una eme mayúscula les había hecho recobrar, incluida a ella, las ganas de descubrir el secreto. Tenían que empezar la búsqueda por el principio de la letra. Cuando giraron a la derecha y divisaron a menos de cincuenta metros la fachada del templo, el corazón se les encogió a los tres. Allí se erguía la iglesia de las Capuchinas, el comienzo del camino, si la corazonada de María era cierta. Aquella mañana del lunes 1 de julio, y antes de salir de la casa de Laura, María había consultado internet durante unos minutos y había recogido información de las cuatro iglesias que iban a visitar. Como una guía local, leía las notas escritas en su agenda. Ahora le tocaba el turno a la de las Capuchinas.

—La construyó Fernando de Casas Novoa —comenzó con renovados bríos— y forma parte del convento de las monjas Capuchinas. Su mejor trabajo fue la fachada del Obradoiro de la catedral de Santiago de Compostela, donde nació.

—¿Nació en la catedral? —le interrumpió Felipe.

—No. En Santiago, en 1685 —le aclaró María—. Para proteger el Pórtico de la Gloria de la lluvia y del viento, erigió, delante de él, la actual fachada del Obradoiro. En ella también destacan sus grandes ventanales para que la luz natural ilumine las naves.

—¿Cuándo empezó a construirla? —le volvió a interrumpir Felipe, que parecía estar muy animado.

—¿La fachada del Obradoiro?

—No. La iglesia de las Capuchinas.

—En 1726 —prosiguió su amiga—. La fachada es barroca. Como veis, posee un solo cuerpo en el que colocaron cuatro pilastras. En el medio aparece la Virgen de las Maravillas, que ya era antes venerada en este lugar donde había una capilla construida en su honor antes de la edificación del convento.

—La iglesia es de la orden de los franciscanos —interrumpió por tercera vez Felipe —¿Veis aquel escudo? Es franciscano.

Permanecieron un rato con la vista puesta en la fachada. Como en las tres anteriores, no encontraron ningún elemento que les ayudase a descifrar el enigma. Allí, frente a la Virgen de las Maravillas, tampoco hallaron nada que tuviese relación con un tartamudo sordo.

Antes de salir de la casa de Laura, Felipe les había explicado que el versículo 34, que estaba escrito en el papel que él había descubierto, se encontraba dentro del capítulo referido al milagro que realizó Jesús al curar a un tartamudo sordo. El evangelista cuenta cómo le metió los dedos en los oídos y con su saliva le tocó la lengua. Después, aparecía la frase que los había llevado hasta allí. «Y levantando los ojos al cielo, dio un gemido, y le dijo: effata, que quiere decir: ábrete». Y el tartamudo sordo comenzó a hablar y a escuchar. Pero la fachada de las Capuchinas tampoco parecía poseer la respuesta del misterio.

Como si algo extraño les empujase, entraron en la iglesia. Faltaban pocos minutos para las siete de la tarde. A esa hora, el calor era sofocante. Aunque desconocían qué era, sabían que lo que buscaban se encontraba dentro. Como en los otros tres templos, dieron vueltas por el interior, mientras escudriñaban todos los recovecos. Laura se sentó en uno de los bancos y susurró la frase que le martilleaba la cabeza desde la mañana. «Y levantando los ojos al cielo, dio un gemido y le dijo: effata, que quiere decir: ábrete». Laura levantó la mirada hacia arriba.

—Y levantando los ojos al cielo, dio un gemido, y le dijo: effata, que quiere decir: ábrete —volvió a susurrar, mientras fijaba su mirada en el retablo del presbiterio.

Eran incontables las veces que lo había observado, pero allí sentada descubrió un nuevo detalle que había pasado por alto. «Y levantando los ojos al cielo, dio un gemido», insistió. Laura afinó su mirada y se encontró con un cielo. En un acto reflejo, dio un pequeño gemido. Sus ojos estaban posados sobre el cielo de uno de los cuadros del retablo en el que aparecían tres pastores junto a una tumba. A su lado, les observaba una mujer. El pastor señalaba una enigmática frase labrada en el sarcófago: *et in arcadia ego*. El corazón le dio un vuelco.

—Ábrete —masculló mientras se levantaba nerviosa del banco.

Como el día anterior, Laura se detuvo ante el cuadro. Seguía allí, intacto, como ellos lo habían dejado. Allí continuaban los tres pastores junto a la tumba y a su lado, una mujer. Felipe se acercó. Lo había pintado Poussin, en 1639. Joaquín tenía razón. Era el cuadro que les había explicado por la mañana. Los tres se apartaron unos metros para no levantar sospechas si alguien les vigilaba. Laura cogió su móvil. Llamó a su amigo y le confirmó que estaba en lo cierto. El trío se lo había descrito el día anterior y, aunque estaba casi seguro, quería cerciorarse. Los tres comprobaron que Joaquín también era un gran entendido en arte.

El cuadro estaba colgado a poco más de dos metros de la cabeza de Laura. Felipe se paró a su lado.

—¿Encontraste algo? —le había preguntado Felipe.

—Necesitamos una escalera.

—¿Qué?

—Creo que lo hemos encontrado —exclamó la bibliotecaria mientras clavaba su mirada en Felipe y en el cuadro.

Los dos se acercaron a zancadas al lugar en el que se encontraba María, que observaba una de las catorce imágenes del vía crucis.

—Necesitamos una escalera —imploró Felipe.

—¿Para qué? —preguntó María con extrañeza.

—Lo hemos encontrado —exclamaron al unísono, pero con sus susurros, sus dos amigos.

—Hay una en la sacristía.

—¿Has entrado en la sacristía? —inquirió Felipe a quien no le gustó que hubiese llegado tan lejos en su búsqueda.

—Sí —respondió sin ningún atisbo de culpabilidad.

La entrada de un grupo de peregrinos les impidió coger la escalera. Los visitantes estuvieron más de diez minutos de paseo por la iglesia. A Laura, María y Felipe se les hicieron eternos. Los tres se hicieron pasar también por turistas. Comenzaron a pasear por el templo, pero sin alejarse demasiado del cuadro. Cada vez que levantaban la vista y lo miraban, aumentaba la sensación de que allí había algo escondido.

Abandonaron la iglesia de las Capuchinas después de comunicarle a Joaquín el autor y la fecha del cuadro. Desanduvieron el camino que la tarde anterior habían realizado desde la iglesia de San Nicolás, llegaron a la plaza de San Agustín y se toparon con una construcción que estaba adosada a la parte trasera de la iglesia de San Jorge. La segunda parada del camino. El segundo manuscrito de Magdalena.

Rodearon el templo por la calle Juan XXIII y antes de entrar observaron su fachada. Encima de la puerta había una inscripción y una fecha: «Casa de Dios y puerta del cielo. 1766». Felipe se dio cuenta de que aquella frase también aparecía en la biblia, y podía ser una señal. Se lo dijo a sus dos amigas. María sacó su libreta y les contó lo que había averiguado en internet, en la casa de Joaquín, sobre el templo. Les explicó que había tenido una construcción lenta. Más de dos siglos. Entraron en la iglesia de San Jorge y pasaron bajo aquella inscripción que parecía darles la bienvenida. «Casa de Dios y puerta del cielo», repitió María.

Por fin, los últimos visitantes abandonaron la iglesia de las Capuchinas. La primera de la eme mayúscula donde minutos más tarde iban a encontrar el primer manuscrito de Magdalena. Volvían a estar solos. María corrió a la sacristía y trajo la escalera. Felipe seguía sin estar conforme con lo que hacían.

—¿Quién sube? —preguntó Laura con ansiedad.

—Tú —le respondió Felipe.

—Pero tú fuiste el que descifró los acertijos, y María la que encontró el libro y el primer papel.

—No te preocupes —le contestó de manera paternal Felipe—. Tú eres la que lo ha encontrado. Además, creo que va a haber para los tres. La eme mayúscula la forman siete iglesias y ésta es la primera.

La informática asintió.

Laura, María y Felipe comenzaron a pasear por el interior del templo de San Jorge. La segunda de las iglesias de la eme mayúscula. Los tres estaban muy atentos a cualquier detalle que los llevase hasta el segundo manuscrito de Magdalena. El primero lo habían encontrado el día anterior en el templo de las Capuchinas. Tras casi una hora de búsqueda conjunta, se dispersaron por la iglesia. La informática catalana se encontraba sentada en el último banco. Desde allí podía contemplar todo el interior.

La sobriedad de su arquitectura contrastaba con la riqueza de los retablos barrocos y neoclásicos. Como en la iglesia de las Capuchinas, comprobó que alrededor de la nave de San Jorge colgaban los cuadros que representaban los catorce pasos del vía crucis. Justo detrás de ella estaba el séptimo, el que narraba la segunda caída de Jesús.

En su mano tenía el pequeño papel que habían encontrado en el primer cilindro de madera. Nada más verlo, los tres supieron que las letras y los números correspondían a dos versículos de la biblia: Génesis 28:12 y Éxodo 24:12. Felipe se los había leído y la informática se los había aprendido de memoria. María repetía para ella el primero: «Y tuvo un sueño; soñó con una escalera apoyada en tierra, y cuya cima tocaba los cielos, y he aquí que los ángeles de Dios subían y bajaban por ella». Y después hizo lo mismo con el segundo: «Dijo Yahveh a Moisés: 'Sube hasta mí, al monte; quédate allí, y te daré las tablas de piedra con la ley y los mandamientos que tengo escritas para su instrucción'». María elevó su mirada al techo y desde aquel último banco creyó haber encontrado el lugar en el que se hallaba el segundo manuscrito de Magdalena. Se acercó al altar. A la derecha, la puerta de la sacristía estaba abierta. Levantó la mirada al techo y entró despacio en la sacristía.

Con una agilidad que sorprendió a María y a Felipe, que sujetaban la escalera, Laura subió los siete escalones en un suspiro. La iglesia de las Capuchinas, la primera de la eme mayúscula, estaba vacía. O eso creían ellos. Lo primero que hizo fue pasar sus dedos por el cielo azul del cuadro, pero no encontró nada que le llamase la atención. Después hizo lo mismo con los bordes del marco y con las otras partes del lienzo, pero tampoco halló nada extraño. Tras varios minutos subida a la escalera, escudriñando cada detalle del cuadro, seguía sin encontrar nada. Estaba a punto de bajar y de abandonar, cuando observó un diminuto saliente pegado en el lienzo. Lo acarició con las yemas de sus dedos temblorosos. Era como la cabeza de una pequeña punta. No sobresalía más de un centímetro. Lo habían clavado en la tumba frente a la que se encontraban los tres pastores y la mujer. El pastor situado a la derecha señalaba con su índice la inscripción *et in arcadia ego*, pero también el lugar en el que se encontraba aquel minúsculo saliente que era imposible apreciar si no se estaba muy cerca. De repente, el final del versículo 34 le vino a la mente como una explosión: «Y le dijo: effata, que quiere decir: ábrete».

Con los dedos sudorosos tiró del pequeño saliente. No se movió nada. Una gota de sudor le resbaló desde la sien izquierda hasta la barbilla. Contuvo la respiración y volvió a intentarlo. Una pequeña puertecita, de no más de cinco centímetros de ancho y diez de alto, se abrió en el cuadro. Sus dos amigos, que sujetaban la escalera, ahogaron un grito en sus gargantas. En esos momentos, un hombre entró en la iglesia, pero ni Laura, ni María ni Felipe se dieron cuenta. La pequeña abertura correspondía con una parte de la tumba que los cuatro personajes del cuadro observaban. El mecanismo que hacía de bisagra era casi imperceptible. Pero allí no había nada. La bibliotecaria esperaba encontrarse un orificio, pero allí sólo se encontró con la pared. Laura la acarició con las yemas de los dedos. Era fría y rugosa. Presionó con fuerza y el trozo de pared, que solo tenía un centímetro de grosor, cayó hacia adentro. María y Felipe, que seguían unos metros más abajo cada uno de los movimientos de su amiga, se sobresaltaron. Laura contuvo la respiración.

El orificio le quedaba a la altura de la boca. El hueco estaba oscuro y no consiguió ver nada. Respiró profundamente y metió la mano muy despacio. Rozó algo frío y de manera instintiva la sacó. La escalera se tambaleó. Volvió a introducir la mano. Palpó algo duro y cilíndrico y lo arrastró muy despacio hasta la boca del agujero. Era un tubo de madera. Lo sacó a cámara lenta y volvió a meter la mano. No había nada más. A la altura del hombro se encontró con el final del hueco. Repasó con los dedos el interior del agujero. Era rugoso y estaba frío. Y vacío. Cerró la pequeña portezuela con mucho cuidado y bajó los escalones de dos en dos. María colocó otra vez la escalera en la sacristía y los tres salieron casi a la carrera de la iglesia. Sus corazones estaban a punto de salírseles por la boca cuando llegaron a la casa de Laura. Eran poco más de setecientos metros de distancia, pero a los tres les habían parecido setecientos kilómetros. A salvo, en su casa, Laura abrió el tubo de madera que medía unos treinta centímetros.

Bajo la atenta mirada de sus dos amigos, extrajo un pergamino junto a un pequeño trozo de papel de la misma textura y tamaño que los que habían encontrado María y Felipe en el libro. Comenzó a desenrollar el papiro. Estaba escrito en francés antiguo. De manera automática, la bibliotecaria pensó en Joaquín. Tras consultarlo con sus dos amigos, le llamó al móvil.

María respiró hondo. En sus manos sujetaba el segundo de los cilindros de madera. Los tres salieron de la iglesia de San Jorge y, como el día anterior, se encaminaron hacia la casa de Laura. Atravesaron la Plaza de María Pita en diagonal. Pasaron bajo la Puerta Real y llegaron a la calle Tabernas, donde vivía. Triunfantes, los tres entraron en la casa. Nada más cruzar la puerta, sus sonrisas desaparecieron. La casa estaba revuelta como si hubiese pasado un tornado. Nada se encontraba en su sitio. A los tres les entró el pánico. Habían entrado a robar.

———————

Tenía 17 años cuando murieron mis padres. Contaba con todo lo necesario para vivir sin preocuparme el resto de mis días, pero me faltaba la felicidad. Mi enorme curiosidad por aprender me llevaba a querer conocer lo que había más allá del horizonte. Por eso abandoné Magdala y viajé durante siete largos años. Sabía que era muy peligroso hacerlo sola y me hice acompañar por una veintena de sirvientes y sus mujeres. Dentro de aquel grupo tan numeroso no tendría problemas, como así fue durante aquellos maravillosos siete años. Así que una mañana dejé el mar de Galilea. Primero viajamos a Cesarea de Filipo, donde llegamos después de cinco largas jornadas de camino. Después a Sidón, tras otros seis días de viaje. Siguiendo la orilla de un mar que no era el de Galilea, arribamos a Cesarea. Fueron más de veinte jornadas por caminos estrechos y altas montañas. Atrás habían quedado Corazin, Cafarnaúm, Caná y Nazareth. Mis acompañantes y yo estábamos cansados después de un viaje tan duro y recuerdo que decidí descansar allí durante varios días. Abandonamos la orilla del mar que nos había traído desde Sidón y Tiro, dos grandes poblaciones con puertos muy importantes, y nos dirigimos a Samaria. Además de por su puerto, Sidón era famosa por sus artículos de vidrio y su tinte púrpura para telas. Desde estas dos ciudades costeras hasta Samaria tardamos otros seis o siete días de viaje. Hacía tiempo que el emperador romano Augusto había convertido la región de Samaria en una división de la provincia de Judea. Casi el mismo tiempo que tardamos de Sidón a Samaria, nos llevó llegar hasta Jericó. Allí nos detuvimos durante bastantes jornadas.

Quería estar en aquel lugar en el que Josué, con la ayuda de Yahveh, había derribado las murallas de la ciudad. Quería admirar aquel sitio en el que Yahveh le había dicho a Josué que pondría en sus manos a Jericó y a su rey: 'Todos tus guerreros rodearán la ciudad durante siete días. Siete sacerdotes llevarán las siete trompetas de cuerno de carnero delante del arca. El séptimo día daréis la vuelta a la ciudad siete veces y los sacerdotes tocarán las trompetas. Cuando oigáis la voz de la trompeta, el muro se vendrá abajo'. Fue algo emocionante. Jericó era una ciudad importante del valle del Jordán, en la ribera occidental del río. Se hallaba en la parte inferior de la pendiente que conducía a la montañosa meseta de Judá. Era conocida, y supongo que lo seguirá siendo, como la ciudad de las palmeras. La primera mención que se hace de ella en la Torá es en relación al campamento de los israelitas en Sitim durante el éxodo de nuestro pueblo.

Con mucha pena en nuestras almas, partimos de Jericó hacia Jerusalén, donde también permanecimos un largo tiempo. En cada lugar en el que parábamos había algo que aprender. La gente era muy atenta y servicial y no les importaba compartir todo lo que sabían con nosotros. Yo, que siempre había tenido una gran inquietud y mucha curiosidad por todas las cosas, nunca paraba de preguntar. Así fue como adquirí una gran cantidad de conocimientos. Después nos encaminamos hacia Belén. Por último, abandonamos Judea para dirigirnos a Egipto, el gran objetivo de mi viaje y donde viviría la mayor parte de los siete años que estuve alejada de Magdala. Entramos en aquel maravilloso país. Todo era fascinante. Visitamos Alejandría, cruzamos el gran río y comenzamos nuestro viaje por el gran Egipto. Si fui a Jericó para admirar el lugar donde Josué, con la ayuda de Yahveh, había derribado sus murallas, me dirigí a Egipto porque quería conocer el lugar del que habían partido nuestros primeros padres guiados por

Moisés. Allí aprendí casi todo lo que sé ahora. Aprendí a leer, a escribir y a pensar de una forma diferente a la que me habían enseñado mis padres. Todas esas enseñanzas me han servido en mi vida y muchas de ellas se las trasmití a Jesús durante el tiempo que permanecí a su lado. Nunca sabré cómo habría sido mi vida si no hubiese realizado aquel viaje, ni tampoco cómo habría sido si no me hubiese encontrado con Jesús. Volví a Magdala siete años después. Era una mujer nueva. Una mujer diferente a la que se había marchado. Ni mejor ni peor. Solo otra mujer. Poco después, me uní al grupo de Jesús y él me enseñó muchas otras cosas que no había aprendido en mis siete años alejada de mi pueblo.

Jesús nos trasmitió muchas enseñanzas durante el tiempo que estuvo con nosotros. Una de ellas era la igualdad. Para él era lo mismo un hombre que una mujer. Un precepto que le provocó numerosos problemas entre los hombres. No se cansaba de repetir que todos éramos iguales y que no había nadie por encima de otro. Sólo Dios. Aun así, en varias ocasiones, el grupo de los hombres se enzarzaba en disputas para saber quién de ellos iba a ser el mayor. Jesús nos enseñó también que nunca deberíamos ponernos coronas de reyes, ni sentarnos en tronos ni parecernos a los reyes gentiles.

Recuerdo que un día, Jacobo y Juan, los hijos de Zebedeo, y su madre se acercaron a hablar con el maestro. Ella le pidió que hiciese todo lo posible para sentar a cada uno de sus hijos a ambos lados del trono de su reino. Jesús les recriminó aquel atrevimiento y les dijo que no estaba en su mano. Cuando el resto del grupo se enteró de lo que habían hecho, estuvieron a punto de echarlos del campamento. No sé si fue por atreverse a realizarle esa proposición o porque se les habían adelantado. Otro día, un discípulo le preguntó: '¿Quién de nosotros será el mayor?'. Con su tranquilidad habitual y sus palabras llenas de sabiduría, le respondió: 'Los reyes de las naciones las dominan como señores absolutos y los grandes las oprimen con su poder, pero no debe ser así entre vosotros, sino que el que quiera llegar a ser grande entre vosotros será vuestro servidor, y el que quiera ser el primero entre vosotros será vuestro esclavo. El mayor entre vosotros será como el más joven, y el que gobierne, como el que sirve. Porque, ¿quién es mayor, el que está a la mesa o el que sirve si yo también os he servido a vosotros?'. De esta manera tan sabia zanjó la disputa. Dejó bien claro que los jefes tienen la obligación de servir y nos prohibió a todos reinar, ejercer señorío o tener potestad sobre las gentes.

En una ocasión, Jesús dio una lección a todos los hombres, y a muchas mujeres, que pensaban que nosotras éramos inferiores por el mero hecho de haber nacido mujer. Un fariseo, llamado Simón, invitó a su casa a Jesús y a los que lo acompañábamos. Una mujer pecadora pública supo que se encontraba allí y entró en la casa. Se arrodilló ante él y comenzó a llorar. Con sus lágrimas le mojó los pies y con sus cabellos se los secó; con sus labios besó sus pies y con sus manos se los ungió con perfume de alabastro que llevaba en un frasco. Todo el mundo, incluido el fariseo, se escandalizó. El maestro se dio cuenta y le dijo: 'Dos personas tenían una deuda con otra: una le debía quinientos denarios y la otra cincuenta. Un buen día decidió perdonarles la deuda a ambos. ¿Quién de los dos le estará más agradecido?'. 'El que le debía más', respondió Simón. 'Así es', afirmó Jesús, y dirigiéndose a la mujer le dijo: '¿La ves? Cuando entré en tu casa no me diste agua para lavarme los pies. Ella, en cambio, me los ha humedecido con sus lágrimas y me los ha secado con sus cabellos. Tampoco me diste el beso de bienvenida. Ella no ha parado de besarme los pies. Tampoco ungiste mi cabeza con aceite. Ella me ha ungido mis pies con perfume. Por eso, sus muchos pecados quedan perdonados. En cambio, a quien poco se le perdona, poco amor muestra'. La forma en la que defendió a aquella mujer me conmovió. Había dado una lección a todos aquellos que nos veían como seres inferiores. Fue una noche increíble que nunca olvidaré.

La polémica sobre la representatividad de las mujeres dentro del grupo era un debate casi diario. A mí, me acusaban de ser peligrosa por ser una privilegiada por las revelaciones que él me hacía. María, la madre de Jesús, era un gran consuelo para mí. Ella me comprendía y siempre tenía la frase acertada que me tranquilizaba. Muchas veces me reconoció que sentía una sana envidia por todos los viajes que yo había realizado y por todos los conocimientos que había adquirido. Nuestras conversaciones eran largas. Era una mujer muy lista y sabía todas las cosas de la vida. Fue siempre un gran sustento para mí. Aun hoy, hay muchos días y muchas noches que añoro no poder hablar con ella.

Pedro no sólo tuvo discrepancias conmigo por ser mujer, también se enfrentó con Pablo y Marcos, a pesar de que eran hombres. Su entusiasmo era superficial y nunca sabré si creyó las palabras y las enseñanzas de las que nos hizo partícipe Jesús. Su carácter era contemporizador y se acomodaba a las presiones del más fuerte. Sólo conseguía ganarse el respeto de los demás gracias a sus arrebatos de ira y rudeza. Salvo su hermano, no tenía muchos seguidores dentro del grupo de Jesús. Cuando desapareció el maestro y consideré que aquel ya no era mi sitio, decidí marcharme y predicar su palabra en otros lugares. Por haber estado dentro del grupo de Jesús nos persiguieron a todos, pero no recibí ninguna ayuda de Pedro. Aquella fue su mayor traición.

Cuando escribo estas líneas, muchos años después, toda aquella ira que tenía acumulada se ha ido mitigando hasta desaparecer casi por completo. Desde siempre, Pedro era más partidario de que los preceptos que nos enseñaba Jesús fuesen más ortodoxos, agresivos y dominantes. Yo, en cambio, era más partidaria de las enseñanzas gnósticas, amorosas y adoradoras de una deidad padre-madre. Muchas de las frases que decía el maestro hacían prever un advenimiento casi inminente del reino de los cielos. Por eso, y porque posee un sacerdocio perpetuo y permanecerá para siempre entre nosotros, no necesitaba un sucesor. De ahí que no le ordenase a nadie ser su sucesor, ni a nadie le dijo que fuese el mayor cuando él ya no estuviese entre nosotros.

Jesús y yo teníamos conocimientos para sanar a los enfermos. Él los había adquirido en sus viajes y yo, en mi estancia en Egipto. Siempre íbamos cargados con hierbas y frascos llenos de los ungüentos más increíbles. Un día me sentí mal. Empecé a tener calor y me subió la temperatura. Pensé que era algún frío que había cogido durante el viaje. También estaba muy cansada. Jesús decidió detener la marcha y acampar. Por la noche me empezó a picar todo el cuerpo. Por la mañana me desperté llena de granos. No echaban líquido, sólo picaban, y mucho. La gente se asustó al verme. El único que me cuidó fue Jesús. Su madre también le ayudó. Yo había oído hablar de esa enfermedad, pero creía que sólo aparecía en los niños. En los adultos era bastante raro. Cuando brotaba en los mayores lo hacía con más virulencia, que era lo que me sucedió a mí. Todo mi cuerpo estaba lleno de granos. Parecía increíble. Jesús y yo mezclamos unos ungüentos y unas hierbas hasta que conseguimos obtener una pasta del color de la tierra seca. Me la tuve que poner por todo el cuerpo durante cuatro días. Además, olía muy mal. Al quinto, los granos comenzaron a secarse y algunos se cayeron. Aún conservo las marcas en la cara y en los brazos de algunos que me quité sin querer. Mientras, la gente había empezado a murmurar y a decir que tenía demonios en mi cuerpo, por eso me habían salido tantos granos.

Cuando estuve recuperada, salí de la tienda. La gente comenzó a decir que él me había curado y que me había sacado los siete demonios que llevaba dentro. Yo no lo desmentí. Tenía asuntos más importantes en los que pensar y creí que era perder el tiempo.

Otra vez, recuerdo que estábamos en Cesarea de Filipo. No había cambiado mucho desde la última vez que la visité cuando comencé mi viaje a Egipto. Jesús nos preguntó a los que estábamos más cerca de él: '¿Quién dice la gente que es el hijo del hombre?'. Uno de los que le seguíamos le respondió: 'Unos dicen que es Juan el bautista, otros que es Jeremías y otros que es uno de los profetas'. El maestro había escuchado con mucha atención sus palabras y volvió a preguntar: 'Y vosotros, ¿quién decís que soy yo?'. Hubo un instante de silencio y Pedro contestó: 'Tú eres el Cristo, el hijo del Dios vivo'. Jesús esbozó una enorme sonrisa de satisfacción y dirigiéndose a su discípulo, pero también para que le oyéramos el resto, le dijo: 'Pedro, sobre esta piedra, sobre las palabras que me acabas de decir que yo soy el Cristo, el hijo del Dios vivo, edificaré mi iglesia'. Jesús lo acababa de dejar claro. Él era el centro de todo y nadie más podía serlo. Sólo Dios. También lo hizo cuando le preguntaron quién iba a ser el mayor y respondió de la misma manera. En sus enseñanzas siempre nos decía que no había nadie por encima de otro. Ni él mismo. Sólo Dios. Si lo hubiese juzgado conveniente lo habría dejado dicho, pero no lo hizo. Poco después, como si previese su marcha, nos dijo a los que estábamos allí presentes: 'Todo lo que atéis en la tierra será atado en el cielo, y todo lo que desatéis en la tierra será desatado en el cielo'. Esa fue su forma de hacernos partícipes de su iglesia y de que lo que hiciésemos en la tierra tendría sus consecuencias después en el cielo. Nadie tenía la primacía sobre el resto. Ni él mismo. Sólo Dios la tenía. No había una sumisión de unos sobre otros. Eso era algo que él siempre repetía y nunca toleraría que ocurriese. Poco antes de irse nos reunió a los más cercanos a él. No éramos más de una treintena. Nos dijo que hiciéramos de pastores de su rebaño, que apacentáramos a sus ovejas y a sus corderos, que eran todos aquellos que seguían sus palabras. En sus enseñanzas, Jesús también nos prohibió apropiarnos de la autoridad de Dios. Antes de enviar a varios de los que le seguíamos para que hiciesen la primera inmersión a las gentes, les previno: 'No llaméis a nadie padre, porque sólo hay un padre: el que está en el cielo. Ni tampoco os dejéis llamar por nadie maestro, porque sólo uno es vuestro maestro: el Cristo'.

He recibido noticias de la muerte de Pedro y Pablo. Los han matado en Roma durante las persecuciones a nuestra gente realizadas por el emperador Nerón. La estancia de ambos en Roma fue al final de sus días y no fue demasiado larga. Habían llevado la palabra de Jesús por otros lugares y hacía poco tiempo que estaban en la capital del imperio. Descansen los dos en paz.

———————

Joaquín había perdido la cuenta de las veces que Felipe se había removido en su asiento. La indignación del seminarista había aumentado a medida que escuchaba el segundo manuscrito de Magdalena. El anfitrión entendía su desasosiego, al igual que su amiga Laura. Si muchas de las frases del primer pergamino atacaban algunos de los preceptos cristianos en los que Felipe asentaba su fe, la mayoría de las del segundo atentaban contra la misma cabeza de la iglesia: el Papa.

María, que no conocía tan en profundidad la religión católica como las otras tres personas que también se encontraban en aquel inmenso salón de la casa de los Cantones, no lo consideró tan grave. Después, lo entendió. A la informática lo que más le fascinaba era la aventura que tenían ante ellos. El día anterior habían descubierto en la iglesia de las Capuchinas el primer cilindro de madera con el primer manuscrito de Magdalena. Hacía unas horas, ella había encontrado en el templo de San Jorge el segundo con el segundo pergamino. Y aún quedaban otros cinco más. Los siguientes días prometían emociones fuertes. María había comenzado a desarrollar un sentimiento de admiración hacia aquella mujer con su mismo nombre. Cada línea que Joaquín leía, aumentaba su interés por ella. La admiraba por su fuerza interior, su entereza y su lucha contra las normas establecidas. Nunca le había importado la religión. Por eso desconocía el alcance real de las palabras de Magdalena, pero sí sabía que muchas de sus actitudes chocaban con la sociedad de la época. Y eso lo valoraba mucho.

Joaquín terminó de leer el segundo pergamino. Levantó la vista y la dirigió hacia Felipe. Laura hizo lo mismo. María, aunque no sabía por qué, repitió el gesto. Felipe sintió al instante el tremendo peso de aquellas tres miradas. Las tres le interrogaban en silencio sobre lo que acababan de escuchar. El seminarista descargó la tensión con una sonora carcajada.

—Todo esto me lo tomó como un juego. No puedo hacerlo de otra forma. Si hiciese caso de todo lo que dice ese papel, debería cambiar todas mis creencias de arriba a abajo: admitir que Cristo no edificó la Iglesia Católica sobre Pedro, que Jesús no necesita un sucesor, que Pedro no fue el primer Papa y que el resto de papas son unos impostores porque San Pedro no es el sucesor legítimo de Cristo.

María escuchaba a su amigo con la boca abierta. No había oído nada de aquello. Al ver que ni Laura ni Joaquín mostraron la menor sorpresa por las palabras de su amigo, la catalana prefirió mantenerse callada. Ya preguntaría cuando lo creyese oportuno. El seminarista parecía demasiado molesto para que le realizaran algunas preguntas que, en aquellos tensos momentos, consideraba que estaban fuera de lugar. Y lo estaban. Laura y Joaquín sabían que existían numerosos estudios documentados que apoyaban todo lo que Felipe acababa de negar, pero no quisieron hurgar más en la herida. A Joaquín le asombró la facilidad y la simpleza con la que aquel pergamino desmontaba la acusación que había perseguido a Magdalena los últimos dos mil años: que era una prostituta. La respuesta se encontraba en cómo había narrado el encuentro entre Jesús y la pecadora pública en casa del fariseo llamado Simón y, sobre todo, en la enfermedad que había padecido ella y que Jesús había curado con su ayuda. Era fascinante, se dijo. Simplemente fascinante, se repitió una vez más.

Laura dejó el inmenso salón de la casa de los Cantones y voló con su imaginación hasta la suya. Aún tenía el susto metido en el cuerpo. Abrir la puerta y encontrarla desordenada había sido una impresión demasiado fuerte que le sería difícil olvidar. La bibliotecaria comenzó a recordar cómo habían abandonado la segunda iglesia, la de San Jorge, con el segundo cilindro de madera en las manos de María. Habían acordado con Joaquín que si lo encontraban temprano pasarían por casa de Laura para cambiarse de ropa. Después volverían a la de Joaquín para que tradujese el segundo de los pergaminos de Magdalena. A la bibliotecaria le había causado una impresión tan grande la escena de su casa patas arriba que, aunque había sucedido hacía unas horas, no se la podía quitar de la cabeza. Tuvo que reprimir las lágrimas.

Los tres amigos habían salido de la iglesia de San Jorge con el segundo cilindro de madera y habían atravesado la Plaza de María Pita en diagonal. Entre el segundo templo y la casa de Laura había menos de 400 metros. Laura les contó, después de que María les explicase cómo había encontrado el segundo manuscrito, que la plaza se construyó en tres fases: de 1860 a 1885 se hizo la parte sur; de 1885 a 1926 se reformaron las viviendas que la rodeaban y de 1926 a 1958 se construyeron las primeras casas de hormigón y se remató la plaza. Su estilo era más cercano a las plazas reales francesas que a las castellanas. Su forma era cuadrada y cada lado medía 111,20 metros. La presidía el edificio que ocupaba el ayuntamiento. Hacía poco tiempo se había colocado en la plaza una estatua de la heroína de la ciudad, María Pita. Al salir de ella, a los tres amigos les recibió el olor del mar y la vista de los barcos anclados en la dársena de la Marina. Hacía mucho calor. Era casi la una de la tarde. Al trasatlántico de la mañana anterior lo había sustituido otro un poco más pequeño. A su derecha observaron una nueva y preciosa perspectiva de la avenida de la Marina coruñesa y sus tradicionales edificios con galerías de cristal. En su mayoría eran del siglo XIX y en los últimos años habían restaurado la mayoría. Por esas galerías, a A Coruña se la conocía como la Ciudad de Cristal, les había dicho Laura a sus dos amigos el día anterior. La anfitriona les explicó que las galerías eran el frente marítimo más representativo de la urbe. Se habían construido en dos fases: de 1870 a 1876 y de 1879 a 1884.

Al pasar bajo la Puerta Real, la entrada y la salida más señorial de la plaza de María Pita, se detuvieron unos instantes para admirar la Casa Rey, que se levantaba majestuosa a su derecha. La anfitriona les explicó que era una construcción de 1911. Un gran ejemplo de la arquitectura modernista gallega. En ella se mezclaba la tradicional estructura de galería con los nuevos materiales de la época en la que se construyó, como el hierro forjado y la decoración *art noveau*. Poseía tres fachadas. La de la plaza, por donde se entraba a las viviendas tras franquear un portal en forma de ele mayúscula y dos grandes pavos reales, era diferente a las otras dos. Laura insistió en que se fijasen en su cornisa rizada, la cerámica vidriada, los balcones de hierro y las cabezas de mujer que sobresalían de la fachada. Frente a ella se alzaba la Casa Molina, que cerraba de manera escenográfica, con sus cintas colgantes y sus guirnaldas, la Ciudad Vieja. Su fachada formaba un amplio mirador poliédrico. Fue construida pocos años después de la Casa Rey, en 1915. El elemento más espectacular, y el que le daba un aspecto señorial, era la torre con una cúpula hexagonal de estilo francés que remataba el edificio. Laura les contó que allí había vivido durante muchos años Alfonso Molina, que fue alcalde de la ciudad entre 1947 y 1958. Se le recuerda, apuntó, por las importantes inversiones que realizó en A Coruña. Bajo su mandato se pavimentaron las calles, se reformaron los Cantones y se abrió la avenida de Lavedra, que después llevaría su nombre.

—Es la autovía por donde hemos entrado a la ciudad —les dijo, mientras caminaban a grandes zancadas.

Los tres continuaron unos treinta metros por el paseo del Parrote y giraron a la izquierda. Entraron en la calle Tabernas, donde vivía Laura. Era una vía estrecha y casi no cabían dos coches. No tenía tráfico y sólo era utilizada por los vecinos para guardar los vehículos en los garajes. El portal de la bibliotecaria era el 14. Tres números antes pasaron por delante de la casa donde vivió Emilia Pardo Bazán, la ilustre escritora coruñesa del siglo XIX que desarrolló el estilo naturalista con el que quiso describir en sus novelas la vida urbana de su ciudad. Desde 1972, la casa se había convertido en un museo de la escritora y en su interior se recreaba el ambiente de una vivienda de la nobleza urbana de aquella época. La bibliotecaria les prometió que la visitarían cuando tuviesen tiempo. Emilia Pardo Bazán, les contó mientras caminaban hacia su casa, era hija de los condes de Pardo Bazán, título que heredó a los treinta y nueve años.

Avanzaron una veintena de metros por la estrecha y sombría calle y entraron en el portal de Laura. Le costó un poco abrir la puerta de la casa, pero al cuarto intento la cerradura cedió. Después, la policía les explicaría que la habían forzado. En aquellos momentos, en los que volvía a su memoria aquel desagradable episodio, no recordaba qué era lo que había dicho Felipe, pero sí, que los tres habían entrado sonrientes y victoriosos. María llevaba en su mano el segundo cilindro con el segundo manuscrito de Magdalena. Las sonrisas del trío desaparecieron al instante cuando observaron el estado en el que se encontraba la vivienda. Al principio, les costó asimilar lo que había sucedido, pero no tardaron mucho en comprender que habían entrado a robar. Parecía como si hubiese pasado un tornado. Nada estaba en su sitio. Los cajones, los libros y las revistas, esparcidos por el suelo. Los muebles y los sillones, fuera de su lugar habitual. Los cuadros de las paredes, movidos. Las puertas de los armarios, abiertas. Todo estaba desordenado.

Mientras Laura, nerviosa, atinaba a llamar a la policía, Felipe buscó por toda la casa si había alguien. Estaba vacía. A los cinco minutos llegó la policía. En un primer y rápido vistazo, Laura comprobó que no faltaba nada de valor. No tenía joyas, pero en el cajón de su mesilla, que lo encontró abierto, aún seguía el sobre con dinero que siempre tenía en casa. No faltaba nada. Tampoco les faltaba nada ni a María ni a Felipe, a pesar de que sus maletas las habían revuelto. La televisión, el video, el ordenador y el equipo de música también continuaban en su sitio.

En el desván, los estragos habían sido mayores. Sólo algunos de los más de dos millares de libros permanecían en sus estanterías. El suelo era un manto de ejemplares abiertos y cerrados. Laura le dijo a la policía que, en principio, no les faltaba nada de valor. Uno de los agentes insinuó que el ladrón o los ladrones entraron para buscar algo en concreto. Laura mintió como pudo y respondió que no sabía a lo que se refería.

María llevaba en su mano el segundo cilindro de madera. El primero se encontraba en la caja fuerte de la casa de Joaquín. Los vecinos de la bibliotecaria tampoco habían oído nada en las últimas horas.

Con tan pocas pruebas, los agentes reconocieron que no podían hacer mucho. Eso sí, invitaron a Laura a que cambiase la cerradura y la puerta. Ambas eran muy antiguas y fáciles de volver a abrir. Nada más marcharse la policía, cerrar la puerta con llave y echar los dos cerrojos, la bibliotecaria llamó a Joaquín. Su amigo se alteró mucho y no paró de preguntar si los tres se encontraban bien. Parecía como si tuviese un sentimiento de culpabilidad. El hombre, al que Laura notó muy preocupado, les pidió que se trasladaran a su casa durante los siguientes días hasta que todo se tranquilizase. La bibliotecaria consultó la proposición con sus dos amigos. Ambos aceptaron con un leve movimiento de cabeza.

—¿Y la cerradura? —preguntó preocupada María cuando Laura colgó el teléfono.

—Ahora me encargo —respondió a la vez que buscaba un número en su agenda del teléfono móvil.

Mientras María y Felipe comenzaban a poner en orden la casa, Laura habló con un amigo que instalaba puertas blindadas. Le aseguró que no había ningún problema. Por la tarde tendría una nueva puerta y una nueva cerradura. Laura le dijo que le dejaba las llaves a la vecina, pero su amigo le recomendó que las tirase. No las necesitaba. También era cerrajero. Abriría la puerta vieja, pondría la nueva y, cuando quisiese, podía pasar a buscar las llaves nuevas por su tienda. Eso era eficacia y tener amigos, pensó cuando colgó el teléfono. Felipe y María, que no se separaba del tubo de madera, se afanaban en poner un poco de orden. Una hora después, todo estaba como antes. Lo que más les costó fue colocar de nuevo todos los libros de la buhardilla.

Era casi la hora de comer. Seguro que Joaquín les esperaba con ansiedad, pensaron. Cogieron algo de ropa y salieron de la casa. Antes de cerrar la puerta, Laura dio un último vistazo a todas las habitaciones. Iba a echar de menos su casa, aunque sólo iban a ser un par de días, se consoló. Siempre le pasaba lo mismo cuando dejaba A Coruña. Pero ahora no se marchaba de la ciudad. Dormiría a menos de dos kilómetros. Aun así, la iba a echar de menos. No había conocido otra casa. Los treinta y nueve años que tenía los había vivido allí. Primero con su abuelo, hasta los veinte, cuando murió. Otros diez más con su ex marido y los últimos nueve, sola. Conocía de memoria cada esquina, cada recoveco de aquella vivienda, sus sonidos y sus olores.

La casa la había heredado de su abuelo. Laura reconocía que vivía en uno de los lugares más privilegiados de A Coruña. Las vistas eran la envidia de toda la ciudad. Su vivienda se alzaba en el medio de la quincena de edificios del paseo del Parrote. La entrada al portal era por la calle de atrás, por la calle Tabernas, en el número 14. Por delante, las ventanas se abrían al paseo del Parrote. Al número 20. El edificio era uno de los pocos que no lo habían cubierto en su totalidad por las tradicionales galerías de cristal. Sólo las tenía su piso.

Cuando fue construido, a principios del siglo XX, se edificaron cuatro alturas además del bajo, que ahora lo ocupaba una tienda de antigüedades. Laura no supo nunca cuándo lo hizo porque al nacer ya estaba allí, pero su abuelo levantó una planta más. La bibliotecaria transformó aquel quinto piso en una coqueta buhardilla. Encima de esa quinta planta, su abuelo realizó otra construcción, cuatro veces más pequeña, que ella utilizaba como trastero. La fachada de la calle Tabernas era toda de piedra y la del paseo del Parrote casi. Sólo su piso, el cuarto, disponía de galerías. Las dos primeras plantas tenían cada una tres ventanas. La tercera y la cuarta, dos balcones cada uno. Al piso de Laura no se le veía el balcón porque lo había cerrado con la galería. Así había ganado espacio a la gran casa que poseía. La planta de abajo seguía con el balcón descubierto. Con el paso del tiempo había reformado la vivienda. Salvo la puerta, que había repetido mil veces que la tenía que cambiar, el resto parecía nuevo. Había renovado el suelo de madera y había pintado las paredes y los techos el año pasado.

Echó la última mirada a la dársena, al edificio de Correos, al de la Diputación y a todas las casas de la Marina con sus características galerías y cerró la puerta. Salieron con cuidado a la calle. Miraron en ambas direcciones y no observaron nada sospechoso. Llegaron a la conclusión de que, si hubiesen querido hacerles daño, lo habían tenido fácil aquella mañana. Prefirieron no asustarles en persona, se dijeron, y sólo recuperar el primero de los manuscritos de Magdalena.

Laura miró su reloj. Eran las dos y cuarto. Entre el calor, la cercanía de la hora de comer y que la calle Tabernas no tenía mucho tránsito, no vieron a nadie. Al salir del portal no giraron a la izquierda, ni volvieron a pasar por la casa donde habitó Emilia Pardo Bazán, ni desanduvieron el camino hasta llegar a la Puerta Real donde una hora antes habían admirado la Casa Real y la Casa Molina. Laura giró la derecha.

—Os voy a enseñar una cosa —dijo la anfitriona, que quería descargar la tensión acumulada en las últimas horas y que sus amigos se relajasen un poco.

Anduvieron medio centenar de metros por la calle Tabernas hasta llegar al final de la hilera de edificios del paseo del Parrote. Volvieron a girar a la derecha. Diez metros después, Laura se detuvo frente al edificio que hacía esquina. Desde allí tenían casi las mismas vistas que desde la casa de Laura. El calor era sofocante a esa hora.

—Creo que os gustará saber esto —aseguró a la vez que señalaba la placa de piedra que tenían a unos tres metros por encima de sus cabezas, colocada bajo la ventana del primer piso.

—A las dos y cuarto de la tarde del 20 de julio de 1936 —comenzó a leer Felipe— se cañoneó al Gobierno Civil desde este lugar dando así comienzo el alzamiento nacional en Galicia. En la acción resultaron heridos varios artilleros y, muerto el cabo de artillería Santiago Gómez Rodríguez. Gloria y honor a su memoria.

—Y en su memoria, el cabo —apuntó Laura— posee una calle en A Coruña. Se llama Cabo Santiago Gómez y es la que sube desde la calle

Juan Flórez, una de las arterias más importantes de la ciudad, hasta el Palacio de Congresos. Ya os la enseñaré algún día si tenemos tiempo.

Decidieron coger un taxi. Había poco más de diez minutos a pie hasta la casa de Joaquín, pero no les apetecía andar en esos momentos. Por lo menos, hasta que no se les pasase el susto. Además, iban cargados con las bolsas de ropa. La parada más cercana era en la Puerta Real, a poco más de doscientos metros de donde se habían detenido. Bajaron por el paseo del Parrote y pasaron por debajo de la casa de Laura. La tienda de antigüedades ya estaba cerrada a esa hora. Felipe miró un par de veces a su espalda. Nadie les seguía. Tampoco vio ninguna persona sospechosa, o al menos eso creyó él.

Tras tres minutos y un par de semáforos en rojo, llegaron a la casa de los Cantones. Joaquín estaba nervioso. A María y a Felipe les sorprendió el abrazo tan cariñoso y sincero con el que les dio la bienvenida. Parecía más preocupado que ellos. ¿Había descubierto en su ausencia algo que convirtiese aquella aventura en algo más peligroso?, se preguntó el seminarista. Joaquín se tranquilizó según le contaban todo lo que había sucedido, lo que les había dicho la policía y que no habían notado ninguna presencia extraña desde que abandonaron la casa.

—Toma —le dijo María alargándole el cilindro de madera que habían encontrado en la iglesia de San Jorge—. Ya puedes traducir la segunda parte del diario de Magdalena.

—Ahora —cortó Joaquín—, esto no es lo más importante. Lo importante es que vosotros estéis bien. Roberto está a punto de acabar la comida. Vamos a sentarnos en el salón, a tranquilizarnos todos un poco y después ya veremos.

Las palabras salían tan sinceras de su boca que hasta Felipe comenzó a cambiar los prejuicios que se había creado sobre él. El seminarista se sentó en el sillón de diseño de color granate en el que había estado la tarde anterior. Le había gustado. Le dio un gran sorbo al Martini rojo que el dueño de la casa le había preparado mientras Roberto acababa de hacer la comida y comenzó a recordar la conversación que había mantenido con sus dos amigas y con Joaquín la noche anterior en la dependencia circular del piso superior.

Tras la cena, los cuatro se acomodaron en el ascensor, que era tan espacioso que había sitio para la silla de ruedas y ellos tres. El viaje fue corto, pero emocionante. Subir en un ascensor de cristal, dentro de una casa, era una gran experiencia. Salieron y giraron a la izquierda. El anfitrión les introdujo en una estancia circular de unos seis metros de ancho. Las paredes estaban ocupadas por ventanas y asientos.

A Laura también le sorprendió aquel lugar. Había estado varias veces en aquella casa, pero nunca había subido allí. Aquel momento debía ser importante para Joaquín, pensó. Nunca había entrado en aquella dependencia, pero sabía lo que era: la cúpula que coronaba el edificio. Las vistas desde allí eran magníficas. Unos ventanales colocados en el techo invitaban a contemplar el cielo estrellado. En el centro de la habitación había un gran telescopio. Joaquín abrió un armario y les invitó a que se sirvieran un licor.

—¿Qué pensáis de lo que dice el primer pergamino escrito por Magdalena? —preguntó el anfitrión a bocajarro.

—Que es todo una mentira —saltó con rapidez Felipe.

—No quiero llevarte la contraria —le tranquilizó—, pero en ese papel aparecen muchos datos que son ciertos.

—Y otros muchos que son mentira —apuntó con rapidez el seminarista.

—Como dijo Jack, el destripador, vayamos por partes —bromeó para romper la tensión—. Hay datos que aparecen en ese papel que son ciertos y otros que nunca antes habían salido a la luz. De estos últimos, hay determinadas afirmaciones que comprendo que vayan en contra de tus creencias, pero existen otras que no atentan contra nada y que nos ayudan a entender un poco más aquella época y cómo era Magdalena. ¿Quieres que empecemos por estas últimas? —preguntó el anfitrión.

Felipe asintió con la cabeza. Laura y María habían asistido como privilegiadas espectadoras al primer asalto. Joaquín reconoció que le habían sorprendido diversos datos que aparecían en ese primer manuscrito. Magdalena lo había redactado cuando ya era mayor. Lo decía la introducción. Lo escribió poco antes de su muerte. Y lo corroboraba ella: «Yo también era muy poco común para aquellos tiempos. Y aún lo sigo siendo, aunque ya esté vieja», repitió la frase Joaquín. Otro dato que le había llamado la atención era la parte en la que decía que había sido una de las primeras en seguir a Jesús. El anfitrión no recordaba haber leído nada sobre ello. También le sorprendió que tanto en la introducción como en el pergamino se asegurase que ella había pasado cinco años con Jesús y resaltó una frase que consideró relevante: «Mucho tiempo después de abandonar mi tierra y a muchas jornadas de distancia».

—Cuando escribió los manuscritos ya no se encontraba en Palestina —apuntó—. Los diferentes estudios sobre la biblia aseguran que Magdalena siguió a Jesús al final de su vida, como mucho en el último año, y tampoco se conocía hasta ahora que ella hubiera realizado un viaje durante siete años.

Felipe, que seguía las explicaciones de Joaquín con interés, asintió con la cabeza.

—¿Os habéis dado cuenta de que el siete es un número que se repite con mucha asiduidad en toda esta historia? —preguntó extrañada María—. Magdalena viajó durante siete años. Son siete las iglesias de A Coruña donde están escondidos los siete manuscritos. La copia del original escrito por Magdalena se realizó en 1507. No debe ser una casualidad.

—Si te sirve de algo —interrumpió Laura con una leve sonrisa—, cuando entramos en la iglesia de las Capuchinas faltaban siete minutos para las siete de la tarde y la escalera que trajiste de la sacristía en la que me subí tenía siete escalones.

Los cuatro estallaron en una sonora carcajada.

—Puede que María tenga razón —intervino Joaquín una vez calmados—

y que el número siete tenga su importancia en todo esto. Supongo que habrá que estar alerta a partir de ahora a todo lo que esté relacionado con el siete.

El anfitrión les explicó que el siete aparecía en diversas culturas como un número del destino, de magia, suerte, fascinación y misterio. Desde la antigüedad era reconocido por casi todas las culturas y religiones como el número sagrado por excelencia. Por ejemplo, las curanderas tenían que cumplir determinadas condiciones como ser la séptima hija de una séptima hija o el séptimo hijo de un séptimo hijo.

—Magdalena fue la séptima hija —saltó con rapidez María.

—Aunque no sabemos si su madre también había sido la séptima hija, pero es probable —apostilló Joaquín.

—De todas formas —apuntó Laura—, tenía conocimientos de medicina y siempre viajaba con muchos ungüentos. Quizá sí que era una curandera.

—También se decía —continuó Joaquín— que los séptimos hijos poseían doble vista y que podían ver el futuro. Existía también una tradición en la época victoriana, según la cual, el séptimo hijo debía cursar la carrera de medicina. La luna, por ejemplo, cambia de tonalidad cada siete días. El número siete está muy unido a nuestras vidas.

Todos permanecieron un rato en silencio mientras analizaban las palabras de Joaquín. Era verdad. El siete aparecía por todas partes: los siete días de la semana, los siete mares del planeta, las siete maravillas del mundo antiguo y las siete del mundo moderno, las siete notas musicales, los siete colores del arcoíris...

—¿Sabéis cuantas semanas tiene la cuaresma? —preguntó Felipe con una sonrisa en sus labios.

—Siete —contestaron todos.

Joaquín continuó con el análisis del primer manuscrito y aseguró que después de leerlo aparecía una Magdalena muy diferente a la que había enseñado la Iglesia durante tantos siglos. Felipe se revolvió en su asiento.

—Ella misma lo reconoce cuando dice que era muy poco común para aquella época. Los tres sabéis, porque sois licenciados en historia, que no era muy habitual que las mujeres supieran leer y escribir, y ella era la única del grupo. También cuenta que su padre le enseñó todo lo que sabía y que le dejó que adquiriese otros conocimientos, algo casi prohibido para las mujeres de aquellos tiempos, como ella misma asegura.

El anfitrión les explicó que era verdad que la primera María de la que se tenía conocimiento era la hermana de Moisés. A partir de ahí, ese nombre se había convertido en uno de los más utilizados en todo el mundo.

—Aparece en la biblia. En el segundo libro del Pentateuco, Éxodo, en 15:19-20. El primer versículo dice: «Porque cuando los caballos de Faraón y los carros con sus guerreros entraron en el mar, Yahveh hizo que las aguas del mar volvieran sobre ellos, mientras que los israelitas pasaron a pie enjuto por medio del mar». Y el segundo afirma: «María, la profetisa, hermana de Aaron, tomó en sus manos un tímpano y todas las mujeres la seguían con tímpanos y danzando en coro» —recitó Joaquín.

Felipe y María se sorprendieron de que aquel hombre se supiese de memoria pasajes de la biblia. Laura, no. Después de años de amistad, no le sorprendía nada de él. A la informática le pareció muy interesante el apunte sobre la primera María. Nunca había sabido de dónde procedía su nombre. Ahora que lo conocía estaba muy orgullosa de que tuviese tanta historia.

El anfitrión continuó con su explicación. Se le notaba entusiasmado. El nombre de María, les dijo, era uno de los más comunes en tiempos de Jesús.

—Para que os hagáis una idea de lo frecuente que era su uso, basta con leer el nombre de las mujeres que estuvieron al pie de la cruz. Lo dice el evangelio de San Juan 19:25: «Junto a la cruz de Jesús estaban su madre, es decir: María; la hermana de su madre; María, la mujer de Cleofás y María Magdalena» —volvió a recitar de memoria—. En un reducido grupo de cuatro mujeres, tres se llamaban María. Por eso, cuando se nombraba a una María o a otra mujer se le agregaba una especificación para diferenciarla del resto. Y aquí se demuestra otra vez que Magdalena era diferente. Joaquín les explicó que, como escribió María Magdalena en el primer pergamino, la tradición más común en aquella época era acompañar al nombre de la mujer el de un pariente varón para diferenciarla de otras que se llamasen igual. Si Magdalena, apuntó, hubiese vivido en el seno de una familia judía, lo normal habría sido que se le designase con su nombre y el de un pariente varón. Por el contrario, se la conoce por su lugar de origen: Magdala. El nombre indica que en el momento en el que se le añadió el apelativo había abandonado su pueblo y no vivía ya en él. Sus propios paisanos nunca la llamarían por el nombre de su pueblo.

—A nadie de esta ciudad se le ocurriría, por ejemplo, decir: Laura, la de A Coruña o Joaquín, el coruñés. No tendría sentido. La biblia, continuó, asegura que era conocida como María de Magdala por judíos de dentro y de fuera del movimiento de Jesús.

Era una mujer que participaba de la vida itinerante de este grupo y que no estaba vinculada a un marido.

—Por lo tanto —aclaró—, Magdalena no es el nombre propio de una mujer sino un apodo que hace alusión a su lugar de origen. Además, a ella la llamaban Miryam que es la traducción de María del hebreo. También he leído que Magdalena significa «alta torre», porque había heredado la torre de Magdala, algo que ella misma reconoce. Nos encontramos, por lo tanto, ante una mujer con una posición económica desahogada o, mejor dicho, bastante elevada. Algo que también está documentado en los evangelios, como en Lucas 8:3 donde se dice que servía a Jesús con sus bienes. Sólo con su alto poder adquisitivo se explica que viajase por Egipto, como ella ha dejado escrito.

—¿Sabes algo de Magdala? —preguntó María, que estaba fascinada por los conocimientos que tenía el amigo de Laura.

—Hoy en día es un pueblo que casi ha desaparecido. Hay unas ruinas y ni siquiera han sido excavadas ni clasificadas —contestó con un hilo de impotencia en sus palabras.

El anfitrión estaba dejando a sus invitados con la boca abierta. Hizo un leve descanso, aprovechó para beber un poco del whisky que se había servido y continuó.

—Aunque no es una prueba concluyente de su veracidad, en el manuscrito aparecen muchas frases que también se encuentran en la biblia, casi al pie de la letra.

—¿Por ejemplo? —preguntó Laura.

—Cuando Magdalena dice que Jesús le explicó a Pedro que antes de su muerte le iba a negar tres veces o cuando le tuvo que reprender porque seguía sin entender cuál era su destino. Ella escribe que el maestro le dice a su discípulo: «¡Quítate de mi vista, Satanás! ¡No sientes las cosas de Dios sino sólo las de los hombres!». Y estas mismas frases aparecen en el evangelio de San Marcos, en 8:33-34, y en el de San Mateo, en 16:21-23. Estos últimos dicen: «Desde entonces, comenzó Jesús a manifestar a sus discípulos que él debía ir a Jerusalén y sufrir mucho de parte de los ancianos, los sumos sacerdotes y los escribas, y ser matado y resucitar al tercer día. Tomándole aparte Pedro se puso a reprenderle diciendo: '¡Lejos de ti, señor! ¡De ningún modo te sucederá eso!' Pero él, volviéndose, le dijo a Pedro: '¡Quítate de mi vista, Satanás! ¡Escándalo eres para mí, porque tus pensamientos no son de Dios, sino los de los hombres!'» —recitó otra vez Joaquín.

A María le resultaba increíble que alguien se supiese la biblia de memoria. Aquel hombre no paraba de sorprenderla.

—La mayor controversia –prosiguió– aparece en la imagen que el manuscrito de Magdalena ofrece de la figura de Pedro, el primer Papa de la Iglesia Católica.

Los tres dirigieron sus miradas hacia Felipe.

—Estoy ávido de escuchar sus sabias reflexiones sobre este asunto —respondió el seminarista con un tono de ironía y consciente de que iba a oír palabras que no le gustarían.

—En primer lugar, el manuscrito de Magdalena confirma lo que dicen los evangelios: que Jesús cambió el nombre a Pedro. Con anterioridad se llamaba Simón y su maestro inventó el nombre de Pedro para su discípulo —explicó Joaquín mientras miraba a María, que con su cara demostraba que desconocía ese detalle.

El nombre de Pedro no existía antes. En ningún escrito anterior aparecía ese nombre, aseguró.

—¿Y en qué momento le cambia el nombre? —preguntó María entusiasmada, ya que esa noche estaba aprendiendo más de religión que en toda su vida.

—Se encuentra en el evangelio de San Mateo, en el 16:18. Es una de las frases más importantes de la biblia y sobre la que se asienta buena parte de los cimientos de la Iglesia Católica. La frase en cuestión dice: «Yo te digo que tú eres Pedro y sobre esta piedra edificaré mi iglesia».

—Un día —interrumpió Laura— leí un libro en el que se hablaba del nombre de San Pedro. Recuerdo, si no me equivoco, que decía que en la biblia se utiliza en dos ocasiones el antiguo nombre hebreo Simeón; cuarenta y ocho, el griego Simón; veinte, casi todas en el evangelio de San Juan, el compuesto Simón Pedro y ciento cincuenta y tres veces Pedro, equivalente del arameo Cefas que aparece en nueve.

—¿Cefas? —preguntó María desde su sillón con un vaso de Martini blanco en su mano.

—Sí —contestó Laura, que también quería demostrar sus

conocimientos—. Otro de los nombres dados a Pedro es el de Cefas, que proviene de la palabra griega *psefos* que significa *piedrecita para votar, decreto acordado o juicio*. Cefas es también un equivalente del nombre arameo Kefa. Pedro, por su parte, procede del griego petras que quiere decir piedra.

Felipe asintió. Joaquín no lo hizo, pero nadie se dio cuenta. La noche seguía estrellada y aquella atalaya era un lugar privilegiado para observar la inmensidad del cielo.

—De la segunda parte del manuscrito —prosiguió el anfitrión— se extrae la conclusión de que la figura de Magdalena, dentro del grupo de Jesús, era más relevante de lo que nos ha contado la Iglesia y que su relación con Pedro no era demasiado buena. Dice que el apóstol rechazaba a las mujeres y la rechazaba a ella por ser la compañera más cercana y elegida por Jesús para ser portadora de sus enseñanzas.

—Pero eso no puede ser cierto —intervino Felipe con vehemencia—. Los únicos portadores de sus enseñanzas fueron los apóstoles y San Pedro, al que Jesús nombró el primer Papa y al que concedió la autoridad suprema de la iglesia.

—¿Es eso verdad? —preguntó María.

—La religión católica —comenzó Joaquín— se basa en pequeños fragmentos de la biblia, algunos sacados de contexto, para demostrar su legitimidad como única y verdadera. Hay un versículo, que sólo aparece en el evangelio de San Mateo y no en los otros tres, en el que la Iglesia deposita todos sus argumentos para defender el gran acontecimiento de que Jesús le dio a Pedro la potestad de ser el primer Papa. Y es en el que, además, le cambia el nombre a su discípulo: «Yo te digo que tú eres Pedro y sobre esta piedra edificaré mi iglesia». Según la Iglesia Católica, al decir esto, el Mesías le instituyó como primero entre los apóstoles y le confirió el primado de la iglesia. Es decir, le nombró el primer Papa de la historia. Y para la Iglesia es una verdad de fe.

—Sin embargo —intervino Laura—, la Iglesia ortodoxa, la griega, las orientales y los protestantes se oponen a este dogma. Argumentan que cuando Jesús le cambió el nombre y le llamó Pedro, lo que hizo fue hacerle un trozo de piedra. Es decir, un trozo de él mismo porque Jesús era la roca. He leído que existe una gran cantidad de referencias tanto en el antiguo como en el nuevo testamento en las que se asegura que la roca es Jesús.

—¿Y quién es el que da la primera predicación de la Iglesia tras Pentecostés? —intervino Felipe, que estaba dispuesto a discutir cualquier ataque a la iglesia—. Es San Pedro. ¿Y quién es el que toma la iniciativa de buscar un sustituto para Judas Iscariote? San Pedro. ¿Y quién es el que realiza el primer milagro tras la ascensión del señor? San Pedro. ¿Y quién es el que habla delante del sanedrín la primera vez que los dirigentes religiosos judíos intentan detener la propagación del evangelio? San Pedro. ¿Y a qué apóstol es a quien el señor muestra por primera vez la necesidad de evangelizar a los gentiles? A San Pedro. Siempre San Pedro. Él fue el primero y a él le dio el señor el poder supremo de la iglesia.

—Yo no digo que no sea así —se defendió Joaquín desde su silla de ruedas—, pero es la conclusión que sacamos después de leer el primer manuscrito. Hay varios ejemplos de la actitud de rechazo que tiene contra Magdalena: cuando Pedro le pide a Jesús que la aleje porque las mujeres no merecen la vida; cuando asegura que no pueden soportarla porque habla todo el tiempo y no deja decir nada; cuando ella le cuenta a Jesús que Pedro la hace vacilar y que le asusta el odio que siente hacia las mujeres; cuando le explica que tiene celos de ella o cuando, ya desaparecido Jesús y tras haber hablado Magdalena durante una reunión a petición de Pedro, éste protesta y dice al resto del grupo si van a creer las palabras salidas de la boca de una mujer. El manuscrito que habéis encontrado señala que existía esta conflictividad entre ambos y hay estudios que avalan esta tesis. Además, ¿qué problema hay que salga a luz esa conflictividad entre dos personas dentro de un grupo? Mirad a vuestro alrededor y la encontraréis a cientos.

—Pero en ese papel se insinúa, y casi se asegura, que San Pedro era un machista, que no quería ver a las mujeres y que no quería tener delante a Magdalena porque era mujer. Y esa es una acusación muy grave — exclamó Felipe.

Laura y María asistían al intercambio de golpes sentadas en dos sillones envolventes de color blanco. De vez en cuando admiraban el cielo estrellado que tenían sobre sus cabezas. La cúpula que remataba el edificio era un lugar privilegiado. Era la una y media de la madrugada y nadie quería irse a dormir. Las dos amigas tenían la misma sensación que Joaquín, pero también comprendían las inquietudes de Felipe. Durante muchos años le habían enseñado, entre aquellas cuatro paredes del seminario de Cuenca, que sólo había una verdad y que el resto eran mentiras inventadas para acabar con la Iglesia Católica.

La comida fue muy animada. Era martes, segundo día de aquella increíble historia, y Roberto había acudido al mercado de Santa Lucía. Había comprado percebes y unas deliciosas lubinas que los cinco degustaron con avidez. Parecía que habían olvidado el susto de la casa de Laura de hacía unas horas, aunque aún se notaba en el ambiente. La imagen del desorden se repetía en las cabezas de los tres amigos. Laura, María y Felipe comenzaron a narrarle a Joaquín y a Roberto cómo habían encontrado el segundo manuscrito.

Después de volver a la iglesia de las Capuchinas para comprobar el nombre del autor del cuadro en el que habían hallado el primer cilindro, se dirigieron a la iglesia de San Jorge. La segunda de la eme mayúscula. Joaquín hizo un inciso para comentarles que después les contaría algo muy interesante que había descubierto sobre el cuadro en el que Laura había encontrado el primer manuscrito. Al llegar al cruce de la Estrecha de San Andrés con la calle Pontejos, en lugar de continuar por la calle San Nicolás, que los habría llevado a la iglesia con este nombre que también formaba parte de la eme mayúscula, siguieron por la calle Pontejos. Rodearon el mercado de San Agustín por uno de los lados y se encontraron con el edificio que habían adosado a la parte trasera de la iglesia de San Jorge. Anduvieron en paralelo por uno de sus costados y llegaron a la puerta de entrada.

María llevaba en su bolsillo el papel amarillo que habían encontrado en el primer cilindro de madera en la iglesia de las Capuchinas. Allí estaban escritos los dos versículos de la biblia que deberían llevarlos hasta el segundo manuscrito. Después de que Felipe se los hubiese repetido un par de veces ya se los sabían de memoria. El primero, Génesis 28:12, decía «Y tuvo un sueño; soñó con una escalera apoyada en tierra, y cuya cima tocaba los cielos, y he aquí que los ángeles de Dios subían y bajaban por ella». Y el segundo, Éxodo 24:12, continuaba: «Dijo Yahveh a Moisés: 'Sube hasta mí, al monte; quédate allí y te daré las tablas de piedra —la ley y los mandamientos— que tengo escritas para su instrucción'».

Laura y María le preguntaron a su amigo en qué parte de la biblia se encontraban. Creían que les podía dar alguna clave. El lugar en el que aparecía el primer versículo, que los había llevado hasta el primer papiro, no les había ayudado a encontrarlo, aunque tal vez ahora fuese diferente, pensaron.

El seminarista les explicó que el primer versículo se hallaba en el primero de los libros del antiguo testamento. En Génesis. Narra el sueño que tiene Jacob, nieto de Abraham, uno de los padres de la nación judía, en el que le se aparece Yahveh. El segundo versículo correspondía al segundo libro del antiguo testamento, Éxodo, también dentro del pentateuco, los cinco libros de los que consta la Torá. Es el momento en el que Dios le entrega a Moisés las tablas con los diez mandamientos. Después de darle muchas vueltas, a ninguno le pareció que la parte en la que se encontraban aquellos dos versículos en la biblia tuviese relación con el lugar en el que se escondía el segundo cilindro de madera. El único punto de unión radicaba en que ambos eran el versículo 12, uno del capítulo 28 y otro del 24.

Los tres se colocaron delante de la fachada de la iglesia de San Jorge como habían hecho en las cuatro anteriores. Ahora ya sabían lo que tenían que buscar y, casi con toda seguridad, se encontraba en el interior. Pero prefirieron inspeccionar el exterior por si hallaban alguna pista. Y la hallaron. María había consultado internet antes de salir de la casa de Joaquín y había descubierto aspectos interesantes sobre el templo. Los tres se dieron cuenta de la desproporción entre el volumen del cuerpo central de la fachada y el de las torres laterales.

—Su construcción fue lenta y tortuosa —comenzó la informática—. Empezó en 1693 y no se terminó hasta 1906. Intervinieron las mayores figuras del barroco gallego. Fue proyectada por Domingo Antonio de Andrade, precursor de este movimiento en Galicia. También participaron Clemente Fernández, Simón Rodríguez y Fernando de Casas Novoa.

—El de la iglesia de las Capuchinas —apuntó Felipe.

—¿Será una casualidad que en los dos primeros templos de la eme mayúscula haya participado el mismo constructor? —preguntó María.

Si Casas Novoa realizó la fachada del Obradoiro de la Catedral de Santiago de Compostela, Andrade diseñó y construyó en el mismo lugar la Torre del Reloj o Berenguela. Sus más de setenta metros de altura dirigidos de forma simultánea hacia Platerías y la plaza de la Quintana y su belleza y majestuosidad la han convertido en todo un símbolo iconográfico. Andrade también trabajó en el altar mayor del apóstol y remató el pórtico real de la plaza de la Quintana.

María retornó a la iglesia de San Jorge.

—Como podéis apreciar, la fachada tiene las características del barroco: decoración abundante en la que predominan las hornacinas y las estatuas exentas y movimiento ascendente del cuerpo central y de las columnas laterales que, estaréis de acuerdo conmigo, son demasiado grandes y desproporcionadas.

A la catalana se le notaba que le encantaba el arte. Sonaron doce campanadas en el reloj del ayuntamiento que tenían a sus espaldas. Hacía mucho calor y decidieron entrar en la iglesia. Encima de la puerta les recibió una inscripción y una fecha talladas en la piedra: «Casa de Dios y puerta del cielo, 1766».

—La frase —se adelantó Felipe— es parte de un versículo de la biblia, el 28:17 de Génesis, pero se ha omitido la parte negativa.

—¿Y cuál es? —preguntó ansiosa Laura.

—El versículo entero asegura: «Y asustado dijo: '¡Qué temible es este lugar! ¡Esto no es otra cosa sino la casa de Dios y la puerta del cielo!'».

A pesar de que estaban comiendo, Joaquín tenía a su lado su inseparable libreta amarilla. Tras escuchar las palabras de Felipe, esbozó una pequeña sonrisa y apuntó la frase con mayúsculas.

—Me da un poco de miedo —dijo María poco antes de poner el primer pie dentro de la iglesia.

—No os preocupéis. Creo que vamos por el buen camino. Esta frase es una señal. Sólo ocho versículos antes se hace referencia al primero de los dos que aparecen en el papel que encontramos en el primer cilindro: «Y tuvo un sueño; soñó con una escalera apoyada en tierra y cuya cima tocaba los cielos, y he aquí que los ángeles de Dios subían y bajaban por ella». Entremos —dijo el seminarista con determinación.

El templo tenía las características de una planta jesuítica, una nave muy amplia y varias capillas laterales que se comunicaban entre sí. Sobre ellas se levantaban las tribunas. La sobriedad de la arquitectura contrastaba con la riqueza de los retablos barrocos y neoclásicos. Como en la iglesia de las Capuchinas, los cuadros que representaban los catorce pasos del vía crucis aparecían colgados alrededor del templo.

—Es un poco raro que San Jorge, un santo que es oriental, sea venerado aquí en A Coruña cuando posee muchos más devotos en otros lugares como Cataluña, Inglaterra o Rusia —afirmó extrañado Felipe.

—Se cree —se apresuró a contestar Laura— que esta devoción procede de los viajeros y navegantes que llegaban a la ciudad de A Coruña en la antigüedad. También, porque donde se levantaba la iglesia con anterioridad, donde ahora se encuentra el teatro Rosalía, a medio kilómetro de aquí, pasaba la ruta del Camino de Santiago inglés tan utilizado en la edad media. Un día leí que en 1838 se demolió la antigua iglesia de San Jorge para construir el teatro, que por cierto se ve desde mi casa, y la parroquia se trasladó a la antigua iglesia de los agustinos donde estamos ahora. Por eso, ahí al lado está la plaza de San Agustín, el mercado de San Agustín y ahí enfrente —señaló la bibliotecaria la imagen de un santo— está San Agustín.

Laura, María y Felipe comenzaron juntos la primera vuelta a la iglesia. Permanecían atentos a lo que comentaba cada uno, pero también tenían muy presentes los dos versículos de la biblia que les deberían llevar hasta el segundo manuscrito de Magdalena: «Y tuvo un sueño; soñó con una escalera apoyada en tierra y cuya cima tocaba los cielos, y he aquí que los ángeles de Dios subían y bajaban por ella» y «Dijo Yahveh a Moisés: 'Sube hasta mí, al monte; quédate allí, y te daré las tablas de piedra —la ley y los mandamientos— que tengo escritas para su instrucción'».

—Felipe, ¿San Jorge es un santo oriental? —preguntó María, que había permanecido callada desde que habían entrado en la iglesia y observaba con los ojos muy abiertos cualquier detalle que les pudiese conducir hasta el segundo cilindro de madera.

—Sí. Fue un soldado romano que nació en el siglo III en Capadocia, en Turquía. Murió a principios del siglo IV, se cree que en la ciudad de Ludda, la actual Lod de Israel. Un buen día dejó el ejército romano, renunció a su carrera militar y se enfrentó a las autoridades romanas. Jorge es un nombre griego y significa agricultor o persona que trabaja en la tierra. Lo mejor de su historia es la leyenda que escribió sobre él Santiago de la Vorágine en el siglo XIII.

Felipe les explicó que en esa leyenda San Jorge salvaba a una doncella de morir en las garras de un dragón. Por eso, en Cataluña, San Jordi es el patrón de los enamorados. También es patrón de Aragón, Inglaterra, Grecia, Portugal, Rusia o Polonia, y también de los caballeros y de los boy scouts. Se le invoca para bendecir una casa nueva y contra las arañas.

Joaquín esperó a que Felipe acabase de contar el episodio de San Jorge para introducir una anécdota sobre la iglesia de San Jorge. Unos meses antes había leído en un periódico que en ese templo se había celebrado el primer matrimonio religioso entre lesbianas del que se tenía constancia. Laura, María y Felipe abrieron los ojos como platos. Elisa y Marcela eran dos profesoras que se habían casado en la iglesia de San Jorge en 1901. Se habían conocido en A Coruña cuando estudiaban para ser maestras. Los padres de Marcela debieron desconfiar y la enviaron a Madrid. Pero volvieron a reencontrarse cuando retornó. A Elisa la habían destinado a una pequeña escuela de una aldea entre A Coruña y Finisterre, y a Marcela, a un pueblo cercano. Comenzaron a vivir juntas y en 1901 decidieron oficializar su amor por la iglesia.

Elisa masculinizó su imagen y se convirtió en Mario. Como no disponía de una partida de bautismo con su nueva identidad, convenció al cura de la iglesia de San Jorge de que había pasado su infancia en Londres, que su padre era ateo y que por eso no había sido bautizada. El párroco tragó el anzuelo y el 26 de mayo de 1901, Elisa, o mejor dicho Mario, fue bautizada y recibió la primera comunión. Dos semanas después y con nocturnidad, ya que, según recogía el periódico, la ceremonia se había celebrado a las siete de la mañana, Marcela y Mario o Marcela y Elisa se casaron por la iglesia con lo que se convirtieron en el primer matrimonio eclesiástico de lesbianas del que se tiene constancia. La noticia saltó a los diarios de aquella época y fueron objeto de burlas y desprecios. Hasta perdieron sus trabajos. Además, por haber cometido un fraude, estaban en busca y captura. Tras viajar a Vigo y Oporto, embarcaron hacia América. Allí se les perdió el rastro para siempre.

Felipe, a quien no le había gustado demasiado aquella historia, continuó con su relato dentro de la iglesia de San Jorge. Antes de llegar al altar, y como en los anteriores templos, los tres comenzaron a deambular en solitario por su interior. Ahora, por lo menos, ya sabían lo que tenían que buscar. En sus cabezas revoloteaban los dos versículos de la biblia: «Y tuvo un sueño; soñó con una escalera apoyada en tierra y cuya cima tocaba los cielos, y he aquí que los ángeles de Dios subían y bajaban por ella» y «Dijo Yahveh a Moisés: 'Sube hasta mí, al monte; quédate allí y te daré las tablas de piedra —la ley y los mandamientos— que tengo escritas para su instrucción'».

El trío, ayudado por Joaquín y Roberto, había llegado a la conclusión de que el segundo cilindro de madera, al igual que el primero, se encontraba en un lugar elevado. Lo decía el primer versículo: «soñó con una escalera apoyada en tierra» y lo corroboraba el segundo: «sube hasta mí y te daré las tablas de piedra». Las tablas de piedra debían ser el segundo manuscrito de Magdalena, pensaron. María pasó por delante del altar y giró a la izquierda. Laura y Felipe se habían quedado más atrás. A la informática sólo le faltaba un lado de la nave para completar la primera vuelta. Ninguno había descubierto el más mínimo detalle que le señalase dónde estaba escondido el papiro. A María le dio un vuelco el corazón cuando, al comenzar a caminar entre las capillas laterales intercomunicadas, creyó encontrar el lugar donde se escondía el manuscrito.

Incrustada en la primera de las cuatro columnas cuadradas que sujetaban las tribunas había una puerta de madera de color marrón. La frase que había visto a la entrada de la iglesia le saltó como un fogonazo: «Casa de Dios y puerta del cielo». Había resuelto el acertijo. La columna estaba hueca y la puerta era la entrada al púlpito donde los curas se subían para dar el sermón a sus feligreses. «Y tuvo un sueño; soñó con una escalera apoyada en tierra y cuya cima tocaba los cielos, y he aquí que los ángeles de Dios subían y bajaban por ella». Era el primero de los versículos y delante de aquella puerta cobraba todo su significado. María pensaba a una velocidad endiablada. Sentía que estaba cerca del manuscrito. Los ángeles de Dios que suben y bajan por la escalera son los sacerdotes, se dijo para autoconvencerse de que iba por el camino correcto. La puerta se encontraba unos setenta centímetros por encima del suelo. Un bloque de piedra que hacía de primer escalón salvaba el desnivel.

La informática miró a ambos lados. No había nadie. Con mucho cuidado abrió la puerta que estaba incrustada en la columna. Ante ella aparecieron siete escalones que llegaban hasta el púlpito. Estaba coronado por un baldaquino barroco de cuatro metros de ancho y tres de alto. Apretó los puños de alegría. Había encontrado el escondite del segundo manuscrito. Volvió a cerrar la puerta y se dirigió a grandes zancadas hacia Laura y Felipe. Quería compartir con ellos el hallazgo.

Entre los tres acordaron que fuese María la que subiese al púlpito. Laura y Felipe vigilarían. La catalana se pasó más de quince minutos mientras tocaba y palpaba cada una de las piedras, cada una de las hendiduras, cada una de las curvas y cada uno de los recovecos de aquellas paredes. El lugar era minúsculo y era complicado moverse con comodidad. Para tener una perspectiva diferente se sentó unos minutos en el frío suelo, pero no halló nada. No recordaba las ocasiones que había subido y bajado los escalones. Ni las veces que había tocado, desde todos los lugares posibles y con los diez dedos de sus manos, aquellos siete escalones. No se movía ninguna piedra. Tenía los dedos doloridos. Cansada y derrotada, bajó los escalones por última vez. Golpeó dos veces la puerta con los nudillos. Era la señal que habían acordado para que le abriesen si no había nadie. Su mirada se cruzó con las de sus dos amigos. No tuvieron que decirse nada. Ahora, el turno era para Laura. Ella había descubierto el primer cilindro de madera incrustado en el cuadro de Poussin y quizá volviese a tener suerte.

Diez minutos después apareció tras la puerta con la misma cara que su amiga. Felipe era la última esperanza para encontrarlo. Pasados otros diez minutos, la esperanza se había desvanecido. Los tres estaban seguros de que el segundo pergamino se encontraba en aquel templo. La iglesia de San Jorge ocupaba el segundo puesto en la eme mayúscula y la inscripción de la entrada parecía la mejor señal de que se encontraban en el buen camino. Decidieron darse una segunda oportunidad y volvieron a dispersarse. María comenzó a andar por uno de los laterales de la iglesia hasta el fondo para completar la vuelta entera a la nave. Se sentó en el último banco. A su espalda tenía la salida y un cuadro que ilustraba el séptimo paso del vía crucis, la segunda caída de Jesús. La informática esbozó una leve sonrisa. Otra vez el siete. Quizá desde allí tuviese una segunda oportunidad. Los catorce cuadros del vía crucis eran relieves esculpidos en madera.

María volvió a repetir en su mente los dos versículos. Hacía tiempo que se los había aprendido de memoria: «Y tuvo un sueño; soñó con una escalera apoyada en tierra y cuya cima tocaba los cielos, y he aquí que los ángeles de Dios subían y bajaban por ella» y «Dijo Yahveh a Moisés: 'Sube hasta mí, al monte; quédate allí y te daré las tablas de piedra —la ley y los mandamientos— que tengo escritas para su instrucción'». La cima de la escalera toca los cielos. Y la escalera del púlpito es demasiado pequeña. Por eso no toca los cielos, se dijo. La escalera tiene que ser más alta. María elevó su mirada hacia el techo del templo y desde aquel último banco creyó, ahora sí, haber encontrado el lugar en el que se escondía el segundo de los manuscritos de Magdalena. Decidió, en esta ocasión, no hacerles partícipes de su presentimiento ni a Laura ni a Felipe. Sobre todo, a este último.

Se acercó al altar por el lado derecho de la nave. La puerta de la sacristía estaba abierta. Levantó la mirada al techo y entró despacio en la sacristía. Estaba vacía. Enfrente observó una puerta de roble. La llave estaba puesta. Sin pensárselo, la giró dos veces. La puerta se abrió. Lo que vio dentro le pareció increíble. Aquella sí que era de verdad la puerta del cielo. Delante de ella tenía una escalera de caracol que la oscuridad le impedía ver el final. Miró hacia abajo y estaba apoyada en un suelo de tierra. «Y tuvo un sueño; soñó con una escalera apoyada en tierra y cuya cima tocaba los cielos». María creyó que soñaba y se pellizcó una pierna. Era la segunda vez que lo hacía en los últimos dos días. Subió el primer escalón, cerró la puerta y la oscuridad la invadió. Permaneció quieta, sin moverse y casi sin respirar, durante unos instantes. Poco a poco su vista se adaptó a la oscuridad. Comprobó que, aunque de forma muy tenue, veía los escalones.

La escalera, de menos de un metro de ancho, subía entre dos paredes. La de la izquierda, la que daba al interior del templo, tenía abiertas de manera estratégica unas rendijas de menos de un centímetro de ancho y de diez de largo por las que se colaba una tenue luz. Estaban tan bien disimuladas que desde el interior de la iglesia eran imperceptibles. Comenzó a subir muy despacio. Tenía la garganta seca y un nudo en el estómago. No contó los escalones, pero se le hicieron interminables. Después, cuando volvió al interior del templo comprobó que había subido más de quince metros por la angosta escalera de caracol. Su cabeza golpeó el techo. Había llegado al final. Empujó hacia arriba con ambas manos, pero la trampilla no se levantó. Volvió a intentarlo, pero no se movió. Parecía como si algo muy pesado estuviese encima de ella. La informática pensó que allí se había acabado la aventura. Palpó con sus dedos los bordes de la trampilla y en uno de los lados encontró un pestillo. Intentó descorrerlo, pero no se movió ni un centímetro. Pensó en bajar y decirle a Felipe que la ayudase, pero lo descartó. El seminarista jamás entraría en una sacristía para realizar algo ilegal. María cogió la agarradera del pestillo con ambas manos, tomó aire y sacó fuerzas de donde no creía tenerlas. Entonces, logró moverlo unos centímetros. Poco a poco, lo descorrió hasta el final. Empujó la trampilla con ambas manos hasta abrirla por completo. Una nube de polvo calló sobre ella. Tosió un par de veces, aunque se contuvo para no hacer ruido. Miró hacia abajo. Sólo vio una docena de escalones. El resto se perdían en la oscuridad. Estaba en lo alto del templo, en la parte superior del altar, a la altura de la Virgen de la Concepción, obra de Xosé Ferreiro, el más famoso de los escultores gallegos del neoclasicismo. La virgen tenía varios ángeles a su alrededor. «Y he aquí que los ángeles de Dios subían y bajaban por ella». María sonrió.

Estaba a unos quince metros del suelo, en el estrecho pasillo que rodeaba la iglesia. Se agarró a los hierros de la barandilla y miró hacia abajo. Vio a sus dos amigos. Estaban juntos y parecían alterados. Quizá la buscaban. No podía ponerse de pie porque sino la verían. Echó un vistazo a su alrededor. A unos tres metros observó dos planchas de piedra sobre el suelo. Como si fuese un fogonazo, el comienzo del segundo versículo le vino a la mente: «sube hasta mí, al monte; quédate allí y te daré las tablas de piedra». Las tablas de la ley que Dios entregó a Moisés fueron dos, se dijo. El corazón le comenzó a cabalgar tan deprisa que creyó que se le iba a salir por la boca. Estaba muy nerviosa.

Se acercó a gatas hasta las piedras. Pesaban bastante. Cada una medía unos cincuenta centímetros por setenta. Tenían un grosor de unos siete centímetros. Apartó con dificultad la primera. Después, la segunda. El suelo estaba cubierto de baldosas cuadradas de color gris de unos diez centímetros. Pasó la mano un par de veces por encima. No notó nada extraño. A la tercera observó que una de ellas se movía.

Metió una uña por la rendija y casi se la parte. Introdujo la llave del portal de la casa de Laura y la baldosa se levantó un centímetro. La cogió con las puntas de los dedos, pero cuando la había subido un par de centímetros más se le escurrió. Volvió a intentarlo y otra vez se le resbaló. Se secó el sudor de la frente. Miró hacia abajo. No vio a sus dos amigos. Hizo palanca con la llave con más fuerza y la baldosa se levantó un par de centímetros.

María pudo entonces agarrarla mejor y comenzó a sacarla muy despacio. Pesaba bastante. Había extraído más de cinco centímetros y no parecía tener fin. Cuando extrajo unos diez salió entera. Era un cubo casi perfecto. Las caras, aunque eran un poco irregulares, eran del mismo tamaño. Tenía los dedos doloridos y estaba muy cansada. El esfuerzo para descorrer el cerrojo, mover las piedras y ahora para extraer la baldosa la habían agotado. Pero todo el esfuerzo y todo el cansancio desaparecieron cuando miró en el interior del hueco. Allí estaba el cilindro de madera, el segundo manuscrito de Magdalena y el tercer pedazo de papel con los versículos que los deberían llevar hasta el tercer pergamino. Extrajo el tubo muy despacio, a cámara lenta. Como si tuviese miedo de que se le deshiciese entre las manos. El sudor le corría por la cara. Comprobó que no había nada más dentro del hueco y volvió a colocar la baldosa y las dos piedras en su sitio. Miró hacia abajo, pero no encontró a sus amigos. Quizá se encontraban detrás de alguna columna o en alguna de las capillas. Cerró la trampilla y bajó muy despacio la escalera de caracol. Cuando llegó al último escalón, se paró un instante. No oyó nada. Abrió muy despacio la puerta. La sacristía seguía vacía. Salió casi a la carrera. Al fondo de la iglesia se encontraban Laura y Felipe.

—¿Dónde te habías metido? Estábamos muy preocupados —le regañó su amigo.

—Creíamos que te había pasado algo. Hasta hemos salido fuera a buscarte —añadió Laura con el semblante aún preocupado.

María, con una pícara sonrisa, se dio media vuelta. Se había metido el cilindro en la espalda, por dentro de la camiseta, para darles una sorpresa.

—Lo has encontrado —gritaron al unísono los dos.

—Ha sido increíble.

—Pero, ¿dónde? —inquirió con ansiedad Felipe.

—Ahora os lo cuento. Salgamos de aquí y vayamos a casa de Laura. Allí estaremos más tranquilos.

Atravesaron la Plaza de María Pita en diagonal. Mientras caminaban con paso apresurado, la informática les explicaba de forma atropellada cómo había hallado el segundo tubo de madera. Era idéntico al primero. María se disculpó por no haberles dicho nada, pero creía que Felipe no le habría dejado entrar en la sacristía.

—Seguro que no —confirmó el seminarista con una sonrisa en sus labios.

Antes de empezar a comer, y después de contarle a Joaquín el episodio del robo en la casa de Laura, María cogió el segundo cilindro de madera. Ante la atenta mirada de Laura, Felipe y Joaquín, sacó la tapa y extrajo el manuscrito. Lo dejó sobre sus rodillas y volcó el tubo. Un papel de las mismas medidas y color que el que Felipe había encontrado en el libro de la casa de Laura y en el primer cilindro cayó muy despacio al suelo. Lo recogió con rapidez. Le echó un vistazo y corroboró lo que sus tres acompañantes pensaban.

—Son tres versículos.

—¿Y cuáles son? —preguntó el seminarista con ansiedad.

Lucas 14:10, Génesis 1:14 y Lucas 6:4.

Felipe repasó en voz baja lo que decía cada uno de ellos. El segundo no supo su contenido.

—Está claro que la persona que guardó los manuscritos va a utilizar la biblia para darnos las pistas para encontrarlos. Según avancemos, el número de versículos aumentará y, supongo, también la dificultad —vaticinó Laura.

María desenrolló el manuscrito y leyó un par de líneas.

—Es el mismo tipo de letra que el anterior.

La informática se levantó del sofá y se lo entregó a Joaquín.

Estaba ansiosa por saber lo que decía.

—Mientras comemos, el ordenador puede traducirlo, ¿verdad? Además, ahora es más rápido que antes —le dijo.

El anfitrión asintió.

El sistema de traducción que tenía Joaquín era artesanal, pero muy útil y práctico. Un amigo le había creado para él un programa de traducción automática. Aunque era algo lento, era suficiente para leer los libros que caían en sus manos y que estaban escritos en idiomas que desconocía. El invento era sencillo. Su amigo había modificado varios programas informáticos hasta conseguir el resultado final. Como el día anterior, Joaquín repitió los pasos. Apretó un botón que había en la pared y las puertas del armario, que se encontraban a su lado, se abrieron. De manera automática salió una mesa de cristal con las patas de metal en la que había un ordenador con una pantalla plana de veinticinco pulgadas y a su lado una impresora y un escáner. Desplegó el manuscrito. Era del mismo tamaño que el primero. Medía algo más de un metro de largo por unos treinta centímetros de ancho.

Colocó una parte en el escáner y repitió la misma operación varias veces. El programa que le había proporcionado su amigo hacía el resto al crear un documento de texto a partir de las imágenes escaneadas. Esas páginas las pasaba al traductor y después las imprimía. Joaquín poseía más de un centenar de traductores de idiomas. Ni Laura, ni María ni Felipe conocían la existencia de muchos de ellos. Algunos los había encontrado en internet, otros los había comprado y otros se los habían aportado muchos de los amigos que tenía repartidos por todo el mundo. Algunos eran piezas únicas que él había pedido que se los creasen o modificasen. Del mismo idioma también tenía diferentes traductores según la fecha en la que el texto estuviese escrito. El primer manuscrito tardó en traducirse casi una hora. El segundo fue más rápido.

Aquella mañana, María, que era especialista en programación informática y se había quedado muy sorprendida de lo que podían hacer aquel escáner y aquel ordenador, había modificado el programa que convertía las imágenes escaneadas en un documento de texto. También había retocado el que contenía el centenar de traductores automáticos. El resultado fue que el tiempo de espera se redujo casi a la mitad. Después de comer el segundo manuscrito estaría traducido y, como había ocurrido el día anterior, la voz cálida y segura de Joaquín les haría retroceder dos mil años.

La comida fue rápida. Los cinco, incluido Roberto, estaban ansiosos e impacientes por escuchar la segunda parte del diario de Magdalena. Un pitido, que procedía del ordenador y que sonó a mitad del café, les avisó de que la traducción había finalizado. Los cinco se callaron y se miraron. Apuraron sus tazas y se acercaron a la zona del inmenso salón donde el día anterior habían escuchado las revelaciones del primer pergamino. Cuando Joaquín volvió con las hojas traducidas en su mano y una sonrisa en sus labios, todos estaban sentados en el mismo lugar que habían ocupado la tarde anterior. Parecía un ritual. El anfitrión no quiso romper el hechizo y se colocó en el mismo sitio donde, emocionado, había leído las primeras hojas.

Por delante les quedaba casi media hora de viaje a la antigüedad, casi media hora de apasionante trayecto al comienzo del cristianismo. Así lo pensaban Laura y, sobre todo, María. Y en menor medida Joaquín, que siempre prefería ser muy cauto. Felipe, que en cada oportunidad que tenía no se cansaba de repetir que todo aquello era falso, no era de la misma opinión.

El anfitrión finalizó su apasionada lectura. Su voz era tan segura y convincente que no desentonaría como presentador de un informativo de televisión. Cada uno, a su manera, estaba muy sorprendido de lo que acababa de escuchar.

—¿Qué os parece? —interrogó Joaquín expectante.

—Antes de que empecéis —interrumpió Felipe a la vez que se levantaba de su asiento—, me voy a la calle a dar un paseo.

—No creo que sea lo más adecuado después de lo que ha sucedido esta mañana en mi casa —se apuró a decir Laura.

—No habrá ningún problema. Sólo voy a dar una vuelta por las calles de alrededor. A las cinco de la tarde hay mucha gente. Vuelvo dentro de un rato y si queréis vamos a la tercera iglesia —apuntó mientras se acercaba a la puerta.

—Lleva el teléfono móvil —pidió María.

Felipe lo sacó de su bolsillo. Se lo enseñó y se despidió.

Durante el desayuno Joaquín les había contado lo que había averiguado del cuadro de la iglesia de las Capuchinas donde habían encontrado el primer cilindro. El autor del lienzo era el francés Nicolás Poussin y el cuadro se titulaba *Los pastores de la Arcadia*. Sabía la enigmática historia que rodeaba a aquel lienzo, pero consideró que era demasiado pronto para que la conociesen. Un segundo elemento que apoyaba la relación entre la búsqueda de los siete papiros en las siete iglesias de la ciudad con aquella enigmática historia era la inscripción que había a la entrada del templo de San Jorge: «Casa de Dios y puerta del cielo». Tanto el cuadro de *Los Pastores de la Arcadia* como la frase parecían dirigirse hacia el mismo misterioso lugar. Pero prefirió esperar y no hacerles partícipes de sus pensamientos. Quizá esa otra historia les distraería del objetivo final: recuperar los siete manuscritos redactados por María Magdalena. No hacía ni quince minutos que el seminarista se había marchado cuando sonó el timbre de la puerta. Al verle, todos se dieron cuenta de que le había sucedido algo grave.

Gordo y grande. Así había definido Felipe a su atacante. Estaba blanco como si acabase de ver al mismo diablo. Cuando entró en la casa de Joaquín, aún no se había recuperado del encuentro con el fisianiano y los dos rosacruces. El día anterior habían descubierto el primer manuscrito de Magdalena en la iglesia de las Capuchinas y hoy, martes 2 de julio, el segundo, en la de San Jorge. Después habían ido a casa de Laura y la habían encontrado revuelta. Alguien había entrado.

CAPÍTULO 3

Galo y nacido en A Coruña. Ésa era la persona que había escondido los siete manuscritos de Magdalena en las siete iglesias de la ciudad. Joaquín estaba seguro de haber descubierto al hombre que se encontraba detrás de las cinco letras del primer papel que había hallado María en el libro y del primer manuscrito de Magdalena: GAVEP. También estaba seguro de que era el responsable de esconder los siete cilindros de madera en las siete iglesias. Nació en A Coruña en 1865, aunque se le consideraba francés. Cuatro años después, junto a sus padres, un químico galo y una gitana vallisoletana, se trasladó a París, donde vivió hasta su muerte. Con el paso del tiempo se convirtió en el líder de la actividad oculta de Francia y mantuvo contactos con todas las sociedades secretas de su tiempo. Según descubrió Joaquín, volvió a A Coruña en 1893. La misma fecha que aparecía en el papel que encontró María y en el primer manuscrito. Pero esa fecha también se repetía en otro lugar: en la iglesia de las Capuchinas, donde habían encontrado el primer manuscrito. La clave estaba en el libro de registros de entradas y salidas del templo que Joaquín y Roberto habían tenido en sus manos. Todas las pistas apuntaban hacia la misma persona. Su nombre era Gerard Anaclet Vincent Encausse Pérez, pero todo el mundo le conocía como Papus.

Fiel a sus costumbres, Laura se despertó a las nueve de la mañana. Salvo los sábados y los domingos, lo había hecho así los últimos diez años que llevaba como responsable de la biblioteca de la Diputación de A Coruña. Subió la persiana y el sol le acarició la cara. Aquel miércoles 3 de julio iba a ser igual de caluroso que los días anteriores. Pensó que Joaquín era un gran privilegiado al tener aquella casa. Las vistas eran maravillosas. Como no escuchó ningún ruido, se volvió a tumbar en la cama. Aquella historia había arrancado dos días antes, pero habían pasado tantos acontecimientos que parecía que había empezado la semana pasada. El día anterior había acabado con una nueva sorpresa. No había sido suficiente encontrar por la mañana el segundo manuscrito de Magdalena en la iglesia de San Jorge, ni hallar su casa revuelta y desordenada al mediodía, ni que un fisianiano amenazase por la tarde a Felipe en plena calle y que a su asaltante se lo llevasen en una furgoneta dos rosacruces, Joaquín había descubierto quién había escondido los siete manuscritos.

—¿Sabéis lo que es el *Nuctemeron*? —había preguntado durante la cena y después de que todos ya estaban más tranquilos tras el breve pero intenso encuentro de Felipe con el fisianiano y los dos rosacruces—. Es junto a *El Libro de los muertos* egipcio y el *Enquiridón* del papa León III, uno de los tres textos fundamentales de la magia.

Laura, María y Felipe sólo sabían que era el título del libro que habían encontrado en el desván de la casa de la bibliotecaria y en el que habían hallado los dos papeles que les habían ayudado a descifrar el enigma de las siete iglesias. Joaquín les explicó que el *Nuctemeron* fue publicado en griego, según un antiguo manuscrito. Después fue reproducido en 1721 por Laurent Moshémius y, por último, traducido y explicado por el francés Eliphas Levy. Según Joaquín, *nuctemeron* significa el día de la noche o la noche iluminada por el día. El libro muestra las doce horas del alma, similares a los signos del zodiaco mágico y a los trabajos alegóricos de Hércules, que representan los diferentes pasos de la iniciación.

—¿A la iniciación de qué? —preguntó María.

—A la iniciación de la magia. De la alta magia. Ya os he dicho que el *Nuctemeron* es uno de los tres textos fundamentales de la magia, del ocultismo.

Los tres amigos mantuvieron un tenso silencio mientras digerían las últimas palabras de Joaquín.

—¿Y qué tiene que ver todo eso con las siete iglesias y los siete manuscritos? —inquirió impaciente Felipe, que parecía recuperado del susto de hacía unas horas.

—Tranquilo —respondió Joaquín mientras ojeaba su libreta de hojas amarillas—. Cada cosa a su tiempo. Ahora estamos con el libro que os ha ayudado a...

—Que nos ha ayudado —corrigió el seminarista, que comenzaba a tener una mejor imagen del amigo de Laura.

—Gracias... Que nos ha ayudado a descubrir toda esta historia. Es necesario que os explique su contenido para entender lo que vendrá a continuación, que es fascinante.

El trio abrió los ojos como platos.

—Ya os he dicho que el libro está dividido en doce horas. En cada una de ellas aparecen siete genios que poseen un nombre diferente y también una cualidad. Todos no. Los únicos que se diferencian del resto son los tres primeros de la primera hora: Papus, que significa médico; Sinbuck, juez, y Rasphuia, necromant. El cuarto es Zahun, el genio del escándalo; el quinto, Heiglot, el genio de las nieves; el sexto, Mizkum, el genio de los amuletos, y el séptimo, Haven, el genio de la dignidad. En teoría, si la persona sigue a rajatabla las doce horas, ya puede ser iniciada en las artes del ocultismo. Aunque no parece tan sencillo. Recordad el nombre del médico porque va a ser muy importante más adelante: Papus.

Los tres guardaron aquella palabra en su memoria. Joaquín continuó su explicación mientras cenaban y se detuvo en la figura del autor del libro que habían encontrado por la mañana: Apolonio de Tiana. Llegó al mundo en un pequeño pueblo de la Capadoccia turca llamado Tiana. Fue coetáneo de Jesucristo y de Magdalena. Nació unos años antes que Jesús.

—Toda la información que tenemos de él se la debemos a su biógrafo Filostrato —advirtió el anfitrión.

Eran las diez de la noche del martes 2 de julio. Las estrellas llenaban el cielo. La cena, cocinada por Roberto como el primer día, estaba exquisita. Desde pequeño, Apolonio había mostrado unos excepcionales poderes mentales, les comenzó a narrar Joaquín. Su figura siempre había estado rodeada de un halo de misterio. En la tradición antigua aparecía como un hechicero, un sabio, un mago o un filósofo. Fue el principal exponente de la escuela neopitagórica que se desarrolló en Alejandría. Como Pitágoras, el autor del *Nuctemeron* sólo comía legumbres, no bebía vino ni mantenía relaciones sexuales. Regalaba sus posesiones a los pobres y vivía en los templos. Practicó un voto de silencio durante cinco años. Viajó por Babilonia, Grecia y Roma, y en esta ciudad condenó el uso de los baños.

—Ejerció una gran influencia en la capital del imperio romano —aseguró el amigo de Laura—. Fue consejero de cinco emperadores: Nerón, Vespasiano, Tito, Domiciano y Nerva. Cuando Nerón prohibió la estancia de los filósofos en Roma, Apolonio fue llevado a juicio. Se redactó un largo escrito con las acusaciones, pero al abrir el papiro, ante el tribunal que lo iba a juzgar, las palabras desaparecieron. Apolonio fue puesto en libertad por falta de cargos. Según he leído, no fue la única ocasión en la que realizó un acto sobrenatural.

Joaquín pasó un par de hojas amarillas de su pequeña libreta hasta que encontró lo que buscaba. Según su biógrafo, Apolonio fue un taumaturgo: una persona que resucitaba a los muertos, expulsaba a los demonios, hacía profecías, apartaba la peste, sanaba a los enfermos, hablaba varias lenguas sin haberlas estudiado y poseía la capacidad de entender a los animales. Los milagros de Apolonio han sido comparados con frecuencia con los de Jesús. Su forma de vivir y su lenguaje, entre sentencioso y oscuro, lo llevaron a rodearse también de numerosos discípulos.

—No hay que olvidar que Jesús y él eran contemporáneos —insistió Joaquín—. Apolonio, como Jesús, fue un maestro itinerante en los comienzos del cristianismo. Una de las similitudes con Jesucristo aparece en su biografía cuando señala: «Una niña ha muerto y toda Roma estaba llorando. Apolonio, viendo su dolor, dijo 'Bajen el féretro porque detendré las lágrimas que están vertiendo por esta doncella'. La multitud pensó que iba a hacer una oración, pero simplemente tocándola y susurrando un secreto o algún conjuro sobre ella, la doncella despertó inmediatamente de su aparente muerte» —Joaquín hizo una pausa y se dirigió a Felipe—. ¿A qué te recuerda este pasaje?

—Al evangelio de San Marcos —contestó el seminarista, que aún seguía afectado por su encuentro de la tarde con el fisianiano y los dos rosacruces—. Se parece bastante al relato en el que Jesús resucita al hijo de una viuda. Se encuentra en 7:11-17.

—Y ahora viene lo más fascinante —exclamó el anfitrión, mientras hacía otra pequeña pausa—. Creo haber descubierto quién escondió los siete manuscritos en las siete iglesias de la ciudad.

—¿Quién? —preguntaron al unísono Laura, María y Felipe con los ojos casi fuera de las órbitas.

—Dejadme que comience por el principio. Hoy por la mañana, Roberto y yo hemos estado en la iglesia de las Capuchinas.

Los tres amigos dejaron de masticar.

Laura escuchó unos pasos en el pasillo. Después otros. Su habitación se encontraba entre las de María y Felipe. Los oyó hablar. Saltó de la cama y salió de su habitación.

—¿Qué tal habéis dormido? —preguntó la bibliotecaria.

—Toda la noche de un tirón —respondió María.

—¿Y tú, Felipe?

—Me costó bastante conciliar el sueño y me desperté muchas veces. Creo que los últimos acontecimientos no me han ayudado —contestó con resignación.

Los tres bajaron por la escalera de caracol. Eran poco más de las diez de la mañana del miércoles 3 de julio. Comenzaba el tercer día de aquella increíble historia. Roberto preparaba el desayuno en la cocina. Joaquín se encontraba delante de la pantalla del ordenador. El sol entraba a bocanadas por los ventanales

—¿Qué tal habéis dormido? —preguntó el dueño de la casa, mientras giraba su silla de ruedas.

—Laura y yo, bien. Felipe ha tenido algunas pesadillas.

—No me extraña después de tu encuentro de ayer. ¿Estás bien?

El seminarista asintió con la cabeza.

Mientras desayunaban, acordaron continuar con la búsqueda del tercer manuscrito. La Colegiata era la tercera parada. Llegaron a la conclusión de que los fisianianos no les querían hacer daño. Sólo asustarles. De lo contrario, habían tenido varias oportunidades para conseguirlo. Sobre todo, cuando el día anterior se habían acercado de aquella manera a Felipe. Pero también estaban protegidos. Los rosacruces les defenderían. Aun así, decidieron cambiar de táctica. No irían a pie como en las dos anteriores ocasiones, ni en taxi. Utilizarían uno de los coches de Joaquín. Bajarían directos al garaje y saldrían a la calle por la parte trasera. Esperaban que, si alguien estaba pendiente de su salida por la puerta principal, lo despistarían.

Laura, María y Felipe se colocaron frente a la iglesia de Santa María del

Campo: la Colegiata. Tercer templo de la eme mayúscula. No habían observado nada extraño hasta ese momento. Dieron un rodeo antes de llegar al templo. Nadie les seguía. Aparcaron el coche en una calle cercana y en el camino tampoco percibieron nada sospechoso. Llegaron a la iglesia por la calle de las Damas. La tradición decía que en ella habían vivido Doña Dulce y Doña Sancha, las hijas del rey Alfonso IX. A los tres les recibió un atrio situado delante de la iglesia, sobre el que se levantaba el más bello y antiguo cruceiro de A Coruña. Había sido construido en el siglo XV. Una base en forma de escalinata, que disminuía en tamaño según ascendía, le otorgaba un aspecto señorial. La decoración exterior de la Colegiata se centraba en tres portadas. La principal, frente a la que se encontraban los tres amigos, era la más modificada. Tenía una fuerte influencia gótica. Poseía un bello tímpano del siglo XII donde aparecía el episodio de la Adoración de los Magos. Estaba protegido por tres arquivoltas de medio punto, sujetas por tres columnas a cada lado de la puerta. En las arquivoltas aparecía una representación de Cristo y sus apóstoles.

—Recuerda mucho al pórtico de la Gloria —apuntó Laura—. Y ahí está Jesucristo entre San Pedro y San Pablo.

La portada estaba coronada por un rosetón que, junto a la torre del campanario y las gárgolas, eran de estilo gótico. Cuatro pequeñas ventanas alargadas remataban la fachada principal. Los tres caminaron alrededor de la iglesia por si hallaban alguna clave que les ayudase a descifrar los versículos. Comprobaron que las dos portadas laterales también estaban ricamente adornadas, aunque eran de menor tamaño. Ambas se componían de dos pares de columnas que sostenían las arquivoltas.

Como si rezase el Rosario, Felipe recitaba en bajo los tres versículos que habían encontrado en el segundo cilindro: Lucas 14:10; Génesis 1:14 y Lucas 6:4. El primero decía: «Cuando seas convidado, vete a sentarte en el último puesto, de manera que, cuando venga el que te convidó, te diga: 'amigo, sube más arriba'. Y esto será una honra para ti delante de todos los que estén contigo en la mesa». Y continuaba el segundo: «Dijo Dios: 'Haya luceros en el firmamento celeste, para apartar el día de la noche, y valgan de señales para solemnidades, días y años'». Y, por último, el tercero: «Cómo entró en la casa de Dios, y tomando los panes de la presencia, que no es lícito comer sino sólo a los sacerdotes, comió él y dio a los que le acompañaban».

Le habían dado muchas vueltas a lo que querían decir aquellos tres versículos. Tenían muchas teorías, pero ninguna les convencía. Llegaron a la conclusión de que la única forma de descifrar el acertijo era estar dentro de la iglesia, como habían hecho las dos ocasiones anteriores. Y allí se encontraban los tres amigos. Laura y María llevaban unos pequeños papeles que les había entregado Joaquín en los que había escrito los versículos. La informática también tenía un par de hojas que el anfitrión le había proporcionado y que contenían información sobre el templo. Esperaba que les fuese de utilidad.

Entraron en la iglesia. Desde fuera parecía más grande. Era de planta basilical de tres naves. El templo original había sido construido en 1150. El único vestigio que quedaba era la capilla mayor, que estaba inclinada hacia la izquierda, una tara perceptible desde el interior. El amigo de Laura les había descrito que la iglesia tenía muchas deformaciones que le hacían adquirir un carácter enigmático, como el enigma iconográfico de sus portadas y sus oscuros orígenes. Lo primero que hicieron, nada más poner el primer pie dentro del templo, fue buscar entre las tallas policromadas. Joaquín les había contado que en el interior se guardaban varias imágenes de los siglos XVIII y XIX elaboradas en madera. Entre ellas, los libros decían que existía una de Magdalena penitente atribuida al gran Pedro de Mena, famoso imaginero que había nacido en Granada en 1628 y que en sus sesenta años de vida se había convertido en uno de los mejores de su época. Su estilo se caracterizaba por el penetrante ascetismo y el intenso carácter místico de sus tallas. En 1658 se había trasladado a Málaga para realizar la sillería de la catedral. El gran éxito de este trabajo le había abierto las puertas de Madrid, donde los jesuitas le encargaron la María Magdalena que se expone en la actualidad en el Museo del

Prado. La que se encontraba en la Colegiata se la habían atribuido a él o a alguno de sus discípulos.

Felipe fue el primero en encontrarla.

—Está aquí —gritó en voz baja.

Laura y María giraron sus cabezas hacia la izquierda. Los tres se acercaron a la imagen. La talla estaba en la capilla más cercana a la entrada, en la nave de la izquierda, protegida por unos barrotes. A los tres se les puso el vello de punta y un nudo en la garganta. La imagen era preciosa. Por lo que significaba para ellos, la vieron aún más impresionante. Casi era de tamaño real. En su mano izquierda sujetaba un crucifijo sobre el que depositaba una mirada en la que se mezclaba devoción y dolor. La mano derecha la tenía sobre el pecho, y la boca, entreabierta, exhalaba un suspiro de pena. Una gran melena negra, como el azabache, se derramaba en cascada por los hombros hasta más abajo de la cintura. Vestía una túnica marrón que le llegaba hasta los pies. No tenía mangas, pero sí un generoso escote. El vestido parecía estar hecho de punto y se le ajustaba al contorno de su figura, sobre todo de cintura para abajo, donde los puntos de la lana se separaban hasta dejar abiertos unos agujeros del tamaño de una alubia por los que se adivinaba su piel. Laura pensó que muchos curas españoles no dejarían entrar en una iglesia a una mujer vestida de aquella manera. En la otra esquina de la dependencia había una talla más pequeña de San Pedro que sostenía una llave.

—Qué curioso —apuntó Laura—. Magdalena y San Pedro juntos y sólo separados por unos metros. Esto parece una señal.

El templo tenía tres naves. En la central destacaba la bóveda de cañón y en las dos laterales, los tirantes situados en el último ábside semicircular con bóveda de cuarto de esfera. Además de las imágenes, en el interior de la iglesia también se guardaban varios sepulcros señoriales de finales de la edad media. El altar era de plata repujada y los capiteles estaban bellísimamente decorados.

Felipe repitió en bajo los tres versículos por si allí dentro aquellas frases cobraban un mayor protagonismo. El primero, Lucas 14:10, decía: «Cuando seas convidado, vete a sentarte en el último puesto, de manera que, cuando venga el que te convidó, te diga: 'Amigo, sube más arriba'. Y esto será un honor para ti delante de todos los que estén contigo en la mesa». El segundo, Génesis 1:14, continuaba: «Dijo Dios: 'Haya luceros en el firmamento celeste para apartar el día de la noche, y valgan de señales para solemnidades días y años'». Y, por último, el tercero, en Lucas 6:4, aseguraba: «Como entró en la casa de Dios, y tomando los panes en presencia, que no es lícito comer sino sólo a los sacerdotes, comió él y dio a los que le acompañaban». Felipe, al igual que sus dos amigas, no tenía ni idea de lo que significaban aquellos tres versículos entre aquellas cuatro paredes. Pero de lo que sí estaba seguro era de que allí se encontraba el tercer manuscrito de Magdalena. La presencia de su imagen era una señal demasiado evidente. Y que San Pedro estuviese a su lado, como si protegiese el pergamino, también lo era. Los tres avanzaron unos pasos por el centro del templo. Se sentaron en uno de los últimos bancos. La iglesia no era muy grande. Era más pequeña que la segunda, la de San Jorge, y un poco más grande que la primera, la de las Capuchinas. Desde aquel lugar y con un ligero movimiento de cabeza podían abarcarla casi toda. La parte trasera, por donde habían entrado, era la única que quedaba fuera de su visión. Y era allí, muy cerca del lugar donde descansaba la imagen de Magdalena, donde debían comenzar el camino para encontrar su tercer manuscrito. Pero aún lo desconocían. Los tres se levantaron y comenzaron a deambular por el recinto. No tenían mucho que ver ya que el templo no era muy grande. Eso sí, apreciaron la ligera inclinación hacia la izquierda de la capilla mayor.

Felipe había perdido la cuenta de las vueltas que había dado cuando sintió la misma sensación que en la ducha cuando descifró el enigma de las siete iglesias. Parecía que la cabeza le iba a reventar. Como atraído por un imán, caminó hacia la salida. Los tres versículos retumbaban en su cabeza. En lugar de dirigirse hacia la izquierda, por donde habían entrado, se fue a la derecha y se sentó en el banco más cercano a la pared. Desde allí veía toda la iglesia y también la talla de Magdalena. El chispazo que sintió fue tremendo. Acababa de comprender el significado de los tres versículos. Cinco minutos después, los tres salían de la Colegiata. Felipe llevaba en su mano el tercer cilindro con el tercer manuscrito.

———————

Jesús fue siempre un gran defensor de la igualdad entre hombres y mujeres, pese a que esa forma de pensar iba en contra de muchos preceptos de nuestras propias leyes y costumbres. No fueron pocos los problemas que tuvo a causa de su forma de pensar. No sólo fuera, sino también dentro del grupo que le acompañábamos. Entiendo que la educación que habían recibido tanto los hombres como las mujeres les había enseñado que la mujer siempre estaba por debajo del hombre y que siempre se encontraba en una posición de inferioridad. Pero había algo que era muy importante y que les costaba entender: Jesús vino a salvar a todos, a hombres y a mujeres, a ricos y pobres, a niños y ancianos. Nadie quedaba excluido de su redención. Ésa era su gran revolución. Él había venido a salvar a su pueblo, a todo su pueblo. Aun así, su tarea era muy complicada porque las costumbres eran, y lo siguen siendo, una piedra demasiado pesada y algo muy difícil de cambiar en unos pocos años. En las escrituras, dadas por nuestros antepasados, todos los protagonistas son varones. Pero eso se debe a que sólo fueron redactadas por hombres y evitaron que las mujeres escribieran también su historia. Sé que esta forma de pensar es muy escandalosa, pero una de las enseñanzas que me ha dado la vida es pensar con libertad lo que cada uno quiera. Sea hombre o mujer, o vaya en contra o no del poder establecido. Ahora, poco antes de que la muerte venga a visitarme, reconozco que mi carácter me ha traído muchos problemas. Cuando estaba con Jesús y después. Pero es el precio que he tenido que pagar para ser libre. Y lo he pagado sin arrepentirme.

Reconozco que era una privilegiada. Sé que las mujeres que salíamos de nuestras casas estábamos obligadas a cubrirnos la cara, ya que según nuestras leyes ofendíamos las buenas costumbres. Yo nunca me tapé la cara y no tuve problemas. Era consciente que la gente hablaba a mis espaldas, pero me daba igual. La mujer sólo podía aparecer con la cara descubierta el día de su boda y si no había conocido hombre. Si fuese una viuda, debía llevar el velo. Lo dicen nuestras leyes. También estaba prohibido que un hombre estuviese a solas con una mujer, mirar a una casada o saludarla en público. En los hogares, las hijas cedían los puestos a los varones y su educación se reducía a los quehaceres domésticos. Tampoco teníamos los mismos derechos hereditarios. Por eso, yo también me sentía una privilegiada. Y Jesús intentó cambiar muchas de estas tradiciones tan antiguas.

Por fortuna, mis padres no me educaron de esa forma y por eso les doy las gracias. Siempre se lo agradeceré mientras viva. Aún hoy lo hago. Las mujeres tampoco teníamos derecho a tener posesiones, ni siquiera lo que habíamos ganado con el sudor de nuestra frente. Yo era una excepción. Nunca me cansaré de repetir que yo era una mujer privilegiada, tanto por la educación que me dieron mis padres como por el poder económico que tenía y que me evitaba estar sujeta a determinadas reglas.

A lo largo de la historia, la mujer siempre ha estado en un segundo plano. Sobre todo, por el dominio patriarcal que ha existido debido la relevancia que ha adquirido la fuerza bruta para conseguir el poder. De ahí que, desde la antigüedad, hayan destacado tan pocos personajes femeninos relevantes, y también, como he dicho antes, porque la historia la escriben los hombres. En mi cultura, la mujer no tiene ni voz ni voto. Es tratada como si fuese un objeto. Y Jesús no estaba de acuerdo con ello.

Existía también un miedo ancestral al flujo de la sangre menstrual de la mujer. Miedo a que contaminase todo lo que estuviera expuesto a su contacto. Así está escrito en el tercer libro de la Torá. En él se dice que la mujer que tiene flujo, el flujo de sangre de su cuerpo, permanecerá en su impureza por espacio de siete días. Y quien la toque será impuro hasta la tarde. Todo aquello sobre lo que se acueste durante su impureza quedará impuro. Y todo aquello sobre lo que se siente quedará impuro. Quien toque su lecho lavará los vestidos, se lavará en agua y permanecerá impuro hasta la tarde. También dice que quien toque algo que esté puesto sobre el lecho o sobre el mueble donde la mujer con flujo se siente quedará impuro hasta la tarde. Si uno se acuesta con ella se contamina de la impureza de sus reglas y queda impuro siete días. Todo lecho en que el hombre se acueste será impuro.

Cuando una mujer tenga flujo de sangre durante muchos días, fuera del tiempo de sus reglas o cuando sus reglas se prolonguen, quedará impura mientras dure el flujo de su impureza como en los días de flujo menstrual. Todo lecho en el que se acueste mientras dure su flujo será impuro como el lecho de la menstruación, y cualquier mueble sobre el que se siente quedará impuro, como en la impureza de las reglas. Quien los toque quedará impuro y lavará sus vestidos, se bañará en agua y quedará impuro hasta la tarde. Una vez que ella sane de su flujo, contará siete días y quedará después pura. Al octavo día tomará dos tórtolas o dos pichones y los presentará al sacerdote a la entrada de la tienda del encuentro. Ofrecerá uno como sacrificio por el pecado y otro como holocausto, y hará expiación por ella ante Yahveh por la impureza de su flujo.

El mismo libro también se refiere a las impurezas que tenemos las mujeres cuando parimos y existe una diferencia cuando nace una hembra o un varón. Dice que cuando una mujer concibe y tiene un hijo varón, éste quedará impuro durante siete días y la madre será impura como en el tiempo de sus reglas. Al octavo día, el niño será circuncidado en la carne de su prepucio, pero ella permanecerá todavía treinta y tres días purificándose de su sangre. No tocará ninguna cosa santa ni irá al santuario hasta cumplirse los días de su purificación. Mas si da a luz a una niña, durante dos semanas será impura, como en el tiempo de sus reglas, y permanecerá sesenta y seis días más purificándose de su sangre. El doble que si fuese un niño.

En nuestra sociedad, el nacimiento de una niña se considera una desgracia. Todos se alegran por la llegada de un varón y todos se entristecen si es una hembra. Toda la vida pública es cosa de hombres. La mujer debe quedarse en casa al cuidado de los niños. Ésa es su función y para eso ha nacido. No se acepta la palabra de una mujer en un juicio, ni puede participar en la mayoría de las fiestas religiosas, ni estudiar la Torá. Yo, como en tantas otras cosas, fui una privilegiada, pero también porque luché por ello. No me conformaba con vivir el papel que me había tocado desempeñar o, mejor dicho, el que me habían dicho que tenía que desempeñar, y luché con todas mis fuerzas para cambiarlo. Al final, lo conseguí. A mi manera, pero lo conseguí.

La mujer es considerada una posesión del marido. Tiene que ocuparse de las tareas domésticas y no puede salir a la calle más que lo necesario. Eso sí, con velo. Todo judío varón tiene que rezar tres veces al día y lo hace diciendo lo siguiente: 'Bendito seas tú, señor, porque no me has hecho gentil, mujer o esclavo'. Y la mujer debe responder: 'Bendito sea el señor que me ha creado según su voluntad'. Yo me rebelé contra toda esta desigualdad, aunque tuviese muchos años de antigüedad. Pagué por esta rebeldía y aún lo hago hoy. Pero también salí victoriosa, a mi manera, pero salí victoriosa de la opresión en la que vivían las mujeres. Jesús tuvo mucho que ver en esa defensa de la mujer. Su filosofía era igualitaria y eso fue lo primero que me maravilló de él. No destacaba al hombre por encima de la mujer. Jamás escuché de su boca una palabra de menosprecio hacia las mujeres. Todo lo contrario.

También se decía que era mucho mejor que la Ley desapareciese entre las llamas antes de ser entregada a las mujeres. Jesús no pensaba como los que decían esas palabras. Es más, estoy segura de que, si hubiese tenido la oportunidad, habría entregado la Ley a las mujeres. Tampoco estaba de acuerdo con los que pregonaban que la sabiduría de una mujer radicaba en los pies, es decir, en las labores domésticas. Jesús acogía a las mujeres, las elogiaba, las instruía, las ayudaba y las ponía como modelo en muchas ocasiones. Y, además, dejaba que un grupo estable de nosotras le acompañásemos. Algo casi prohibido en aquellos tiempos.

Recuerdo que, en una ocasión, varios de los que le seguíamos le preguntaron si el marido podía repudiar a la mujer. Jesús les dijo con su habitual seguridad abrumadora: 'Quien repudie a su mujer y se case con otra comete adulterio contra aquella, y si ella repudia a su marido y se casa con otro, comete adulterio'. Jesús era un defensor de la igualdad y más igualdad entre hombres y mujeres que en esta explicación era imposible.

El menosprecio que sentíamos las mujeres no sólo nos llegaba desde fuera del grupo de Jesús. También de los nuestros. Además de Pedro, había muchos otros que también eran contrarios a que las mujeres tuviésemos iniciativa. Pablo de Tarso, que no formó parte del grupo de discípulos de Jesús, pero a los que sí persiguió en un primer momento, aunque después se hizo un gran defensor de la palabra de Dios, solía decir que 'las mujeres debían vestirse decorosamente y que debían adornarse con pudor y modestia, no con trenzas ni con oro o perlas o vestidos costosos, sino con buenas obras, como conviene a las mujeres que hacen profesión de fe'. También era muy habitual que asegurase que las mujeres debíamos oír la instrucción en silencio, con total sumisión. Tampoco permitía que las mujeres enseñasen ni dominasen al hombre y era de los partidarios de que nos mantuviésemos en silencio en las reuniones. Él decía que Adán había sido formado primero y Eva en segundo lugar. Que el engañado no había sido Adán, sino la mujer que, seducida, incurrió en la transgresión. Aun así, aseguraba que la mujer se salvaría por su maternidad mientras se preservase con modestia en la fe, en la caridad y en la santidad. Recuerdo haber pensado en multitud de ocasiones que teníamos un gran trabajo por delante para intentar cambiar esa forma de pensar. No la cambiaríamos nosotros, pero esperaba que se consiguiese en las siguientes generaciones. No sé si se habrá logrado.

Pablo no era partidario de que las mujeres hablásemos durante las asambleas. Oí decir que en muchas ocasiones aseguraba lo siguiente: 'Cállense las mujeres en las asambleas, que no les está permitido tomar la palabra. Estén sumisas como también la Ley lo dice. Si quieren aprender algo, pregúntelo a sus propios maridos en casa, pues es indecoroso que la mujer hable en la asamblea'. Sólo las palabras de Jesús me animaban a seguir en mi lucha. 'Lucha y no desfallezcas', me solía decir muy a menudo. Y así lo hice y así lo sigo haciendo. En una de las ocasiones en las que Pedro habló en público contra las mujeres, Jesús le reprendió por su actitud. Le dijo que las mujeres teníamos el mismo derecho que los hombres. No fue la primera vez que lo decía, ni la última. Pedro se sentó y agachó la cabeza. Yo no lo vi como un triunfo. Esto no era una lucha entre hombres y mujeres, sino una lucha para que la palabra de Dios llegase al mayor número de personas posible. Y si luchábamos entre nosotros no conseguiríamos nuestro objetivo.

Recuerdo que un día, mucho tiempo después de que ocurriese, alguien me relató la conversación que Pablo había mantenido con un grupo de mujeres. Les decía que tenían que ser sumisas con sus maridos como lo debían ser con Jesús y con Dios, porque el marido era la cabeza de la mujer, como Jesús era la cabeza de la iglesia. Igual que la iglesia era sumisa a Jesús, las mujeres también debían serlo con sus maridos. Yo me indigné, aunque ya no podía hacer nada. Estaba diciéndoles a las mujeres lo que tenían que hacer y pensar, sin dejar que ellas tomasen las decisiones. Les decía que, en lugar de luchar por ellas, luchasen por los hombres. Y ellos, ¿qué hacían?, ¿luchar por las mujeres? No.

Pensé que era una causa perdida. Que era una causa perdida intentar convencer a las mujeres y a algunos hombres como Pedro y Pablo, que no reconocían ningún valor en nosotras, que las mujeres éramos iguales a los hombres. Ni más ni menos. Mi renuncia a seguir luchando sólo duró unos días. Al tercero continué mi batalla contra el menosprecio que nos rodeaba. Aunque yo no lo conseguí, supongo que con el paso de las generaciones esta discriminación hacia las mujeres habrá pasado a la historia.

Pablo aconsejaba también no casarse y hablaba de las desventajas del matrimonio. Solía decir a todo el que quisiese escucharle: '¿Estás unido a una mujer? No busques la separación. ¿No estás unido a una mujer? No la busques'. Estas palabras iban en contra de nuestra Ley. Al principio de la Torá se dice: 'Y bendíjoles Dios, y díjoles Dios: 'Sed fecundos y multiplicaos''. También Jesús estableció el matrimonio como un sacramento. En una ocasión, mientras estaba en la región de Judea, al otro lado del Jordán, se le acercaron unos fariseos y le preguntaron para ponerle a prueba: '¿Puede uno repudiar a su mujer por un motivo cualquiera?' Y él les contestó: '¿No habéis leído que el creador, desde el comienzo, los hizo varón y hembra, y que dijo: 'Por eso dejará el hombre a su padre y a su madre y se unirá a su mujer, y los dos se harán una sola carne? De manera que ya no son dos, sino una sola carne. Pues bien, lo que Dios unió que no lo separe el hombre'. Entonces los fariseos le replicaron: 'Pues, ¿por qué Moisés hizo posible dar acta de divorcio y repudiarla?' Y Jesús les contestó: 'Moisés, teniendo en cuenta la dureza de vuestro corazón, os permitió repudiar a vuestras mujeres, pero al principio no fue así. Ahora bien, os digo que quien repudie a su mujer y se case con otra, comete adulterio'.

A Jesús tampoco le gustaba la violencia. En el momento en el que le prendieron, Pedro sacó su espada para defenderle y le cortó la oreja a uno de sus captores. Entonces, el maestro, con una tranquilidad y serenidad que me abrumó, no quiso que se derramase más sangre y le dijo: 'Vuelve a meter tu espada en su sitio, porque todos los que empuñen una espada, a espada perecerán'.

———————

Todos exhalaron un amplio suspiro cuando Joaquín terminó de leer el tercer manuscrito de Magdalena. Pasaban unos minutos de las seis de la tarde del miércoles 3 de julio. En el exterior, el calor apretaba como hacía mucho tiempo que no se recordaba en A Coruña. Aquella inusual ola de calor había llenado los hospitales de la ciudad y había provocado varios muertos. En el salón de la casa de los Cantones, cada uno permanecía sentado en el mismo lugar en el que habían escuchado los dos escritos anteriores. Era como un ritual. Laura, en el alféizar de uno de los grandes ventanales; María, en el gran sofá blanco de más de tres metros; Felipe, en el sillón envolvente de diseño de color granate; Roberto, en otro sofá blanco más pequeño, y Joaquín, enfrente de todos ellos, de cara a las grandes ventanas con vistas a toda la bahía coruñesa.

Los cinco se encontraban todavía sumergidos en el relato que acababan de escuchar. Había sido un viaje increíble. Aún estaban dos mil años atrás en el tiempo y les costaba retornar al presente. La primera que lo hizo fue María. Al contrario que en los dos manuscritos anteriores, y ahora más pendiente de lo que escuchaba, se percató de que lo que contaba el tercero era muy diferente de lo que siempre le habían enseñado y había oído.

—¿Así que San Pablo y la Iglesia Católica son machistas? —preguntó la informática con un ligero tono de sorna y para que el resto se diese cuenta de que había estado muy atenta a las palabras del anfitrión.

—No, no lo es —intervino Felipe, aunque sin demasiada fuerza en sus palabras.

—Pero tendrás que reconocer —apuntó Joaquín— que una de las acusaciones que siempre se le han hecho a San Pablo es que era un machista y un misógino, que menospreciaba a las mujeres y que debido a esa actitud se convirtió en uno de los principales responsables de la opresión y relegación de la mujer en el ámbito religioso. Hay palabras de Magdalena en este manuscrito que se repiten en la biblia, tanto en la Primera carta a los Corintios, en el 14:34, como en la Primera a Timoteo, en el 2:9. En la primera se recoge el pasaje en el que San Pablo asegura que las mujeres se deben callar en las asambleas y que si quieren aprender algo se lo pregunten a sus maridos. En la segunda, también escrita por San Pablo, se dice que las mujeres deben vestir con decoro y adornarse con pudor y modestia; no deben enseñar ni dominar al hombre y tienen que mantenerse en silencio porque el engañado no fue Adán, sino Eva. Y esto lo dice Magdalena en el manuscrito y también lo dice la biblia.

Felipe asintió sin demasiada efusividad. Era cierto que las palabras que María de Magdala había puesto en boca de San Pablo aparecían en la biblia tal y como había señalado Joaquín y contra esa realidad no podía argumentar nada. No sólo en esos dos pasajes se recogían comentarios de San Pablo contra las mujeres, pensó el seminarista, también en Efesios (5:22) y en la epístola a los Colosenses (3:18), ambos en el nuevo testamento. En el primero, el apóstol recuerda que las mujeres deben ser sumisas a los maridos como la Iglesia es sumisa a Cristo, y en el segundo vuelve a insistir en la sumisión de las mujeres a sus esposos. Todas esas palabras aparecían en la biblia. No había ningún tipo de interpretación. Eso era lo que estaba escrito y aceptado como verdadero por la Iglesia Católica.

—¿San Pablo fue uno de los doce apóstoles? —intervino María desde su sillón de color blanco.

—No —respondió Felipe aún entristecido por la postura de San Pablo—. Sí se convirtió en un apóstol, pero fue tras la muerte de Jesús. Nació en Tarso, en el año diez después de Cristo. En un principio fue un encarnizado perseguidor de la naciente Iglesia cristiana. Pero según cuenta la biblia, tras una aparición de Jesús se convirtió en uno de sus máximos defensores, al mismo nivel que el resto de los apóstoles. Es en esa aparición, en el camino de Damasco y que está reflejada en Hechos 9:17, cuando Cristo le encomienda la misión especial de ser un apóstol de los gentiles. Moriría junto a San Pedro en Roma.

—Nadie duda —apuntó Laura, que dejó por unos momentos de admirar las vistas de la ciudad desde el gran ventanal— que el cristianismo y también otras religiones han mantenido en un segundo plano a la mujer. Y estoy de acuerdo con lo que dice Magdalena cuando asegura que la fuerza bruta ha tenido una gran relevancia para que el hombre se hiciese con el poder a nivel social. Por eso, a lo largo de la historia se ha destacado a muy pocas mujeres. Hace poco tiempo leí un reportaje que decía que, de las cien personas más importantes del siglo XX, sólo una decena eran mujeres, y en la biblia ocurre algo similar. Los estudiosos afirman que de los tres mil personajes que se mencionan en el libro sagrado, sólo una décima parte son mujeres y siempre aparecen en un plano secundario. Hay que tener en cuenta que la biblia fue escrita por hombres dentro de una cultura, la judía, que era cien por cien machista. Ya lo dice Magdalena: la mujer no tenía ni voz ni voto. Por eso, la valentía que demostró esta mujer en aquella época es digna de elogio. Habría muy pocas como ella. Y no sólo eran hombres los que seguían a Jesús, también había mujeres, pero por alguna razón que se me escapa se ha silenciado su existencia.

Sin quererlo, María viajó con su imaginación al día anterior. Era martes por la mañana. Tras la acalorada discusión de la madrugada sobre el primer manuscrito, habían decidido pasar la noche en la casa de los Cantones. Durante el desayuno, Joaquín les contó lo que había averiguado del cuadro de la iglesia de las Capuchinas donde habían encontrado el primer cilindro de madera. El autor del lienzo era el francés Nicolás Poussin y el cuadro se titulaba *Los pastores de la Arcadia*.

—Me suena la Arcadia, pero ¿qué es? —preguntó Felipe mientras tomaba un sorbo de café.

—La Arcadia —respondió Joaquín— es una región paradisíaca de Grecia habitada por pastores. Fue mitificada por los poetas clásicos como un lugar en el que se vivía de forma plácida e idílica. Los pastores de la Arcadia eran el prototipo de personas felices que llevaban una vida consagrada a la música y al canto. Después, la Arcadia ha pasado a la literatura europea, sobre todo a partir del Renacimiento, como sinónimo de paraíso.

—Pero, ¿existe? —preguntó María.

—Sí. Es una región central del Peloponeso griego que en realidad es agreste y se encuentra despoblada.

Joaquín, a la vez que desayunaba, leía las anotaciones que había escrito en su libreta amarilla. El cuadro fue pintado entre 1638 y 1639, cuando Poussin tenía 45 años. El original está expuesto en el Museo del Louvre. Es un óleo sobre lienzo que mide 85 centímetros por 121.

—Por lo que me habéis explicado, la copia que se encuentra colgada en la iglesia de las Capuchinas es del mismo tamaño —apuntó Joaquín.

Los tres asintieron.

Pasó un par de hojas de su libreta y continuó. El cuadro muestra a tres pastores de la bucólica Arcadia y a una mujer que lentamente deposita la mano sobre el hombro de uno de ellos. Todos los estudiosos aseguran que la mujer simboliza a la muerte. Los cuatro personajes leen una inscripción labrada en la tumba que acaban de descubrir. La frase dice *et in arcadia ego*. Laura, María y Felipe la habían leído cuando encontraron el cilindro de madera en la iglesia de las Capuchinas, pero no habían hallado ninguna relación. Sabían latín porque lo habían estudiado, pero no entendieron su significado. Además, con la agitación de encontrar el primer manuscrito, ninguno de los tres había prestado mucha atención.

—La frase se puede traducir de varias maneras —siguió Joaquín —"yo también en arcadia» o «y yo en la arcadia». Si se tiene en cuenta lo que representa la mujer, también se trataría de una sentencia que expresa la muerte: «yo también estoy en arcadia». Diez años antes, Poussin había plasmado el mismo tema en otro cuadro de idéntico nombre en el que también había pintado varios pastores que descubren la misma inscripción. Este lienzo se encuentra en el Museo The Duke of Devonshire, en Inglaterra. Ambos están basados en otro cuadro de 1618 del pintor italiano El Guercino que ¿sabéis cómo se titula?

—¿Los pastores de la Arcadia? —respondió con rapidez Felipe.

—Exacto.

—¿Y qué sabes de Poussin? —interrumpió Laura, mientras bebía un sorbo de café.

Fue el fundador y máximo exponente de la pintura clasicista francesa del siglo XVII, continuó Joaquín. En el país galo es un mito. Nació en 1594 en Normandía y murió en 1665 en Roma. A los treinta años viajó a la capital italiana donde vivió el resto de su vida en Vía Paolina, salvo una estancia en París de 1640 a 1642. Cuando volvió a Francia ya había pintado los dos cuadros sobre los pastores de la Arcadia. Joaquín les explicó que Poussin era un personaje muy peculiar. Su interés por la pintura, algo que no le gustaba a su familia, había sido tan grande que con dieciocho años se había fugado a París sin dinero y sin conocer a nadie. Ya instalado en Roma, llevó siempre una vida ordenada y meticulosa. Poseía una pequeña fortuna, pero eso no le impidió ser un personaje modesto e incluso austero. Aunque pudo hacerlo, ya que llegó a ser un pintor muy reconocido, no se relacionó con la clase alta porque no le gustaban los ambientes tan ostentosos.

Con cuarenta y cinco años, el rey francés Luis XIII le llamó a París. Si para muchos artistas galos el interés del monarca habría sido un gran reconocimiento, para Poussin no lo fue y en un principio se negó a viajar. Las amenazas, presiones y promesas terminaron por convencerle y, sin demasiada ilusión, se desplazó a la capital francesa. Lo que para muchos habría sido un premio a su trayectoria, pintar por encargo del rey de Francia, para Poussin fue un suplicio. Allí permaneció dieciocho meses. En diciembre de 1642 pidió un permiso para ir a buscar a su mujer a Roma y, cansado del ambiente parisino de la época, no volvió más. En 1630 su estilo empezó a cambiar. Se alejó del exuberante barroco para abrazar la antigüedad clásica. A partir de los cuarenta, comenzó a tener temblores en las manos que se agravaron con el paso del tiempo hasta impedirle pintar. En los últimos cinco años el temblor era casi insoportable, lo que les daba a los cuadros un aspecto inacabado.

—Hoy, esos lienzos parecen muy modernos, pero en su época fueron muy criticados —aseguró Joaquín—. En España hay cuadros auténticos suyos. Se encuentran en el Museo del Prado de Madrid. Al final de la primera planta hay una sala en la que se exponen ocho de sus lienzos. A sólo unos metros, El Guercino, que pintó los primeros pastores de la Arcadia en los que se basó después Poussin, también tiene tres obras.

—Supongamos que estamos en clase de arte —intervino Roberto, que, pese a su carácter introvertido, ya se sentía también parte de aquella fabulosa historia—. Vosotros sabéis que el arte siempre tiene un significado. ¿Qué quiso decir Poussin cuando pintó este cuadro?

Laura y Felipe miraron a María. Estaban seguros de que la informática conocía la respuesta.

—Como ha explicado antes Joaquín —comenzó la catalana su exposición—, Arcadia es el símbolo de la vida alegre y despreocupada. Pero los pastores se encuentran con la leyenda *et in arcadia ego* que les hace abrir los ojos. A través de esta frase descubren que no todo es tan paradisíaco y que la muerte también puede acceder a un lugar tan maravilloso como es la Arcadia. Poussin nos quiere avisar de que la muerte nos llega a todos, seamos altos o bajos, ricos o pobres.

—Bien, María —exclamó Felipe a la vez que el resto aplaudía su explicación.

—Era fácil —dijo la informática—. Lo que no consigo entender es qué hace una copia de un cuadro como éste en una iglesia de A Coruña. ¿Tú lo sabes, Joaquín?

—No tengo ni idea. A mí también me parece muy extraño. Voy a intentar averiguarlo, porque seguro que tiene alguna relación con esta historia.

Joaquín conocía varios datos más sobre el cuadro de Poussin y la misteriosa historia con la que se le relacionaba, pero creyó que aún era pronto para hacerlos públicos. Una segunda pieza del rompecabezas era la frase que se encontraba encima de la entrada de la iglesia de San Jorge: «Casa de Dios y puerta del cielo». El lienzo de *Los Pastores de la Arcadia* y la inscripción del templo apuntaban hacia el mismo misterioso emplazamiento. Aun así, prefirió aguardar un poco más antes de compartir sus inquietudes con ellos. Esa otra historia les distraería del fin de todo aquello, que no era otro que recuperar los siete manuscritos redactados por María Magdalena.

Sonó el timbre de la puerta. Laura, María, Joaquín y Roberto se miraron extrañados. No esperaban a nadie. Felipe hacía muy poco tiempo que se acababa de ir a dar un paseo para aclarar su mente después de escuchar el contenido del segundo manuscrito. Roberto fue a abrir. Instantes después, el seminarista entró lívido como si acabase de ver al mismo diablo. Estaba muy nervioso. Todos intentaron tranquilizarle.

—¿Qué te ha pasado? —preguntó angustiada Laura.

Felipe se bebió de un sorbo el vaso de agua que le había traído Roberto. Estaba muy nervioso. Le faltaban las palabras para explicarles lo que le acababa de suceder. Recobró un poco la calma y comenzó a tranquilizarse.

—Todo ha durado menos de veinte segundos. Salí del portal y giré a la izquierda. Anduve unos metros y me paré frente al escaparate de la librería que está ahí al lado. De repente, sentí la presencia de alguien a mi espalda. Estaba tan cerca que noté su aliento sobre mi nuca. Me iba a girar cuando una voz de hombre me dijo: «No se mueva. Dejen la búsqueda de los manuscritos o se enfrentarán con los fisianianos».

—¿Los fisianianos? —interrumpió María —¿quiénes son esos?

Laura le hizo un gesto a su amiga para que se callara y dejara que Felipe continuase.

—De repente, noté que el aliento desaparecía de mi nuca y oí un forcejeo a mi espalda. Me giré y vi como dos hombres metían a un tercero, que debía ser el que me acababa de amenazar, en una furgoneta aparcada junto a la acera. El vehículo tenía los cristales negros. En el forcejeo a uno de los dos hombres se le cayó esto.

Felipe enseñó un medallón que llevaba en su mano.

—El otro también tenía uno igual. La furgoneta arrancó y desapareció saltándose un par de semáforos en rojo.

—¿Estás bien? —preguntó María mientras le daba un beso cariñoso en la frente.

—No os preocupéis. Se me pasará pronto.

Joaquín cogió el medallón de la mano de Felipe.

—Es el símbolo rosacruz —aseguró sorprendido mientras lo examinaba—. Veis aquí: una rosa y una cruz. Es el símbolo de los rosacruces.

—Pero, ¿qué son los fisianianos y los rosacruces? —le preguntó impotente Felipe.

—Los fisianianos no tengo ni idea de lo que son, y de los rosacruces algo sé. Pero esperad. Voy a consultar algunos de mis libros e internet y en unos minutos espero tener la respuesta a tu pregunta —le respondió a la vez que dirigía de forma apresurada su silla de ruedas hacia la otra parte del inmenso salón.

Mientras, Laura, María y Roberto intentaban tranquilizar a Felipe, que aún no se había recuperado del susto.

—Ya lo tengo todo —exclamó triunfante Joaquín quince minutos después—. ¿Por dónde queréis que empecemos, por los fisianianos o por los rosacruces?

—Por los fisianianos, que parece que son los malos. A los buenos los dejamos para el final —respondió Laura, que intentaba controlar los nervios.

—Los fisianianos —comenzó Joaquín, mientras ojeaba las notas que había escrito en su libreta amarilla —son una congregación religiosa con muy poca presencia en España. Su verdadero nombre es la Congregación de San Pedro ad Vincula, pero a sus integrantes se les conoce como los fisianianos porque fue fundada en Francia en 1839 por el sacerdote católico Carlos José María Fissiaux. Por lo que he encontrado, no es un grupo violento. Es una congregación pequeña, casi desconocida, que desde su fundación trabaja por la juventud más necesitada. En la actualidad tiene presencia en Francia, España, Argentina y Brasil. Son seguidores de la regla de San Agustín, el santo que a finales del siglo IV aseguró que una mujer que estuviese con la menstruación no podría servir nunca como sacerdote en el altar y que un buen cristiano debería detestar de su esposa la relación sexual.

El anfitrión les explicó que el nombre de San Pedro ad Vincula procedía del relato del libro de los Hechos de los Apóstoles que formaba parte de la biblia. En él se narra la liberación de San Pedro por un ángel, ya que lo habían encadenado en la cárcel Mamertina de Jerusalén. La traducción de San Pedro ad Vincula es San Pedro entre cadenas o San Pedro encadenado. La Iglesia Católica celebra este acontecimiento el 1 de julio, día en el que también se creó la congregación de los fisianianos.

—Y el día en el que empezó toda esta historia —apuntó María.

Todos asintieron. Un día antes, el lunes 1 de julio, habían comenzado aquella aventura al encontrar los dos pequeños papeles en el libro que estaba en el desván de la casa de Laura. Los fisianianos, continuó Joaquín que, como el resto, no había reparado en la coincidencia que acababa de mencionar la informática, siguen la regla de San Agustín y las constituciones propias. En septiembre de 1853, el papa Pío IX publicó el decreto apostólico que aprobó la congregación. Su fundador, Carlos José María Fissiaux, fue, en el siglo XIX, uno de los hombres que más contribuyó en Francia a la eclosión de la vida religiosa. Nació en Aix en Provenze en 1806. Era hijo de una familia acomodada. Estudió con los jesuitas en Aix, Friburgo y Marsella. Fue ordenado sacerdote con veinticinco años y con treinta y tres fundó la Congregación de San Pedro ad Vincula. Fissiaux la definió como una congregación religiosa consagrada a la liberación de la juventud delincuente y abandonada. Él quiso ser un ángel liberador para los jóvenes inadaptados. Una de sus frases favoritas era: «Cada joven que se recupera es una generación que se salva». Renunció por tres veces al obispado para el que había sido propuesto y fue distinguido por el gobierno francés con la Legión de Honor. El escudo de la congregación posee una cruz, dos llaves y dos cadenas, que recuerdan con las que fue apresado el apóstol.

—El escudo —continuó Joaquín— tiene muchas similitudes con el del Vaticano. Ambos poseen dos llaves, que representan las llaves entregadas por Cristo al apóstol San Pedro, y que están colocadas en forma de cruz de San Andrés. Los paletones están dirigidos hacia arriba y las empuñaduras hacia abajo. Los paletones de los dos escudos tienen una perforación en forma de cruz que no se debe a la mecánica de la cerradura, sino a su simbología religiosa. En la parte superior del escudo de los fisianianos aparece una cruz, mientras que en la del Vaticano es sustituida por la tiara papal. De las empuñaduras de las llaves de este último penden dos cordones, mientras que de las de los fisianianos lo hacen unas cadenas. Las dos llaves son el emblema del Vaticano desde el siglo XIV. Una de ellas, la de la derecha, es de oro, y representa el poder sobre el reino de los cielos. La otra es de plata y simboliza la autoridad del Papa sobre la tierra. Ambas están unidas por las empuñaduras por dos cordones que simbolizan la fusión entre los dos poderes. En el escudo de San Pedro ad Vincula las dos empuñaduras están unidas por las cadenas. Desconozco si las llaves de este último también son de oro o de plata, pero lo que es seguro es que ambos escudos son muy similares.

—¿Y en España, los fisianianos son muy numerosos? —preguntó Laura preocupada.

—En principio, no. La primera presencia de la que hay constancia data de julio de 1884 cuando se les ofrece, y aceptan, dirigir en Barcelona la Casa Municipal de Corrección. Poco después contarán con una obra propia denominada Asilo Durán. La Casa de la Congregación sigue, en estos momentos, en la localidad barcelonesa de San Feliu. No son muy numerosos. No deben pasar del centenar, aunque atienden a un millar de jóvenes. En Galicia no hay datos de presencia de seguidores de Fissiaux.

El anfitrión les contó que las cadenas con las que había estado apresado San Pedro se encontraban en Roma. No en la Basílica de San Pedro, en el Vaticano, sino en la Basílica de San Pedro ad Vincula, el antiguo templo dedicado al apóstol, que está cerca del Coliseo romano. La iglesia es una de las *títuli*, una de las primeras iglesias parroquiales de Roma. La leyenda de las cadenas fue en aumento con el paso de los siglos. En un principio se creyó que eran con las que Herodes apresó al apóstol en la cárcel Mamertina de Jerusalén, pero en el siglo VII se relacionó esta cárcel con la de Roma, en la que San Pedro permaneció sus últimos nueve meses hasta su ejecución crucificado boca abajo. La idea gustó y pasó a la liturgia religiosa. Después, en el siglo XIII, se añadió que la emperatriz Eudoxia, esposa del emperador romano Teodosio II, había recibido en el año 429 en Jerusalén de manos de Juvenal, obispo de esa ciudad, las cadenas con las que había sido apresado San Pedro en la cárcel Mamertina. Una parte de ellas la dejó en Jerusalén y la otra se la llevó a Roma, donde se la regaló a su hija Eudoxia. Ésta le mostró la reliquia al papa Sixto III, que le correspondió y le enseñó la otra cadena con la que Nerón había retenido al apóstol en Roma hasta su muerte. La leyenda cuenta que el Papa acercó ambas cadenas y al instante se soldaron hasta convertirse en una sola. Con el objetivo de custodiarlas, Eudoxia hija costeó la reedificación de la Basílica de San Pedro ad Vincula, que fue construida en el año 442 sobre las ruinas de una villa imperial.

—Por eso —continuó Joaquín—, a la iglesia de San Pedro ad Vincula también se la llama Eudoxia, en honor a su mecenas. Debió de ser una gran mujer.

Lucinia Eudoxia, prosiguió el anfitrión, se casó en el año 437 con su primo, el emperador romano Valentiano III. Ocho años después su marido fue asesinado por Petronio Máximo, con el que le obligaron a casarse. Cuenta la leyenda que, como venganza, instigó a los vándalos a que saquearan Roma. Después la raptaron y se la llevaron a África. La basílica de San Pedro ad Vincula está cerca del Coliseo. El mejor camino para llegar a ella es desde la Vía Cavour, por las escalinatas de San Francisco de Paula, que pasan bajo una preciosa bóveda de la antigua casa de los Borgia. La nave central del templo está dividida por veinte columnas que fueron tomadas de una construcción más antigua. Bajo el baldaquino del altar mayor se guardan las cadenas en una urna de bronce con las paredes frontal y trasera transparentes. Las cadenas no están completas. Por ejemplo, uno de los eslabones se guarda en la catedral francesa de Metz. La basílica de San Pedro ad Vincula posee dos trozos diferentes de la cadena. El primero es de veintitrés eslabones y termina en dos argollas, y el segundo, de once, similares a los del primer pedazo, más otros cuatro que son más pequeños. Pero los turistas no acuden a esta iglesia para admirar las cadenas del apóstol. Lo hacen para contemplar el portentoso realismo y la increíble belleza del Moisés de Miguel Ángel, que tardó en terminarlo cuarenta años. Esta figura es el gran reclamo del templo. En España existen, al menos, tres iglesias que llevan como nombre San Pedro ad Vincula. Una está en Pedrosa del Páramo, en Soria; otra en Liérganes, en Cantabria, y la otra en Echano, en Navarra.

—Y esto es todo lo que he podido averiguar de los fisianianos —finalizó Joaquín.

Laura, María, Felipe y Roberto procesaban a una velocidad vertiginosa todos los datos que les acababa de proporcionar Joaquín. Era un hombre con un vasto conocimiento en todas las materias, pensaron los cuatro. Laura y Roberto ya lo sabían, pero siempre les sorprendía. Felipe parecía un poco más tranquilo. Había pasado más de media hora desde el encuentro con el fisianiano y los dos rosacruces, y mientras escuchaba a Joaquín había olvidado por unos momentos el desagradable episodio. Sonó la alarma del reloj de Roberto. Era el aviso de que el anfitrión debía tomar su pastilla de las seis de la tarde. Su maltrecha columna se lo agradecería.

—¿Y los rosacruces? —preguntó Laura, tras el pequeño paréntesis, que les vino bien a todos.

La historia de los rosacruces, comenzó Joaquín a la vez que cogía aire, se pierde en la noche de los tiempos. La orden rosacruz es heredera espiritual de las antiguas escuelas de los misterios que florecieron en Egipto, Babilonia, Grecia y Roma. En la época de Carlomagno, en el siglo VIII después de Cristo, se introdujo en Francia y más tarde en Alemania, Inglaterra y España. En los siglos posteriores fueron los alquimistas y los templarios los que contribuyeron a su expansión. Su símbolo es una cruz con una sencilla rosa en el centro.

María volvió a descubrir otra coincidencia con Francia. El rosacrucismo había entrado en Europa por el país galo, lugar en el que también habían nacido Poussin y Papus, y en el que también se había fundado la Congregación de San Pedro ad Vincula.

—¿De dónde procede el termino rosacruz?, os preguntaréis. ¿Cuál es la unión entre la cruz, que no hay que olvidar que fue un instrumento de tortura en el comienzo del cristianismo, y la frescura de una rosa con la temporalidad de su corta existencia?

Un tenso silencio se apoderó del salón.

—La cruz —respondió Joaquín— es un símbolo de muerte, mientras que la rosa lo es de vida.

Muchos personajes célebres, continuó el anfitrión mientras sus últimas palabras revoloteaban en las cabezas de sus oyentes, han pertenecido a la orden rosacruz: Beethoven, Descartes, Leonardo da Vinci, Newton, Servet, Leibniz o los presidentes de los Estados Unidos Benjamín Franklin y Thomas Jefferson. Joaquín lanzó una mirada al cuarteto y siguió. Las sociedades secretas han sido durante mucho tiempo un foco enorme de fascinación y la fraternidad de los rosacruces es una de las más misteriosas e intrigantes de todas ellas.

Los testimonios más antiguos que se conservan de los rosacruces datan de 1614 cuando un teólogo alemán, sobrino del segundo hombre de confianza de Lutero, Juan Valentín Andrea, publicó un folleto titulado *Fama Fraternatis Rosa Crucis*. En él, narra la historia de un noble alemán que viaja por oriente. A su vuelta se inicia en los misterios de la magia que mezcla con doctrinas cristianas hasta fundar la Hermandad Rosacruz. En su retorno a Alemania el noble pasó por España, donde no recibió una buena acogida. Después, Andrea publicó otros dos folletos que también tuvieron un gran éxito en una época, el siglo XVII, hambrienta de misterios y esoterismo. El efecto que tuvieron fue increíble. La gente se desvivía por entrar en un grupo tan selecto. Otras tesis aseguran que los manifiestos atribuidos a Andrea fueron redactados por un Colegio de Rosacruces lo que marcó el comienzo de un nuevo ciclo de actividad de la orden. Según estas tesis, la fraternidad debería estar activa e inactiva en ciclos progresivos que podían variar entre los 100 y los 124 años.

—Los rosacruces —recalcó el anfitrión— son profundos conocedores de la naturaleza. Saben que todo se desarrolla por ciclos. Cada cierto tiempo, y como norma de funcionamiento desde hace muchos siglos, la orden aparece y desaparece según estos ciclos. De ahí que, en algunos momentos de la historia, renazcan en uno o varios países para después desaparecer sin dejar rastro hasta que de nuevo vuelven a salir a luz cuando el ciclo se ha cubierto. En la actualidad, bajo el nombre de rosacruz y con planteamientos generales parecidos, existen organizaciones muy diversas, con métodos y propósitos diferentes. Unos grupos son grandes, otros pequeños, unos cuentan con elevados recursos económicos y otros con menos. Hoy están extendidos por todo el mundo. Nos podemos encontrar con la Antigua Orden Mística de la Rosa Cruz o la Antigua Fraternidad Rosa Cruz, entre muchas otras. Pero todas han salido del mismo tronco común.

Los actuales rosacruces están dirigidos por un Consejo Supremo compuesto por los Grandes Maestros de todas las jurisdicciones, que agrupan, por lo general, a países de un mismo idioma. Estos miembros eligen, por un periodo de cinco años renovables, al Imperator, nombre tradicional que se ha utilizado para designar al responsable de la orden. El Consejo Supremo es el garante de la continuidad de la tradición rosacruz y el encargado de dar cartas de constitución a las diferentes logias que se crean.

—¿Si se agrupan en logias son entonces masones? —preguntó Felipe desde su sillón de diseño de color granate.

—No. La masonería, fundada en 1717 como sociedad secreta organizada, tomó algunos elementos de los rosacruces, pero son organizaciones independientes, según ellos. La fraternidad rosacruz asegura que no tiene relación con ninguna otra, a pesar de que existe un grado de la masonería en el rito escocés que se denomina rosacruz.

—Pero, ¿qué son los rosacruces? —preguntó impaciente María.

—Como toda sociedad secreta, es complicado elaborar una definición, pero ellos mismos aseguran que —comenzó a leer su libreta amarilla— son una orden fraternal, un grupo de hombres y mujeres progresistas, interesados en agotar las posibilidades de la vida mediante el uso sano y sensato de su herencia de conocimientos esotéricos y de las facultades que poseen como seres humanos. Estos conocimientos, que ellos fomentan y enriquecen con nuevos hallazgos, abarcan todo el campo de los esfuerzos humanos y todo fenómeno del universo conocido por el hombre.

—Pues yo me quedo como estaba antes —afirmó María desanimada—. Pero, ¿qué tienen en común una congregación religiosa como la de San Pedro ad Vincula y una fraternidad secreta como la rosacruz con siete iglesias de A Coruña que esconden siete manuscritos de Magdalena? No lo consigo comprender.

—Mucho —respondió Joaquín con un brillo malicioso en sus ojos—. Lo mejor lo he guardado para el final.

Los tres amigos y Roberto abrieron los ojos como platos. En el salón se hizo el silencio provocado por las últimas palabras del anfitrión. Las siete plantas que había por debajo y el doble ventanal evitaban que el ruido de los coches que circulaban por el Cantón Pequeño llegase hasta ellos. Joaquín disfrutaba con toda aquella historia y la quería paladear cada minuto, cada segundo.

—Felipe, estoy seguro de que muchas de las afirmaciones que se hacen en este manuscrito son imposibles de aceptar por ti. Pero hay otros datos muy concretos que hacen creer en la verosimilitud de este texto —afirmó el anfitrión en tono pacificador tras terminar de leer el segundo texto escrito por María Magdalena—. Por ejemplo, el viaje que realiza por Egipto. Ella cuenta que estuvo en ciudades como Samaria o Sidón. La primera se fundó en el año 887 antes de Cristo y es verdad que en su tiempo hacía poco que el emperador romano Augusto la había convertido en una división de la provincia de Judea. Este acontecimiento había ocurrido en el año 6 después de Cristo. Sidón es en la actualidad la tercera ciudad más grande de Líbano y se encuentra situada a unos cuarenta kilómetros de Beirut. Está habitada desde el 4000 antes de Cristo y fue durante mucho tiempo una de las principales ciudades fenicias. Y es cierto, como dice Magdalena en este escrito, que era muy famosa por la elaboración de tinte púrpura para las telas y sus artículos de vidrio.

Laura, María y Felipe habían encontrado por la mañana el segundo manuscrito en la iglesia de San Jorge. Habían vuelto a la casa de Joaquín y, mientras el ordenador traducía el papiro, habían comido. Un pitido procedente del otro lado del salón les había avisado de que la traducción había terminado. Como el día anterior, el primero de toda aquella aventura, cada uno se había sentado en el mismo sitio para escuchar el contenido del segundo manuscrito. Eran poco más de las cuatro de la tarde del martes 2 de julio. Acabada la lectura, Felipe estaba muy indignado con lo que había escuchado y había amenazado con no seguir con la búsqueda de los otros cinco. Casi a gritos había asegurado que no iba a admitir afirmaciones como las que aparecían en aquel texto: que Cristo no edificó la Iglesia Católica sobre Pedro, que Jesús no necesitaba un sucesor, que Pedro no fue el primer Papa o que el resto de los papas eran unos impostores porque San Pedro no era el sucesor legítimo de Cristo. No iba a aceptarlo.

A Joaquín lo que le había fascinado era la simpleza con la que María de Magdala había desmontado la mentira que durante los últimos dos mil años había recaído sobre ella: que era una prostituta y una ramera pecadora. Y este hallazgo era lo primero que quería compartir con sus jóvenes amigos. La discusión sobre el Papa vendría después. Pero tuvo que esperar a la noche. Felipe, enfurecido e impotente, había decidido salir a dar una vuelta para ordenar sus pensamientos. Después llegaría su encuentro con el fisianiano y los dos rosacruces. Joaquín tuvo que continuar por la noche, después de cenar, con el episodio de Jericó y la caída de sus muros. Era la segunda vez consecutiva que los cinco cenaban juntos. El anfitrión les explicó que era cierto, como decía Magdalena, que fue conocida como la ciudad de las palmeras. Así aparecía en el quinto libro del Pentateuco de la biblia, *Deuteronomio*, en el versículo 34:3. Y también era verdad, como decía el manuscrito recién encontrado, que la primera mención que se hace en la biblia de la ciudad es en relación con el campamento de los israelitas en Sitim, que está en el cuarto libro del Pentateuco, *Números*. En el 22:1 y en el 26:3.

—Estos detalles, que pueden ser irrelevantes, demuestran el gran conocimiento que Magdalena tenía de la Torá. Algo prohibido para las mujeres en aquella época.

—¿Y qué es la Torá? —preguntó María.

—¿Contestas tú, Felipe? —pidió Joaquín.

El seminarista les explicó que la Torá es el documento escrito que fue otorgado por Yahveh a Moisés en el Sinaí hace algo más de 3300 años. La Torá está compuesta por dos partes: la Ley Escrita y la Ley Oral. La Torá Escrita está formada por los cinco primeros libros del antiguo testamento que aparecen en la biblia: *Génesis, Éxodo, Levítico, Números* y *Deuteronomio*, que fueron redactados en el siglo V antes de Cristo. Estos cinco textos también son conocidos como el Pentateuco. A Moisés también le fue dada la Ley Oral, que incluye las instrucciones para comprender el significado de la Torá Escrita. Ha sido transmitida de generación en generación y recoge las normas prácticas del pueblo judío que aún hoy se cumplen.

—En hebreo —siguió Felipe—, Torá significa guía, enseñanza, dirección o camino. La Torá contiene 613 mandamientos: 248 positivos y 365 prohibiciones. El cuerpo humano también posee 248 órganos y 365 venas, nervios o tendones. Por eso se dice que el hombre fue diseñado sobre el modelo de la Torá. Y tiene razón Joaquín cuando apunta que su estudio estaba prohibido para las mujeres. Por eso, es muy relevante que Magdalena la conociese. Muy pocas mujeres de su época tenían acceso a sus contenidos. La verdad es que yo también empiezo a pensar que era una mujer adelantada a su tiempo.

Cuando Felipe terminó su exposición, el anfitrión les explicó que la fecha más cercana para datar la caída de las murallas de Jericó era el año 1403 antes de Cristo. También recordó que esta población era mencionada en la biblia en 71 ocasiones y que era la ciudad habitada de forma continua más antigua del mundo. Tiene más de diez mil años de historia, les dijo. A continuación, les leyó la parte que narraba la caída de los muros recogida en Josué 6:2-5: «Yahveh dijo a José: 'Mira, yo pongo en tus manos a Jericó y a su rey. Vosotros, valientes guerreros, todos los hombres de guerra, rodearéis la ciudad. Así harás durante seis días. Siete sacerdotes llevarán las siete trompetas de cuerno de carnero delante del arca. El séptimo día daréis la vuelta a la ciudad siete veces y los sacerdotes tocarán las trompetas. Cuando el cuerno de carnero suene, todo el pueblo prorrumpirá en un gran clamoreo y el muro de la ciudad se vendrá abajo'».

—Y así ocurrió —sentenció Joaquín.

Sentado en su silla de ruedas, el anfitrión les contó que, en 1930, un grupo de arqueólogos había descubierto los muros caídos y había comprobado que se habían derrumbado de adentro hacia afuera. Su base no había sido minada, sino que debieron caerse por un potente temblor. También había evidencias de un gran incendio en la ciudad. Su situación geográfica le otorgaba el dominio del bajo Jordán y de los pasos que llevaban a los montes occidentales. Para evitar que la conquistasen estaba muy fortificada. Los restos de los muros, hallados tres mil años después, correspondían a una doble muralla de ladrillos, con un muro exterior de dos metros de espesor, un espacio hueco en el medio de unos cinco metros y otro muro interior de cuatro metros de ancho. Según los arqueólogos, la fortificación tenía nueve metros de altura. La ciudad estaba tan superpoblada que, en la parte alta de la muralla, por encima del espacio vacío entre ambas paredes, se habían construido casas. El muro exterior había cedido hacia afuera y el interior, con sus edificaciones encima, se había derrumbado sobre el hueco.

—De esta forma —siguió Joaquín exultante—, la arqueología ratifica el relato de la caída de las murallas de Jericó tal y como aparece en la biblia.

—¿Entonces es cierto todo lo que cuenta la biblia? —preguntó alborozada María.

—En este caso, sí —respondió Joaquín.

El anfitrión volvió a insistir en que Magdalena poseía un gran conocimiento de la Torá cuando afirmaba en el manuscrito que quería ir a Egipto para ver en primera persona el lugar de donde habían partido sus primeros padres.

—Todo el viaje de sus ancestros aparece relatado en el segundo libro del Pentateuco, *Éxodo*. Y ahora vamos con uno de los asuntos más importantes que recoge este segundo papiro que acabáis de encontrar —preparó Joaquín a su entusiasmado auditorio—. Magdalena, sin quererlo, acaba de desmontar en su escrito, y con una simplicidad abrumadora, la acusación que ha sobrevivido durante tantos siglos y que aun hoy, por la educación recibida, cree mucha gente: que era una prostituta a la que Jesús sacó de la mala vida y la llevó por el buen camino. Por la descripción que hace de su enfermedad tuvo la varicela, y ella y Jesús consiguieron que no fuese a más. Numerosos estudios afirman que Magdalena era maestra en aromaterapia, es decir, curaba por medio de aceites, un arte que habría aprendido en su viaje a Egipto. Ella misma lo ratifica en el texto que acabamos de leer. La gente, al verle el cuerpo lleno de granos, creyó que tenía demonios. Y cuando sanó, todos dijeron que Jesús le había sacado los siete demonios. Pero sólo era varicela —explicó mientras soltaba una sonora carcajada—. Sólo era varicela.

Joaquín les aseguró, con las protestas de Felipe por medio, que una de las mentiras más difundidas, y que la Iglesia había fomentado, había sido la de que Magdalena ejercía la prostitución cuando conoció a Jesús. Para muchos cristianos, Magdalena es una pecadora pública arrepentida, una prostituta, una ramera, una adúltera a la que Jesús sacó del mal camino. Pero no fue así. Y aunque así lo fuera, en las horas más difíciles demostró más fidelidad y valentía a Cristo que el resto de hombres juntos.

—Todo es producto de una imagen distorsionada que se hizo de ella en los comienzos del cristianismo provocada por la Iglesia y que no fue reparada hasta hace unas décadas —apuntó—. Pese a esa rectificación, Magdalena seguirá siendo una prostituta.

La figura de esta mujer es la más calumniada y la peor entendida desde el inicio de la religión, continuó. Desde el siglo IV ha sido presentada como una prostituta que, al escuchar un día las palabras de Jesús, se arrepintió de su pasado pecador, se convirtió y desde entonces le siguió hasta su muerte. La tradición cristiana y una amplia iconografía corroboran esta imagen distorsionada que se ha proyectado de ella. En las pinturas y en las imágenes se la suele representar con ropas provocativas, un manto escarlata, símbolo de la lujuria, y el cabello suelto, propio de las mujeres poco recatadas. Todas estas características, y algunas más, las comprobaron al día siguiente cuando entraron en la Colegiata para recuperar el tercer manuscrito. En esa iglesia había una talla, casi de tamaño real, de Magdalena.

—Algunas de las pinturas, que la presentan como la exaltación de la sensualidad, son pornografía beata —reconoció enfadado Joaquín—. Pero hay un hecho que pocas personas parecen saber: la biblia nunca dice que ella era una prostituta. Cuando intentamos buscar en el libro sagrado del cristianismo a la pecadora Magdalena, lo hacemos en vano. No encontramos ni un solo episodio que refleje la imagen de prostituta que tenemos de ella.

Su supuesta profesión de ramera le fue atribuida por la Iglesia de forma consciente o inconsciente en la temprana Edad Media. La Iglesia Católica había reconocido su error hacía tres décadas al declararla santa, pero no había conseguido borrar de la mentalidad pública el papel de prostituta atribuido en la antigüedad. Este rol ha pasado a formar parte de la mitología cristiana. De ahí que sea costumbre utilizar el término *magdalena* para referirse a las meretrices. También se usa el nombre de Casas de la Magdalena para referirse a los hogares de recuperación de prostitutas. En la Edad Media, a las hijas nacidas fuera del matrimonio se les ponía el nombre de Magdalena. Incluso algunos la consideran la patrona de las prostitutas.

—La imagen distorsionada de esta mujer es producto de la unificación de tres personajes de la biblia: María Magdalena; María, la hermana de Lázaro, y la pecadora anónima que unge los pies a Jesús —siguió Joaquín.

Todo comienza con el relato que aparece en el evangelio de San Lucas en el que una pecadora anónima le lava los pies al maestro. A continuación, el evangelista nombra por primera vez a Magdalena con el misterioso dato de que «de ella habían salido siete demonios» (Lucas 8:2). Con una gran ligereza, la tradición une a ambas mujeres al llegar a la conclusión de que la prostituta anónima era la de los siete demonios. Pero eran dos mujeres diferentes. Convertida en una ramera, se produjo otra confusión. Marcos cuenta en su evangelio que Jesús, poco antes de morir, es invitado a una cena. Allí otra mujer, una tercera, le derrama un frasco de perfume sobre su cabeza. Algo habitual en aquella época y que se realizaba como símbolo de hospitalidad. El hecho de que esta mujer apareciese realizando algo muy similar a la anterior hizo pensar que se trataba de la misma mujer. Y así, las tres mujeres, María de Magdala con sus siete pecados, la pecadora anónima arrepentida y la mujer de Betania pasaron a ser una sola.

—Abierta ya esta puerta no hubo piedad con la pobre Magdalena —apuntó con resignación el anfitrión—. Pero esta imagen que se ha dado de ella está llena de errores.

Cuando Lucas la presenta, continuó Joaquín, asegura que formaba parte del grupo de mujeres «curadas de espíritus malignos y enfermedades». No dice que eran mujeres perdonadas de sus pecados, fuesen los que fuesen. En la biblia no aparece de forma explícita, ni se insinúa en ninguno de sus versículos, que fuese una pecadora. Los siete demonios no significan un gran número de pecados, sino como aclara el mismo Lucas «espíritus malignos y enfermedades». Tampoco los siete demonios expulsados tienen por qué aludir a una vida pecadora. En ningún lugar del libro sagrado estar poseído por los demonios significa un pecado. Pero por culpa de esta confusión y de la unificación de los tres personajes bíblicos, durante casi dos mil años, y aún hoy, los cristianos la consideran una prostituta.

—El manuscrito que acabamos de leer ayuda a desmontar esta falacia —continuó con su relato—. Por una parte, los siete demonios que la acusan que tenía no eran más que una simple varicela, y por otra, la propia Magdalena cuenta como ella estaba presente en el momento en el que la pecadora le unge los pies a Jesús en la casa del fariseo. Recordad que ella dice que «un fariseo, llamado Simón, invitó a su casa a Jesús y a los que le acompañábamos» y que después entra la mujer. Por lo tanto, no pueden ser la misma persona.

A pesar de que llevaban más de una hora discutiendo el contenido del segundo manuscrito, ninguno de los cinco se había movido de su sitio. Pasaba media hora de las once de la noche del martes 2 de julio y aquel salón, con el aire acondicionado a toda potencia, era el mejor lugar para estar. Fuera, los termómetros marcaban unos inusuales treinta grados.

—Muchos santos padres —prosiguió Joaquín— se opusieron a identificar a las tres mujeres como una sola. Así lo hicieron en el siglo IV San Ambrosio o San Efrén. Es más, los padres de la Iglesia de los dos primeros siglos no consideraban a Magdalena como una prostituta. La confusión, intencionada o malintencionada, se remonta al siglo III, pero es en el VI cuando el papa Gregorio Magno decide que las tres mujeres son una sola. Como la Santa trinidad. En una célebre homilía pronunciada en la basílica de San Clemente en Roma, el viernes 14 de septiembre del año 591, fijó para siempre la identidad de María Magdalena, María la hermana de Lázaro y la pecadora anónima que unge los pies a Jesús. Ese día dijo: «Pensamos que aquella mujer a la que Lucas denomina la pecadora, y que Juan llama María, designa a esa María de la que fueron expulsados siete demonios. ¿Y qué significan esos siete demonios sino todos los vicios?». A partir de entonces empezó a decirse que las tres mujeres eran una sola. Sin embargo, las iglesias ortodoxas orientales nunca cometieron este error y aseguraron desde un principio que las tres mujeres eran diferentes. Y como os he dicho, estas conexiones entre las tres mujeres no se realizaron hasta una fecha tardía.

—Y ¿cuál es ahora la actitud de la iglesia? —preguntó María.

—Desde hace sólo tres décadas se ha inclinado por la distinción entre las tres mujeres. Antes del Concilio Vaticano II de 1969, se hacía referencia a los pecados de Magdalena o a su condición de penitente. Fue bajo el mandato de Pablo VI cuando se realizó una reforma de la liturgia y se eliminó la visión pecadora que rodeaba su figura hasta esos momentos. Pero llegó un poco tarde. Han sido más de trece siglos en los que su figura ha sido maltratada y pisoteada —se quejó Joaquín.

—¿Y por qué la Iglesia quiso distorsionar su imagen y compararla con una prostituta? —insistió María con rabia contenida.

El silencio llenó el inmenso salón de la casa de los Cantones. Ninguno tenía la respuesta a aquella pregunta, ni el propio Joaquín. Felipe parecía sí tenerla.

—¿Quizá porque en los orígenes del cristianismo fue una figura mucho más importante que la que nos ha llegado a nosotros y necesitaban desprestigiarla para que perdiera toda la relevancia que había tenido? —preguntó el seminarista

De nuevo, el silencio inundó el salón.

—¿Qué es una colegiata? —le había preguntado María a Felipe, mientras los tres sentados escudriñaba todos los recovecos de la iglesia de Santa María en busca del tercer manuscrito.

—Una colegiata —comenzó su amigo— tiene una categoría superior a la de una iglesia parroquial. A ella está adscrito un cabildo de canónigos encargado de darle una liturgia más solemne y noble que la de los templos normales. En 1851, el reino de España y la Santa Sede firmaron un concordato por el que se suprimían todas las colegiatas existentes en España, excepto las que estuviesen en una capital de provincia que no contase con un obispo. Por eso, la iglesia de Santa María del Campo ha sobrevivido hasta nuestros días con la categoría de colegiata.

—Es colegiata desde 1441 —interrumpió Laura, que leía una de las anotaciones que les había hecho Joaquín—. Aquí pone que el 29 de noviembre de 1441, el arzobispo de Santiago, Lope de Mendoza, firmó el decreto por el que instauró que este templo pasase a ser una colegiata.

En aquella época, la iglesia había sido construida fuera de las murallas, en la cima del montículo sobre el que se asentaba la parte más antigua de la ciudad. Su construcción había sido sufragada con los donativos del poderoso gremio de los mareantes. La tradición aseguraba que los marineros tendían las redes en su atrio. A ella acudían antes de comenzar su trabajo y volvían después para darles las gracias por haberlos protegido. Esta devoción de los pescadores puede tener su origen en el culto a la Virgen de la Estrella, que se veneraba en ese templo desde tiempos inmemoriales. En 1840, el concejal del Ayuntamiento coruñés Pedro da Encina propuso el derribo de la

Colegiata para construir en su lugar un parque público. La idea no siguió adelante y A Coruña admira aún hoy uno de los monumentos más relevantes que posee. La Colegiata, la Torre de Hércules y la iglesia de Santiago, la penúltima de la lista a la que debían acudir para encontrar el sexto manuscrito, eran los tres monumentos más antiguos de la ciudad. Desde el 3 de junio de 1931 estaba declarado Monumento Nacional.

Llevaban más de un cuarto de hora en su interior cuando Felipe comenzó a tener la misma sensación que había sentido dos días antes al descifrar en la ducha de la casa de Laura el enigma de las siete iglesias. De nuevo, un fogonazo le inundó la cabeza. Los tres versículos de la biblia retumbaban en su interior como un trueno. El primero, Lucas 14.10, decía: «Cuando seas convidado, vete a sentarte en el último puesto de manera que, cuando venga el que te convidó, te diga: 'Amigo, sube más arriba'. Y esto será un honor para ti delante de todos los que estén contigo en la mesa». El segundo, Génesis 1.14, continuaba: «Dijo Dios: 'Haya luceros en el firmamento celeste para apartar el día de la noche, y valgan de señales para solemnidades días y años'». Y, por último, el tercero, en Lucas 6:4, aseguraba: «Cómo entró en la casa de Dios, y tomando los panes en presencia, que no es lícito comer sino sólo a los sacerdotes, comió él y dio a los que le acompañaban».

—No, no puede estar ahí. Es imposible. No puedo hacerlo —se decía mientras caminaba muy despacio hacia la salida.

Laura y María, absortas en sus pensamientos, seguían tras la búsqueda del tercer manuscrito en el otro lado de la iglesia. Ninguna se percataba de las intenciones de su amigo.

El seminarista se sentó en el último banco que se encontraba pegado a la pared. Desde allí tenía una panorámica de toda la iglesia y también de la talla de Magdalena. Alejada unos metros se encontraba la imagen de San Pedro con una llave en su mano. Felipe comenzó a recitar en bajo el primer versículo.

—«Cuando seas convidado, vete a sentarte en el último puesto, de manera que, cuando venga el que te convidó, te diga: 'amigo, sube más arriba'. Y esto será una honra para ti delante de todos los que estén contigo en la mesa». Bien, ya lo he hecho. Ya me he sentado en el último puesto —susurró.

Estaba nervioso y le sudaban las manos. El segundo versículo, que aparecía en Génesis 1.14, le vino a la cabeza con otro fogonazo: «Dijo Dios: 'Haya luceros en el firmamento celeste para apartar el día de la noche, y valgan de señales para solemnidades, días y años'». Levantó la vista y vio el lucero. Era el gran rosetón circular situado encima de la capilla mayor por el que entraba un chorro de luz que hacía brillar el altar de plata repujada. Hacia allí dirigió su mirada Felipe y el tercer versículo cobró todo su significado: «Cómo entró en la casa de Dios, y tomando los panes de la presencia, que no es lícito comer sino sólo a los sacerdotes, comió él y dio a los que le acompañaban». Como un autómata se levantó del banco y caminó por el pasillo central hasta el altar mayor. Dejó a su izquierda la pila bautismal de piedra blanca y se dirigió al altar. ¿De dónde se toman los panes y sólo lo pueden hacer los sacerdotes?, se preguntó. Del sagrario. Un segundo antes de abrir la puerta se percató del sacrilegio que estaba a punto de cometer. Iba a profanar el templo. Miró a los ojos a la imagen de la Virgen María que tenía delante, se echó un par de pasos hacia atrás y se dio la vuelta. No había nadie en la iglesia. Laura y María seguían a la búsqueda del papiro sin prestar atención a su amigo. Felipe sabía que el tercer manuscrito lo tenía a menos de dos metros. Eliminó los prejuicios religiosos que le reventaban la cabeza y se dirigió al sagrario. Abrió la puerta y extrajo muy despacio y con mucho cuidado los vasos sagrados: el cáliz, donde el cura consagraba el vino; el copón, donde se guardaba la eucaristía; el copón-patena, que contenía las sagradas formas para distribuirlas a los fieles; la custodia, donde se exponía la eucaristía; la patena, el platillo en el que se colocaba la forma grande que consagraba el sacerdote, y el viril, una caja de cristal que guardaba la forma grande consagrada. El manuscrito no estaba allí. Tampoco esperaba encontrarlo a simple vista.

Palpó las paredes de oro del sagrario, pero no encontró nada que le llamase la atención. Echó una mirada a su espalda. No vio a nadie. Volvió a acariciar las paredes y esta vez notó un saliente en la parte inferior izquierda de la pared del fondo. Era del mismo tamaño que el que había en el cuadro de Poussin en la iglesia de las Capuchinas. Tiró de él y se abrió una pequeña portezuela. Las bisagras eran diminutas. El corazón le dio un vuelco. Allí estaba el tercer manuscrito. Extrajo el cilindro muy despacio. Casi a cámara lenta. Como si pensase que se le iba a deshacer entre las manos. Cerró la puerta y volvió a colocar en su lugar el cáliz, el copón, el copón-patena, la custodia, la patena y el viril. Cerró el sagrario y con una tranquilidad que a él mismo le sorprendió se dio media vuelta y se dirigió al lugar en el que se encontraban sus amigas.

—Ya lo tengo —dijo sin demasiada efusividad cuando llegó junto a ellas, mientras les enseñaba el cilindro de madera que acababa de recuperar.

Las dos mujeres abrieron los ojos como platos. El seminarista no estaba orgulloso de lo que acababa de hacer.

—Os contaré cómo lo he encontrado de camino a la casa de Joaquín —les dijo, mientras se dirigía hacia la salida.

Los tres salieron de la Colegiata. Felipe llevaba en su mano izquierda el tercer cilindro con el tercer manuscrito. No tuvieron ningún problema para llegar a la vivienda de los Cantones. Por el camino, Laura comenzó a recordar la visita que Joaquín y Roberto habían realizado el día anterior a la iglesia de las Capuchinas. Se la habían contado por la noche mientras cenaban. Fue entonces cuando les explicó quién era la persona que había escondido los siete manuscritos en las siete iglesias de la ciudad.

—Después de que me llamaseis y me confirmaseis quién era el autor y la fecha del cuadro, pensé que era muy extraño que un lienzo como ése estuviese colgado en una iglesia de A Coruña —les había comentado, mientras saboreaban un exquisito salmón al horno cocinado por Roberto.

El anfitrión les explicó que no quería apartarles del primer objetivo, que era recuperar los siete manuscritos de María Magdalena. Pero él sí podía investigar los cabos sueltos que dejaban. Uno de ellos era la procedencia de aquel enigmático cuadro. Además, un hombre en silla de ruedas no levantaría sospechas. En aquellos momentos, como después comprobarían, alguien seguía a los tres amigos.

Roberto condujo el coche hasta las cercanías de la iglesia de las Capuchinas. Aparcaron en la calle Zalaeta, a unos doscientos metros del templo. La silla de ruedas de Joaquín, con la ayuda de Roberto, salvó los ocho escalones de la entrada al templo, que disminuían en longitud según se acercaban a la puerta. Pasaron bajo la hornacina de la Virgen de las Maravillas y entraron en la iglesia. Ambos tenían una sensación muy similar a la que habían sentido hacía menos de una hora Laura, María y Felipe cuando habían entrado en el templo por segunda vez. Dirigió su silla de ruedas hacia el presbiterio, donde colgaba el cuadro. Roberto caminaba a su lado. A lo lejos divisaron el lienzo. Joaquín se detuvo a unos cuatro metros. Allí estaban los tres pastores de la Arcadia y la mujer a su lado. Allí también estaba la enigmática frase *et in arcadia ego* que señalaba con su dedo uno de los pastores. Aquellas cuatro palabras habían adquirido un significado aún mayor, aunque no quería desvelarlo hasta que no estuviese seguro de su relación con otro gran misterio. Y allí también se encontraba el saliente del que Laura había tirado para encontrar el primer manuscrito. Era imperceptible para la vista, si no se estaba a pocos centímetros o se sabía que se encontraba allí. Y aun así era complicado apreciarlo. Los dos admiraron el cuadro durante unos minutos.

—¿Les gusta? —preguntó una voz a sus espaldas.

Joaquín y Roberto se quedaron paralizados unos segundos. No sabía por qué, pero el amigo de Laura sintió que sólo había una persona detrás de ellos. Comenzó a tranquilizarse cuando analizó la situación. Se encontraban en el interior de una iglesia. Allí no les podrían hacer nada. O eso creía él. Pero eso no evitó que pensase que les habían descubierto. Los dos hombres empezaron a girarse a cámara lenta. Sus semblantes se relajaron al comprobar quién les había hablado. Era un hombre vestido con una sotana negra y un alzacuello. Segundos después supieron que era el cura de la iglesia.

—Les preguntaba si les gustaba el cuadro. Llevo aquí más de cuarenta años y es uno de mis favoritos.

El padre Melchor pasaba de los setenta. Hacía mucho tiempo que había perdido la mayoría de su pelo y sólo una pequeña mata blanca coronaba su cabeza. Andaba un poco encorvado, pero aún mantenía un brillo jovial y astuto en sus ojos. Siempre sonreía y provocaba una sensación de tranquilidad en sus interlocutores.

—Sí. La verdad es que a los dos nos ha llamado la atención el cuadro —comentó Joaquín, que vio la oportunidad de obtener información de primera mano sobre el lienzo—. ¿Quién lo pintó? —preguntó, aunque ya sabía quién era el autor.

El padre Melchor se acercó al lienzo con una sonrisa en sus labios y se puso las gafas que llevaba colgadas del cuello.

—Poussin, en 1639.

—¿Y sabe cómo llegó a esta iglesia?

—Lleva aquí muchos años. Seguro que más de cien.

—Pero, ¿no sabe quién lo trajo? —insistió Joaquín, que comenzó a creer que perdían el tiempo.

—Veo que tienen mucho interés en este cuadro. Esperen un momento —pidió con una sonrisa mientras se dirigía a la sacristía, la misma donde María había encontrado la escalera a la que se había subido Laura.

Joaquín maldijo su ímpetu juvenil. Quizá se había precipitado con sus preguntas. Pensó que en esos momentos estaría alertando a los suyos de que dos hombres habían mostrado demasiado interés por el cuadro de los tres pastores. Estuvieron a punto de abandonar la iglesia, pero decidieron esperar.

María hizo un inciso para apuntar la coincidencia de que el cuadro fue pintado justo doscientos años después de la fundación de la Congregación de San Pedro ad Vincula y que este grupo naciese en Francia, país del que también eran Poussin y Papus. Quizá, el lugar al que se refería el trozo de papel que acompañaba al primer manuscrito, y que aseguraba que al encontrar el séptimo hallarían dónde estuvieron escondidos durante casi dos mil años, se encontraba en Francia. Ninguno de los cinco, que estaban sentados alrededor de la mesa mientras cenaban, se había dado cuenta de ese detalle. A Joaquín le pareció muy interesante y se convirtió en otro dato más que corroboraba su particular teoría que aún no quería desvelar. El cuadro de *Los Pastores de la Arcadia* y la inscripción «Casa de Dios y puerta del cielo», que presidía la entrada a la iglesia de San Agustín, también apuntaban hacia el mismo misterioso lugar. Pero, como en las otras ocasiones, consideró oportuno mantener silencio. Lo importante era encontrar los siete manuscritos. Si lo conseguían, con el séptimo conocerían el lugar en el que estuvieron escondidos durante casi dos mil años.

La espera se hizo eterna. Joaquín y Roberto se relajaron cuando el padre Melchor salió de la sacristía con un voluminoso libro en sus manos. Andaba de forma trabajosa y casina y parecía que se le iba a caer en cualquier momento.

—Éste es nuestro particular diario. Es el libro de registros. Aquí escribimos, entre otras cosas, las entradas y salidas de todos los objetos de la iglesia. Les he traído el libro que recoge los movimientos desde el año 1800 a 1900. Si existe algún dato sobre ese cuadro, tiene que estar aquí —mintió el padre Melchor, que sí sabía que en ese libro se hablaba del lienzo. Hasta la página en la que se encontraba—. Seguro que después de 1900 el cuadro no llegó aquí y antes de 1800 es muy poco probable. Pueden ojearlo mientras limpio la iglesia.

—Muchas gracias —agradeció Joaquín, que pensó que la gran caridad que acababa de demostrar el cura se debía también a la silla de ruedas en la que se sentaba.

El padre Melchor se alejó con una sonrisa en sus labios. El libro era grueso. Debía tener más de dos mil páginas. Pesaba bastante. Roberto se sentó en el primer banco, frente al cuadro. Joaquín se colocó a su lado. Comenzaron por 1800. Cada poco tiempo, el padre Melchor buscaba con la mirada a aquellos dos hombres que con tanto ahínco exploraban las hojas. Entonces, esbozaba una sonrisa de satisfacción mezclada con la felicidad del deber cumplido. Cuando había llegado a la iglesia de las Capuchinas, el párroco que estaba allí, el padre Doroteo, le había hecho una petición. Fue un requerimiento extraño, aunque ahora, más de cuarenta años después, la había podido hacer efectiva.

—Si alguna vez —le dijo —entra alguien en la iglesia y demuestra un gran interés por el cuadro de los tres pastores, si sólo pregunta por este lienzo y obvia el resto, déjale, sin que lo saque de la iglesia, el libro de registros de 1800 a 1900. Que lo mire el tiempo que quiera. Vigílale de cerca, pero no le molestes. Él sabrá lo que tiene que buscar. Si lo encuentra, seguro que te lo devuelve muy agradecido y con una gran sonrisa.

Aquellas palabras comenzaban ahora a tener sentido. En sus más de cuarenta años en aquella iglesia, habían entrado miles de personas. Muchas se paraban delante del cuadro de los tres pastores, pero nadie había mostrado tanta insistencia por conocer más datos como aquellos dos hombres. El padre Melchor comprobó que habían pasado más de la mitad de las hojas. Por sus semblantes, tenía la certeza de que aún no habían encontrado lo que buscaban. Y también, porque todavía no habían llegado a la parte final. Conocía en qué hoja aparecía escrita la escasa información que existía sobre el cuadro de Poussin. La había leído muchas veces, después de que el padre Doroteo le realizase aquella extraña petición. La había leído y vuelto a releer, pero no le había encontrado ningún sentido. La desilusión cundía en Joaquín y Roberto a la misma velocidad que aumentaba la impaciencia del cura. El párroco seguía con atención las evoluciones de los dos hombres desde una decena de metros. Estaban a punto de alcanzar la página. Pasaron la hoja que correspondía al año 1890. Sabían cuándo habían cambiado los bancos, cuándo se había restaurado el altar, cuándo se habían limpiado las paredes, cuándo se había arreglado el tejado en varias ocasiones, pero no había rastro del cuadro de Poussin. Quizá la alusión que se hacía del lienzo era tan pequeña que se les había pasado, pensaron.

Todas las dudas y temores se disiparon al llegar al año 1893. El corazón les dio un vuelvo a los dos. A mitad de página, bajo el encabezamiento 7 de octubre de 1893: *Donación del cuadro de Los pastores de la Arcadia*, aparecía un texto que Joaquín memorizó según leía para después repetírselo a Laura, María y Felipe sin que faltase una coma:

―――――――

> *Hoy, un hombre con acento francés, muy bien vestido y muy educado, entró en la iglesia y mostró mucha insistencia por donar un cuadro para uno de los retablos. Había un hueco en uno de ellos y dijo que sería el lugar idóneo para el lienzo que traía. Aseguró que había nacido en A Coruña y hasta me enseñó su partida de nacimiento. Dijo que el cuadro era un regalo que quería hacer a la ciudad. Él mismo lo colocó. Yo me tuve que ausentar media hora para dar una extremaunción. Cuando volví, el hombre francés había desaparecido. El lienzo estaba perfectamente colocado. No faltaba nada en la iglesia. Junto a la escalera que le dejé, encontré un sobre con siete mil reales. Dijo que se llamaba Papus. Cuando me enseñó la partida de nacimiento no me dio tiempo a leer su verdadero nombre.*

―――――――

Joaquín y Roberto se miraron victoriosos. Habían descubierto el nombre de la persona que había colocado el cuadro y el primer manuscrito. Y también los seis restantes. Las fechas coincidían. 1893 era la cifra que aparecía en el primer papel que había encontrado María en la casa de Laura y en el primer cilindro. También era el año en el que el cuadro había llegado a la iglesia de las Capuchinas. ¿Cómo no se habían dado cuenta antes?, se maldijeron. Pero las letras que parecían ser la firma del primer papel y del primer manuscrito no coincidían. La firma era GAVEP. Pero allí aparecía escrito que el hombre francés nacido en A Coruña se llamaba Papus. Por ahora, eso daba igual. Ya encontrarían el significado. Tenían una nueva pista. Una muy buena: el apellido o el apodo de la persona que había escondido los siete cilindros de madera con siete papiros escritos por María Magdalena en siete iglesias de A Coruña. Ahora, sólo faltaba averiguar quién era Papus.

Roberto cerró el libro. Antes comprobaron si existía alguna alusión más del lienzo. No la había. Joaquín confiaba en su memoria, pero prefirió copiar en su libreta de hojas amarillas el texto que hacía referencia a la donación. Quería tener, una a una, cada palabra allí escrita por si alguna de sus frases escondía una clave oculta. El padre Melchor se acercó muy despacio cuando observó que habían acabado.

—¿Encontraron lo que buscaban?

—Vive Dios que lo encontramos. Ha sido usted de gran ayuda —agradeció Joaquín mientras Roberto le entregaba el voluminoso libro con una amplia sonrisa.

El padre Melchor comprobó que había cumplido a la perfección la petición que le había encomendado su antecesor. No sólo por la sonrisa con la que le despidieron, sino porque minutos antes había visto cómo el hombre de la silla de ruedas se afanaba en copiar uno de los párrafos del libro. Por el grosor de las páginas, supo que se encontraban en el lugar que relataba la llegada del cuadro a la iglesia.

Roberto voló con el coche hasta la casa de los Cantones. Tenían unas enormes ganas de saber si en internet o en algunos de los libros que tenía Joaquín aparecía alguien llamado Papus y si había tenido alguna relación con A Coruña. Y lo encontraron.

Galo y nacido en A Coruña. Ésa era la persona que había escondido los siete manuscritos de Magdalena en las siete iglesias de la ciudad. Joaquín estaba seguro de haber descubierto al hombre que se encontraba detrás de las cinco letras del primer papel que había hallado María en el libro que estaba en el desván de la casa de Laura y del primer manuscrito de Magdalena: GAVEP. También estaba seguro de que él era el responsable de esconder los siete cilindros de madera en las siete iglesias.

CAPÍTULO 4

Grabado en la memoria de Laura quedará para siempre aquel día. Acababa de descubrir que su bisabuelo había conocido a Papus y le había ayudado a esconder los siete cilindros de madera en las siete iglesias de la ciudad. Y no sólo eso. La gran escritora coruñesa Emilia Pardo Bazán, que durante muchos años había vivido a escasos metros de su casa en la calle Tabernas, y el padre de Pablo Picasso, que permaneció cinco años con su familia en A Coruña, también le habían ayudado. Le extrañó que su móvil sonase tan temprano en vacaciones. Llevaba un rato despierta, pero sin levantarse de la cama. La luz de sol entraba a bocanadas por la ventana. Por tercera noche consecutiva habían dormido en la casa de Joaquín. Era jueves 4 de julio. Un día triste para Laura. Era el aniversario de la muerte de su abuelo. A su abuela no la había conocido y sus padres murieron cuando sólo tenía dos años. Desde entonces él lo había sido todo para ella. La había cuidado, la había educado y la había dado todo lo que tenía. Su recuerdo aún permanecía vivo, aunque ya habían pasado dos décadas desde su muerte. Y sobre todo cada 4 de julio.

Al otro lado del móvil escuchó una voz conocida. Era Irene, la vecina del piso de abajo de su casa. De repente, se le hizo un nudo en la garganta. ¿Le habría pasado algo a la vivienda después de lo que había sucedido hacía dos días? La preocupación desapareció cuando la anciana le explicó que tenía un paquete a su nombre que le acababa de dejar el cartero. Pensó que podría ser uno de los muchos libros que la regalaban, lo hacían muy a menudo las editoriales, aunque no los solían enviar a casa, o alguna sorpresa de los fisianianos, pero cuando Irene le explicó quién era el remitente la sorpresa fue mayor.

—Benito Seoane Cancela —leyó la anciana como si masticase las palabras.

—No puede ser. Seoane Cancela está muerto.

Benito Seoane Cancela había sido un importante abogado de la ciudad y un gran amigo de su abuelo. Le había llevado todo el papeleo del testamento y años después, su divorcio. Pero hacía cinco años que había muerto.

—Y los muertos no mandan cartas —le espetó Laura en broma, antes de asegurarla que estaría allí en menos de una hora.

—¿No será una trampa? —le previno Felipe durante el desayuno después de que la bibliotecaria les contase a todos la llamada que acababa de recibir de su vecina.

—No tiene sentido —respondió—. ¿Por qué iban a mezclar al bueno de Benito en toda esta historia?

—Entonces, ¿qué puede ser? —preguntó María antes de darle un sorbo a su café con leche.

—No lo sé, pero tengo la corazonada de que tiene relación con mi abuelo.

Sus cuatro acompañantes la miraron sorprendidos, pero la corazonada era cierta. Acordaron que recogerían el paquete después de desayunar y antes de acudir a la cuarta iglesia. A continuación, Joaquín les hizo partícipes de la gran noticia que había conocido hacía unos minutos.

—He recibido un fax que confirma que, al menos, el primer manuscrito de Magdalena, y supongo que el resto también, fue escrito alrededor del año

1500. Si recordáis, el papel que encontrasteis en el primer cilindro de madera decía que los manuscritos databan del año 1507 y que a su vez eran una copia del original que escribió ella. Y este papel acaba de confirmar que lo que dice es cierto —aseguró con una sonrisa de satisfacción en sus labios, a la vez que enseñaba el fax.

Después de escuchar las palabras de Joaquín, los tres amigos abrieron los ojos hasta casi salírseles de las órbitas.

—¿Cómo que has recibido un fax? —preguntó María extrañada—. Creo que me he perdido algo.

—Dejadme que os explique —pidió el anfitrión—. Cuando llegasteis el lunes con el primer manuscrito, tenía muchas dudas de su autenticidad. La verdad es que no creía nada de la historia. Al día siguiente envié un pequeño pedazo del primer pergamino, poco más de un centímetro, para que lo examinasen.

—¿A dónde lo enviaste? —preguntó preocupado Felipe.

—Lo mandé por mensajero a la Universidad de Oviedo. Allí está el Servicio de Fluorescencia de rayos X. Mediante esta técnica analítica nuclear se puede determinar la antigüedad de muestras, tanto líquidas como sólidas, gracias a la composición química de sus tintas y sus pigmentos. Y esta mañana he recibido el fax que confirma que el pergamino fue escrito sobre el año 1500, tal y como aparece en el papel que acompañaba al primer manuscrito. ¿No os parece increíble?

Los tres amigos no podían articular palabra. La primera que lo hizo fue María.

—Pero, ¿no les habrás dicho que se trataba de un pergamino antiguo escrito por Magdalena?

—Claro que no. Ellos sólo analizan las muestras que se les envía sin hacer más preguntas.

El suspiro de tranquilidad de la catalana hizo sonreír al resto.

—Entonces —preguntó Laura—, esta técnica de rayos X es como la prueba del Carbono 14.

—Sí. Pero es más fiable y posee un mayor respaldo de la comunidad científica.

Los tres amigos entraron en la plaza de Santa Bárbara. Frente a ellos se levantaba el convento de clausura de las madres clarisas, a la que pertenecía la iglesia donde debían buscar el cuarto manuscrito. El templo de Santa Clara era el cuarto que formaba la eme mayúscula que había descubierto Felipe. A estas alturas, ninguno de los tres rebatía que aquella letra era el camino para encontrar los siete manuscritos. La iglesia de Santa Clara se encontraba en la parte superior del palo izquierdo del que también formaban parte los tres templos en los que habían hallado los tres primeros manuscritos: el de las Capuchinas, el de San Jorge y el de la Colegiata. El quinto era el de San Nicolás, en el vértice del que partían las dos líneas diagonales hacia las partes superiores de los dos palos verticales. La sexta iglesia, la de Santiago Apóstol, se encontraba en la parte superior del palo derecho, y la séptima y última, la Castrense, en la inferior.

Laura apretaba en su mano la caja de puros que le había enviado su abuelo a través del abogado Benito Seoane Cancela justo veinte años después de su muerte. En la tapa aparecía un dibujo original pintado por el pequeño Picasso cuando vivió durante cuatro años, de 1891 a 1895, en A Coruña. Dentro de la caja seguía la carta de su abuelo en la que le narraba la historia de los siete papiros. La misiva confirmaba que Papus era la persona que había traído los siete manuscritos de Magdalena y también explicaba que el bisabuelo de Laura, junto a la gran escritora coruñesa Emilia Pardo Bazán y el padre de Pablo Picasso, le había ayudado a esconderlos en siete iglesias de la ciudad. Era increíble todo lo que decía aquella carta. Además, le daba las claves para descubrir dónde se escondían los siete documentos. Aunque ellos se habían adelantado unos días.

—Esta nueva noticia —apuntó Joaquín triunfante con el fax llegado de

Oviedo en sus manos— no hace más que confirmar que los manuscritos redactados por Magdalena son auténticos.

Todos asintieron. Hasta Felipe, que cada vez se quedaba con menos argumentos para rebatir su autenticidad. El robo en la casa de Laura del martes, su encuentro con los fisianianos y los rosacruces del día siguiente y ahora aquella prueba por rayos X le obligaban a cambiar de postura. Apostaron por seguir con la misma táctica que habían empleado el día anterior para encontrar el tercer manuscrito. A pesar de que la iglesia de las Clarisas se encontraba a un cuarto de hora a pie desde los Cantones, decidieron utilizar uno de los coches de Joaquín. Como el día anterior, los tres saldrían por el garaje situado en la parte trasera del edificio. Pensaron que también estaría vigilado, pero debían correr ese riesgo. Además, no se les ocurrió una forma mejor de abandonar el inmueble. Felipe bromeó sobre la posibilidad de utilizar el tejado, pero ni a Laura ni a María les encantó la idea. También acordaron que antes de ir a la iglesia de las Clarisas pasarían por la casa de la bibliotecaria para recoger el enigmático paquete que había llegado por la mañana. Para intentar distraer a sus vigilantes, unos minutos antes Joaquín y Roberto abandonarían el edificio por la puerta delantera para dar un paseo por los jardines de Méndez Núñez. Tras la visita que ambos habían realizado a la iglesia de las Capuchinas, los fisianianos y los rosacruces ya les tendrían identificados. Eran las once de la mañana del jueves 4 de julio, el cuarto día de aquella aventura, y la ciudad seguía bajo una inusual ola de calor.

No tuvieron problemas para llegar a la casa de Laura. Dieron un par de vueltas, pero nadie pareció seguirles.

—Es una gozada conducir este coche —dijo María poco antes de aparcar el vehículo delante del portal y tras comprobar que no parecía vigilado.

Los corazones de los tres aumentaron sus pulsaciones. El trío se sentía inseguro en aquella calle tan estrecha y sombría. Laura salió del coche y entró a la carrera en el portal. María no apagó el motor. No había transcurrido ni dos minutos cuando la bibliotecaria volvió a entrar en el vehículo. La informática pisó el acelerador hasta el fondo. Las ruedas chirriaron y derraparon un poco. Su amiga llevaba en su mano un paquete que, por su tamaño, parecía una caja de bombones. Volvió a leer por cuarta vez el nombre del remitente.

—Benito Seoane Cancela. Pero si está muerto —balbuceó.

María condujo hasta las inmediaciones del castillo de San Antón, a menos de un kilómetro de la casa de Laura. Tampoco paró el motor. Hacía calor, pero dentro del coche, con el aire acondicionado, no se notaba. Laura comenzó a abrir el paquete. Estaba nerviosa. Sus dos amigos la miraban con ansiedad mientras terminaba de quitarle el papel que lo envolvía. En su interior había una hoja y una caja de puros de madera con un dibujo en su tapa. El olor que desprendió la caja le recordó a su abuelo. Eran los puros que fumaba. Siempre olía a ese tabaco. Multitud de recuerdos se le agolparon en su cabeza. El encabezamiento de la hoja era el nombre y la calle del despacho de abogados de Seoane Asociados. La carta tenía la fecha de un mes antes de la muerte de Benito Seoane Cancela. Laura la leyó en alto.

———————

Querida Laura:

Siguiendo los deseos de tu querido abuelo, esta caja habrá llegado a tus manos en el vigésimo aniversario de su muerte. Fue su última voluntad. Espero que te sea de utilidad. Nunca olvides que eras lo más importante para él y que te quería mucho.

Afectuosamente, Benito Seoane Cancela

———————

María miró al frente, a la izquierda, a la derecha y por el retrovisor. No vio a nadie sospechoso.

—¿Qué querría darme mi abuelo veinte años después de su muerte? —se preguntó la bibliotecaria con un nudo en la garganta.

—Abre la caja —le suplicó su amiga.

Laura movió sus manos a cámara lenta. Los tres amigos aguantaron la respiración. Abrió la caja. Dentro había un par de hojas amarillentas. Las sacó y miró el final. Llevaban la firma de su abuelo. Era su letra. Le dio un vuelco el corazón y no pudo reprimir las lágrimas antes de comenzar a leerlas. Felipe le acarició el pelo y María la besó en la frente.

La plaza de Santa Bárbara era uno de los rincones más increíbles de A Coruña. Enclavada en la parte vieja, el bucólico recinto cautivaba por su sencillez. No era una plaza señorial, ni poseía nada grandioso, pero quizá por eso era uno los lugares más bellos de la ciudad y mucha gente se escapaba allí para estar tranquila. La pequeña plaza que se formaba ante el convento de las Clarisas, donde también se levantaba la iglesia, era un lugar recogido y silencioso alejado del bullicio de los coches. Acceder a ella, a través de dos columnas de poco más de un metro de alto, era como entrar en otra época donde parecía detenerse el tiempo. Sólo los monótonos pasos de los transeúntes sobre el empedrado turbaban la tranquilidad de aquel rincón tan mágico. Presidida por un cruceiro rodeado de acacias, la evocadora plazoleta de las Bárbaras servía de recibidor del convento. Laura, María y Felipe se encontraban en el centro. Habían traspasado las dos pequeñas columnas y habían avanzado unos metros hasta el cruceiro por un camino de piedras más anchas que las del resto de la plaza. Estaban solos. Era mediodía. El cruceiro se levantaba sobre una base de cuatro escalones. La bibliotecaria llevaba en su mano la caja en la que guardaba la carta de su abuelo. La sorpresa había sido mayúscula cuando acabó de leerla hacía unos minutos. Él también formaba parte de aquella magnífica historia.

—Éste es uno de los lugares más bellos de la ciudad, uno de mis preferidos —aseguró Laura.

—Sí que lo es —respondieron al unísono sus dos amigos.

Los tres atravesaron la plaza, dejaron a sus espaldas el cruceiro y se detuvieron frente al relieve medieval del siglo XIV que presidía la puerta de entrada al convento.

—El relieve representa el juicio final —apuntó Felipe—. Podéis ver a Jesús crucificado que es sujetado por su padre. Ambos están flanqueados por el sol y la luna, que si Joaquín estuviese aquí diría que son símbolos páganos.

—¿La Iglesia consiente que haya símbolos páganos en sus templos? —preguntó María con ingenuidad.

—La Iglesia necesitaría un siglo entero para suprimir todos los símbolos paganos que pueblan los templos de todo el mundo —reconoció el seminarista—. Es imposible quitarlos todos, así que ha decidido convivir con ellos, pero sin hacerles caso. Esa es la mejor forma de suprimirlos.

A la derecha de Jesús y del padre se hallaban representados San Francisco de Asís y el apóstol Santiago, con la esclavina, el sombrero, la calabaza y la estaca para apoyarse. Y a la izquierda, el arcángel San Miguel, que pesaba con una balanza el alma de los muertos.

—Una bella estampa —interrumpió María—. Y seguro que tiene alguna relación con los manuscritos.

—Seguro —ratificó Laura.

Entraron en el patio, donde había un segundo relieve que representaba a la virgen, al niño, a Santa Bárbara y a Santa Catalina. Después accedieron a la iglesia. La primera reacción fue de sorpresa. Hacía poco tiempo que la habían reformada y el suelo era de baldosas modernas.

—Espero que con el cambio no hayan encontrado el cuarto manuscrito o sin querer lo hayan escondido demasiado y no seamos capaces de hallarlo —se lamentó Felipe, que tenía en mente el cuarto de los versículos que debía servirles para recuperar el pergamino: «Pozo que cavaron príncipes, que excavaron los jefes del pueblo con el cetro, con sus bastones».

—No creo —le tranquilizó Laura—. Cuando Papus los escondió debió prever que las iglesias sufrirían reformas con el paso de los años. Sólo hay que pensar en los lugares en los que hemos encontrado los tres primeros.

No había nadie en la iglesia. El trío llegó a la conclusión de que los fisianianos no les vigilaban o quizá los rosacruces les habían limpiado el terreno. El templo era pequeño y al formar parte de un convento no lo tendrían entre los sospechosos de esconder los manuscritos de Magdalena. Desde que habían entrado en la plaza de las Bárbaras, habían repetido de manera insistente los cuatro versículos que habían encontrado en el cilindro de madera que contenía el tercer papiro. Lo habían hecho varias veces delante del relieve que presidía la entrada y lo habían vuelto a realizar dentro. Los cuatro eran breves y parecía indicarles que el cuarto manuscrito se encontraba enterrado. Por eso, Felipe se había lamentado al entrar y ver la reforma del suelo de la iglesia.

El primer versículo era de Jeremías, el segundo de los dieciocho libros proféticos que recogía la biblia. La primera pista se encontraba en el versículo 19:12 y decía: «Me invocaréis y vendréis a rogarme y yo os escucharé». Esta frase no les dijo nada allí dentro. La segunda, que se hallaba en la epístola que San Pablo escribe A los Efesios en 13:4, tampoco les sirvió de mucho, sobre todo por su brevedad: «Por eso doblo mis rodillas ante el padre». El tercero se encontraba en el *Deuteronomio*, el quinto y último libro que forma parte el Pentateuco o Torá. El papel señalaba el versículo 23:27: «Los cielos de encima de tu cabeza serán de bronce y la tierra de debajo de ti será de hierro». Por último, el cuarto versículo, el que debería llevarlos hasta el cuarto manuscrito de Magdalena, se hallaba en el cuarto libro del Pentateuco,

Números. Era el versículo 21:18: «Pozo que cavaron príncipes, que excavaron los jefes del pueblo con el cetro, con sus bastones».

Comprobaron que el templo era el más luminoso de los que habían visitado debido a los grandes ventanales que se abrían en una de sus paredes. La iglesia no estaba en silencio. Como si fuese un hilo musical, al otro lado de la otra pared se escuchaban los rezos de las monjas. El convento de clausura de las madres clarisas se había fundado en 1494 sobre una antigua ermita dedicada a Santa Bárbara. De ahí había tomado su nombre. Había sido ampliado en los siglos XVII y XVIII y era de estilo gótico tardío. Laura, María y Felipe llevaban más de veinte minutos en el interior del templo. No había mucho que ver. La iglesia era pequeña y sólo contaba con media docena de bancos a cada lado. El altar se encontraba resguardado por una verja que impedía su acceso. La bibliotecaria se sentó en el último banco de la fila de la izquierda. La informática, en el tercero de la derecha y el seminarista, tres más adelante. Laura volvió a repetir los cuatro versículos por si todos juntos le daban alguna pista: «Me invocaréis y vendréis a rogarme y yo os escucharé. Por eso doblo mis rodillas ante el padre. Los cielos de encima de tu cabeza serán de bronce y la tierra de debajo de ti será de hierro. Pozo que cavaron príncipes, que excavaron los jefes del pueblo con el cetro, con sus bastones». Entonces, creyó haber descifrado los dos primeros. Se levantó del banco y caminó por el pasillo central hacia el altar. «Me invocaréis y vendréis a rogarme y yo os escucharé», pensó, mientras se sentaba en el primer banco de la izquierda. Acto seguido se arrodilló. «Por eso doblo mis rodillas ante el padre», decía el segundo versículo. Como había hecho en la iglesia de las Capuchinas, cuando encontró el primer manuscrito, dirigió su mirada hacia el techo. En ese momento se cumplió la primera parte del tercer versículo: «Los cielos de encima de tu cabeza serán de bronce». Parte del techo situado sobre el altar era de este metal. En ese momento se dio cuenta. El cuarto cilindro de madera que había escondido Papus se encontraba en «la tierra de debajo de ti, que será de hierro, en un pozo que cavaron príncipes, que excavaron los jefes del pueblo con el cetro, con sus bastones». Y ese pozo no podía estar en otro lugar que bajo «los cielos de encima de tu cabeza, que serán de bronce». Y ese lugar era el altar mayor. Pero había un problema. Lo protegía una verja de más de dos metros que estaba cerrada. Laura se levantó y se acercó a ella. Sus dos amigos la siguieron con la mirada. Hizo un intento para abrirla, pero no pudo. La iglesia seguía vacía y los rezos de las monjas eran el único ruido que se escuchaba. Al segundo intento, la verja se abrió. El cuarto manuscrito de María Magdalena estaba más cerca.

―――――――

No formé parte del grupo de los doce que con más ahínco se dedicó a expandir la palabra de Jesús. Y no fue porque él no quisiera que una mujer predicase sus enseñanzas. Todo lo contrario. Jesús prefería que estuviese a su lado, junto a él. Consideró que, si me encontraba cerca, le sería de más utilidad. Creyó que, por mis especiales aptitudes, por los conocimientos que tenía tras viajar siete años por Egipto y por mi carácter era más válida para ser una sacerdotisa. Quería que ejerciera funciones de dirección y de enseñanza entre el resto de sus seguidores. De esta forma, muchas veces yo dirigía las reuniones dentro de nuestro grupo y también en los lugares que visitábamos. Él no hacía caso del prejuicio que existía contra las mujeres basado en nuestra impureza. Este precepto aseguraba que éramos un riesgo ritual debido a nuestros periodos menstruales o nuestros embarazos y que no formábamos parte de la alianza con Dios. Mucha gente, tanto dentro como fuera del grupo que le seguíamos, era partidaria de que las mujeres no fuéramos ni sacerdotisas ni diaconas. Ni que nos acercásemos al altar, ni que tocásemos los objetos sagrados porque éramos impuras ritualmente mientras menstruábamos o acabábamos de parir.

Conocí a Jesús poco después de regresar de mi viaje de siete años por Egipto. Aún estaba deslumbrada por lo que había visto cuando me llegaron las primeras noticias de él. La gente aseguraba que decía cosas maravillosas y que tenía una gran aceptación. Con él iban siempre media docena de hombres que se hacían llamar discípulos y una mujer. A él le llamaban maestro. Un día supe que se acercaría a Cafarnaúm, muy cerca de Magdala. Fue la curiosidad la que me empujó a acudir a su encuentro. Mi interés por conocer de primera mano si todo lo que se decía de Jesús era cierto me llevó hasta él. A pesar de que aún era joven, también había aprendido a mirar la vida con cierta distancia. Por eso me senté a escucharlo con bastante incredulidad. Junto a mí, había medio centenar de personas que también había acudido a su encuentro.

Al lado de Jesús se encontraban sus seis discípulos y una mujer. Después supe que era su madre. Hacía calor, pero los árboles nos protegían con su sombra. Desde el primer momento me maravillaron sus palabras. Su lenguaje era sencillo, pero rotundo. Muy accesible para los allí presentes, pero lleno de contenido. Cuando por las caras de sus oyentes observaba que sus palabras no habían sido bien entendidas, volvía a repetirlas o utilizaba otros ejemplos para que todos las comprendiesen. Su voz era segura, creíble y grave. Mientras hablaba le brillaban los ojos y siempre tenía una sonrisa en sus labios. Su mirada era cautivadora y llena de fuerza.

Cuando acabó y la gente abandonó el lugar, me acerqué hasta Jesús. Junto a él estaban los seis discípulos, la mujer y algunos oyentes que lo rodeaban. Esperé pacientemente a que llegase mi turno. Me presenté y le dije que me habían maravillado sus palabras. Agradeció mis cumplidos y me presentó a sus acompañantes. Primero a la mujer. Era su madre y se llamaba María, como yo. Pese a la edad, tenía la misma mirada jovial y cautivadora que su hijo, y en su juventud había sido una mujer de gran belleza, que aún conservaba. Después me presentó a sus seis discípulos: Simón y Andrés, ambos hermanos nacidos en Betsaida, y Santiago y Juan, también hermanos e hijos de Zebedeo. Los cuatro eran pescadores. Los otros dos eran Felipe, también de Betsaida, y Natanael. Jesús y yo hablamos durante más de dos horas. Le conté que acababa de llegar de Egipto y él me dijo que también había estado allí cuando era pequeño.

Al final de la conversación, y al verme tan interesada, me invitó a que me uniera a su grupo. De inmediato noté una expresión de sorpresa en sus seis discípulos, sobre todo en Simón al que Jesús le cambiaría el nombre y le llamaría Pedro. Todo lo contrario que en María, que quería tener a su lado a una mujer. Analicé los pros y los contras a una velocidad vertiginosa. Unos segundos después acepté su ofrecimiento. Le dije que lo acompañaría con una única condición: cuando quisiese marcharme, sería libre para hacerlo. Le aseguré que era una mujer independiente y que no me gustaba estar atada a nada ni a nadie. De nuevo, las caras de sorpresa de sus discípulos fueron evidentes. No así la de María, a quien pareció gustarle y esbozaba una pequeña sonrisa cada vez que yo hablaba. Jesús no puso ningún problema. Al contrario. Todos somos libres para hacer lo que queramos, me dijo. Aquella tarde, después de comer con ellos, retorné a mi casa para preparar mi partida. Ya no volvería más a aquel lugar en el que nací y pasé mi juventud.

Abandonar Magdala fue la decisión más dura de mi vida. Ya había estado fuera siete años y, salvo mis tíos, no había ninguna persona más que me atase a aquel maravilloso lugar. Sólo recuerdos imborrables. Aquel sitio tenía algo especial que lo hacía muy importante para mí. Cuando cerré la puerta de la casa, pensé que algún día volvería, pero no fue así.

Dos días después me uní a los seguidores de Jesús y así me convertí en su séptimo discípulo. Ningún día de los cinco años que pasé a su lado me sentí atada y nunca pensé en abandonar su grupo, pese a que en algunos momentos lo pasé mal. A partir de ese primer momento fui su más ferviente discípulo. Según transcurría el tiempo, el grupo creció, pero yo era su seguidora más leal. Muchos decían que era su primer discípulo porque gozaba de la ventaja de tener conversaciones privadas con él. Lo primero no era cierto. Jesús explicó muchas veces que nadie sería el primero. Lo segundo, sí. Hablaba muchas veces a solas con él y así me convertí en una aventajada discípula, en una más de las que le seguían, pero también en su mejor amiga. Desde el principio adquirí una posición muy cercana a él, tan cercana como para recibir, portar y después transmitir sus enseñanzas.

Años después de que desapareciese, mandé que se recopilase por escrito la mayor parte de los acontecimientos que había vivido junto a él. Sabía que era muy costosa su realización, que el papiro y la tinta eran muy caros, que las personas que sabían escribir eran muy escasas, y por tanto también muy costosas, pero creí necesario que todas sus enseñanzas debían ser guardadas por escrito para que quedase constancia de su existencia y para que sus palabras perviviesen hasta el final de los días. Lo podía haber escrito yo, pero en aquel momento no tenía demasiado tiempo para hacerlo. El resultado final fue óptimo y espero que haya sobrevivido durante siglos.

Tras la muerte de Jesús, sus apóstoles y discípulos trasmitíamos sus enseñanzas de forma oral. Pensé que con el paso de los años y cuando hubiésemos muerto todos los que habíamos convivido con él, sus enseñanzas podrían ser tergiversadas y hasta olvidadas. Antes de partir a las tierras lejanas en las que me encuentro ahora, ordené recopilar todas sus palabras por escrito. Además de costoso económicamente, fue un arduo trabajo reunir todo lo que habíamos vivido en los últimos tiempos. Tuve que realizar un gran esfuerzo de memoria porque aquellos cinco años habían sido muy intensos. Cada día era diferente al anterior, lleno de novedades y de acontecimientos nuevos. También me ayudaron en esta difícil tarea hombres y mujeres que habían estado en el grupo que le seguíamos y que recordaban otros acontecimientos que a mí ya se me habían olvidado. Gracias a todos, de corazón. Al dejar sus palabras por escrito, lo único que trataba era de evocar la existencia de mi maestro, de que perviviesen los testimonios de su presencia y de recordar las enseñanzas de las que nos había hecho partícipes. Mi precipitada huida a estas tierras, tan lejanas de las que me vieron nacer, impidió que me llevara conmigo los manuscritos que tanto trabajo me costó recopilar. Espero que no hayan desaparecido. Las intenciones de este escrito son mucho más modestas. Son sólo breves pinceladas de lo que ocurrió en aquel tiempo. Sólo unos pequeños retazos que mi débil memoria me deja recordar.

Hasta ahora, ya en la recta final de mi vida, he contado siempre con las suficientes posesiones para vivir sin problemas. Durante el tiempo que permanecí junto a Jesús le serví con mis bienes, como también lo hicieron otros, no sólo hombres, sino también mujeres, para que ninguno de los que le seguían pasase hambre, y también para que los predicadores pudiesen llevar su palabra a lugares lejanos. Gracias a la herencia que me dejaron mis padres, he sido independiente toda mi vida desde el punto de vista económico.

La presencia de los doce en la expansión de la palabra de Jesús fue muy importante durante la vida del maestro, pero fue aún mayor tras su desaparición. Como siempre decía él, nadie debía mandar sobre nadie. Sólo Dios. Por eso, el trabajo de los doce no está unido a ninguna función jerarquizada. Ellos, sobre todo en vida del maestro, debían realizar el trabajo más importante: llevar la palabra de Dios al mayor número de personas posible y sanar a los enfermos como hacíamos Jesús y yo. Otros, como yo, teníamos otras funciones, como las de dirección o de enseñanza. Esa fue la razón por la que Jesús no me dio, en un principio, la agradable y enriquecedora, pero también ardua tarea de predicar sus palabras. Él prefería que me mantuviese a su lado, cerca de él, para aprender, debatir y profundizar en sus ideas y también en las mías. Para mí me reservó el papel de sacerdotisa. No era muy común en aquella época que una mujer ejerciese este cargo, pero tampoco fui la única.

María, la madre de Jesús, era una sacerdotisa. Pertenecía a una familia sacerdotal y ejercía funciones sacerdotales. María vivió en el templo desde muy temprana edad y allí adquirió todos los conocimientos necesarios. Otro ejemplo era la hermana Febe, diaconisa en Cencreas, que realizó un gran trabajo junto a Pablo. También Felipe tenía cuatro hijas que profetizaban. Había bastantes más, pero mi maltrecha memoria no me deja recordarlas.

María, la madre de Jesús, tuvo una gran influencia sobre su hijo. Debido a la educación que recibió, mi maestro era contrario al precepto que castigaba la impureza ritual. En él se dice que una mujer que tenga la regla o haya parido no puede tocar ningún objeto del altar, ni acercarse al templo. A él no le gustaba este mandato. Y le trajo problemas. Esta forma de pensar era muy avanzada para esta época. Las escrituras aseguran que, en cuestiones del templo, las mujeres somos personas de segunda clase. También lo somos en otros apartados de la vida. Las mujeres no podemos ser miembros de la alianza entre nuestro pueblo y Dios, como lo son los hombres, porque no estamos ni podemos ser circuncidadas. Pero la llegada de Jesús lo cambió. Él aseguraba que cada mujer que recibía la primera inmersión se convertía en otro Cristo, igual que le sucedía al hombre: 'Todos vosotros sois hijos de Dios por la fe en Cristo Jesús, pues todos los que habéis recibido el agua sagrada, de Cristo habéis sido revestidos. Ya no hay distinciones entre judíos y no judíos, entre esclavos y libres, o entre varones y mujeres, porque todos vosotros sois uno en Cristo Jesús', decía muy a menudo. Él lo dejó muy claro desde el principio. Gracias a la primera inmersión, hombres y mujeres somos iniciados por el mismo rito. Con este acto suprimió las diferencias entre las personas y entre ambos sexos.

A los pocos días de unirme al grupo, recibí la primera inmersión de Jesús. Él la había recibido de Juan. Después le asistiría yo, sobre todo con las mujeres que se instruían en su doctrina: ungía sus cuerpos con aceite sagrado y las sumergía en el agua. Nosotras nos incorporamos al movimiento liderado por Jesús en igualdad de condiciones que los hombres. Y esa fue otra de las actitudes que me maravillaron de él. Pretendía liberar a las mujeres de sus ataduras sociales porque nos consideraba iguales a los hombres. Cualquier exclusión que sufriésemos atentaría contra sus propios principios. Él conoció las preocupaciones que teníamos. Nos cuidó, pero también aprendió de nosotras. Por eso no fue extraño que se rodease de un grupo estable de mujeres entre las que se encontraban María, su madre; la hermana de María; Marta o yo misma. Nunca salió de su boca ni una sola palabra de menosprecio hacia nosotras. Algo que no podían decir muchos de sus discípulos. Una parte de los ejemplos que utilizaba para que sus palabras fuesen entendidas nos tenían como protagonistas a nosotras y siempre en un tono positivo.

Poco a poco, el relieve de las mujeres fue en aumento. Nuestra contribución en esos primeros momentos fue muy importante y tuvimos una gran implicación en la propagación de la palabra de Dios. A muchos hombres, y también a algunas mujeres, no les gustaba la relevancia que adquiríamos: no querían que opinásemos en las asambleas, ni que fuéramos sacerdotisas, ni que tuviésemos nuestra pequeña parcela de poder. Jesús, lejos de reducir nuestra libertad, la motivaba. Y ésa fue una de las causas por las que prefirió que me quedase a su lado y que realizase labores de dirección y enseñanza y no me enviase a predicar su palabra como hizo con otros discípulos. Después, cuando él ya no estuvo presente, sí que me convertí en un apóstol y me dediqué a expandir sus ideales allí donde una persona me quisiese escuchar.

Ser apóstol no suponía tener un grado superior al resto. Sólo tenía como trabajo, que no era poco, extender las enseñanzas de Jesús por el mayor número de lugares posibles. Nada más, y nada menos. También prediqué, y con el tiempo, tras su desaparición, tuve mis propios discípulos. Buscaba reunir el mayor número de seguidores alrededor de su persona. Él pretendía que sus palabras fuesen conocidas por cuánta mayor gente mejor. Un día, poco antes de morir, nos dijo a los allí presentes: 'Id y haced discípulos a todas las gentes, sumergiéndolas en el agua sagrada en el nombre del padre, del hijo y del Espíritu Santo, y enseñadles a guardar todos los preceptos que yo os he transmitido'. Y así lo hicimos y así lo seguimos haciendo todos los días de nuestra vida.

———————

—Esta mujer no deja de sorprendernos —soltó a bocajarro Joaquín nada más terminar la lectura del cuarto manuscrito que Laura, María y Felipe habían encontrado por la mañana en la iglesia de Santa Clara—. Este texto nos aporta tres nuevas virtudes de Magdalena que hasta hoy eran desconocidas, aunque alguna ya ha sido avalada por diferentes estudios: que fue una sacerdotisa, que ordenó escribir lo que hoy se conocería como un evangelio y que ella también fue un apóstol o, mejor dicho, la princesa de los apóstoles. ¿Por dónde queréis que empecemos?

—Por cualquiera de ellas —respondió entusiasmada María—. Las tres son apasionantes.

—De acuerdo. Comencemos por su recién descubierta, aunque no tanto, función de sacerdotisa.

Eran las cinco de la tarde del jueves 4 de julio. Estaban sentados en el salón de la casa de los Cantones en los mismos lugares en los que habían escuchado los tres primeros papiros. El anfitrión les explicó que existían varios estudios que avalaban la hipótesis de que Magdalena había sido una sacerdotisa. Era imposible demostrarlo sólo con sus apariciones en la biblia, pero no con la ayuda de otros textos antiguos.

—Pero si ahora ella lo reconoce, ya no hay ninguna duda —exclamó Laura.

Joaquín insistió en que la imagen de una sacerdotisa de hace dos mil años no era la que se tiene en la actualidad. No utilizaban grandes ropajes, ni se maquillaban con pinturas de colores, ni portaban grandes collares, ni pulseras. Vestían como el resto de las mujeres y, como la propia Magdalena asegura, su función era enseñar y dirigir las asambleas.

—Ella misma reconoce —continuó Joaquín— que no era muy habitual que las mujeres fueran sacerdotisas. Es cierto que María, la madre de Jesús, lo había sido, porque había pertenecido a una familia sacerdotal, y que había ejercido funciones sacerdotales. Así lo han destacado los padres de la iglesia como San Agustín, San Ireneo, San Ambrosio o San Epifanio. «María tenía lazos familiares tanto en la tribu real, la de Judá, como de una tribu sacerdotal», remarca San Agustín en uno de sus escritos. También es cierto que la importancia de las mujeres en la expansión de la primitiva iglesia cristiana es una realidad indiscutible que se ha silenciado. Como también es cierta la existencia de Febe, la diaconisa de la iglesia de Cencreas, que cita Magdalena. Aparece en la Carta a los romanos, 16:12, escrita por San Pablo, nacido en el año 10 y, por lo tanto, contemporáneo de Jesús y de Magdalena: «Os recomiendo a Febe, nuestra hermana, diaconisa de la iglesia de Cencreas. Recibidla en el señor de una manera digna de los santos, y asistidla en cualquier cosa que necesite de vosotros, pues ella ha sido protectora de muchos, incluso de mí mismo» —recitó de memoria el anfitrión.

Joaquín también les aseguró que, en la Epístola a los Filipenses, también redactada por San Pablo, en los versículos 4:2-3, se afirma que las mujeres lucharon por propagar el evangelio como lo hizo Magdalena: «Ruego a Evodia, lo mismo que a Sintique, tengan un mismo sentir en el señor. También te ruego a ti, Sícigo, verdadero compañero, que las ayudes, ya que lucharon por el evangelio a mi lado». Y son ciertas las palabras de Magdalena, siguió el amigo de Laura, cuando decía que Felipe, el evangelista, tenía cuatro hijas que profetizaban. Así aparece en Hechos de los Apóstoles 21-9: «Tenía éste cuatro hijas vírgenes que profetizaban». La presencia de sacerdotisas no ha sido muy prolija debido a que la historia ha sido escrita por varones, muchos de ellos clérigos, que tenían una tendencia enfermiza a ocultar el protagonismo de las mujeres. Fue en el concilio de Laodicea, celebrado en el año 364, cuando se prohibió la ordenación de las mujeres como sacerdotes, les explicó.

—Eso quiere decir que antes sí eran ordenadas —apuntó María.

—Es cierto —corroboró Joaquín—. Muchos estudios demuestran, gracias a inscripciones en tumbas, mosaicos, cartas pontificias y otros textos, que existió un sacerdocio femenino durante los tres primeros siglos y que fue silenciado con posterioridad por la jerarquía católica. En las catacumbas de San Genaro, en Nápoles, aparecen frescos con mujeres que presiden la eucaristía; en la iglesia de Santa Praxedes en Roma, un mosaico muestra a cuatro obispos y uno de ellos es una obispa; hay una lápida de otra mujer, Athanasia, en la ciudad griega de Delfos, que demuestra que en el siglo quinto fue ordenada por el obispo Pantamianos. La lápida contiene una maldición para quien ose abrirla: «Si alguien manipula la tumba en la cual descansa enterrada esta honorable e intachable diaconisa, que reciba la suerte de Judas, quien traicionó a nuestro señor Jesucristo». También se han descubierto manuscritos de origen griego y sirio, de entre los siglos IV y VIII, que contienen rituales de ordenación para diáconos masculinos y femeninos. Uno de ellos dice lo siguiente: «Santo y omnipotente señor, mediante el nacimiento de tu único hijo de una virgen de acuerdo a su naturaleza humana, has santificado el sexo femenino. Les concedes no sólo a los hombres, sino también a las mujeres, la gracia y bendiciones del Espíritu Santo. Por favor, señor, mira a esta sierva y dedícala a la tarea de tu diaconado y derrama en ella tus ricos y abundantes bienes en tu espíritu santo».

—También es cierto —intervino Felipe— que era una revolución en aquellos tiempos ir en contra del precepto de la impureza ritual que impedía a las mujeres acercarse al templo. María, la madre de Jesús, tuvo una gran influencia sobre su hijo en muchas de las cosas que él decía. Y reconozco que en el antiguo testamento las mujeres eran consideradas de segunda clase porque no estaban circuncidadas y no eran miembros de la alianza con Yahveh. Pero Jesús lo modifica todo al crear el sacramento del bautismo y las mujeres se igualan a los hombres. Por cierto, ella nunca usa la palabra bautismo, sino primera inmersión. Y es cierta su afirmación cuando asegura que Jesús dijo: «Todos vosotros sois hijos de Dios por la fe en Cristo Jesús, pues todos los que habéis sido bautizados en Cristo, de Cristo habéis sido revestidos. Ya no hay distinciones entre judíos y no judíos, entre esclavos y libres, o entre varones y mujeres, porque todos vosotros sois uno en Cristo Jesús». Este pasaje aparece en Galatas 3:26-28.

Las palabras de Felipe sorprendieron a sus dos amigas. Ninguna de ellas esperaba que el seminarista defendiese con aquella vehemencia las tesis anticatólicas de Joaquín, pero hacía unos días que el seminarista había comenzado a pensar de otra manera. No era todo como se lo habían enseñado en el colegio de curas y después en el seminario.

—Magdalena asegura —apuntó la bibliotecaria, que no paraba de pensar en la carta de su abuelo que había recibido por la mañana —que a Jesús lo bautizó Juan el bautista y eso es cierto, así que también debemos creer que a ella la bautizó Jesús y que después ayudó a bautizar y bautizó a otras personas, sobre todo mujeres. Los estudiosos de aquella época reconocen que las discípulas se incorporaron al movimiento de Jesús en igualdad de condiciones que los hombres, algo que ratifica Magdalena, y esta práctica era una revolución en una sociedad de carácter patriarcal y machista. Al menos durante los primeros siglos de la recién creada Iglesia cristiana, las mujeres ejercieron el diaconado, el sacerdocio y hasta el episcopado. Por lo tanto, las actuales discriminaciones contra la mujer que postula la Iglesia Católica no proceden de la época de Jesús, sino de la herencia de siglos posteriores. Él proclamó la igualdad. Sus seguidores más cercanos, unos más que otros, la siguieron, pero con el tiempo ese axioma desapareció y, ahora, la actual jerarquía eclesiástica no lo reconoce.

María aplaudió a su amiga, al mismo tiempo que le tiraba un beso cariñoso. La informática recordó las palabras de Joaquín nada más terminar de leer el tercer manuscrito. Había sido el día anterior. Les había explicado que no sólo eran hombres los que seguían a Jesús, también había mujeres, pero se había silenciado su existencia.

—¿Y por qué ocurrió? —había preguntado enojada María.

—Supongo que está relacionado —había apuntado Joaquín— con la capacidad de ser sacerdotisas que tenían las mujeres en aquel tiempo.

—¿Había sacerdotisas en época de Jesús? —había vuelto a preguntar la informática.

—Sí que las hubo, y existen numerosos estudios que lo confirman, pero se utilizó algo tan nimio como la menstruación para apartar a las mujeres del templo. Recuerda lo que dice Magdalena: según la tradición judía, la sangre menstrual colocaba a la mujer en estado de profanación ritual. Eran ritualmente impuras. Los primeros dirigentes de aquella primitiva iglesia, quizá no los apóstoles, pero sí sus sucesores, temían que esa impureza profanase el templo y el altar. Así, consideraron a la mujer como un ser impuro al que no se le podía encomendar el cuidado de la iglesia. Existen también investigaciones que aseguran que los primeros padres de la Iglesia se inventaron el precepto de la impureza ritual para arrebatarles el poder que habían conseguido. No hay que olvidar el carácter doméstico de las primeras comunidades, donde las mujeres adquirieron un gran protagonismo. El hogar fue un punto de partida muy relevante para el desarrollo de la primera iglesia. Y ahí, las mujeres sí tenían su pequeña parcela de poder.

Según los primeros escritos del cristianismo, explicó Joaquín, en sus inicios no se percibía una gran diferencia entre hombres y mujeres, incluso en lo referente a la liturgia eclesiástica. Es más, durante los cinco primeros siglos, la Iglesia Católica, de lengua griega y siria, protegió a la mujer de los efectos del tabú de la menstruación. En el libro *Didascalia Apostolorum*, también conocido como la doctrina de los apóstoles, escrito a principios del tercer siglo, se asegura que las mujeres no son impuras mientras tienen la menstruación ni necesitan purificarse. El papa Gregorio I reconoció en el año 601 que las mujeres que tienen la regla no deberían estar fuera de la iglesia. En los siglos siguientes todo cambió.

El anfitrión continuó con su discurso bajo la atenta mirada de sus cuatro oyentes. Felipe notaba como se abrían dentro de su cabeza determinados cerrojos que habían permanecido sellados durante mucho tiempo. Roberto les había servido unas bebidas. En el salón de la casa de los Cantones, con el aire acondicionado a tope, se encontraban a salvo del calor. Eran las cinco de la tarde del miércoles 3 de julio y los termómetros alcanzaban los cuarenta grados. Fueron los padres latinos los que introdujeron la histeria antisexo en la moralidad cristiana, continuó Joaquín. Comenzó Tertuliano, que nació en el año 155. Declaró que los matrimonios legales estaban «manchados con la concupiscencia». Le siguió Dionisios, arzobispo de Alejandría, que dejó escrito en el 241 que «las mujeres que menstrúan no deben acercarse a la mesa sagrada, ni ir a las iglesias, sino orar en otras partes». Continuó San Jerónimo, nacido en el 347, que aseguró que la corrupción se manifestaba en todo sexo y relación, y que, para convertirse en ser humano, Jesús tuvo que soportar las «condiciones repugnantes» del vientre materno. San Agustín, a finales del siglo IV, también reconoció que una mujer que estuviese con la menstruación no podría servir nunca en el altar como sacerdote, y que un buen cristiano debería detestar de su esposa la relación sexual. El cuarteto estaba atónito ante lo que escuchaba. Parecía increíble todo lo que decía Joaquín, pero era cierto.

—Pero el verdadero problema —advirtió— llegó de las iglesias del norte de África, España, Italia, Francia y Gran Bretaña.

El amigo de Laura comenzó a enumerar las prácticas de la Iglesia en los siglos posteriores. El Concilio de Cartago, en el año 345, impuso la abstinencia sexual para los obispos, sacerdotes y diáconos. Los Concilios franceses de Oragne, en el 441, y Epaon, en el 517, instauraron la prohibición de ordenar mujeres diaconas en esos lugares.

—Eso quiere decir que antes sí podían ser ordenadas —apuntó con rapidez Joaquín—. La razón que dieron fue que la impureza de las mujeres que menstruaban podía profanar el altar.

El Sínodo de Auxerre, en el año 588, introdujo la obligación, recordó el anfitrión, de que las mujeres debían cubrirse las manos con una tela dominical para poder recibir la comunión. El Sínodo de Rouen, en el 650, prohibió a los sacerdotes poner el cáliz sagrado en las manos de las mujeres o dejarlas dar la comunión. El obispo Timoteo de Alejandría, en el 680, decretó que las parejas se abstuvieran de mantener relaciones sexuales los sábados y los domingos y el día antes de recibir la comunión. También ordenó que las mujeres que tenían la menstruación no podían recibir la comunión, ni el bautismo, ni visitar la iglesia durante la celebración de la pascua. El obispo Teodoro de Canterbury, en el 690, prohibió a las mujeres con menstruación que entrasen en la iglesia y que recibiesen la comunión, e instauró que las madres estaban impuras una cuarentena después de parir. El obispo Teodolfo de Orleans, en el 820, prohibió a las mujeres entrar en la iglesia y dijo ellas que «deben recordar su enfermedad y la inferioridad de su sexo; por tanto, deben tener miedo de tocar cualquier cosa sagrada que esté en el ministerio de la iglesia».

—Pero no sólo los concilios y los obispos —continuó Joaquín, al que se notaba muy enojado— se habían inventado prohibiciones y obligaciones absurdas contra la mujer que Jesús jamás habría consentido. También la cabeza de la Iglesia Católica, los papas, lo habían hecho. Lino, el segundo Papa de la historia tras San Pedro, elegido supuestamente por el mismo apóstol para que le sucediera, y que ocupó la silla papal del año 67 al 76, ordenó que las mujeres entrasen en la iglesia con la cabeza cubierta.

Más de mil años después, otro Papa, el número 178, Honorio III, mandó en 1216, en una carta enviada a los obispos de Burgos y Valencia, que «las mujeres no deben hablar en los púlpitos», lo que quiere decir que lo hacían en esa época, apuntó Joaquín, «porque sus labios llevan el estigma de Eva, cuyas palabras sellaron el destino del hombre». La impureza ritual de la mujer había entrado en la ley de la Iglesia en el año 1140 a través del *Decretum Gratiani*, conocido como Decretales de Graciano. Era una recopilación oficial de leyes de la Iglesia utilizada en las primeras universidades para la enseñanza del derecho canónico. Se convirtió en la ley oficial en 1234, gracias al Código Canónico, y estuvo vigente hasta 1916. Según este primer código de 1140, las mujeres no podían ser ordenadas sacerdotes, ni bautizadas, ni distribuir la comunión, ni recibir la comunión durante la menstruación, ni tocar el corporal, que es el lienzo que se coloca sobre el altar. Este Código Canónico también prohibía a las mujeres cantar en la iglesia y las obligaba a recibir la comunión en la mano sobre una toalla de eucaristía o en la lengua. También las obligaba a llevar un velo al recibir la comunión, algo que ya había ordenado el segundo Papa de la historia hacía casi dos mil años. Durante muchos siglos, y hasta no hace mucho tiempo, la Iglesia defendió la idea de que no llevar velo era indecente, vergonzoso e ignominioso para la mujer cristiana.

—En 1917 se promulgó otro Código Canónico que estuvo vigente hasta 1983 —continuó Joaquín que, a la vez que miraba a sus oyentes, tenía enfrente los ventanales con las maravillosas vistas de la bahía coruñesa—. Según este otro código, las mujeres no podían leer la biblia en la iglesia; eran la última opción para dar la comunión; no podían ser servidoras en el altar; debían cubrir su cabeza con un velo cuando entrasen en la iglesia y el lino sagrado debía ser lavado primero por un hombre antes de que una mujer lo tocase. En los últimos años de vigencia de este código, muchos preceptos ya no se seguían. El nuevo Código Canónico de 1983, que no hay que olvidar que es la ley por la que se rige la actual Iglesia Católica, ofrece muchas mejoras para las mujeres, aunque mantiene la prohibición de que una mujer sea ordenada sacerdote.

—¿Y qué opinión tiene el actual Papa sobre las mujeres? —preguntó María con malicia.

—Juan Pablo II —intervino Felipe, que llevaba todo el tiempo callado— iguala al hombre y a la mujer, porque así lo hizo Jesús. Lo dice hasta la misma Magdalena. En la Carta Apostólica, *Mulieris Dignitatem*, que escribió Juan Pablo II en 1988, se asegura que «las mujeres que estuvieron con Jesús, y después otras, tuvieron una parte activa e importante en la vida de la Iglesia primitiva, en la edificación de la primera comunidad desde los cimientos, así como de las comunidades sucesivas». En esta Carta Apostólica, el Papa también dice que «es algo universalmente admitido que Cristo fue ante sus contemporáneos el promotor de la verdadera dignidad de la mujer y que, en las enseñanzas de Jesús, así como en su modo de comportarse, no se encuentra nada que refleje la habitual discriminación de la mujer, propia de su tiempo;

por el contrario, sus palabras y sus obras expresan siempre el respeto y el honor debido a la mujer. El modo de actuar de Cristo y de sus palabras es un coherente reproche a cuanto ofende la dignidad de la mujer».

—Seguro —cortó María—. Todo eso está muy bien. El Papa hace mención a la actitud que Jesús tenía con las mujeres, destaca que fue el promotor de la verdadera dignidad de la mujer y señala que en sus actos no se refleja la habitual discriminación que sufrían en aquella época, algo que corroboran las palabras de Magdalena. Pero entonces, ¿por qué no continuó la Iglesia Católica durante el resto de los siglos defendiendo esa igualdad que había pregonado Jesús? No me creo, Felipe, que el Papa iguale al hombre y a la mujer, porque así lo hizo Jesús. Él sí lo hizo, pero a la Iglesia se le olvidó imitarlo. ¿Por qué no dice nada de la histórica opresión que el cristianismo ha realizado sobre las mujeres o de que no pueden ser ordenadas sacerdotes?

—Sí que lo dice —intervino Joaquín—. En la Carta *Ordinatio Sacerdotalis* que escribió Juan Pablo II en 1994.

En este escrito, continuó el anfitrión, el Papa afirma que la ordenación sacerdotal ha sido reservada siempre en la Iglesia Católica, desde sus orígenes, solo a los hombres. Juan Pablo II explica que cuando en el anglicanismo surgió el debate sobre la ordenación de mujeres, el papa Pablo VI recordó, en 1975, que la Iglesia Católica «sostiene que no es admisible ordenar mujeres para el sacerdocio por razones verdaderamente fundamentales. Tales razones comprenden: el ejemplo de Cristo, consignado en las sagradas escrituras, que escogió sus apóstoles sólo entre varones; la práctica constante en la iglesia, que ha imitado a Cristo, escogiendo sólo varones y su viviente magisterio, que coherentemente ha establecido que la exclusión de la mujer del sacerdocio está en armonía con el plan de Dios para su iglesia».

Juan Pablo II también recuerda en la carta *Ordinatio Sacerdotalis*, de 1994, que ya escribió sobre este tema en *Mulieris Dignitatem* en 1988 y decía que «Cristo, llamando como apóstoles suyos sólo a hombres, lo hizo de un modo totalmente libre y soberano» y vuelve a insistir en que «en la admisión al sacerdocio ministerial, la Iglesia siempre ha reconocido como norma perenne el modo de actuar de su señor en la elección de los doce hombres y que los apóstoles hicieron lo mismo cuando eligieron a sus colaboradores que les sucederían en su ministerio».

—Y Juan Pablo II —continuó Joaquín—, como Sumo Pontífice de la Iglesia universal, dejó la discusión cerrada en esta Carta Apostólica *Ordinatio Sacerdotalis* con una frase lapidaria: «con el fin de alejar toda duda sobre la cuestión de gran importancia que atañe a la misma constitución divina de la iglesia, en virtud de mi ministerio de confirmar en la fe a los hermanos, declaro que la Iglesia no tiene en modo alguno la facultad de conferir la ordenación sacerdotal a las mujeres, y que este dictamen deber ser considerado definitivo por todos los fieles de la iglesia».

—Y ya está —afirmó impotente María—. Esa es la forma de cerrar un asunto tan importante: la Iglesia no tiene en modo alguno la facultad para conferir la ordenación sacerdotal a las mujeres. Pues vaya solución. La Iglesia siempre tiene respuestas para todo: para el aborto, para la educación, para los homosexuales, para la investigación con las células madre, y no la tiene para un tema tan importante como éste. Porque aunque los dirigentes de la Iglesia no lo crean, las mujeres son el verdadero motor de la comunidad religiosa. Sólo hay que acercarse a cualquier iglesia para observar quiénes dan la catequesis, quiénes cuidan de que todo esté en orden, quiénes forman parte de los coros, quiénes ocupan los bancos para rezar durante todo el día. Mujeres. ¿Y los hombres no nos dejan participar en igualdad de condiciones en una actividad en la que nosotras somos protagonistas? Deberíamos luchar todas juntas para acabar con esta discriminación.

—Pero es imposible —respondió Joaquín—. La Iglesia reconoce que no posee la facultad para ordenar mujeres y con ese reconocimiento cierra el debate, aunque es un pobre argumento asegurar que se hace una regla tan importante de algo que Jesús no realizó. También se podría repetir esta actuación con otros muchos preceptos y no lo han hecho.

María había recordado estas palabras de Joaquín cuando aquel jueves, mientras escuchaban el contenido del cuarto manuscrito, Magdalena había apuntado que ella podía haber sido uno de los doce apóstoles, pero que Jesús la quiso a su lado para ser una sacerdotisa. Entonces, el argumento que esgrimía la Iglesia de que las mujeres no podían ser sacerdotes porque Jesús sólo escogió a hombres como apóstoles no es válido. Magdalena, en un primer momento, no lo fue, pero tras la muerte de Jesús, sí.

Felipe seguía con mucha atención las explicaciones de Joaquín, pero sus pensamientos volaron al segundo día de toda aquella historia, el martes 2 de julio. Habían terminado de cenar y, como la noche anterior, la primera que habían pasado en la casa de los Cantones, el anfitrión les había invitado a subir al piso de arriba para intercambiar impresiones sobre el segundo manuscrito que habían encontrado aquella mañana y que habían traducido por la tarde.

—Magdalena miente —recordó Felipe, que había dicho cuando Joaquín terminó de explicar el pasaje que desmontaba la falacia de que era una prostituta.

—¿En qué miente? —le había preguntado María casi enojada.

La informática catalana se sentía cada vez más identificada con aquella mujer.

—Cuando Jesús habla al apóstol San Pedro en Cesarea de Filipo, no es verdad que le dijera: «Pedro, sobre esta piedra, sobre las palabras que me acabas de decir, que yo soy el Cristo, el hijo del Dios vivo, edificaré mi iglesia». Tampoco es cierto que a todos los que se encontraban allí presentes les asegurase: «Todo lo que atéis en la tierra será atado en el cielo y todo lo que desatéis en la tierra será desatado en el cielo». Lo que Jesús dijo fue: «Y yo te digo que tú eres Pedro, y sobre esta piedra edificaré mi iglesia. A ti te daré las llaves del reino de los cielos y lo que ates en la tierra será atado en el cielo y lo que desates en la tierra será desatado en los cielos». Aparece en la biblia, en el evangelio de San Marcos, en 16:13-19. Y, por lo tanto, es un dogma de fe. Una verdad irrefutable que no se puede rebatir.

—¿Pero no es lo mismo? —preguntó extrañada María.

—No, no es lo mismo —intervino Joaquín desde su silla de ruedas—. La Iglesia Católica ha construido su fundación, su pilar fundamental, sobre la frase que acaba de recitar Felipe. Gracias a esos versículos, la Santa Sede afirma que Jesús nombró a Pedro Sumo Pontífice y máximo mandatario de la iglesia, además de convertirlo en el primer Papa de la historia.

—Así es —apostilló Felipe—. Con esta frase, y según la iglesia, Jesús otorgó a San Pedro la autoridad suprema de la comunidad cristiana, lo constituyó como el primero entre los apóstoles y lo colocó como cabeza visible de toda la iglesia.

—¿Todo eso dice esa frase? —preguntó con sorna María.

—Fue el primer Papa —siguió el seminarista— porque Jesús lo definió como la roca o fundamento de su iglesia: «Y yo te digo que tú eres Pedro, y sobre esta piedra edificaré mi iglesia». Al otorgarle las llaves del reino de los cielos lo convirtió también en el administrador del reino de Dios en la tierra. Las llaves son el símbolo de poder y soberanía. Y estas palabras las dirige al apóstol San Pedro, el primer Papa de la historia. Y comenzando por él, se ha producido una sucesión ininterrumpida de papas hasta el día de hoy. San Pedro es la roca, la cabeza de la iglesia, y los papas son sus sucesores. Y sobre esta verdad de fe está construida la fundación de la Iglesia Católica.

—Por el contrario —intervino Joaquín—, si hacemos caso de lo que dice Magdalena en este segundo manuscrito y también de muchos historiadores, entre ellos la mayoría de los padres de la iglesia, que son los primeros escritores del cristianismo, Jesús no basó la creación de la Iglesia Católica sobre Pedro, sino sobre la confesión que el apóstol acababa de hacer de que él era el Cristo, el hijo del Dios vivo. Es decir, el fundamento de la construcción de la Iglesia está basado en el propio Jesús y no en Pedro, como defiende la doctrina católica. Algo que, por el contrario, es más normal si se estudia la biblia.

—¿Me estáis diciendo —interrumpió María— que en esa frase, cogida con alfileres, descansa todo el peso de la creación de la iglesia? No me lo puedo creer.

—Así es —afirmó con resignación Joaquín—. La religión católica se basa en fragmentos de la biblia tomados en sentido estricto para demostrar su legitimidad. Y cuando alguien osa rebatirla afirma que es un dogma, una verdad de fe y que es infalible.

—Y es cierto —apostilló Felipe—. No se puede ir en contra de la palabra de Dios porque es verdadera ni contra la del Papa porque es infalible, ya que le asiste el Espíritu Santo. Si yo tuviese que hacer caso de lo que dice ese manuscrito tendría que aceptar que Jesús no necesitaba un sucesor, que Pedro no fue el primer Papa y que el resto de papas son unos impostores porque San Pedro no es el sucesor legítimo de Cristo. Tendría que cambiar mis creencias de arriba a abajo.

Joaquín se dirigió al seminarista con mucho tacto, a la vez que medía cada una de sus palabras.

—No te importará entonces que, con una sencilla interpretación de la biblia, esa misma que es un dogma de fe, intente demostrar que lo que dice Magdalena no es tan descabellado.

—Adelante —respondió retador.

Laura y María se pusieron cómodas en los sillones de la dependencia circular coronada por la cúpula como ya lo habían hecho el día anterior por primera vez. Eran las doce y media de la noche y ninguno tenía sueño. La informática pensaba que Joaquín lo tenía difícil porque contra la biblia no podía hacer nada. La bibliotecaria, por su parte, no tenía duda. Sabía que iba a utilizar el libro sagrado del cristianismo para desmontar lo que en él se decía. Similares debates como el que iba a empezar ya los había vivido.

—¿Os habéis dado cuenta de que el siete vuelve a ser un número muy importante en esta historia? —había preguntado María entusiasmada. ¿No os habéis percatado de que cuando María Magdalena se une al grupo de Jesús se convierte en el séptimo discípulo?

Era cierto, reconoció el resto. El siete era el número mágico de aquella magnifica historia. Todos comenzaron a recapitular la presencia de este número en los últimos acontecimientos y llegaron a la conclusión de que era muy abundante: el *Nuctemeron*, el libro que había encontrado María en el desván de la casa de Laura, estaba dividido en doce horas y en cada una de ellas aparecían siete genios. El día que Papus había colocado el primero de los manuscritos en la iglesia de las Capuchinas había sido un 7 de octubre y había dejado un donativo de siete mil reales. Cuando María creyó haber descubierto el segundo de los manuscritos en la iglesia de San Jorge, la escalera que subía hasta el púlpito tenía siete escalones. La masonería, a la que había hecho referencia Joaquín cuando había hablado de los rosacruces, había sido fundada en 1717. En el tercero de los manuscritos, Magdalena aseguraba que la Torá ordenaba que las mujeres que tuviesen la regla debían permanecer impuras por espacio de siete días.

—En la religión judía —intervino el anfitrión— el número siete desempeña un papel fundamental. Al comienzo del antiguo testamento ya aparece este número cuando Dios crea el mundo. Y lo hace en Génesis 2:2-3: «Y acabó Dios en el día séptimo la obra que hizo y reposó el día séptimo y bendijo Dios al día séptimo y lo santificó». Y continúa en 7:2-4 cuando Dios le encomienda a Noé que suba a su arca varias parejas de animales: «De todo animal limpio tomarás siete parejas, macho y hembra, también de las aves de los cielos siete parejas. Porque pasados aún siete días, yo haré llover». Acordaros de las murallas de Jericó y que siete sacerdotes llevaron siete trompetas y que al séptimo día dieran siete vueltas a la ciudad. La aparición del siete en el antiguo testamento es abrumadora: las siete lámparas del Tabernáculo, en

Éxodo 37:23; la sangre esparcida siete veces, en Levítico 16:19; los siete caminos de los enemigos de Jehová, en Deuteronomio 28:7, o las siete plagas, en Éxodo 7. El templo de Salomón fue construido en siete años, aparece en 1 Reyes 6:38, el mismo tiempo que tardaron en levantarse las Torres Gemelas de Nueva York. La religión católica heredó esta predilección por el número siete, pero eso os lo contaré en otro momento. Voy a intentar demostrar que lo que dice Magdalena, que Jesús no basó la creación de la Iglesia Católica sobre Pedro, sino sobre la confesión que el apóstol acababa de hacer que él era el Cristo, no es tan descabellado.

Según la Iglesia Católica, comenzó el anfitrión después de apurar su primer whisky y prepararse el segundo, la palabra Papa tiene tres significados. La más sencilla es la de padre. La otra corresponde a la unión de las dos primeras sílabas de las palabras *Pater Pastor*, y la tercera procede de las iniciales de *Petri Apostoli Potestatem Accipiens*, que significa la potestad del apóstol Pedro.

—¿Voy bien, Felipe? —preguntó con una sonrisa pícara.

El seminarista asintió y le devolvió la sonrisa.

—Es cierto que la frase que defiende Felipe «Yo te digo que tú eres Pedro y sobre esta roca construiré mi iglesia», y recordad que es la que sustenta, reconocida por ella misma, todo el andamiaje de la Iglesia Católica, aparece en el evangelio de San Mateo. Pero llama la atención que no se encuentre ni se haga la más mínima mención en ninguno de los otros tres. Sobre todo, en los de Marcos y Lucas, que junto al de Mateo son los sinópticos que, como os dije, una gran cantidad de pasajes aparecen repetidos en los tres. ¿Si tan importante es la frase, no creéis que debería incluirse en los otros tres? —preguntó con malicia.

—Con que esté reseñado en uno es suficiente, porque ya aparece en la biblia—replicó Felipe.

—Y es una verdad de fe —respondieron con sorna y a coro Laura y María.

El seminarista cruzó una mirada de desaprobación con sus dos amigas de la universidad.

—El apóstol Pedro no pudo ser Papa por varias razones —soltó a bocajarro Joaquín.

Felipe no se inmutó y dejó que el anfitrión desarrollase su teoría. El cargo de Papa era desconocido en la época de Jesús y fue inventado varios siglos después. La biblia no nombra, ni en una sola ocasión, este cargo. En la Epístola a los Efesios, en 4:11-12, versículos que se encuentran dentro de la biblia, San Pablo, que fue quien escribió la carta, menciona los cinco ministerios que creó Jesús: apóstoles, profetas, evangelistas, pastores y maestros.

—Y no dice nada del cargo de Papa. ¿Se le olvidó? No creo que omitiese el principal. Y esto no lo digo yo, lo dice la biblia.

—Pero eso no es relevante —apuntó Felipe.

—Pero me reconocerás —replicó Joaquín— que ni la palabra ni el cargo de Papa aparecen en la biblia ni una sola vez.

—Así es. Pero insisto en que eso no es importante. Hay muchas leyes de la Iglesia que no se encuentran en la biblia.

—Y quizá —intervino María— ese sea el gran problema. La Iglesia se ha alejado tanto de lo que decía Jesús, que si resucitase ni él mismo la reconocería.

Un tenso silencio se adueñó de la habitación circular. Joaquín lo rompió al asegurar que existían pruebas documentadas de que no fue hasta doscientos años después de la muerte del Mesías y de todos los que le habían conocido, cuando Calixto, obispo de Roma, hizo uso de la frase del evangelio de San Mateo para demostrar que la Iglesia Católica fue fundada sobre Pedro y que los papas eran los sucesores del apóstol. Felipe no se atrevió a negarlo.

—Olvidemos, por un momento, la frase que dice Magdalena —pidió

Joaquín— y centrémonos en la que aparece en Mateo 16:13-19: «Yo te digo que tú eres Pedro y sobre esta roca construiré mi iglesia». Este evangelio fue redactado primero en arameo, que era la lengua que hablaban Jesús y sus discípulos. El griego era el idioma de la cultura de aquella época. Para que todos lo entendiesen y llegase a más gente, se tradujo al griego. Y en esta lengua, la frase tiene un juego de palabras. Jesús inventó el nombre de Pedro para su discípulo. Nunca antes se había oído. En griego, piedra o roca se dice *petra*, pero la palabra con la que llama a su discípulo es *petros*, que significa «piedrita pequeña». Por lo tanto, cuando Jesús dice «Tú eres Pedro», lo que quiere decir es «Tú eres una piedra pequeña». Y cuando continúa «sobre esta roca», o petra, «construiré mi iglesia» lo que asegura es que le hace un trozo de esa petra, un trozo de la confesión que Pedro le acaba de hacer que Jesús era el Cristo. Por lo tanto, Jesús edifica su Iglesia no sobre Pedro como pretenden que creamos, sino sobre la afirmación que realizó el propio Pedro.

—Pero eso no es cierto —saltó Felipe.

—La gran mayoría de los padres de la iglesia, los escritores cristianos de los primeros siglos, muchos de ellos hechos santos por la Iglesia —insistió Joaquín—, rechazan que la roca o fundamento sea Pedro. Los estudiosos han recogido ocho citas de estos padres en las que se asegura que la roca es la fe de todos los apóstoles; dieciséis que es el Cristo mismo; diecisiete, otra vez aparece el siete, que es Pedro, y cuarenta y cuatro, más que el resto juntas, que la roca de la Iglesia es la fe confesada por Pedro.

El anfitrión les explicó que la biblia incluye más de media docena de citas que señalan que Pedro no es la piedra ni la roca, sino que la cabeza de la iglesia, el cimiento y fundamento angular de la religión católica es Jesús. En la Epístola a los Efesios, escrita por San Pablo, al que según la biblia se le apareció el Mesías resucitado, se dice en 5:23: «porque el marido es cabeza de la mujer, como Cristo es cabeza de la iglesia». Unos capítulos después, en el 19:20 asegura: «Así pues, ya no sois extraños ni forasteros, sino conciudadanos de los santos y familiares de Dios, edificados sobre el cimiento de los apóstoles y profetas, siendo la piedra angular Cristo mismo». El propio San Pedro, en la primera de sus dos cartas recogidas en la biblia, asegura en el versículo 2:4: "Acercándonos a él, piedra viva desechada por los hombres, pero elegida preciosa ante Dios». De nuevo es San Pablo, en su Primera Epístola a los Corintios, el que deja claro que la roca es Jesús y no Pedro. En 3:10 escribe «nadie puede poner otro cimiento que el ya puesto, Jesucristo», y en el 10:4 insiste en que «todos bebieron la misma bebida espiritual, pues bebían de la roca espiritual que les seguía, y la roca era Cristo».

Laura y María estaban sorprendidas de la capacidad que tenía Joaquín para recitar de memoria pasajes enteros de la biblia. El último que utilizó para defender la teoría de que Jesús, y no Pedro, era la piedra angular de la Iglesia procedía de los Hechos de los Apóstoles, libro que también aparecía en la biblia y que fue escrito por Lucas, autor del tercer evangelio. Los versículos 4:10-11 eran muy reveladores: «Sabed todos vosotros y todo el pueblo de Israel que ha sido por el nombre de Jesucristo, el nazareo, a quien vosotros crucificasteis y a quien Dios resucitó de entre los muertos; por su nombre, y no por ningún otro, se presenta éste aquí delante de vosotros. Él es la piedra que vosotros, los constructores, habéis despreciado y que se ha convertido en piedra angular».

—Es difícil entender —continuó con su argumentación el anfitrión— que Jesús tuviese la idea de edificar una Iglesia que sobreviviese durante siglos, cuando muchas de sus frases hacían presagiar la llegada casi inminente del reino de los cielos. Esta forma de pensar ya la avanza Magdalena en el manuscrito. En la biblia, Jesús asegura que, debido a esa llegada inminente, no habría tiempo para predicar en todas las ciudades de Israel. Además, el resto de discípulos no entendieron las palabras de su maestro en las que, supuestamente, nombraba a Pedro el Papa de la iglesia. Ni Pedro tampoco. Dos capítulos después de la famosa frase dicha en Cesarea de Filipo, en Mateo 18:1, varios hermanos le preguntan a Jesús quiénes de ellos será el mayor.

—Pasaje que también recoge Magdalena en su manuscrito —apuntó con celeridad Laura.

Si con anterioridad, siguió Joaquín tras hacer un gesto de afirmación al comentario de la bibliotecaria, Jesús hubiese instaurado a Pedro como el jefe superior de la iglesia, esta pregunta de los discípulos sobre quién de ellos sería el mayor no tendría sentido. Además, si su idea hubiese sido instaurarlo como cabeza visible de la nueva iglesia, en ese momento tuvo la oportunidad de dejar claro que el apóstol era el elegido.

—Pero no lo hace —sentenció Joaquín—. ¿Será que quizá Jesús no necesitaba un sucesor, algo que también apunta Magdalena? Recordad que ella dice que creían en la llegada inminente del reino de los cielos y que el sacerdocio de Cristo era perpetuo porque pensaban que permanecería para siempre entre ellos. Y no sólo lo dice Magdalena, también San Pablo en la Epístola a los hebreos, la decimocuarta y última carta del apóstol que recoge la biblia, cuando escribe en 7:23-25: «Aquellos sacerdotes fueron muchos, porque la muerte les impedía perdurar. Pero Jesús posee un sacerdocio perpetuo porque permanece para siempre. De ahí que pueda también salvar perfectamente a los que por él se llegan a Dios, ya que está siempre vivo para interceder en su favor». Pero, además, Jesús tuvo una tercera oportunidad para dejar claro que le había otorgado a Pedro el mando de la iglesia.

El pasaje al que se refería Joaquín aparecía también en el evangelio de San Mateo, dos capítulos después de que los discípulos le preguntasen a Jesús quién de ellos iba a ser el jefe del grupo y cuatro después de la famosa frase de Cesarea de Filipo. Se encontraba en 20:20-26 y también Magdalena lo mencionaba. Fue cuando Jacobo, Juan y su madre le piden al maestro que siente a los dos primeros a ambos lados de su trono. En oriente, los dos jefes principales, segundos en autoridad tras el rey, se colocaban a la derecha e izquierda del monarca.

—Si Jesús le hubiese dado a Pedro la primacía sobre la Iglesia —enfatizó Joaquín—, les habría contestado que uno de esos dos lugares ya estaba destinado para el apóstol. Pero, por tercera vez, no lo dejó dicho. Y habría sido muy fácil.

Pero sí les dejó muy claro que no debían actuar como reyes ni tener potestad sobre los fieles, algo que también reconoce Magdalena. En Mateo 25-27, el maestro les recuerda algo que deben tener muy en cuenta: «Sabéis que los jefes de las naciones las dominan como señores absolutos y los grandes las oprimen con su poder. No ha de ser así entre vosotros, sino que el que quiera llegar a ser grande entre vosotros, será vuestro esclavo».

—Si el Papa es el primero entre los cristianos, creo que no ha entendido el mensaje o no ha hecho mucho caso a Jesús —aclaró Joaquín—. Él les pide o, más bien, ordena a sus discípulos que no actúen como reyes, que no se pongan coronas, que no se sienten en tronos. Todo lo contrario de lo que han hecho los papas a lo largo de la historia. En esta sentencia les dice que todos son iguales, algo que Magdalena repite de forma insistente en sus escritos, todo lo contrario de lo que significa la figura de un Papa reinante sobre la iglesia, obispo de obispos y líder soberano de la comunidad católica.

Joaquín había cogido carrerilla y no paraba de ofrecer ejemplos para reforzar su teoría. En Mateo 23:4-10, siguió, Jesús pide a sus discípulos que no llamen a nadie padre, rabino o maestro «porque uno es vuestro padre y está en los cielos, y porque uno es vuestro maestro, el Cristo, y todos vosotros sois hermanos».

—Que uno de los discípulos se colocase por encima del resto es contrario a estos versículos —aclaró el anfitrión.

Pedro no parecía el mejor candidato para ser el sucesor de su maestro. Le había negado tres veces. No estuvo al pie de la cruz. Fue el penúltimo en verle resucitado. En cambio, la biblia asegura que no hubo nadie más devoto que Magdalena. Permaneció todo el tiempo al lado del crucificado y los cuatro evangelios coinciden en que fue la primera persona que lo vio resucitado, enumeró Joaquín.

—Además —apuntó María— de todo lo que ella nos cuenta en los manuscritos.

Joaquín insistió en que resultaba curioso que en las dos cartas que escribió Pedro tras la muerte de Jesús, y que aparecen en la biblia, no mencionase en ningún momento que él es el elegido por el Mesías para liderar la Iglesia y convertirse en el primer Papa de la historia. Es más, se autodenomina apóstol, como lo hacían los otros discípulos y lo hace Magdalena. En el capítulo cinco de su primera epístola se otorga el más modesto y simple título de presbítero. Treinta años después de la muerte de Pedro, Clemente, el cuarto Papa de la historia, escribe una carta a los corintios y en ella tampoco aparece ningún atisbo de poder o dominio sobre los demás obispos, algo que le hubiese otorgado el rango de Papa.

—Tras una lectura simple de la biblia —destacó Joaquín—, se extrae como conclusión que Pedro nunca actuó como Papa, nunca vistió como Papa, nunca habló como Papa, nunca escribió como Papa y nadie se dirigió a él como Papa por la sencilla razón de que ni él mismo creía serlo. Estaba casado, algo que no armoniza con la postura tradicional de la iglesia, que asegura que el Papa debe ser soltero. El apóstol tampoco permitía que se le arrodillasen a sus pies, como sí permite ahora el Papa. En Hechos de los apóstoles 10:25-26 se narra el encuentro entre Pedro y Cornelio, cuando el primero se supone que ya está al frente del pontificado. Cornelio, al verle entrar en su casa, se arrodilla para saludarle y el apóstol le pide que se levante. «Yo mismo también soy hombre», le dice. Este simple acto difiere de lo que diría o haría hoy un Papa. Ante un Papa hay que arrodillarse y mostrar sumisión.

La biblia muestra que Pablo fue más relevante que Pedro. El libro sagrado recoge cien capítulos escritos por Pablo que contienen 2.325 versículos, mientras que de Pedro, sólo ocho capítulos que poseen 166 versículos. Si hubiese sido el primer Papa y hubiese estado tanto tiempo como asegura la Iglesia Católica que permaneció en el cargo, treinta y cinco años, sus escritos en la biblia deberían ser más numerosos. Además, el lenguaje que utiliza en sus epístolas, al igual que Pablo, es simple y sin pretensiones de poder, y en ellas no aparece ni una sola mención al cargo de Papa.

—¿Miento, Felipe? —preguntó Joaquín.

—No —contestó el seminarista casi sin fuerza.

Tras la muerte de Jesús, siguió Joaquín que ya iba por su tercer whisky, nadie consideró a Pedro como cabeza de la iglesia. En Hechos de los Apóstoles 8-14 se lee: «Y los apóstoles que estaban en Jerusalén, habiendo oído que Samaria había recibido la palabra de Dios, les enviaron a Pedro y a Juan».

—Resulta curioso apreciar que son los subalternos los que envían al Papa y a Juan a evangelizar. ¿No hubiera sido más normal que Pedro, como jefe supremo de la iglesia, fuera el que enviase a Samaria a otros dos apóstoles o que él, como máximo responsable, fuese el que viajase? Estos versículos, que aparecen en la biblia, tampoco ayudan a apuntalar la tradición papal. Y volvemos a Hechos de los Apóstoles. Otro de los acontecimientos que narra este libro, escrito por San Lucas, el evangelista, es el primer concilio ecuménico de Jerusalén: la primera gran reunión de la nueva Iglesia emergente. Si como se asegura, Pedro era el jefe de esta iglesia, lo lógico hubiera sido que él la presidiese. Pero no fue así. Quien lo hace es Santiago, que es también el que formula las conclusiones. Pedro asiste, pero lo hace como oyente. Participa en los debates, pero como uno más, sin más privilegios que el resto de los invitados.

Joaquín sumaba más pruebas a su tesis de que Pedro no había sido elegido el primer Papa de la historia, sino que había sido una invención muy posterior. La siguiente se encontraba en Galatas, libro que también está incluido en la biblia. En el versículo 2:9 San Pablo asegura que Jacobo, Pedro y Juan son columnas de la nueva iglesia, pero ni aparece ni se insinúa que uno de ellos sea más relevante que los otros dos. En 2Corintios 11:5 y 12:11, San Pablo insiste en que él no tiene nada que envidiar a estos apóstoles. De estos dos pasajes se desprende que todos eran iguales y que ninguno se encontraba por encima del otro.

—Si Pedro hubiese sido el mayor, el jefe supremo de la Iglesia o el Papa, a Pablo no se le habría ocurrido pensar de esta manera —apuntó Joaquín.

Felipe, que llevaba mucho tiempo callado y que había seguido la explicación con mucho interés, tomó la palabra con mucha tranquilidad.

—Jesús, en Cesarea de Filipo y en medio del resto de discípulos, nombró al apóstol San Pedro la roca de la Iglesia cristiana, le entregó todo el poder y le dijo: «A ti te daré las llaves del reino de los cielos y lo que ates en la tierra quedará atado en el cielo, y lo que desates en la tierra quedará desatado en el cielo». Ésta es la forma que escogió el Mesías de otorgar la autoridad suprema de la Iglesia a San Pedro, que después se convirtió en el primer Papa de la historia.

—Pero eso no es cierto —intervino Laura—. Magdalena explica en el manuscrito que la frase que Jesús dijo fue dirigida a todos los allí presentes y literalmente decía que «lo que atéis en la tierra quedará atado en el cielo, y lo que desatéis en la tierra quedará desatado en el cielo».

—Es cierto que lo que apunta Felipe aparece en la biblia —reconoció el anfitrión—, en el 16:19 del evangelio de San Mateo, pero dos capítulos después, Jesús vuelve a insistir sobre este asunto, pero en esta ocasión se dirige a todos los discípulos, en sintonía con lo que asegura Magdalena. En el 18:18 dice: «Yo os aseguro: todo lo que atéis en la tierra quedará atado en el cielo, y todo lo que desatéis en la tierra quedará desatado en el cielo». Con estas palabras deja claro que ese supuesto poder de atar y desatar se lo otorga no sólo a sus discípulos sino a todos los cristianos. Les dice que su futuro se encuentra en sus manos y que todo lo que hagan en vida tendrá sus consecuencias tras la muerte.

—Y las llaves que le fueron confiadas a Pedro —intervino Laura— son unas llaves que no tienen ningún poder. Son simbólicas y servirían para que San Pedro abriese las puertas de la Iglesia a todo el mundo, no las puertas del cielo como asegura la jerarquía católica.

Joaquín asintió.

—Y en el caso de que tuvieras razón —se atrevió María a replicar a su amigo—, Jesús no dice «a ti y a tus sucesores os daré las llaves de los cielos».

—Esa es otra prueba más —aprovechó el anfitrión— de que el Mesías no tenía en mente la creación de un papado ni la instauración de un sucesor. Y sin quererlo, María, has abierto otro tema que hemos tocado de refilón y que, según las palabras de Magdalena, también contradice la versión oficial de la Iglesia Católica: la sucesión apostólica.

—¿Ah sí?, ¿y qué significa? —preguntó la catalana.

Felipe tomó la palabra.

—Cristo eligió a Pedro como primer Papa. Tras la muerte de Jesús, el apóstol se instaló en Roma, donde desarrolló su pontificado durante veinticinco años. Comenzando por el apóstol San Pedro, la Iglesia reivindica y reconoce una sucesión ininterrumpida de papas hasta el día de hoy. Sobre esta segunda creencia, la primera es que Pedro es la roca, está construida la fundación de la Iglesia Católica. La sucesión apostólica es la doctrina que asegura que los doce apóstoles poseen sucesores, a quienes se les ha transmitido la autoridad por nombramiento divino. Lo dijo con absoluta claridad el Concilio Vaticano II en 1964. Jesús fundó el grupo de los apóstoles «a modo de colegio, es decir, de grupo estable, y puso al frente de ellos, sacándolo de en medio de ellos, a Pedro» —recitó el seminarista—. También afirmó que «esta divina misión confiada por Cristo a los apóstoles ha de durar hasta el fin de los siglos». Y, por último, reconoció que «los apóstoles, a modo de testamento, confiaron a sus cooperadores inmediatos el cargo de acabar y consolidar la obra por ellos comenzada». En resumen, los obispos, como grupo, son los sucesores de los apóstoles y el Papa es el sucesor de Pedro. El apóstol murió en Roma, y éste es el origen de la primacía del obispo romano sobre el resto de los obispos del mundo. Fue voluntad del señor cimentar su Iglesia sobre la roca de Pedro y perpetuarla hasta el final de los tiempos en sus sucesores. Por eso, su estructura es jerárquica y no por delegación de la comunidad, sino de Cristo. La responsabilidad de la dirección de la Iglesia no reside en el pueblo, sino en aquella parte del pueblo que a través de la sucesión apostólica ha recibido el encargo de dirigir los designios de la Iglesia Católica.

Cuando Felipe terminó de hablar, todas las miradas se dirigieron a Joaquín. Laura y María, y también el seminarista, tenían la seguridad de que poseía los argumentos para rebatir estos dogmas que las dos amigas habían creído siempre como verdad. Y los tenía. El anfitrión bebió un sorbo de whisky e hizo una parada. Quería buscar las palabras justas y apropiadas para desmontar esas mentiras que siempre se habían creído como verdades.

—Por mucho que busquemos en la biblia —comenzó—, no vamos a hallar ni una sola mención de la sucesión apostólica. Ni una sola. Ni tampoco una en la que a Pedro se le llame Papa, Santo Padre o Sumo Pontífice. ¿Me equivoco, Felipe?

El seminarista negó con la cabeza.

—Estos títulos —continuó— fueron invenciones mucho más tardías en el tiempo. Tampoco existen pruebas que demuestren que el apóstol permaneció en Roma durante veinticinco años. Magdalena nos confirma que Pedro sí murió en Roma, pero fue al final de sus días. ¿Qué le importaría decir a ella que estuvo allí durante un cuarto de siglo? A no ser que sea mentira que estuviera tanto tiempo en Roma.

—El apóstol San Pedro —saltó Felipe indignado— murió el 29 de junio del 66 en Roma, en la colina vaticana, en el circo de Nerón, quien ordenó crucificarlo. El apóstol se sintió indigno de morir igual que Jesús y pidió que lo colocasen al revés. Así murió, crucificado boca abajo. Después, en el siglo IV, el emperador Constantino hizo levantar la basílica de San Pedro en la colina vaticana donde había encontrado la tumba del primero de los apóstoles.

—Pero Felipe —intervino Joaquín en tono conciliador—, tienes que reconocer que no existen pruebas fiables de que Pedro permaneciese tantos años en Roma. En la biblia se menciona la ciudad de Roma en nueve ocasiones y en ninguna de ellas se afirma que el apóstol realizase allí su pontificado durante veinticinco años. Tampoco en ninguno de los múltiples escritos redactados durante aquella época se recoge este acontecimiento. Y esta es una prueba muy importante. Además, si damos por bueno que fue crucificado en el 66, su papado comenzó en el 41. Pero en el 44 se hallaba en el Concilio de Jerusalén, en el que participa como un mero oyente, como los demás asistentes, y en el 52 viaja a Antioquía, estancia que aparece en Galatas 2:11. En el 57, San Pablo escribe su carta a los cristianos de Roma, también recogida en la biblia, y en ella envía saludos a veintisiete de los personajes más destacados de la ciudad, pero entre ellos no se encuentra Pedro. ¡Qué curioso! Pablo no saluda a la máxima autoridad de las veintisiete personas a las que sí manda sus parabienes. Tres años después, Pablo visita Roma y muchos cristianos salen a recibirle a veinticinco kilómetros. Pero en los Hechos de los Apóstoles, Pablo no realiza ninguna referencia al encuentro con el que, en teoría, es su jefe. En la biblia sí que aparece que Pedro estuvo en Antioquía, Joppe, Cesarea o Samaria. Pero nunca se menciona que viajase a Roma. Es la Iglesia la que, para defender que fue el primer Papa y que posee la primacía sobre el resto de los obispos, afirma que pasó allí veinticinco años. Resulta curioso que de un periodo tan largo de tiempo y de un personaje tan relevante no haya ni una sola referencia escrita. No existe ningún documento, ya sea bíblico o no, que acredite una estancia tan duradera en la capital del imperio romano. La tradición que asegura que pasó los últimos veinticinco años de su vida en Roma es muy tardía. Del siglo III. Más de doscientos años después de que ocurriesen estos acontecimientos. E insisto: no hay ningún documento escrito de la época que acredite que permaneciese allí durante tanto tiempo.

Joaquín les explicó que en la primera carta de Pedro, recogida en la biblia y escrita a edad avanzada, el apóstol reconoce que reside en Babilonia (1ª Pedro 5:13). En la segunda epístola, redactada poco antes de su muerte, tampoco aparece ninguna mención a que se encuentre en Roma. San Pablo, poco antes de su muerte, envía saludos en una de sus cartas, que también aparece en la biblia, a cuatro cristianos relevantes de la capital romana y Pedro tampoco aparece entre ellos. Además, según se recoge en Romanos 11:13, Pablo fue el apóstol de los gentiles, mientras Pedro lo fue de la circuncisión, es decir, de los judíos

(Galatas 2:7-9). Y Roma, en aquellos tiempos, era una ciudad gentil.

—Por lo tanto, si Pedro no ejerció su pontificado en Roma, no pudo nombrar sucesor a ningún obispo de esta ciudad. Ni los papas podrían considerarse sus sucesores ni vanagloriarse de que habían formado una cadena ininterrumpida desde el primero hasta el último. La sucesión apostólica tampoco es aceptable como un dogma de fe porque a la cadena de papas le falta el primer eslabón. El más importante. Además, los historiadores eclesiásticos no se ponen de acuerdo en el nombre de los cuatro primeros sucesores de Pedro.

—¿Cómo que no? —soltó Felipe casi colérico—. La enciclopedia británica, un libro de consulta reconocido por todo el mundo, cita en la página 123 de su noveno tomo los nombres de todos los papas y empieza por el apóstol San Pedro y acaba por Juan Pablo II. En total, 264 pontífices en sucesión apostólica ininterrumpida.

Joaquín esbozó una pequeña sonrisa.

—En sus primeros quince siglos, la Santa Sede estuvo vacante en numerosas ocasiones. Según recoge Bartolomeo Platin, un hombre poco sospechoso ya que es considerado el historiador de los papas y que fue prefecto de la Biblioteca Vaticana bajo el papa Sixto IV en el siglo XV, el sillón de Pedro estuvo vacante diez meses después de Juan III; siete después de Pelagio II; cinco después de Gregorio I; seis después de Bonifacio II; catorce después de Martín I; trece después de Pablo I; ocho años y siete meses después de Nicolás I; diecisiete meses después de Clemente IV; dos años después de Clemente V y dos años y tres meses después de Nicolás IV. En conjunto, en los primeros quince siglos, el papado estuvo vacante casi veinticinco años. Y esto no lo digo yo. Lo dice el historiador más importante de los papas. Pero, además, en estos casi dos mil años ha habido numerosos cismas entre papas y antipapas que han ininterrumpido la sucesión apostólica. Hasta ahora se han contabilizado una cuarentena de antipapas. ¿De quién es sucesor el actual Papa?, ¿de un sucesor directo de Pedro o de otro que se autoproclamó Papa sin serlo?

Laura volvió a la tarde del martes. Al segundo día de aquella historia. Al momento en el que Joaquín les había avanzado que lo mejor de la historia de los rosacruces se lo había guardado para el final. Minutos antes, Felipe había tenido el encuentro con el fisianiano y los dos rosacruces.

—Los orígenes de los rosacruces no tienen nada que ver con la Iglesia Católica —había dicho—. En sus publicaciones reclaman que sus principios se remontan a las escuelas de misterios y conocimientos secretos del antiguo Egipto, unos 1500 años antes de Cristo. El rosacrucismo está muy unido al gnosticismo que, resumiéndolo mucho, es el fruto de la fascinación del hombre por obtener conocimientos sobrenaturales sin recurrir a Dios.

—Vete al grano, por favor —inquirió María con una sonrisa.

—Ya voy. No seáis impacientes. Antes hay que poneros en antecedentes. El gnosticismo, y por lo tanto el rosacrucismo, fue el enemigo más peligroso de la Iglesia Católica porque se presentaba con un ropaje científico y se atribuía la clave de los secretos de la ciencia humana y divina, algo que ya se había atribuido el cristianismo. Es decir, el gnosticismo entraba en confrontación directa con la iglesia, que no podía tolerar esta intromisión si pretendía seguir con su poder. La iglesia, desde sus orígenes, ha combatido lo que ella ha llamado herejías, como el gnosticismo o el rosacrucismo. Y ahora viene lo más importante. Según sus preceptos y debido también a esa persecución emprendida por la Iglesia Católica, los rosacruces aseguran que el verdadero anticristo es el Papa, y buscan, entre otras muchas cosas, la desaparición de la Iglesia Católica y del Santo Padre para que, al fin, el propio Jesús regrese entre nosotros.

El silencio volvió a apoderarse del inmenso salón. Eran las siete de la tarde del martes 2 de julio. Joaquín disfrutaba de la situación y esperó unos instantes para que Laura, María, Felipe y Roberto digiriesen las palabras que acababan de escuchar.

—Pero sigo sin entender qué tienen que ver los fisianianos, los rosacruces y los manuscritos de Magdalena.

—¿Me dejas que se lo explique? —intervino Felipe.

El anfitrión asintió con la cabeza y con una sonrisa de satisfacción en los labios.

—Lo que nos quiere decir Joaquín es que estos dos grupos tienen en A Coruña un objetivo muy diferente, aunque ambos permanecen unidos por los textos de Magdalena. Los fisianianos han custodiado los manuscritos desde que se escondieron en las siete iglesias. Y su objetivo es que continúen allí. Recordad que el nombre de su congregación es San Pedro ad Vincula y que, por encima de todo, son defensores de la figura del apóstol y primer Papa de la Iglesia Católica. Según los manuscritos de María de Magdala, la imagen que tenemos del apóstol y del papado no se parece en nada a la que nos ha enseñado la jerarquía católica. Por esta razón, los fisianianos pretenden que estos manuscritos no salgan a la luz para que no se conozca la verdad. Y es más que probable que, generación tras generación, los fisianianos de esta ciudad se hayan encargado de custodiar los siete manuscritos. ¿Voy bien? —preguntó satisfecho a Joaquín.

El anfitrión asintió.

—Y con los rosacruces —continuó el seminarista su explicación— ocurre algo similar, pero al revés. Ellos serían los responsables de proteger a aquellas personas que intentenn encontrar los manuscritos, ya que están muy interesados en que salgan a la luz. Recordad lo que ha dicho antes Joaquín: los rosacruces aseguran que el verdadero anticristo es el Papa y buscan la desaparición de la Iglesia Católica y del Sumo Pontífice para que, al fin, el propio Jesús regrese entre nosotros.

—¿Me estás diciendo —interrumpió María— que desde hace más de cien años generaciones de fisianianos y de rosacruces han estado pendientes de que alguien descubra los papiros? ¿Y por qué los fisianianos no los han sacado de las siete iglesias y los han guardado en un lugar más seguro o los rosacruces los han hecho públicos?

Nadie respondió a la pregunta. Laura y María creían que aquella teoría tenía un punto débil. Roberto no pensaba lo mismo. Joaquín y Felipe no se inmutaron.

—Joaquín —pidió Felipe—, diles por qué no ha ocurrido esto.

—Por algo muy sencillo. Ni los fisianianos ni los rosacruces saben dónde se encuentran.

Las dos amigas paladearon muy despacio estás últimas palabras. Roberto asintió con la cabeza sin que el resto del grupo se diese cuenta de ello.

—Hace más de cien años —continuó el anfitrión— recibieron el mandato, unos, de proteger los textos, y otros, de ayudar a que saliesen a la luz. Un día, ambos grupos conocieron que alguien había escondido los manuscritos en siete iglesias de la ciudad, pero no sabían en cuáles. No hay muchas en A Coruña que tengan más de un siglo. Así que cada grupo habrá colocado personas de su confianza en cada uno de estos templos. Y desde hace más de cien años viven pendientes de cualquier movimiento extraño de los visitantes. Para ellos debe ser un trabajo normal que comenzará cuando se abren las puertas de la iglesia y terminará cuando se cierran o quizá hagan guardias las veinticuatro horas del día.

—¿Y quiénes pueden ser esas personas? —preguntó Laura, que no daba crédito a lo que escuchaba.

—Habrá de todo —siguió Joaquín—. Los fisianianos, al poseer el apoyo de la Iglesia Católica, tendrán gente dentro de los templos, ya sean los mismos párrocos, los monaguillos, los integrantes de los coros o las mujeres que limpian las iglesias. Los rosacruces lo tienen más difícil, pero no hay que descartar que también cuenten con personas que trabajen dentro del templo y que estén de acuerdo con que los manuscritos salgan a la luz. También pueden adquirir la imagen de mendigos o de esas mujeres que se pasan horas en la iglesia mientras rezan. En estos momentos, ambos grupos estarán revolucionados. Cien años después, alguien ha comenzado a abrir la puerta de la memoria de Magdalena y ya ha encontrado dos manuscritos. Para muchos de ellos, desde ayer lunes, sus vidas han comenzado a tener sentido. Seguro que desde hace décadas han esperado este momento y por fin ha llegado. Y nosotros los hemos despertado.

Joaquín hizo una pausa para que sus acompañantes analizasen lo que acababan de escuchar. Quería que se diesen cuenta del peligro al que se enfrentaban y de los riesgos que corrían.

—Pero no parecen violentos —advirtió María.

—En principio no —respondió Joaquín, aunque sin estar demasiado seguro—. El encuentro del fisianiano con Felipe fue una simple advertencia, pero no sabemos qué actitud pueden tener en el futuro. Lo que debemos tener claro es que, a partir de ahora, si estamos todos de acuerdo en seguir con la búsqueda, debemos ser muy sigilosos y más listos que ellos.

Nadie dijo nada sobre una posible retirada. Ni Felipe. Todos querían seguir la búsqueda de los otros cinco manuscritos. A medida que pasase el tiempo valorarían los riesgos que adquirían. Joaquín dirigió su silla de ruedas hacia la ventana. Laura, María, Felipe y Roberto lo siguieron con la mirada. Observó la calle unos segundos. Giró la silla de ruedas hacia los cuatro y dijo la frase que querían escuchar.

—No veo a nadie sospechoso.

A partir de ahora, iba a ser complicado no pensar que cada vez que pisasen la calle alguien les podía seguir. Sin embargo, todos se agarraban a la presencia de los rosacruces que una hora antes habían protegido a Felipe de los fisianianos.

Laura se había emocionado cuando leyó la carta de su abuelo a sus dos amigos al lado del castillo de San Antón. Había sido minutos antes de ir a buscar el cuarto manuscrito. Y lo hizo de nuevo cuando volvió a leerla para que también la escuchasen Joaquín y Roberto tras encontrar el cuarto cilindro en la iglesia de las Clarisas. En aquella carta su abuelo le daba las claves para hallar los siete manuscritos y ratificaba la teoría sobre los rosacruces que Joaquín y Felipe habían expuesto dos días antes.

———————

Querida Laura:

Supongo que te sorprenderá recibir esta carta, pero creo que ha llegado el momento de que conozcas mi gran secreto. Veinte años después de su muerte, mi padre me envió una carta en la que me hizo partícipe de esta historia. Ahora te la cuento yo a ti. En octubre de 1893 llegó a la ciudad un hombre llamado Gerardo Anacleto Vicente Encausse Pérez, conocido como el doctor Papus. Había nacido en A Coruña en julio de 1860, pero a los pocos años se trasladó junto a sus padres a París donde se convirtió en un gran médico y también en toda una eminencia de las ciencias ocultas. Todo el mundo creyó que su visita a la ciudad tenía como finalidad ofrecer una conferencia, pero su objetivo era proteger un gran tesoro, una reliquia de valor incalculable: el testamento que María Magdalena escribió poco antes de morir. En la magna tarea de esconderlo le ayudaron tu bisabuelo; el doctor Pérez Costales; el profesor Ruiz Blasco, padre de Pablo Picasso, y la escritora Emilia Pardo Bazán, en cuya casa durmió Papus los siete días que permaneció en A Coruña. El testamento está dividido en siete partes y se encuentra repartido en siete iglesias de la ciudad. Tanto el doctor Pérez Costales, el profesor Ruiz Blasco, la escritora

Emilia Pardo Bazán como tu bisabuelo conocían las iglesias en las que están, porque los cuatro le acompañaron a cada una de ellas, pero el doctor Papus les pidió que no entrasen con él. Por eso se desconoce en qué lugar exacto se hallan. Ese será tu trabajo. Busca en el desván de casa un libro que se titula Nuctemeron, escrito por Apolonio de Tiana. Entre sus páginas hay dos trozos de papel redactados por el doctor Papus. El primero señala el orden de las iglesias que debes seguir para recuperar cada uno de los manuscritos. Recuerda el orden de las siete iglesias que visitábamos todos los jueves santos. En el segundo hallarás un versículo de la biblia que te ayudará a descubrir el primer manuscrito. Junto a cada uno de ellos habrá otro papel que te ayudará a encontrar el siguiente. Pero recuerda algo muy importante: las siete iglesias forman una gran eme mayúscula y debes seguir un orden establecido para poder hallar los siete papiros.

Tendrás la ayuda de los rosacruces. Confía en ellos. Sé bien por qué te lo digo. En cambio, los fisianianos intentarán evitar que lo consigas. Cuando encuentres el último manuscrito tendrás que tomar una gran decisión. Al acabar de leer esta carta, destrúyela. Nadie más debe conocer su existencia. Puedes quedarte con la caja de puros. En la tapa hay un dibujo del pequeño Pablo Picasso que realizó cuando estuvo en A Coruña. La caja se la regaló su padre a tu bisabuelo. Ahora es tuya.

Tu querido abuelo

———————

Grabado en la memoria de Laura quedó para siempre aquel día. Acababa de descubrir que su bisabuelo había conocido a Papus y le había ayudado a esconder los siete cilindros de madera en las siete iglesias de la ciudad. Y no sólo eso. La gran escritora coruñesa Emilia Pardo Bazán, que durante muchos años había vivido a escasos metros de su casa en la calle Tabernas, y el padre de Pablo Picasso, que permaneció cinco años con su familia en A Coruña, también le habían ayudado.

CAPÍTULO 5

Genial, pensó Laura. Aquella historia cada vez se complicaba más. Roberto tuvo que reconocerles que él era un rosacruz y que daría su vida por ellos si fuese necesario. Les relató que el bisabuelo de la bibliotecaria había conocido al doctor Papus y ambos habían sido miembros de la hermandad de la rosacruz. Papus había sido un rosacruz y el abuelo y el bisabuelo de Laura también habían sido rosacruces. Era viernes, 5 de julio. Como los tres días anteriores, los cinco se reunieron en el salón para desayunar. Eran las diez y el sol ya comenzaba a golpear con fuerza en los ventanales. El día anterior había sido muy pródigo en emociones y no esperaban que decayesen en el que iban a comenzar.

Las nuevas revelaciones de la jornada anterior, la carta del abuelo de Laura, el hallazgo del cuarto manuscrito en la iglesia de las Clarisas o la confesión de Roberto no habían reducido, ni un ápice, las intenciones del grupo de recuperar los siete papiros. Todo lo contrario, las habían aumentado aún más. Sobre todo, porque los tres amigos se sentían ahora más protegidos en su búsqueda con la presencia del rosacruz.

Habían pasado ya el ecuador de aquella aventura. Si todo transcurría según lo previsto, después de comer se sentarían en el salón de la casa de los Cantones, en los mismos lugares que habían ocupado los cuatro días anteriores, para escuchar de boca del anfitrión las palabras de Magdalena. El quinto templo de los siete, la iglesia de San Nicolás, les aguardaba. Y en él, el quinto manuscrito

Mientras bebía un sorbo de café, con unas vistas increíbles de la ciudad coruñesa y los rayos de sol entrando a bocanadas por las ventanas de la casa de Joaquín, María volvió a revivir el momento en el que descubrieron el cuarto manuscrito. Eran las doce de la mañana de ayer, jueves 4 de julio.

Hacía más de veinte minutos que se encontraban en el interior de la iglesia de las Clarisas, en pleno corazón de la Ciudad Vieja. Eran los únicos visitantes. Ni Laura, ni María, ni Felipe habían hallado hasta el momento ningún indicio que enlazase los cuatro versículos con el lugar en el que se escondía el cuarto papiro. La idea de que, tras la reforma del templo, el cilindro de madera hubiera sido descubierto o hubiera quedado escondido y jamás lo encontrarían, comenzaba a revolotear por la cabeza de la informática. Los tres amigos permanecían sentados en tres de los doce bancos, repartidos en dos filas, que había en la iglesia. Laura, en el último de la fila de la derecha; María, en el tercero de la izquierda, y Felipe, tres más adelante. El único sonido que escuchaban eran los rezos de las monjas de clausura que llegaban desde el otro lado de la pared. Sus monótonas y susurrantes plegarias se colaban en el interior del templo a través de un gran ventanal, protegido por una reja, abierto en uno de los muros. María llevaba unos minutos dándole vueltas a los cuatro versículos. Los rezos de las monjas la adormecían. De repente, sintió que alguien se movía a su espalda. Contuvo el aliento. ¿Un fisianiano? ¿Les habían descubierto? Se le puso un nudo en el estómago. Era Laura. Exhaló un suspiro de tranquilidad. La bibliotecaria caminó por el pasillo central hasta llegar al primer banco. Se sentó a la misma altura de Felipe, pero en la fila de la derecha. Como si estuviese conectada a su amiga, la informática comenzó a pensar y a sentir lo mismo que ella. Fue entonces cuando el primer versículo empezó a tener significado.

—«Me invocaréis y vendréis a rogarme y yo os escucharé» —masculló

María, que continuó con el segundo—. «Por eso doblo mis rodillas ante el Padre».

Como si las dos mujeres hubiesen recibido a la vez la misma orden, se arrodillaron. El tercer versículo también comenzó a tener sentido en aquellos momentos: «Los cielos de encima de tu cabeza serán de bronce, y la tierra de debajo de ti será de hierro». Las dos levantaron sus miradas a la vez y las dirigieron al techo de la cúpula situada encima del altar.

—Es de bronce —susurraron las dos mientras bajaban la vista hasta depositarla en el altar.

Desde su posición, María no podía apreciar si la tierra era «de hierro». La informática siguió a Laura con la mirada. Se había levantado y se dirigía con paso firme hacia la verja de más de dos metros de alto que protegía el altar. Felipe también fijó su vista en su amiga, que había cogido el enorme picaporte e intentaba moverlo. No pudo. Probó por segunda vez. La verja se abrió. Los latidos del corazón de la bibliotecaria ahogaban los rezos de las monjas. María y Felipe siguieron petrificados los movimientos de su amiga, que como un autómata rodeaba el altar hasta la parte trasera. Una alfombra cubría gran parte del suelo. Se agachó y desapareció de la vista de sus amigos, tapada por el altar.

En ese momento, Felipe también enlazó los cuatro versículos y pensó que Laura debería encontrarse ante «la tierra de debajo de ti que será de hierro». Y lo estaba. La bibliotecaria movió a un lado la alfombra y el cuarto versículo se hizo realidad. «El pozo que cavaron príncipes, que excavaron los jefes del pueblo con el cetro, con sus bastones» se encontraba protegido por una plancha de hierro cuadrada de unos treinta centímetros. Estaba acoplada a la perfección a las cuatro baldosas que tenía a su alrededor. Se puso de pie y miró a sus amigos. Su vista se detuvo en uno de los candelabros colocados sobre el altar. Lo cogió y colocó el gorro que le había protegido del sol durante esos días sobre la plancha de hierro. Desde el otro lado del altar, María y

Felipe sólo observaron cómo se elevaba el candelabro y después escucharon un golpe sordo. Los rezos de las monjas continuaron como sino hubiese ocurrido nada. El gorro había amortiguado el impacto. La plancha era más fina de lo que pensaba y con el golpe se había hundido por el centro. Introdujo por uno de los bordes una lima de uñas de metal que siempre llevaba consigo y la levantó. Estuvo a punto de gritar. No había nada. El hueco, de unos treinta centímetros, se encontraba vacío. Palpó todas las paredes, pero no había nada. Volvió a meter la mano y volvió a recorrer toda la superficie fría. Y entonces encontró un minúsculo saliente, casi imperceptible, en la parte inferior. Otra vez otro saliente, se dijo. Tiró de él y se abrió una trampilla. Allí estaba el cuarto cilindro con el cuarto manuscrito. Lo extrajo y volvió a colocar la trampilla y la plancha en su sitio. La hendidura que había provocado el impacto era casi imperceptible. Extendió la alfombra y cogió en una mano la caja de puros, que contenía la carta de su abuelo, y en la otra, el cilindro de madera. Mientras, María y Felipe esperaban ansiosos.

Laura sólo había permanecido treinta segundos agachada, tapada por el altar y fuera de la vista de sus amigos, pero para ellos habían sido interminables. A los dos se les iluminó la cara cuando comprobaron que llevaba el tubo de madera en su mano. Ya tenían el cuarto manuscrito en su poder y también el papel con los cinco versículos que les ayudarían a encontrar el quinto papiro.

—Menuda aventura —exclamó María, ya de vuelta a la mesa en la que el grupo desayunaba.

—¿Qué decías? —preguntó Felipe.

—Sólo recordaba cómo encontró ayer Laura el cuarto manuscrito en la iglesia de las Clarisas.

María, Felipe, Joaquín y Roberto suspiraron aliviados cuando la bibliotecaria terminó de leer la carta que había recibido de su abuelo. Los cinco se encontraban en la casa de los Cantones, poco después de recuperar el cuarto manuscrito. Los dos amigos ya conocían su contenido. Lo habían escuchado unas horas antes delante del castillo de San Antón. Aun así, no había perdido ni un ápice de interés.

—Es increíble —exclamó Joaquín dirigiéndose a Laura—. Tu bisabuelo, el doctor Pérez Costales, el padre de Pablo Picasso y Emilia Pardo Bazán ayudaron a Papus a esconder los siete manuscritos en las siete iglesias de la ciudad. Es increíble.

—Sí que lo es —susurró la bibliotecaria, que aún estaba afectada por lo que acababa de leer.

—En esta carta —apuntó el anfitrión— aparecen muchos datos que ya conocíamos: que en el libro que escribió Apolonio de Tiana se encontraban las claves para hallar los manuscritos; que las siete iglesias forman una gran eme mayúscula; que hay que seguir un orden establecido para encontrar los papiros; que Papus los escondió en octubre de 1893 o que los rosacruces nos protegerán y los fisianianos harán todo lo posible para que no los recuperemos.

—Pero la carta —intervino Felipe— también nos da otras claves que desconocíamos: que sólo Papus sabe el lugar exacto en el que se hallan los manuscritos; que el bisabuelo de Laura, el doctor Pérez Costales, el padre de Pablo Picasso y Emilia Pardo Bazán le ayudaron a esconderlos y que, cuando encontremos el séptimo papiro, Laura deberá tomar una gran decisión.

—¿El padre de Pablo Picasso vivió en A Coruña? —preguntó extrañada María.

—Y Pablo Picasso también —respondió Joaquín—. Mucha gente desconoce que el gran pintor pasó casi cinco años de su adolescencia en esta ciudad. De septiembre de 1891 a junio de 1895. El padre de Picasso llegó a A Coruña procedente de Málaga en abril de 1891 para hacerse cargo de la cátedra de dibujo de figura y adorno en la Escuela Provincial de Bellas Artes. En septiembre, tras el cálido verano malagueño, se le unió el resto de la familia: la madre, María Picasso

López; Pablo Picasso y las dos hermanas, Lola y Conchita. Cuando el joven pintor llegó a la ciudad tenía nueve años. Cumpliría diez en octubre. Unos meses antes de que la familia abandonase A Coruña para trasladarse a vivir a Barcelona, Pablo Picasso expuso por primera vez en su vida en solitario. Fueron dos cuadros colocados en el escaparate de una mueblería situada en el número 20 de la calle Real. Era febrero de 1895. Un mes antes había muerto su hermana Conchita, de siete años, víctima de la difteria. Lo que no entiendo es qué relación puede haber entre el bisabuelo de Laura, Pérez Costales, el padre de Pablo Picasso y Emilia Pardo Bazán.

—Puede que yo os ayude —respondió Laura, triunfante, desde el otro lado del salón.

Mientras atendían a las explicaciones de Joaquín, la bibliotecaria se había acercado al ordenador y, con su contraseña personal, había accedido a los fondos bibliográficos de la Diputación.

—Hace unos años leí un libro sobre la estancia de Pablo Picasso en A Coruña —aseguró mientras se levantaba de la silla y se dirigía al lugar en el que permanecía sentado el resto del grupo— y ya lo he encontrado. Se titula *Los cinco años coruñeses de Pablo Ruiz Picasso* y está escrito por Ángel Padín. Fue publicado por la Diputación de A Coruña. En él se menciona que un experto en ocultismo francés, de origen coruñés, estuvo en la ciudad para ofrecer una conferencia sobre ciencias ocultas. Su nombre era Gerard Anaclet Vincent Encausse, y el autor asegura que su seudónimo era Papus. No me había acordado de este detalle hasta este momento.

Las palabras de Laura llenaron de silencio el inmenso salón. Eran cerca de las dos de la tarde del jueves 4 de julio. El sonido de los coches llegaba muy amortiguado hasta el octavo piso. Laura, María y Felipe acababan de volver de la iglesia de las Clarisas con el cuarto manuscrito y la carta del abuelo de Laura. Los acontecimientos se les amontonaban.

—¿Y sabéis que a esa reunión casi secreta presidida por Papus —continuó la bibliotecaria— acudieron una treintena de personas, entre ellas el padre de Pablo Picasso y Pérez Costales?

—¿Y no dice nada de tu bisabuelo? —preguntó con interés María desde su sillón.

—No, pero no apostaría nada a que dentro de esas treinta personas también se encontraba mi bisabuelo.

—¿Y quién es Pérez Costales? —preguntó intrigado Felipe.

—El doctor Pérez Costales —respondió con rapidez Joaquín— fue un ilustre republicano de aquella época. También fue ministro de Fomento de la Primera República, además de diputado y concejal. Fue un gran médico y el líder del movimiento republicano de A Coruña.

—Y según cuenta el libro —continuó Laura ya desde su lugar habitual—, Pérez Costales introdujo al padre de Pablo Picasso en el ambiente político de la ciudad. Mantuvieron una relación muy estrecha durante los casi cinco años que la familia Picasso permaneció en A Coruña. Vivían muy cerca: Pérez Costales en la calle Teresa Herrera y Picasso, en Payo Gómez, 14.

La mañana del viernes 5 de julio había amanecido como las anteriores, sin una nube en el cielo azul. Amenazaba otro día de sofocante calor. Alrededor de la mesa del desayuno, el grupo estudiaba la táctica menos arriesgada para encontrar el quinto manuscrito. La siguiente parada era la iglesia de San Nicolás. Todos tenían en mente el peligro al que se exponían, pero también valoraban mucho la confesión que les había realizado Roberto el día anterior: él era un rosacruz y les defendería con su vida si fuese necesario. María, con su vehemencia habitual, era partidaria de no perder el tiempo y acudir lo antes posible. El resto no pensaba de la misma forma.

—Creo que lo mejor —intervino Roberto en la conversación— sería ir a las siete de la tarde. Es la hora a la que se celebra la misa y cuando la iglesia se encuentra más concurrida. Mis hermanos y yo os protegeremos y los fisianianos no se atreverán a haceros nada con tanta gente alrededor.

—Pero de esa forma —apuntó María malhumorada— no vamos a poder movernos con la tranquilidad con la que lo hemos hecho en las otras iglesias.

—Pero antes —respondió Felipe, que estaba de acuerdo con la idea de Roberto— no éramos conscientes del riesgo que corríamos.

—¿Y si encontramos el lugar en el que se halla escondido el manuscrito —insistió María—, pero no podemos recuperarlo porque nos descubrirían?

—Nos volvemos a casa —contestó Laura, que también consideraba que la táctica de Roberto era la más adecuada— y mañana, con más tranquilidad y si ya sabemos el lugar exacto en el que está, lo cogemos. No tenemos prisa.

Pese a no estar de acuerdo, María aceptó a regañadientes las explicaciones de sus amigos. Ella sí tenía prisa.

—Disponemos de casi todo el día para descansar después de las emociones de las últimas jornadas —apuntó el anfitrión.

Estaba equivocado. A media tarde, un incendio les haría abandonar la casa de los Cantones.

Faltaban pocos minutos para las siete. Era viernes, 5 de julio. Laura, María y Felipe se hallaban delante de la iglesia de San Nicolás. Aquel templo guardaba celosamente el quinto manuscrito de Magdalena y ellos se encontraban allí para descubrirlo. Junto al trío también se encontraba Roberto. Ninguno de los cuatro observó nada extraño cuando llegaron a la calle San Nicolás, donde se levantaba el quinto templo que formaba parte de la eme mayúscula. Nadie parecía seguirles. Las calles estaban muy concurridas de turistas y eso les tranquilizó. Aunque sabían que en la fachada no encontrarían ninguna pista, así había ocurrido en las cuatro anteriores, recitaron delante de ella y en voz baja los cinco versículos que habían hallado en la iglesia de las Clarisas. El primero aparecía en Éxodo 23:20 y decía «He aquí que yo voy a enviar un ángel delante de ti para que te guarde en el camino y te conduzca al lugar que te tengo preparado». El segundo se encontraba en Isaías 26:7: «La senda del justo es recta; tú allanas la senda del justo». El tercero, en Juan 8:12: «Jesús les habló otra vez diciendo 'Yo soy la luz del mundo, el que me siga no caminará en la oscuridad, sino que tendrá la luz de la vida'». El cuarto volvía a estar en Isaías, pero unos versículos después, en el 28:16: «Por eso, así dice el señor Yahveh: 'He aquí que yo pongo por fundamento de Sion una piedra elegida, angular, preciosa y fundamental: quien tuviera fe en ella no vacilará'». El quinto y último, al igual que el tercero, pertenecía a uno de los cuatro evangelios, el de San Mateo. Era el 3:6: «Y eran bautizados por él en el río Jordán, confesando sus pecados».

La suposición de que en la fachada no hallarían ninguna pista se convirtió en realidad. Los cuatro decidieron entrar en la iglesia. Aún disponían de unos minutos para inspeccionar el interior antes de que comenzase la misa. El templo era de cruz latina. En ambos laterales se abrían tres capillas. En las de la derecha, por donde caminaban en aquellos momentos, se encontraban las imágenes de la Virgen de Fátima, La Milagrosa y un Cristo. Enfrente, las de la Virgen María, otro Cristo y la Virgen de los Dolores, muy venerada en la ciudad coruñesa. Para evitar cruzar por delante del altar, al llegar a la sacristía, los cuatro volvieron sobre sus pasos. Ahora era Roberto el que abría la pequeña comitiva. Cada cuatro o cinco pasos miraba por encima de su hombro para comprobar que Laura, María y Felipe estaban bien. La mitad de los bancos se encontraban ya llenos.

Roberto, que admiraba a aquellos tres amigos que habían descubierto el escondite de los cuatro primeros manuscritos, deseaba comprobar en persona cómo recuperaban el quinto. El rosacruz avanzó por el pasillo central. Los tres amigos le siguieron. Aunque creyó que era una simple coincidencia, a Felipe se le vino a la cabeza el primero de los versículos, Éxodo 23:20: «He aquí que voy a enviar a un ángel delante de ti para que te guarde en el camino y te conduzca al lugar que te tengo preparado».

—Ahí va nuestro ángel —le susurró al oído a María, que caminaba a su lado.

—¿Qué? —preguntó la catalana sin entender nada.

—Recuerda el primer versículo —le dijo el seminarista.

María abrió los ojos como platos. Instantes después el corazón le dio un vuelco. El segundo y tercer versículo también se cumplían. El de Isaías 26:7 decía «La senda del justo es recta; tú allanas la senda del justo»; y el de Juan 8:12, «Jesús les habló otra vez diciendo 'Yo soy la luz del mundo, el que me siga no caminará en la oscuridad, sino que tendrá la luz de la vida'». Los cuatro caminaban por el recto pasillo central de la iglesia y al frente, un foco muy potente irradiaba su luz desde el altar. Roberto escogió uno de los primeros bancos de la fila de la izquierda, a la altura de la capilla de la Virgen de los Dolores.

—¿Por qué nos has traído hasta aquí y no has escogido otro banco? —le preguntó Felipe cuando los cuatro se habían sentado.

A Roberto no le dio tiempo a responder. El sacerdote acababa de entrar en el templo y la gente comenzaba a levantarse. El ayudante de Joaquín se limitó a esbozar una sonrisa que al seminarista le pareció enigmática. Los tres amigos no paraban de escudriñar todos los rincones de la iglesia. Gracias a María, Laura ya estaba al corriente del descubrimiento de los tres primeros versículos. Pero allí sentados ninguno encontraba explicación a los dos últimos. El cuarto, Isaías 28:16, decía «Por eso, así dice el señor Yahveh: 'He aquí que yo pongo por fundamento en Sion una piedra elegida, angular preciosa y fundamental; quien tuviera fe en ella no vacilará'». Y el quinto y último, Mateo 3:6, «Y eran bautizados por él en el río Jordán, confesando sus pecados». Allí no había ninguna piedra que pudiese esconder el manuscrito. El quinto versículo tampoco tenía significado. El oficio estaba a punto de acabar cuando Felipe volvió a girar la cabeza hacia su izquierda. Lo había hecho tantas veces que había perdido la cuenta. En la capilla de la Virgen de los Dolores encontró una pequeña pila para persignarse. No medía más de quince centímetros y estaba colocada en una de las paredes. El seminarista tuvo una corazonada. ¿Aquella pila guardaría el quinto manuscrito?

———————

Tanto antes de conocer a Jesús, como cuando estuve junto a él y después de que él desapareciese, siempre me he sentido libre para hacer todo lo que he deseado, sin ninguna atadura a nada ni a nadie. Me he sentido libre porque he vivido fuera de las convenciones sociales, fuera de las ataduras que provocan las estrictas leyes impuestas por nuestros mayores y que me evitaban expresarme como yo quería. Mi libertad es seguir mi intuición sin importarme las ideas preconcebidas y las reglas impuestas con anterioridad. Una de las actividades que más me gustaba era acoger a todo el mundo sin preocuparme de lo que dijesen de mí los demás. Les daba alimentos, los cuidaba y los curaba con mis hierbas y aceites cuando enfermaban. Cuando no me encontraba al lado de Jesús, siempre estaba curando a todo aquel que se me acercase o preparando mis ungüentos. No podía negarme a prestarles mi ayuda. Algunos de los seguidores de Jesús, entre ellos Pedro, no eran partidarios de que fuese tan generosa con los que no eran del grupo. Consideraban que, si ayudábamos a todos los que se nos acercaban, llegaría un día en el que se acabarían las existencias para nosotros. Pero mis padres siempre me habían enseñado que era bueno compartir lo que se tenía y Jesús también lo decía de forma continua. Pero había algunos que no le escuchaban. Además, y al contrario que ellos, que no tenían dinero, yo, al igual que otros más, ayudábamos con nuestros bienes para que todos tuviesen de comer y para que llevasen la buena nueva a todo el mundo.

Ahora que pienso en mis padres, muchas veces me he arrepentido de no tener los conocimientos que ahora poseo para haberles curado cuando estuvieron enfermos. Estoy completamente segura de que, si en aquellos momentos en los que estuve junto a Jesús o después, mis padres aún viviesen y hubiesen enfermado del mal que les hizo separarse de mí, yo les habría curado y no se habrían muerto. Por lo menos, en ese momento. Además, tenía a mi lado a Jesús, que me hubiese ayudado como lo hizo cuando yo tuve la enfermedad en la que me aparecieron multitud de granos por todo el cuerpo. Al igual que yo, Jesús también había vivido en Egipto, aunque lo hizo cuando era un niño. Pero, aun así, en aquellas tierras había aprendido los secretos de las hierbas y después había perfeccionado estos conocimientos tras su vuelta a Galilea. Y sanaba de forma continua a la gente.

Jesús era muy parecido a mí y eso me gustaba. Si para mí la libertad es el bien más preciado que poseo, para él también lo era. Pero si para mí lo más importante es mi libertad individual, para Jesús era la libertad colectiva. La libertad de su pueblo. Él era mucho menos egoísta que yo y fue una de las grandes virtudes que me maravillaron de él. Pretendía salvar a su pueblo. Pretendía salvarlo del yugo opresor de los romanos para que de nuevo volviera a ser libre como cuando salió de las tierras de Egipto de la mano de Moisés. Muchas de sus palabras hablaban de una liberación de nuestro pueblo, no sólo de los que siguiesen sus preceptos de fe, como éramos sus discípulos, sino de todos. Estas ideas provocaron recelos en los romanos y en algunos judíos, ya que amenazaban su poder. Pero Jesús sólo pretendía que su pueblo fuese libre, que fuese capaz de crecer sin que nadie se lo impidiese, que pudiese tomar las decisiones con libertad y que tuviese la libre determinación para decidir su futuro. Pero sin violencia.

Jesús compartía los ideales de los zelotes, pero no sus formas. Él siempre se manifestaba en contra de la violencia de los zelotes y éstos siempre la utilizaban cuando podían. Eran unos bandidos. Y me duele que alguno de ellos formase parte del grupo que seguía a Jesús. Mi maestro era de la estirpe del rey David, descendiente directo suyo y por tanto de sangre real. De esta forma, era el heredero del trono de Jerusalén. Por eso los zelotes, que aspiraban a expulsar a los romanos del poder, eran sus seguidores. Él sería su rey si lograban echarlos. Pero Jesús era un nazareno y su lema era el servicio abnegado. No quería violencia ni pretendía el poder. Sólo quería la libertad para su pueblo, pero sin que se derramase sangre. Poco a poco se dio cuenta de que los judíos divididos nunca derrotarían a Roma. Nunca la derrotarían si existían diferencias dentro de su propio pueblo.

Aunque a mis años hay muchos acontecimientos que se me han olvidado, hay otros que los recuerdo como si hubiesen ocurrido ayer. Como aquella noche, cuando a la luz de la hoguera, los dos solos, me contó cómo había sido su infancia. Él nació, por accidente, en Belén de Judea. Sus padres, José, de la casa de David, y María, de la tribu de Judá, vivían en Galilea. Por aquella época, César Augusto ordenó que todo el mundo se apuntase en unas listas para saber cuánta gente vivía en la provincia y a cuánta gente le podría cobrar los impuestos. A pesar de que María estaba a punto de parir, viajaron en una burra hasta Judea para inscribirse. Los dos temían ser castigados si no acataban la orden. Al llegar a Belén, María comenzó a tener los primeros síntomas de parto. Era ya de noche y no tenían alojamiento. Vieron un establo y se metieron en él. Fue así como mi maestro nació en un establo con la única ayuda de su madre y de su padre. María colocó a su hijo en un pesebre, cerca de la burra y de una vaca para que los animales le diesen calor en aquella fría noche. Antes de que amaneciese se acercaron unos pastores que les ofrecieron comida. Fue la única ayuda que tuvieron en toda la noche. A los ocho días fue circuncidado y le pusieron de nombre Jesús. En hebreo Yehosu'a significa 'Yahveh salva'. Así se cumplió una de las profecías de las antiguas escrituras cuando Isaías dijo: 'Ved que la doncella concebirá y dará a luz un hijo y le pondrá por nombre Emmanuel, que significa Dios con nosotros'. También se cumplió la profecía de Miqueas cuando aseguró: 'Mas tú, Belén, de ti ha de salir aquel que ha de dominar Israel'.

Su nacimiento se produjo en tiempos del rey Herodes, quien, poco tiempo después, ordenó asesinar a todos los varones menores de dos años. José, por miedo a que matasen a su hijo, huyó a Egipto junto a María. Allí, siguió ejerciendo de carpintero. Su buen hacer con la madera le fue suficiente para mantener a su familia durante el tiempo que permanecieron en aquellas maravillosas tierras. Jesús, ayudado por su madre, comenzó a adquirir muchos conocimientos, entre ellos, los de las hierbas curativas, que después compartiría conmigo. Cuando murió Herodes, los tres regresaron a Galilea. Así se cumplía lo que dijo otro de los profetas, Oseas: 'De Egipto llamé a mi hijo'. Cuando Jesús contaba con quince años, José murió y mi maestro se puso a trabajar. Según me contó, ganaba lo suficiente para que su madre y él viviesen sin demasiados apuros. Durante estos años continuó formándose y adquirió gran cantidad de conocimientos, siempre bajo la atenta mirada de su madre. A los treinta años recibió la primera inmersión de Juan y a partir de ese momento comenzó su misión. Desde entonces, siempre acompañado por su madre, excepto los cuarenta días y cuarenta noches que pasó en el desierto, se dedicó a pregonar a todo el que quisiese escucharle la venida de Dios: 'Convertíos porque el reino de los cielos ha llegado', decía.

Hay otro acontecimiento que, aunque ya se destacó con profusión en la recopilación que ordené escribir cuando aún me encontraba en Judea, me gustaría ahora recordar. Es muy importante para mí. Fue la última cena que Jesús compartió con todos nosotros. Fue en Jerusalén, un día antes de que todo acabase. Recuerdo que Susana y yo le preguntamos dónde quería que le hiciéramos los preparativos para comer el cordero de pascua, una celebración que tenía muchas ganas de festejar con sus discípulos. Nos dijo que preguntásemos por Ezequiel, que nos enseñaría en el piso superior de su casa una sala grande donde nos podríamos reunir todos. Allí podíamos realizar los preparativos para la cena.

Jesús, junto al resto del grupo, llegó antes de la caída del sol. No le acompañaban todos sus seguidores, sólo los más allegados. En esos momentos quería estar junto a sus discípulos más antiguos y fieles. En total, no éramos más de treinta. La mayoría eran hombres, pero también había mujeres como María, la madre de Jesús; la hermana de María; la madre de los hijos de Zebedeo; María, la madre de Santiago y José; Salomé; Susana o yo misma. Al contrario de lo que se solía hacer, las mujeres también tomábamos parte en las comidas comunitarias. Jesús nunca habría aceptado que fuésemos marginadas en un acto tan importante. Él siempre se servía los alimentos con aquellos que le escuchaban y le daba igual que fueran hombres o mujeres, niños o ancianos. Todos formábamos parte de su rebaño. Era algo que no se cansaba de repetir todos los días.

Recuerdo que cuando nos sentamos alrededor de la mesa, en el piso superior de la casa de Ezequiel, Jesús se levantó. Todas nuestras miradas se dirigieron hacia él. Cogió un lebrillo lleno de agua y una toalla y se puso a lavar los pies de todos nosotros con una paciencia infinita. Susana fue la primera y yo la última. Algunos de sus discípulos estaban extrañados y me preguntaban con la mirada qué hacía. Pero yo, que era uno de sus discípulos más cercanos, no tenía la respuesta. El maestro lavándonos los pies a nosotros, ya fuésemos hombres o mujeres. No puede ser, se dijeron. Pero le dejaron hacer. Ya tendrían la respuesta después. Cuando le llegó el turno a Pedro, el gruñón pescador le preguntó molesto: 'Señor, ¿tú lavarme a mí los pies?'. A lo que Jesús, con una paciencia infinita en su mirada, le contestó: 'Lo que hago ahora, tú no lo entiendes. Lo comprenderás más tarde'. Pedro, terco como siempre, le replicó con dureza: 'Jamás me lavarás los pies'. Jesús, molesto y casi enojado, le volvió a mirar a los ojos y le clavó una frase que no tenía marcha atrás: 'Si no te lavo, no tienes parte conmigo'. Entonces, a regañadientes y levantando la mirada hacia el techo, dejó que le lavase los pies y que después se los secase cuidadosamente como había hecho con el resto. El silencio presidía la gran sala. Todos los discípulos seguíamos casi sin pestañear cada uno de sus movimientos.

Era increíble la lección que nos estaba dando. El maestro lavaba los pies a sus discípulos, fueran hombres o mujeres. Cuando acabó conmigo, volvió a sentarse en la mesa. Tomó un poco de aire, nos miró a todos, que no habíamos despegado la vista de él en los últimos minutos, y nos preguntó con su voz fuerte y segura: '¿Habéis entendido lo que he hecho con todos vosotros? A mí me llamáis maestro o señor, y en verdad lo soy. Así que si yo, el señor y maestro, os he lavado los pies a todos, vosotros también debéis lavaros los pies unos a otros'. Todos recapacitamos sobre sus palabras durante unos instantes. A continuación, empezamos a comer.

Lo noté triste. Como si percibiese que era la última cena que compartiría con nosotros. Instantes después, volvió a tomar la palabra. A pesar de que éramos un grupo numeroso, el silencio era absoluto. Fuera, hacía tiempo que la noche había caído. Jesús nos dio otro mandamiento, quizá el más importante de todos. El mandamiento más fácil y sencillo, pero también el más complicado de cumplir, y nos pidió a todos los allí presentes que lo respetásemos hasta el final. El mandamiento era que nos amásemos entre nosotros. Él nos dijo: 'Como yo os he amado también os debéis amar los unos a los otros. Así sabrán todos que sois discípulos míos: si os tenéis amor los unos a los otros'.

Poco después, Pedro, que había notado en sus palabras un tono de despedida, le preguntó a dónde iba y si le podía acompañar. El maestro le respondió que al lugar al que se dirigía no podía seguirle ahora. Ni él ni nadie de los que nos encontrábamos allí. Lo haríamos más tarde. Y el pescador, con su habitual terquedad, le volvió a insistir: '¿Por qué no puedo seguirte ahora? Yo daría mi vida por ti'. A lo que Jesús contestó con dureza: 'Ahora te digo Simón Pedro, que no cantará el gallo antes de que tú me hayas negado tres veces'. Yo, al menos, le escuché que lo hiciese en una ocasión. Tomás, otro de los discípulos, le preguntó con un tono de desamparo: 'No sabemos a dónde vas. ¿Cómo podemos, entonces, saber el camino?'. Y Jesús le contestó: 'Yo soy el camino, la verdad y la vida'. Los discípulos le seguíamos preguntado nuestras dudas. Todos no. Judas, el iscariote, hacía tiempo que había abandonado la sala. Nadie sabía adónde había ido. Después, lo supimos.

La cena estaba rodeada de un halo especial. El ambiente era indescriptible. Estábamos todos juntos comiendo de la misma mesa y compartiendo las enseñanzas de Jesús. A continuación, pronunció unas palabras que ni yo misma, una de sus discípulas más aventajadas, entendí en ese momento: 'Dentro de poco el mundo ya no me verá, pero vosotros sí me veréis. Aquel día comprenderéis que yo estoy en mi padre y vosotros en mí, y yo en vosotros'. Entonces le preguntó Judas, no el iscariote: '¿Por qué te vas a manifestar a nosotros y no al mundo?'. Y él le respondió con rapidez: 'Si alguno me ama, guardará mi palabra, y mi padre le amará, y vendremos a él y haremos morada en él. El que no me ama no guarda mis palabras'. Tras aquellas frases muchos comprendimos, por fin, nuestra misión en este mundo: debíamos seguir predicando sus enseñanzas para que su llama nunca se apagase. Y lo debíamos hacer porque él nos había escogido entre el resto. 'No me habéis elegido vosotros a mí —nos dijo un día—, sino que yo os he elegido a vosotros y os he destinado para que vayáis y deis fruto, y que vuestro fruto permanezca'.

Mientras comíamos llegó un momento muy especial en el que Jesús quiso permanecer con nosotros hasta el final de los tiempos. Cogió uno de los panes, lo bendijo, lo partió y, dándonos un pedazo a cada uno, dijo: 'Tomad y comed. Éste es mi cuerpo, que será entregado por vosotros'. Después, cogió una copa, dio las gracias y la pasó a cada uno de nosotros diciendo: 'Tomad y bebed todos de ella porque ésta es mi sangre de la alianza, que es derramada por muchos para el perdón de los pecados. Haced esto en recuerdo mío'. Y así lo hicimos y así lo seguimos haciendo.

———————

—¿Magdalena también estuvo presente en la última cena? —saltó María como un resorte nada más acabar Joaquín la lectura del quinto manuscrito—. Yo creía que sólo habían acudido los doce apóstoles y Jesús.

Eran las once de la noche del viernes 5 de julio. Después de que Felipe encontrase el manuscrito en la iglesia de San Nicolás, los tres amigos y Roberto habían vuelto exultantes a la casa de los Cantones. Allí les esperaba ansioso su dueño, que les recibió con una amplia sonrisa y un afectuoso abrazo cuando comprobó que los cuatro se encontraban bien. Mientras el ordenador traducía el papiro, los cinco se sentaron a cenar, aunque después de la excitación del momento, ninguno tenía demasiada hambre. Los cuatro le contaron, de forma atropellada, cómo habían despistado a los fisianianos y habían conseguido sacar el quinto manuscrito de la iglesia de San Nicolás sin que se diesen cuenta.

—Pues sí —asintió Joaquín victorioso desde su silla de ruedas—, y Magdalena no sólo participó en la última cena, sino otros discípulos de Jesús, entre los que también había mujeres. En lugar de los trece, que siempre hemos creído que estuvieron, fue un grupo cercano a la treintena.

—Entonces —intervino Laura—, con estas palabras de Magdalena desaparece la creencia de que a la última cena sólo asistieron Jesús y los doce apóstoles.

Todos asintieron, incluido Felipe, que había apartado por un momento todas sus convicciones de su cabeza y ya creía en aquella historia como el que más.

—La biblia —apuntó Joaquín con seriedad— no restringe la asistencia a la última cena a Jesús y a los doce apóstoles. Ninguno de los cuatro evangelios niega que hubiese otros discípulos presentes, además de los doce, aunque tampoco lo afirma. En su recuento de la cena, San Juan, en su evangelio, nunca usa la palabra apóstoles o doce, sólo la de discípulos. En Hechos 1:21-23 se narra la propuesta de Pedro de nombrar un nuevo apóstol tras la muerte de Judas. La condición que pone es que el nuevo integrante del grupo debe ser uno de los discípulos «que anduvieron con nosotros todo el tiempo que el señor Jesús convivió con nosotros, a partir del bautismo de Juan hasta el día en que nos fue llevado. Uno de ellos sea constituido testigo con nosotros de su resurrección» —recitó de memoria—. No es muy lógico que este discípulo, que se suma al grupo de los apóstoles y que estaba tan cercano a Jesús desde el bautismo de Juan, es decir, casi desde el comienzo de su predicación, no hubiera participado en la última cena. El pasaje reseñado en el evangelio de San Mateo, 24:13-35, sobre la aparición de Jesús a dos discípulos en el camino de Emaus, también deja claro que había otras personas presentes en la cena, además de los doce. Estos dos seguidores suyos, que no eran ninguno de los apóstoles, reconocen a Jesús por la forma en la que toma el pan, pronuncia la bendición, lo parte y se lo da. La primera vez que había realizado esta ceremonia había sido en la última cena, por lo que ellos dos también habían estado presentes. De no ser así no le habrían reconocido. Es extraño que Jesús, que trata a las mujeres al mismo nivel que a los hombres, algo que se observa si se lee la biblia y que Magdalena repite de manera continua en sus manuscritos, no las dejase participar en un acontecimiento tan señalado.

—¿Y por qué en la biblia no aparece en ningún momento que las mujeres también acudieron a la última cena? —preguntó contrariada María desde su sillón, el mismo que había ocupado los días anteriores.

—Por esa idea permanente de la jerarquía católica de silenciar el protagonismo de las mujeres en la naciente religión cristiana —contestó Joaquín a bocajarro.

El anfitrión, sentado en su silla de ruedas, les explicó que el manuscrito de María de Magdala recogía datos que aparecían en la biblia, pero también otros que eran novedosos. Uno de ellos, y que reforzaba la idea de que ella y otras mujeres estuvieron presentes en la última cena, era que Magdalena, junto a Susana, le habían preguntado a Jesús dónde quería que le realizasen los preparativos de la reunión. Ninguno de los tres evangelios canónicos se pone de acuerdo a quién se lo manda. Mateo, en el 26:18, asegura que se lo dice, en general, a «los discípulos»; Marcos, en el 14:13, reconoce que envía a «dos discípulos», que bien podrían ser Magdalena y Susana, y Lucas, en el 22:8, afirma que manda hacer los preparativos «a Pedro y Juan».

—Recordad que el evangelio de San Lucas fue influenciado por Pedro —matizó Joaquín.

—¿Y en el de Juan no aparece nada? —preguntó Laura.

—No —respondió Felipe.

La Iglesia afirma que Jesús instituyó la eucaristía en la última cena y que con las palabras «haced esto en recuerdo mío» les dio el poder a sus doce discípulos para celebrarla.

—El Concilio de Trento, que comenzó en 1545 y acabó en 1563, afirmó de forma taxativa que «a través de estas palabras 'haced esto en recuerdo mío', Cristo estableció a los apóstoles como sacerdotes y ordenó que ellos y otros sacerdotes deberían ofrecer su cuerpo y su sangre. Esto es lo que la Iglesia ha enseñado» —volvió a recitar de memoria el anfitrión—. Pero ahora descubrimos que a la última cena no sólo acudieron los doce apóstoles, sino otros discípulos, entre ellos Magdalena y otras mujeres, a los que, según el Concilio de Trento, Jesús también les dio el poder para celebrar la eucaristía en su nombre.

Felipe, que tomó a continuación la palabra, les explicó que algunos de los pasajes a los que se refería María de Magdala en su escrito aparecían en los evangelios tal y como ella los relataba.

—Por ejemplo, la escena en la que les lava los pies a sus discípulos no se encuentra en Mateo, Marcos y Lucas, pero sí en Juan. En el 13:2-15. Y la versión que nos cuenta Magdalena se ajusta, con pequeños matices, a lo que recoge el cuarto evangelio sobre este acontecimiento. Lo mismo ocurre cuando Jesús les da el mandamiento de que nos amemos los unos a los otros. Este pasaje tampoco está en los tres primeros evangelios, pero sí en el de Juan: en el 13:34. O el capítulo de las negaciones de Pedro, del que no se hace ninguna mención en el cuarto evangelio, pero sí en el de Mateo, en el 26:34; en el de Marcos, en el 14:30, y en el de Lucas, en el 22:34. Y claro está, aparece en los cuatro textos el momento en el que instaura la eucaristía cuando tomó el pan y partiéndolo les dijo: «Este es mi cuerpo que es entregado por vosotros, haced esto en recuerdo mío». Y así lo hacemos dos mil años después —afirmó Felipe orgulloso.

Joaquín dejó que el seminarista terminara de hablar para volver a tomar la palabra

—Lo que os debe quedar claro es que en la biblia no aparece por ningún lado que a la cena sólo acudieron Jesús y los doce apóstoles. Esta idea es una invención posterior de la jerarquía católica. Por lo tanto, la razón que da la Iglesia para negar la ordenación sacerdotal a las mujeres, que Jesús sólo instituyó a los doce apóstoles porque eran los únicos doce hombres presentes en la última cena, no es cierta. Había más discípulos que los doce y varios de ellos eran mujeres.

El silencio se apoderó del salón de la casa de los Cantones. Hacía casi dos horas que la noche había caído. La cálida iluminación de la dependencia le daba un ambiente muy acogedor. Era viernes, 5 de julio. Acababan de recuperar el quinto manuscrito y todos estaban exultantes. Laura pensó que todo lo que habían aprendido esos días se lo debían a Magdalena, pero también al doctor Papus, que había escondido los siete manuscritos en las siete iglesias de la ciudad. Joaquín les había relatado la historia del médico francés después de descubrir en la iglesia de las Capuchinas, la primera de las siete, que él había sido el donante del cuadro de Poussin tras el que se escondía el primer manuscrito.

Gerard Anaclet Vincent Encausse Pérez había nacido en A Coruña, a las siete de la mañana del 13 de julio de 1865. Con el paso del tiempo había llegado a convertirse en el líder de toda la actividad oculta de París. Su padre, Louis Encausse, era un químico francés y su madre, Irene Pérez, una gitana nacida en Valladolid. Fue así como Papus nació en un lugar con una amplia tradición de brujas. Tenía en su sangre la magia del pueblo gitano y la tradición de la química francesa. Desde muy pequeño vivió en un ambiente muy favorable para el estudio de las ciencias ocultas. La casa que la familia Encausse habitó durante los años que permaneció en la ciudad coruñesa se levantaba en el número 3 de la calle de los Olmos. En 1869, cuando Papus tenía cuatro años, se trasladaron a París. Pasó su juventud en el emblemático barrio de Montmartre. Desde pequeño ya mostró una gran inclinación por la medicina y con diecisiete años entró en la facultad de medicina parisina. A esta edad comenzó a formar parte del restringido círculo de los ocultistas parisinos.

Con sólo diecinueve años, publicó el primer libro de los más de ciento sesenta que escribió a lo largo de su vida. Con veinticinco ya se había convertido en una gran celebridad en Francia y había visitado numerosos países. Recorrió toda Europa mientras estudiaba la medicina natural y la tradicional que aplicaban los curanderos. A los veintinueve ya era doctor en medicina. En 1901, con treinta y seis años, visitó Rusia donde se granjeó la amistad del zar Nicolás II, del que fue su consejero. Le predijo que Lenin sería el líder de la revolución rusa. A Papus le sustituyó como consejero del zar uno de los personajes más siniestros de la historia: Rasputín. En octubre de 1888, cuando tenía veintitrés años, fundó la revista mensual *La iniciación*, que fue puesta tres años después en el Idex de Roma, el listado de libros prohibidos por la Iglesia Católica. La revista desapareció en 1912 y volvió a publicarse treinta años después bajo la dirección de su hijo.

La meteórica carrera como líder del ocultismo no apartó a Papus de sus obligaciones como médico. Trabajó en varios hospitales parisinos y fue cirujano mayor del ejército francés durante la Primera Guerra

Mundial. Curaba a todos los heridos fuesen amigos o enemigos. El 25 de octubre de 1916, a la edad de cincuenta y un años, cuando se dirigía a su trabajo, cayó al suelo tras franquear el umbral del hospital de la Caridad, donde comenzó su carrera médica y del que era su director. Papus murió a causa de una grave enfermedad pulmonar.

—Según cuentan los que lo conocieron —explicó Joaquín— curaba cuerpos y almas. En su vida era muy austero. Su residencia era una sencilla habitación. Tuvo una actividad considerable: médico, inventor, filósofo, escritor, hábil conferenciante... Está enterrado en el túmulo treinta y tres del cementerio parisino de Pere Lachaise.

—Caray —exclamó María.

—¿Qué sucede? —preguntó Laura.

—Pere Lachaise es la necrópolis más visitada del mundo. Allí reposan los cuerpos de escritores de la talla de Oscar Wilde, Marcel Proust, Honoré de Balzac, La Fontaine o Moliere; cantantes como Jim Morrison, María Callas, Edith Piaf o Ives Montand; compositores como Frederic Chopin o Georges Bizet o personalidades tan relevantes como el pintor Eugene Delacroix o uno de los pioneros de la dirección cinematográfica, George Melies. Fue abierto en 1804 y era conocido como el Cementerio del Este. Al principio, los parisinos no querían ser enterrados allí porque consideraban que estaba en un lugar pobre. Pero cuando los restos de La Fontaine y Moliere fueron llevados allí, la demanda creció tanto que tuvo que ser ampliado en cinco ocasiones.

—¿Y cómo sabes tanto de este cementerio? —preguntó Felipe.

—Aseguran —continuó la informática mientras sonreía— que esta necrópolis es un escondrijo de miles de secretos y pedazos de la historia de la ciudad parisina. Cuentan que mi gran admirado Jim Morrison, el líder de The Doors, frecuentaba este cementerio y por eso fue enterrado allí. Dicen que en este camposanto los gatos se cargan de flujo maléfico y los perros pierden el sentido de la orientación entre las lápidas.

—¿Y sabes cuáles son las dos únicas tumbas que todos los días del año aparecen adornadas con ramos de flores y, sobre todo, rosas? —preguntó Joaquín.

María negó con la cabeza.

—La del doctor Papus y la de Allan Kardec.

—¿Y quién es Allan Korec? —inquirió Laura.

—Fue una de las grandes figuras del espiritismo francés.

—¿Y Papus era espiritista? —preguntó María.

—Papus —sonrió Joaquín— era mucho más que eso. Era el líder del esoterismo y del ocultismo francés y uno de los fundadores de la hermandad de los rosacruces en ese país.

Hacía un rato que habían terminado de comer. Hasta ese momento, el día había sido tranquilo. El más tranquilo de aquella semana. Era viernes, 5 de julio. Durante el desayuno habían acordado que irían a buscar el quinto manuscrito por la tarde porque a las siete se celebraba la misa en la iglesia de San Nicolás. Entre tanta gente, los fisianianos no serían capaces de hacerles nada. Eso creían. Salvo Roberto, que andaba de un lado para otro de la casa, el resto se encontraba en el salón. La dependencia era tan grande y estaban tan alejados que cuando querían decirse algo casi tenían que gritar. La bibliotecaria se había sentado en el alféizar de uno de los grandes ventanales. Aquel era su lugar favorito. Desde allí tenía una majestuosa panorámica de la ciudad. Podía pasarse horas allí, mientras disfrutaba de las vistas. María estaba tumbada en uno de los sofás. Escuchaba música a través de unos auriculares inalámbricos. Si por ella fuese, ya tendrían consigo el quinto manuscrito. Ansiaba recuperarlo y le había costado mucho esperar hasta la tarde. Felipe leía con mucha atención un pasaje de la biblia. Pese a todo lo que había vivido los últimos días, era su libro de cabecera. Joaquín se encontraba en el otro lado del salón. Frente a la pantalla del ordenador. Recopilaba información que más adelante les sería de gran utilidad. De repente, Roberto entró a grandes zancadas en el salón.

—¿No oléis a humo?

Excepto María, que escuchaba una de sus canciones favoritas, el resto dirigió su mirada hacia Roberto.

—Ahora que lo dices, es verdad —ratificó Felipe, que era el más cercano a la puerta de entrada.

El anfitrión recorrió el salón con su silla de ruedas. María, al ver el movimiento de sus amigos, se quitó los auriculares.

—Huele a humo.

—Ya lo sabemos —contestó Felipe mientras cerraba la biblia y se levantaba preocupado de su sillón.

Roberto se dirigió a la puerta de entrada. La abrió y todos percibieron el intenso olor a humo que llegaba de la escalera.

—Hay fuego en alguno de los pisos inferiores —exclamó nerviosa Laura—. Tenemos que salir de aquí.

Los cuatro asintieron. Antes de abandonar su casa, Joaquín se dirigió hacia el lugar en el que escondía la caja fuerte. Estaba cerrada. Los cuatro manuscritos permanecían allí a salvo. Ni un incendio podría destruirla, les había dicho a los tres amigos. Pensó en sacarlos y llevárselos consigo, pero era demasiado peligroso. Decidieron bajar por las escaleras. Eran ocho pisos, pero si lo hacían por el ascensor podían quedarse atrapados. Roberto subió a su espalda a Joaquín y Felipe cogió la silla de ruedas. Laura y María abrían la marcha. Según descendían, el humo aumentaba. En el sexto y en el quinto piso se encontraron con otros vecinos que también bajaban de forma apresurada. A llegar a la cuarta planta, el humo casi les impedía ver. Bajaron palpando las paredes. Con dificultades, alcanzaron el portal. El resto de los vecinos ya se encontraba en la calle. La gente comenzó a arremolinarse delante del edificio. A los pocos minutos aparecieron un par de ambulancias. Nadie necesitó asistencia médica. Sólo les picaba un poco la garganta y los ojos. A los diez minutos llegó un camión de bomberos. Para tener una mejor vista de la fachada cruzaron a la acera de enfrente. Todas las ventanas del edificio estaban cerradas y no salía humo por ninguna de ellas. Los bomberos entraron en el portal. De pronto, María observó una figura en una de las ventanas del piso de Joaquín. Un segundo después desapareció.

—¿Habéis visto eso?

—Sí. Yo también lo he visto —ratificó Felipe, que no quitaba la vista de las ventanas—. Hay alguien dentro de la casa.

Roberto cruzó la calle a la carrera. Tenía que proteger los manuscritos. Habló con uno de los bomberos que salía del portal. Intentó entrar, pero se lo impidieron.

—Me han dicho —contó tras volver a grandes zancadas— que es imposible que hubiese alguien en el piso, a no ser que ya estuviera allí antes de irnos nosotros. Mientras ellos han permanecido dentro del edificio, no ha subido ni bajado nadie.

—Y el incendio, ¿dónde ha sido? —interrumpió María, que estaba muy nerviosa.

—En el descansillo del cuarto piso. Alguien ha quemado un gran fardo de periódicos mezclados con plásticos.

—Han sido los fisianianos para obligarnos a salir de la casa —aseguró con rabia la informática— y así recuperar los manuscritos. Tenemos que subir ahora mismo.

Los bomberos no les dejaron pasar y tuvieron que esperar media hora hasta que terminaron su trabajo. Al llegar frente a la puerta del piso, los cinco comprobaron que permanecía cerrada. La cerradura no parecía forzada. Tampoco había saltado la moderna alarma que poseía la casa. Joaquín se acordó de que con las prisas se le había olvidado conectarla y no había cerrado la puerta con llave. Laura pensó que encontrarían la casa revuelta como había hallado la suya unos días antes. Pero no. Estaba como la habían dejado. El dueño condujo su silla de ruedas a gran velocidad hasta la caja fuerte. El resto le siguió a grandes zancadas. El cuadro que la escondía no se había movido. Tampoco parecía que el sistema de apertura estuviese forzado cuando Roberto retiró el lienzo. Los segundos que Joaquín tardó en abrirla se les hicieron eternos a todos. ¿Y si después de tanto esfuerzo, los cuatro manuscritos habían desaparecido?, se preguntaron. Los cinco exhalaron un amplio suspiro, que les hizo sonreír, cuando comprobaron que los cuatro cilindros de madera con los cuatro manuscritos seguían allí.

—Siguen en el mismo lugar en el que los dejé la última vez —ratificó Joaquín, con alivio, mientras colocaba el último cilindro de madera, y tras comprobar que el papiro seguía en su interior, junto a los otros tres.

Roberto revisó toda la casa. No había nadie. Tras un primer vistazo no faltaba nada. María y Felipe estaban seguros de haber visto una figura humana en una de las ventanas. El resto no dudaba de su palabra. La quema intencionada de los periódicos y de los plásticos había sido un buen truco para hacerles salir.

—¿Infalibles? —había preguntado casi enojado Joaquín ante la afirmación de Felipe de que todos los papas a lo largo de la historia habían sido infalibles—. Eso no tiene ningún rigor. ¿Quién lo dice? ¿Dónde aparece?

Era martes de madrugada. Todos se encontraban en la dependencia circular del último piso de la casa de los Cantones. Por la mañana habían encontrado el segundo manuscrito de Magdalena, por la tarde lo habían traducido y escuchado con mucha atención, y ahora por la noche lo analizaban. Hacía unos minutos que Joaquín, con una habilidad impresionante, había desmontado la creencia admitida de que Jesús edificó su Iglesia sobre San Pedro, que le concedió la autoridad suprema y que, desde el apóstol, todos los papas eran sus sucesores. Había demostrado sin grandes esfuerzos, y solo con la biblia, que San Pedro nunca había sido obispo de Roma, que no había sido el primer Papa y que el oficio papal no fue instituido por Cristo.

—Entonces —había preguntado María—, ¿cuál es el verdadero origen de este oficio y por qué existe este interés tan grande de unir a San Pedro con Roma?

—El origen del papado no tiene nada que ver con Jesús. En la biblia no aparece ni una sola mención a este cargo. Su origen es pagano. Pero antes de entrar en este tema, os hablaré de la facultad que tienen los papas para ser infalibles gracias a la asistencia del Espíritu Santo.

Según el Vaticano, comenzó Joaquín ante la atenta mirada de Felipe que había dado por perdida aquella batalla, los papas son infalibles porque les asiste el Espíritu Santo. Así lo asegura la Iglesia desde hace muy poco tiempo. Poco más de cien años. Los pontífices son infalibles en materia de fe. Sus actos y decisiones no son cuestionables ni represibles. No se puede rebatir nada de lo que dicen porque es un dogma de fe. Y todo ello porque les asiste el Espíritu Santo.

—No sólo tenemos una jerarquía eclesiástica que nos dice que estamos condenados si no vamos por su senda, sino también una persona, un Papa, que asegura saberlo todo sobre esa senda por la que debemos caminar.

—Pero, ¿Jesús no dijo nada de la infalibilidad de los papas? —preguntó extrañada María.

—Si ni siquiera nombró a San Pedro el primer Papa, ni creó este cargo, menos iba a darle la facultad de ser infalible —respondió con vehemencia—. La infalibilidad papal es un invento que se oficializó hace poco más de cien años. Fue declarado dogma de fe en el Concilio Vaticano I, que fue interrumpido el 20 de septiembre de 1870, cuando las tropas de Garibaldi entraron en Roma.

El autor de la doctrina de la infalibilidad papal fue el sumo pontífice Pío IX, que se sentó en la silla petrina de 1846 a 1878. A pesar de haber sido reconocido como beato, no fue un gran ejemplo de infalibilidad, ya que tuvo varias amantes, entre ellas tres monjas, de las que tuvo varios hijos.

—Ahí sí que no fue infalible —bromeó Laura.

—¿Y la Iglesia no dice que sus representantes no pueden estar casados ni tener hijos? —volvió a preguntar María.

—Así es. Pero el celibato no se encontraba entre las exigencias de los seguidores de Jesús, como tampoco, entre los que poseían funciones ministeriales en la primitiva Iglesia cristiana. Por ejemplo, Pedro estaba casado. Esta norma no pertenece al núcleo doctrinal del cristianismo y menos aún es un dogma de fe. Es un precepto que se introduce en la Iglesia bajo la influencia de una concepción represiva de la sexualidad. Fue el Concilio de Trento, que ha sido el más largo de la historia al durar dieciocho años, de 1545 a 1563, el que estableció que el celibato y la virginidad eran superiores al matrimonio. Aun así, hasta siete papas, de los 265 que ha tenido la Iglesia hasta Juan Pablo II, estuvieron casados: San Pedro, Félix III, Hormidas, Silverio, Adriano II, Clemente IV y Félix V. Y, es más, de éstos, salvo el apóstol y Silverio, el resto tuvo uno o dos hijos. También ha habido once papas que han sido hijos de otros papas o de miembros del clero. Dámaso I, Bonifacio, Félix, Anastasio II, Marino y Juan XV fueron hijos de un sacerdote; Bonifacio VI, del obispo Adrián, e Inocencio I, Agapito I, Silverio y Juan XI tuvieron como padre a un Papa. Y si ahondamos un poco más en esta supuesta infalibilidad papal, hay más de media docena de pontífices, a partir del siglo XII, que han tenido varios hijos ilegítimos. Tampoco fue muy infalible el antecesor de Pío IX, el papa Gregorio XVI, que era conocido como uno de los borrachos más grandes de Italia. También tenía varias amantes, una de ellas, la mujer de su barbero. Que los papas nunca han sido infalibles se prueba con facilidad con sólo fijarse un poco en la historia —afirmó Joaquín.

Según aparece en la biblia, continuó, San Pablo no reconoció a San Pedro como un jefe infalible, porque le reprendió una vez cuando Jesús ya había muerto y le había encargado, supuestamente, que fuese el primer Papa de la historia y el líder de la Iglesia cristiana.

—Y no me lo invento yo —exclamó el anfitrión—. Aparece en la biblia, en la Epístola a los Gálatas, que escribe San Pablo. En 2:11-14. «Mas cuando vino Cefas a Antioquía, me enfrenté con él cara a cara, porque era digno de reprensión. Pues antes de que llegaran algunos del grupo de Santiago, comía en compañía de los gentiles, pero una vez que aquellos llegaron, se le vio recatarse y separarse por temor de los circuncisos. Y los demás judíos le imitaron en su simulación, hasta el punto de que el mismo Bernabé se vio arrastrado por la simulación de ellos. Pero en cuanto vi que no procedían con rectitud, según la verdad del evangelio, dije a Cefas en presencia de todos: 'Si tú, siendo judío, vives como gentil y no como judío, ¿cómo fuerzas a los gentiles a judaizar?'». Gracias a estas palabras se puede asegurar que San Pedro no era considerado un Papa infalible. Se había equivocado en uno de sus actos y un compañero suyo le había reprendido en público. ¿Cómo puede suceder algo semejante si los papas son infalibles y nunca se confunden porque les asiste el Espíritu Santo? Pero a lo largo de la historia ha habido muchos más casos en los que la infalibilidad papal ha quedado en entredicho.

Uno de los más sonados, rememoró Joaquín ante un auditorio que tenía como techo el cielo estrellado y que no le importaba que fuese ya de madrugada porque lo que estaban oyendo era muy interesante, fue el de los papas Formoso y Joaquín VII. Los dos ocuparon el trono papal a finales del siglo IX. Joaquín llevó a juicio a Formoso, pero lo increíble de la historia era que Formoso había muerto hacía ocho meses. Aun así, su cuerpo fue desenterrado y llevado a juicio por el papa Joaquín VII. El cadáver putrefacto fue sentado en un trono y vestido con ricos trajes. Le pusieron una corona sobre su cabeza y le colocaron un cetro en su mano derecha. La sala donde se celebró el juicio tenía un olor nauseabundo, debido al hedor que desprendía el cadáver. El papa Joaquín interrogó al papa Formoso y como no respondió a ninguna de sus preguntas fue declarado culpable. Tras ser excomulgado, le quitaron las vestimentas, la corona y el cetro y le cortaron los tres dedos de la mano derecha con los que daba la bendición papal.

—Y era un Papa infalible —exclamó el anfitrión desde su silla de ruedas—. No contentos con eso, ataron el cadáver a un carro, lo arrastraron por las calles de Roma y al final acabó en el río Tiber. No parece muy infalible esta actitud en un Papa. Pero después de la muerte de Joaquín, su sucesor, Romano, rehabilitó la memoria de Formoso. Tampoco parece muy infalible esta postura de derogar una ley impuesta por otro Papa. Pero hay más.

Tras la muerte de Honorio I, ocurrida en el año 638, éste recibió la acusación de hereje en el Sexto Concilio celebrado en el 680. El papa León II confirmó esta condena. ¿Cómo puede condenar un papa a otro si son infalibles?, preguntó el amigo de Laura. El papa Virgilio (537-555) condenó y retiró la condena sobre los mismos libros en tres ocasiones. En el siglo XI hubo tres papas rivales al mismo tiempo. Pocos años después, Clemente III se opuso a Víctor III y a Urbano II. ¿Cómo pueden ser los papas infalibles si se oponían unos a otros?, volvió a preguntar. El papa Sixto V dio como buena una versión de la biblia. Dos años después, su sucesor, Clemente VIII, aseguró que estaba llena de errores. Adriano II declaró válido el matrimonio civil; Pío VII lo rechazó. Eugenio IV, en el siglo XV, condenó a Juana de Arco a la hoguera por ser una bruja. En 1919, Benedicto XV la declaró santa. Tampoco parece muy infalible que los papas Benito IX, Juan XX y Gregorio VI comprasen y vendiesen la silla papal por florines de oro. Ni que Urbano VI, Clemente VII y Gregorio IX se la disputasen con mutuas excomuniones.

—Creo que éstas no fueron las enseñanzas que Jesús transmitió a sus seguidores ni las que pretendía que siguiesen sus supuestos representantes en la tierra —sentenció Joaquín, disgustado—. Pero no todos los papas han sido partidarios de la infalibilidad. Virgilio,

Inocencio III, Clemente IV, Gregorio XI, Adriano VI o Paulo IV rechazaron esta doctrina. Y algunos fueron más lejos. Gregorio I, papa entre el 578 y el 590, y ante la pretensión del patriarca de Constantinopla de adornarse con el título de *obispo universal*, le escribió desde Roma: «Ninguno de mis predecesores ha consentido llevar este título profano, porque cuando un patriarca se arroga a sí mismo el nombre de universal, el título de patriarca sufre descrédito». En otra de sus cartas, Gregorio I afirmó que «cualquiera que se llame obispo universal es precursor del anticristo» porque consideraba este cargo «pagano, profano, supersticioso y orgulloso». Antes, en el 397, el VI Concilio de Cartago prohibió a todos los obispos que utilizasen el título de obispo de obispos u obispo soberano.

—¿El Papa es considerado obispo universal? —volvió a interrogar María desde su cómodo sillón.

—Así es. Según la Iglesia Católica, el Papa posee hasta nueve cargos: obispo de Roma, vicario de Cristo, sucesor del príncipe de los apóstoles, sumo pontífice de la Iglesia universal, patriarca de occidente, primado de Italia, arzobispo metropolitano de la provincia de Roma, soberano del estado de la ciudad del Vaticano y siervo de los siervos de Dios.

—¿Y nada más? —apuntó la informática con sorna.

Según la tradición, los papas mantenían su nombre de bautismo cuando accedían a su cargo, pero en el año 996, Bruno de Carintia renunció a su nombre al ser elegido Papa y utilizó el de Gregorio V. Desde entonces, todos los papas han cambiado de nombre al inicio de su pontificado.

—Desde San Pedro —explicó Joaquín—, ningún pontífice se ha atrevido a elegir el nombre del apóstol por respeto a él. Juan XIV se llamaba Pedro Canepanova y Sergio IV, Pedro Bocca di Porco y los dos escogieron otro al ocupar la silla petrina. Los nombres más usados han sido Juan (23 ocasiones), Gregorio (16), Benedicto (15), Clemente (14),

León (13), Inocencio (12), Pío (12), Joaquín (9), Urbano (8), Alejandro (7), Adriano (6) y Paulo (6). Las insignias de los papas son la sotana blanca, la banda de seda blanca adornada con el escudo papal, el solideo blanco en la cabeza, el anillo del pescador, el pectoral —un crucifijo de oro en el pecho sobre la sotana blanca—, la capa roja, las sandalias de color vino y la tiara mitra ceñida por tres coronas. Pero todos estos elementos tienen un origen pagano y no cristiano.

—Antes ya dijiste que el origen del papado era pagano, ¿a qué te refieres? —inquirió esta vez Laura.

Joaquín asintió un par de veces antes de apurar su tercer whisky. Ninguno tenía ganas de dormir. Aquella noche estaban descubriendo muchos sucesos que hasta ese momento les eran desconocidos. El papado, comenzó el anfitrión desde su silla de ruedas después de dar un amplio suspiro y mirar a las estrellas que tenía sobre su cabeza, es el producto de una inoculación de tradiciones paganas y judías. Esta modificación fue provocada por la sed de poder de los obispos romanos. Ellos ansiaban convertirse en una casta sacerdotal y ser unos mediadores entre Dios y el hombre, algo que ya lo han hecho a lo largo de la historia los brujos de las tribus del todo el mundo. Durante los tres primeros siglos, la Iglesia cristiana era muy pequeña y no tenía relevancia. La formaban pequeñas comunidades locales que seguían las enseñanzas dadas por Cristo sin apartarse de ellas. De manera paulatina, se hicieron más grandes y numerosas y los diferentes obispos comenzaron a tener un papel más relevante.

—Del que la biblia no dice nada —sentenció Joaquín—. Y es así como se produce un proceso de desviación de la palabra de Jesús y se convocan concilios en los que se discuten preceptos que afectan a la fe. Algunos se modifican y dejan de parecerse a los que el Mesías proclamó. Y todo esto, siglos después de que él y los que le conocieron hubiesen muerto.

Al crecer el cristianismo, a partir del siglo IV, comenzaron a introducirse innovaciones perniciosas, bajo la influencia de los fieles paganos, que alteraron la fe y la práctica de los antiguos cristianos. A la emergente Iglesia Católica le interesaba aumentar el número de seguidores a costa de otras religiones para convertirse en la más poderosa. De esa forma sería la más relevante del imperio romano y tendría que ser declarada oficial, como así ocurrió. De lo contrario, sería una Iglesia perseguida y proscrita, una Iglesia de catacumbas. La táctica empleada por los máximos representantes cristianos fue arrebatarles los seguidores a las otras religiones paganas, con las que convivían y rivalizaban, para convertirse en una religión de poder, al mismo tiempo que sus oponentes se convertían en ilegales.

—¿Y cómo consiguieron ese cambio? —preguntó entusiasmada Laura desde su sillón.

—Como las grandes compañías multinacionales: con una gran campaña de publicidad y marketing.

La estancia circular se llenó de silencio. Una estrella fugaz cruzó el cielo. María fue la única que la vio.

—Los responsables de la Iglesia cristiana optaron por la máxima que dice que si no puedes con tu enemigo, únete a él. Primero, los líderes religiosos buscaron similitudes y puntos de relación entre la religión cristiana y las paganas, y segundo, convirtieron los símbolos paganos en símbolos cristianos. Así nació la Iglesia católica, apostólica y romana.

Una de las primeras medidas que se tomaron fue dotar al cristianismo de un halo de poder del que carecía y para ello forjaron una leyenda que lo ligase al cielo. Y este poder tenía que llegar a través del apóstol Pedro y, por añadidura, del resto de los obispos de Roma, porque eran los que mayor relevancia habían adquirido y los que debían liderar la Iglesia Católica. Una de las semejanzas que encontraron fue que el pontífice del paganismo llevaba el título de Pedro o intérprete. Etimológicamente, el término latino *pontifex* deriva de la palabra *pons* que significa puente y de *facere* que significa hacer. Su traducción literal sería *hacedor de puentes*. El *pontifex maximus* era el jefe sacerdotal pagano que dirigía el culto de los dioses de los romanos. Afirmaba ser el puente o mediador entre los hombres y los dioses. Fue entonces, y no antes, cuando a los líderes cristianos se les ocurrió la idea de asociar a Pedro, el apóstol, con Pedro, el intérprete. Pero para que su religión tuviese ese halo de poder sobre las otras necesitaba afirmar que el apóstol Pedro había estado en Roma, porque era la capital del imperio. De lo contrario no aceptarían su poder. Y ésta es la razón por la que, a partir del siglo IV, se propagó la mentira de que el apóstol no sólo había viajado a Roma, sino que había permanecido allí durante veinticinco años. Pero no existe ningún documento que avale esta teoría. Ni en la biblia.

—La jerarquía católica asegura que otra de las razones por las que San Pedro se convirtió en el primer Papa fue porque vivió allí un cuarto de siglo. Pero no es cierto —apuntó Joaquín.

Con estas mentiras, los líderes religiosos comenzaron a unir el paganismo con el cristianismo para crear la nueva religión, siguió el anfitrión. La más grande del imperio. Pero necesitaban más similitudes porque una sola no era suficiente. El colegio de cardenales, con el Papa al frente, es igual que el colegio pagano de los pontífices, con su *pontifex maximus* como figura principal. Esta institución había existido en Roma desde los tiempos más remotos y se sabe que fue constituida según el modelo del gran concilio primitivo de *pontifex* de Babilonia. Otra similitud tiene como protagonista a Horus, hijo de los dioses paganos Ra y Osiris. Horus fue engendrado de forma sobrenatural por Ra, nació de una virgen, tuvo doce discípulos, fue muerto y resucitó. Realizó numerosos milagros, como resucitar a muertos, y se le conocía como el ungido y el buen pastor. Horus nació un 25 de diciembre.

Jesús reconoce, según aparece escrito en la biblia, que nadie ha visto a su padre, Dios. Pero la imagen más común que el catolicismo ha escogido para mostrarlo ha sido la del pantocrator. Los líderes cristianos también extrajeron esta imagen de la tradición pagana. Ra, Zeus y Júpiter, los dioses supremos de Egipto, Grecia y Roma, eran representados de una manera similar.

La imagen que existe de Satanás, el ángel desviado, es la de una persona medio hombre, medio animal, vestido de rojo y con cuernos. En la mitología clásica, los dioses Itifálico y Cernunnos, llamados así en Grecia y Roma, tenían el cuerpo velludo, patas de cabra y en su cabeza, una cornamenta de macho cabrío, continuó Joaquín con la enumeración.

La cruz, el símbolo cristiano por excelencia, también posee un origen pagano. En Egipto y Babilonia se veneraba al dios HorusTamuz. Su símbolo era una T, con el travesaño un poco bajo. Es decir, una cruz. Otro elemento copiado del paganismo es la mitra. El Papa porta como símbolo de su primacía una mitra con forma de pez con la boca abierta. La explicación que ofrece la Iglesia sobre su apariencia es que simboliza al cristianismo, que es pescado por Cristo. En griego, las iniciales de Jesús, Cristo, Hijo de Dios y Salvador forman la palabra pez. Pero el origen de la mitra es muy anterior al cristianismo, que recogió muchas similitudes y símbolos del dios pagano Mitra.

El culto a esta deidad incluía el bautismo como ceremonia de iniciación, la eucaristía con pan y vino o la resurrección de un dios salvador que murió para mediar entre el hombre y el dios. Para sus celebraciones usaban velas, campanas, incienso y santificaban el domingo. Sus fieles se congregaban en templos subterráneos, a modo de catacumbas, en reuniones secretas. El sumo sacerdote se ceñía una mitra sobre su cabeza, portaba un báculo, se vestía con una capa roja y llevaba un anillo. Todos estos elementos lo identificaban como cabeza de la secta. A sus sacerdotes les llamaban padre y a los fieles se les conocía como hermanos. El mitraismo nació en la India, unos 1600 años antes de Cristo. De allí pasó a Persia, donde los ejércitos romanos entraron en contacto con él y lo llevaron a Roma.

Las dos llaves que porta el Papa en su escudo son una imitación de las llaves de los dioses paganos Jano y Cibeles. Jano era el dios de las puertas y de los goznes. También eran conocidos como Patucius y Clusius, el que abre y cierra, y eran considerados infalibles. El término cardenal proviene de la palabra cardo, que significa gozne. Estos dioses tenían *jus vetendi et cardinis*: el poder de dar vuelta a los goznes. Es decir, abrir y cerrar. Al igual que el poder que dice la Iglesia que tiene el apóstol San Pedro. Pero no fue hasta el año 431, cuatrocientos años después de la muerte de Jesús y unos cuantos menos de la muerte de San Pedro, cuando el papa Celestino I proclamó que él poseía las llaves que habían sido otorgadas al apóstol. Pero éstas no eran las que Jesús le había concedido al rudo pescador, sino las llaves míticas del paganismo.

—Fue en el año 63 antes de Cristo —continuó Joaquín ante la atenta mirada de los tres amigos y de Roberto —cuando el emperador Julio César fue reconocido de manera oficial como el *pontifex maximus* de la religión pagana. Este título pasó a cada uno de los emperadores hasta el año 376 cuando el emperador Graciano rehusó ser el pontífice máximo por considerarlo idolatra y blasfemo. Por estas fechas, el obispo de Roma ya había escalado hasta posiciones de prestigio y poder político. Entonces, los jerarcas cristianos pensaron: ¿no es Roma la ciudad más importante del mundo? ¿Y por qué su obispo no puede ser el obispo de los obispos y cabeza de toda la Iglesia Católica? Los obispos romanos no sólo eran considerados, ya en esos momentos, unos personajes muy relevantes dentro de su iglesia, sino que, al haber mezclado los preceptos paganos con los cristianos, eran también aclamados por los seguidores de las religiones paganas. En el año 378, dos después de que el emperador Graciano lo rechazase, Dámaso, el obispo cristiano de Roma, fue elegido pontífice máximo y pasó a ser también el alto sacerdote de la religión pagana.

Durante su mandato, los emperadores romanos ordenaban acuñar monedas con su imagen. También imponían que en ellas apareciesen los diversos títulos que ostentaban. Un título que nunca debía faltar era el de *pontifex maximus*. Los papas romanos también han acuñado, y lo hacen aún ahora, monedas con su efigie y el título de *pontifex maximus*.

—Es como si, lejos de avergonzarse de poseer este título pagano —aclaró Joaquín—, se enorgullecieran de ser los sucesores de los antiguos emperadores. Los mismos que mataron y crucificaron a su maestro Jesús y después persiguieron y aniquilaron a miles de cristianos durante los tres primeros siglos de esta religión. Es inconcebible. Pero tampoco nos puede extrañar mucho esta actitud, ya que la Iglesia Católica, por medio de la Santa Inquisición, instaurada por el papa Gregorio IX en el siglo XIII, mató y torturó a cientos de miles de inocentes que no profesaban la ya poderosa religión católica. O se inventaron la caza de brujas para acabar con las mujeres que tenían una visión diferente a la suya. Lo curioso es que los papas podían haber ordenado inscribir en las monedas cualquiera de los nueve títulos que poseen, pero optaron por el de *pontifex maximus*, el cargo ostentado, primero, por el alto sacerdote pagano y, después, por los césares. La afirmación de que los papas descienden de los emperadores romanos en lugar del apóstol San Pedro fue confirmada por los mismos papas. Bonifacio VIII, al ser elegido papa en 1294, no pudo reprimir su alegría y exclamó: «¡Por fin soy César!». En la celebración del Jubileo del año 1300 lo encontraron sentado en su trono con la corona del emperador Constantino sobre su cabeza mientras gritaba una y otra vez: «¡Ya soy pontífice, ya soy emperador!».

Durante el desayuno de aquel viernes 5 de julio, Laura, María, Felipe, Joaquín y Roberto decidieron que la mejor táctica para encontrar el quinto papiro de Magdalena era esperar a la tarde.

—Aunque mis hermanos y yo os protegeremos, los fisianianos no se atreverán a haceros nada durante la misa de las siete —había dicho Roberto con una gran seguridad en sus palabras.

Desde que la noche anterior el ayudante de Joaquín les había reconocido que él era un rosacruz y que les defendería con su vida si fuese necesario, se sentían más seguros ante un posible encuentro con los fisianianos. Por eso, y a pesar de que María, con su habitual vehemencia, quería acudir en ese mismo momento a la iglesia de San Nicolás, todos le hicieron caso y esperaron a la misa de las siete. Y allí se encontraban en esos momentos los cuatro. Frente a la fachada del templo, diez minutos antes de que comenzase el oficio. Nadie parecía seguirlos, pero estaban seguros de que los fisianianos los vigilaban. Tampoco notaron la presencia de ningún rosacruz, aunque sabían que les protegían y ayudaban a su hermano Roberto.

Los cuatro recitaron los cinco versículos delante de la fachada, pero, como había ocurrido en las cuatro anteriores, no hallaron ninguna pista que les condujese hasta el antepenúltimo manuscrito. Decidieron entrar en la iglesia. Aún disponían de unos minutos antes de que comenzase la misa. Nada más poner el primer pie en el templo, Felipe empezó a recitar los cinco versículos. El primero aparecía en Éxodo, en el 23:20 y decía «He aquí que yo voy a enviar un ángel delante de ti para que te guarde en el camino y te conduzca al lugar que te tengo preparado». El segundo se encontraba en Isaías 26:7: «La senda del justo es recta; tú allanas la senda del justo». El tercero estaba en Juan 8:12: «Jesús les habló otra vez diciendo 'Yo soy la luz del mundo, el que me siga no caminará en la oscuridad, sino que tendrá la luz de la vida'». El cuarto volvía a aparecer en Isaías, pero unos versículos después del segundo, en el 28:16: «Por eso, así dice el señor Yahveh: 'He aquí que yo pongo por fundamento de Sion una piedra elegida, angular, preciosa y fundamental: quien tuviera fe en ella no vacilará'». El quinto y último pertenecía a uno de los cuatro evangelios, el de Mateo, y estaba en el 3:6: «Y eran bautizados por él en el río Jordán, confesando sus pecados».

El cuarteto agradeció el cambio de temperatura del interior. La iglesia, que tenía un origen medieval, fue destruida durante el asedio inglés de 1589. A mediados del siglo XVIII sufrió una reedificación absoluta, que le dio un estilo barroco gallego admirable, aunque conservaba la planta de cruz latina. La fachada era de 1865. Joaquín les había informado de que lo más destacable era su decoración interior. Y así era. En las dos paredes laterales se abrían tres capillas. Las de la derecha, por donde ahora caminaba el grupo que cerraba Roberto, estaban presididas por las imágenes de Fátima, la Milagrosa y un Cristo con un madero. Enfrente se encontraban la Virgen María, Jesús y la Virgen de los Dolores, muy venerada en la ciudad, sobre todo después de 1854, cuando los coruñeses la sacaron en procesión y a los pocos días cesó la peste de cólera que asolaba la ciudad. Al llegar a la última capilla, y para no cruzar por delante del altar, dieron la vuelta y volvieron sobre sus pasos.

Roberto era ahora el que abría la marcha y cada pocos pasos miraba por encima de su hombro para comprobar que los tres amigos se encontraban bien. Para el rosacruz, aquellos momentos eran de gran emoción. Después de tanto tiempo de espera, él se encontraba allí, y protegía a las tres personas que habían recuperado cuatro de los siete manuscritos de Magdalena. Y ellos confiaban en él. Y eso le hacía sentirse feliz. También se sentía un privilegiado porque iba a ser testigo de cómo descubrían el quinto. La mitad de los bancos estaban llenos. Roberto dirigió al grupo por el pasillo central hasta uno de los primeros asientos. A Felipe le vino a la cabeza el primer versículo.

—Ahí va nuestro ángel —le dijo al oído a María, que caminaba despistada a su lado.

La catalana no entendió lo que le quería decir su amigo.

—Recuerda el primer versículo —insistió el seminarista.

"He aquí que yo voy a enviar un ángel delante de ti para que te guarde en el camino y te conduzca al lugar que te tengo preparado». La mente de María procesaba la frase de Felipe a una velocidad endiablada. Su corazón comenzó a acelerarse cuando comprobó que los dos siguientes versículos también se cumplían. «La senda del justo es recta; tú allanas la senda del justo», decía el segundo. «Jesús les habló otra vez diciendo 'Yo soy la luz del mundo, el que me siga no caminará en la oscuridad, sino que tendrá la luz de la vida'», aseguraba el tercero. Los cuatro caminaban por la senda recta del pasillo central de la iglesia, mientras desde el altar una gran luz casi los cegaba.

—Dejemos que nuestro ángel nos guarde en el camino y nos conduzca al lugar que nos tiene preparado —le pidió María a Felipe mientras se acercaban a los primeros bancos.

Roberto escogió el séptimo de la fila de la izquierda, a la altura de la capilla de la Virgen de los Dolores.

—¿Por qué nos has traído hasta aquí y no nos has llevado a otro banco? —le preguntó Felipe cuando los cuatro ya se habían acomodado en sus asientos.

Al ayudante de Joaquín no le dio tiempo a responder a la pregunta. En aquel instante apareció el sacerdote y todos los asistentes se levantaron de sus bancos. Roberto se limitó a esbozar una sonrisa que al seminarista le pareció enigmática. Laura miró por encima del hombro. La iglesia estaba casi llena. Allí dentro no tendrían ningún problema con los fisianianos. Durante el oficio, los tres amigos no pararon de escudriñar todos los rincones a los que llegaba su vista. Gracias a María, que se encontraba entre Felipe y Laura, la bibliotecaria ya estaba al corriente del descubrimiento de los tres primeros versículos. Ninguno de los cuatro conseguía encontrar un significado para los dos últimos. El cuarto decía «Por eso, así dice el Señor Yahveh: 'He aquí que yo pongo por fundamento de Sion una piedra elegida, angular, preciosa y fundamental: quien tuviera fe en ella no vacilará'», y el quinto y último aseguraba «Y eran bautizados por él en el río Jordán, confesando sus pecados».

No veían ninguna piedra elegida, angular, preciosa y fundamental que les llamase la atención, ni nada relacionado con el bautismo. Lo más cercano eran las dos pilas con agua bendita de la entrada. Pero Felipe estaba casi seguro de que allí no se escondía el quinto manuscrito, sino muy cerca de donde se encontraban. Roberto les había conducido hasta allí y, aunque fuera por casualidad, se habían cumplido los tres primeros versículos. Los dos últimos debían descifrarlos desde aquel banco. De repente, Felipe creyó hallar el lugar en el que se ocultaba el papiro. Los cuatro habían observado aquel punto en infinidad de ocasiones, pero ninguno había sido capaz de enlazarlo con los dos últimos versículos. Pero Felipe lo hizo. A su izquierda se encontraba la capilla de la Virgen de los Dolores. De una de sus paredes colgaba una pequeña pila de mármol blanco con agua bendita. Medía poco más de quince centímetros. Esa sí que era la piedra elegida, angular, preciosa y fundamental, se dijo Felipe.

—Quién tenga fe en ella no vacilará —susurró el seminarista—, quien tenga fe en el bautismo no vacilará.

Los dos últimos versículos encajaron como un rompecabezas. Aquella pila era la puerta de entrada al lugar que contenía el quinto manuscrito. Felipe les hizo partícipe a sus amigos de su descubrimiento. Lo hizo con mucho sigilo, sin que los tres mirasen a la vez hacia la pila. Les vigilaban los fisianianos y cualquier movimiento extraño les podía delatar. Laura y María también creían que los cinco versículos conducían a aquel lugar. Quedaban pocos minutos para que el sacerdote finalizase la misa y tenían que decidir si recuperaban en ese momento el manuscrito o esperaban a una mejor ocasión. Si Joaquín hubiera estado allí, les habría dicho que lo más adecuado era volver otro día, pero los cuatro decidieron que no saldrían de la iglesia sin el quinto papiro. Lo tenían tan cerca que ninguno quería volver a casa con las manos vacías.

Debían preparar un plan que consiguiese recuperar el manuscrito y sacarlo de la iglesia sin que los fisianianos se diesen cuenta. Iba a ser complicado. Roberto, en voz baja, les explicó el suyo. Era sencillo, pero, por lo sencillo que parecía, podía funcionar. La misa acabó a las ocho menos diez. Los asistentes comenzaron a abandonar el templo. Hubo un par de docenas de personas que se quedaron en el interior. Entre ellos debían estar los fisianianos, pensaron los cuatro. Iba a ser complicado despistarles.

Felipe pidió a sus amigos que le dejasen rezar unos minutos a solas. El seminarista se quedó sentado en el banco en el que habían escuchado la misa. Laura, María y Roberto se dirigieron por el pasillo central hacia la salida. A mitad de camino, la informática se desplomó desmayada en el suelo. La bibliotecaria y el rosacruz acudieron raudos a ayudarla. La gente se arremolinó alrededor de los tres. No había pasado ni un minuto cuando María abrió los ojos. Seguía tumbada en el suelo. Alguien dijo que la sentasen en un banco porque el suelo estaba muy frío. Laura y Roberto, con un gran susto en sus caras, la ayudaron a levantarse.

La catalana observó a Felipe acercarse a grandes zancadas desde la capilla de la Virgen de los Dolores rascándose la oreja. Lo había encontrado. Felipe había hallado el cilindro con el quinto manuscrito mientras ella disimulaba el desmayo. La señal que habían acordado si lo descubría era que se rascase la oreja y el seminarista no paraba de hacerlo. Laura y Roberto también observaron, con una alegría contenida, el gesto del seminarista.

Ahora tenían que pasar a la segunda fase del plan: sacar el manuscrito de lugar en el que se encontraba y luego abandonar la iglesia sin que los fisianianos se diesen cuenta. Decidieron separarse por parejas. Laura y Felipe, por un lado, y María y Roberto por otro. Comenzaron a deambular por el templo sin un destino claro. Tras unos diez minutos de paseo, a una señal de Roberto, los cuatro se dirigieron despacio a la capilla de la Virgen de los Dolores. Laura y Felipe lo hacían casi desde la entrada y María y Roberto, desde la zona del altar. Una vez que los cuatro llegasen a la capilla, tendrían que ser muy rápidos. Contaban con poco más de medio minuto para realizar toda la operación. La pila se encontraba situada en la pared de la derecha, al lado de una puerta de madera.

De la forma más disimulada posible, Laura, María y Roberto construyeron una muralla con sus cuerpos para que nadie que estuviese en el interior de la iglesia viese a Felipe junto a la pila. Era de mármol blanco y estaba colocada sobre la jamba derecha de la puerta. Encima había un cuadro que representaba el séptimo paso del vía crucis. En primer plano aparecía la Virgen María y José de Arimatea; en segundo, María Magdalena, y en tercero, las tres cruces.

Con una gran rapidez, el seminarista giró la pila hacia la derecha y dejó al descubierto un agujero de unos ocho centímetros de diámetro. Extrajo el cilindro de madera, sacó el manuscrito y el papel con los seis versículos, volvió a introducir el tubo en el hueco y colocó la pila en su lugar. Sin perder ni un segundo, desenrolló el manuscrito, se levantó la pernera izquierda de su pantalón y se lo enrolló en la pierna. Lo ató con una goma del pelo que le había dejado Laura y volvió a bajarse la pernera. La operación, como si la hubiese ensayado con anterioridad, no había durado más de cuarenta segundos. Mientras paseaba por la iglesia junto a Laura, había repetido y memorizado tantas veces cada uno de los movimientos que tenía que realizar que cuando los hizo le salieron de forma automática.

Los cuatro, con el corazón a punto de salírseles por la boca, se dirigieron a la salida del templo. Felipe abría el camino. El manuscrito le impedía doblar la rodilla con comodidad, pero no se le notaba demasiado al caminar. Cuando se disponía a franquear el umbral de la puerta, un hombre con gafas oscuras y gorra se colocó delante de él, impidiéndole el paso. Felipe se movió a la izquierda y como si tuviese un espejo delante, el individuo hizo lo mismo. El seminarista se desplazó hacia la derecha y el hombre repitió su movimiento. A Laura y María se les encogió el corazón. Roberto, que cerraba el grupo, avanzó para apartarlo del camino, pero no hizo falta su intervención porque el hombre se movió a su derecha y dejó que el seminarista y sus tres acompañantes saliesen de la iglesia. Roberto cruzó una mirada desafiante con el individuo, aunque no vio la respuesta en sus ojos. Se lo impidieron las gafas oscuras que llevaba.

El cuarteto caminó a paso veloz hacia el coche. Lo habían aparcado cerca. A mitad de camino, Laura miró hacia atrás y observó como dos hombres, uno de ellos el de la gorra y las gafas negras, los seguían. Llegaron al coche sin problemas. Tampoco les sucedió nada en el trayecto hasta la casa de los Cantones. Joaquín los esperaba con preocupación. Al verlos, su cara era una mezcla de alegría y tristeza cuando entraron los cuatro sanos y salvos, pero sin el cilindro de madera. Su semblante cambió cuando María levantó el pantalón de Felipe y dejó al descubierto el quinto manuscrito de Magdalena. El seminarista lo desenrolló con cuidado y se lo entregó. El papiro se encontraba intacto.

—Mientras el ordenador lo traduce, pasad al salón y contadme todo lo que ha sucedido. Veo que habéis aprendido mucho —exclamó victorioso Joaquín.

Y era verdad que estaban aprendiendo mucho. Veinticuatro horas antes, tras escuchar el contenido del cuarto manuscrito, el anfitrión les había explicado que existían estudios muy documentados que defendían que Magdalena había sido una sacerdotisa y que había escrito un evangelio. El primer asunto ya lo habían discutido. Les quedaba el segundo. Eran poco más de las seis de la tarde del jueves 4 de julio. El sol golpeaba con fuerza los grandes ventanales del salón de la casa de los Cantones.

—Sí —aseguró Joaquín con una rotundidad que les sorprendió—. Existen estudios muy contrastados, basados en pruebas documentales, que avalan que Magdalena escribió o mandó redactar un evangelio: el evangelio de María.

Sus oyentes se quedaron petrificados.

—Nunca había oído hablar del evangelio de María —reconoció sorprendida Laura.

—Muy pocos saben de su existencia porque la Iglesia Católica ha hecho todo lo posible por ocultarlo. Fue descubierto hace muy poco, en 1945, en Egipto y forma parte de los evangelios apócrifos... Pero vamos a empezar por el principio.

Joaquín les explicó que existían dos tipos de evangelios, los canónicos, que eran cuatro: los de San Marcos, San Mateo, San Lucas y San Juan, y los apócrifos, de los que un grupo importante fueron hallados en 1945 en Egipto, en la región de Nag Hammadi, entre los restos de un monasterio. Los canónicos son aquellos que fueron aceptados por las primeras comunidades cristianas como inspirados por el Espíritu Santo y pasaron a formar parte del canon. Estos cuatro evangelios representan dos tradiciones diferentes: los de San Mateo, San Marcos y San Lucas poseen muchas similitudes porque proceden de un tronco común, mientras que el de San Juan es muy diferente tanto por su contenido como por su estructura. Pese a estas diferencias, los cuatro narran los comienzos del ministerio de Jesús y sus enseñanzas y finalizan con su muerte y posterior resurrección.

—Además de estos cuatro evangelios —continuó el anfitrión, que hizo un gesto como si le doliese la espalda—, en los primeros siglos, tras el nacimiento del cristianismo, surgieron otros escritos a los que también denominaron evangelios, pero que la Iglesia no consideró oportuno incluirlos en el canon y, por lo tanto, en la biblia. Según la jerarquía eclesiástica, no habían sido inspirados por el Espíritu Santo. Son los denominados evangelios apócrifos, palabra que en griego significa oculto o escondido. Los cristianos les otorgaron este nombre porque contenían enseñanzas ocultas de Jesús, reservadas sólo a los ya iniciados. Con el paso del tiempo, la palabra apócrifo se relacionó con escritos sospechosos de herejía. También existen escritos apócrifos del antiguo testamento. Son catorce obras que, por haber sido redactadas en griego en lugar de en hebreo, fueron rechazadas por los judíos como no canónicas. Mientras los evangelios recogidos en la biblia narran en un sentido cronológico la vida de Jesús desde el comienzo de su ministerio hasta su muerte, los apócrifos suelen desarrollar sólo una etapa de su vida. Hay evangelios de la infancia de Jesús. El más conocido es el Protoevangelio de Santiago en el que, por ejemplo, se asegura que los padres de la Virgen María se llamaban Joaquín y Ana. También existen los evangelios de dichos, que son colecciones de las enseñanzas de Jesús que no están situadas en ningún contexto cronológico. Los más conocidos son el evangelio de Santo Tomás y el evangelio de Santiago. También hay evangelios de la pasión y resurrección, en los que se intenta completar los últimos acontecimientos de la vida del Mesías. Y, por último, están los

Diálogos del resucitado, que recogen las enseñanzas de Jesús a algunos de sus discípulos. El más conocido es el evangelio de María, que contiene revelaciones del maestro a Magdalena. Los evangelios apócrifos sirven también para conocer la visión no oficialista que tenían de Jesús y de la Iglesia algunos grupos cristianos en los primeros siglos y revelan un rostro del cristianismo mucho más plural que el que conocemos.

El anfitrión dejó por unos instantes que sus oyentes asimilasen sus últimas palabras, tras anunciarles que a continuación les explicaría el gran protagonismo que tuvo Magdalena en el cuarto evangelio y cómo fue suprimida su presencia de él. Ella era la discípula amada que aparece en el texto evangélico y que, al final, se convertiría en el discípulo amado.

—La mayoría de los estudiosos de la biblia —comenzó Joaquín— reconocen que San Juan no escribió el evangelio que lleva su nombre. Su autoría fue una atribución errónea y, en realidad, quien lo escribió fue un seguidor anónimo de Jesús. Le conocía en persona y estuvo en el grupo original que le acompañó durante sus años de enseñanzas. Tanto los escritos encontrados en Nag Hammadi como el contenido del cuarto evangelio así lo demuestran. Por contra, en ninguno de sus pasajes se reconoce que Juan sea su autor, al contrario de lo que ocurre en los otros tres evangelios canónicos, en los que queda claro quiénes los escribieron.

Fue Ireneo, uno de los padres del cristianismo que combatió con vehemencia el gnosticismo, el que aseguró que Juan de Zebedeo redactó el cuarto evangelio. Y lo hizo basándose en recuerdos de su niñez, de una tradición que circulaba en aquella época por Asia menor. Una explicación demasiado vaga para un acontecimiento tan importante.

El anfitrión les aseguró que el cuarto evangelio, comprobado de forma científica, pasó por varias fases de escritura y modificación hasta llegar al resultado final, que fue la supresión del protagonismo de

Magdalena en el texto y, por lo tanto, la supresión de su papel como líder de la naciente religión cristiana. Esta fue la razón por la que en el cuarto evangelio la discípula amada pasó a convertirse en el discípulo amado.

Tras la muerte de Jesús se produjo, un cisma dentro de sus seguidores, algo que deja entrever Magdalena en sus escritos. Por una parte, se formó el grupo que quería mantener sin cambios los preceptos del maestro, y por otro, el que modificó sus creencias para hacerlas más cercanas a los fieles de otras religiones paganas y, de paso, que fuesen aceptadas por el emperador romano. Esta ruptura ocurrió antes de que el evangelio de San Juan entrase a formar parte del canon, a finales del siglo III. La redacción final que ha llegado a nuestros días es obra de un editor que perteneció al grupo que se alineó con la corriente institucional. Los líderes masculinos de la Iglesia emergente no podían aceptar que uno de sus fundadores fuese una mujer.

—Para ellos era una vergüenza —remarcó Joaquín.

Así comenzó una supresión generalizada de la contribución realizada por los discípulos femeninos, hasta que un redactor encubrió con mucho cuidado la identidad de Magdalena como la discípula amada. Los nuevos líderes de la Iglesia nunca validarían la autenticidad de un evangelio que destacaba con tanta profusión el papel tan importante que había tenido una mujer en la creación del cristianismo.

—En este momento ¿dónde estaba Magdalena? —preguntó María desde su sillón.

—Muerta. Hablamos de principios del siglo II, cuando ya no vivía ningún testigo directo de lo que le había ocurrido a Jesús —respondió Joaquín desde su silla de ruedas.

El censor del cuarto evangelio, continuó, no tuvo problemas para suprimir todas las referencias que hacían alusión a Magdalena. Pero se encontró con un problema muy importante en su trabajo: la tradición, que conocían las comunidades cristianas primitivas, aseguraba que ella había estado el Viernes Santo al pie de la cruz y el domingo de resurrección en la tumba vacía. Esta tradición era tan fuerte que no podía ser negada. Además, también la respaldaban los evangelios de San Marcos, San Mateo y San Lucas, que la colocan en sus escritos en estos dos lugares tan importantes para el cristianismo. La solución por la que optó el editor del cuarto evangelio fue reescribir la historia para que apareciesen en estos dos acontecimientos el discípulo amado y María de Magdala como si fuesen dos personas diferentes.

—Cuando en realidad es la misma —remarcó Joaquín entusiasmado—. En el evangelio de San Juan se pueden encontrar siete pasajes que hacen referencia al discípulo amado y dos a María de Magdala, y esos dos son al pie de la cruz, en el 19:25-27, y en la tumba vacía, en el 20:1-11. Estos dos últimos poseen incongruencias semánticas difíciles de entender a no ser que el texto original haya sido modificado, como así fue. Pero ahora nos vamos a detener un instante en la relación de rivalidad existente entre Pedro y el discípulo amado, que aparece en el cuarto evangelio. Recordad que Magdalena siempre hace mención a la relación que mantiene con Pedro y que en muchos momentos se acerca a la rivalidad. Y esta rivalidad también aparece en el cuarto evangelio. No entre María de Magdala y el apóstol, sino entre éste y el discípulo amado, que en realidad es Magdalena. El último corrector del evangelio la sustituyó por el discípulo amado, pero mantuvo la rivalidad entre ambos personajes. El protagonismo del apóstol en este texto es menor que en los otros tres, mientras que el discípulo amado adquiere una relevancia mayor. De las siete apariciones que posee el discípulo amado, dos son junto a Magdalena, y en las otras cinco, junto a Pedro, en las que se muestra por encima de él: en el 13:23-26, cuando el discípulo amado está reclinado sobre el pecho de Jesús durante la última cena, el apóstol tiene que pedirle que le haga una pregunta al maestro en su nombre; en el 18:15-16, el discípulo amado puede entrar en el palacio del sumo sacerdote donde se encuentra retenido Jesús, mientras a Pedro le prohíben el paso y es el discípulo amado el que intercede ante la portera para que le deje pasar; en el 20:2-10, el discípulo amado cree de forma inmediata en la resurrección de Jesús, mientras Pedro no lo asimila y tarda en hacerlo; en el 21:7, el discípulo amado es el único que reconoce a Jesús ya resucitado cuando les habla a todos desde la orilla, y por último, en el 21:20-23, cuando Pedro le pregunta a Jesús por el destino del discípulo amado, el maestro le responde que él será quien lo decida.

—Entonces, defender que el cuarto evangelio fue modificado para suprimir el protagonismo de Magdalena invalida su pertenencia al canon, y por lo tanto a la biblia —apuntó Laura.

—Asegurar que ella tuvo un gran protagonismo en la creación de la naciente Iglesia cristiana y que es el discípulo amado que aparece en el texto canónico no significa que el evangelio no posea un origen apostólico —matizó Joaquín—. Si ella era considerada una de las líderes de la comunidad, es seguro que la reconocieron como un apóstol. Ella misma dice en uno de los manuscritos que, con el tiempo, se convirtió en un apóstol. Y no sólo eso. En reconocimiento de que ella fue la primera que proclamó la resurrección de Jesús, la Iglesia la ha honrado con el título de *apostola apostolorum*, que significa el apóstol de los apóstoles. O dicho de otra manera, la princesa de los apóstoles.

El grupo discutió toda la tarde de aquel jueves el contenido del cuarto manuscrito. Sobre las nueve, Roberto dejó a los cuatro en el salón y se dispuso a preparar la cena. Como sorpresa, colocó la mesa junto a uno de los grandes ventanales. La cena iba a tener unas preciosas vistas de la ciudad de A Coruña. Una cena plácida, pensaron todos. Pero no fue así. Mientras colocaba los vasos encima de la mesa, uno de ellos tropezó con el borde y cayó al suelo, donde se rompió en mil pedazos. Cuando Roberto se agachó a recogerlos, la medalla que llevaba por dentro de la camiseta quedó colgando a la vista de todos. Roberto volvió a meterla con un rápido movimiento. Pero ya era tarde. María y Felipe la habían visto.

—¿Esa no es la medalla que se le cayó a uno de los rosacruces cuando salvaron a Felipe del fisianiano? —preguntó extrañada la informática.

—No puede ser. La tengo yo aquí —intervino Joaquín, que blandía el colgante que acababa de sacar de uno de sus bolsillos.

Felipe cruzó una rápida mirada con María y con Laura. Ésta lo hizo con su amiga y con Joaquín. El anfitrión se la devolvió al seminarista, que depositó una mirada inquisitiva en Roberto. El ambiente se podía cortar con un cuchillo. Nadie entendía lo que sucedía. En aquel salón había dos medallas de los rosacruces. Roberto rompió el silencio.

—Será mejor que os pongáis cómodos. Tengo que contaros algo muy importante.

Cada uno se sentó en el mismo lugar en el que escuchaban los manuscritos de Magdalena. Roberto sacó la medalla por fuera de la camiseta y la mostró a todos. Era igual que la que había encontrado Felipe, pero esa era suya.

Genial, pensó Laura. Aquella historia cada vez se complicaba más. Roberto tuvo que reconocerles que él era un rosacruz y que daría su vida por ellos si fuese necesario. Les relató que el bisabuelo de la bibliotecaria había conocido al doctor Papus y ambos habían sido miembros de la hermandad de la rosacruz. Papus había sido un rosacruz y el abuelo y el bisabuelo de Laura también habían sido rosacruces.

CAPÍTULO 6

Gran parte de la carrera de Historia la habían estudiado juntas Laura y María. Les unía una amistad que el tiempo no había hecho más que agrandar. Por eso se le hizo un nudo en el estómago y otro en el corazón cuando escuchó aquellas dos frases.

—Tenemos a su amiga. Si quiere verla con vida, entréguenos los cinco manuscritos de Magdalena —dijo una voz ronca de hombre al otro lado del teléfono móvil.

Los fisianianos habían secuestrado a María.

El interlocutor colgó. No podía ser, pensó Laura extrañada. Su amiga se encontraba en su habitación. Después de decidir durante el desayuno que para descubrir el sexto manuscrito seguirían la misma táctica que el día anterior, cuando acudieron a la iglesia a la misa de la tarde, María había decidido volver a la cama. «Me duele la cabeza y voy a descansar», había dicho poco antes de levantarse de la mesa. Laura cogió el ascensor con las paredes de cristales y subió a la planta superior. El elevador se movía a muy poca velocidad, o eso creyó ella. Sin tiempo a que la puerta se abriese del todo, la bibliotecaria corrió hacia la habitación de la informática. Esperaba que estuviese tumbada en la cama, pero no había nadie. La llamó, pero no obtuvo respuesta.

Salió al pasillo y la volvió a llamar. Tampoco escuchó nada. Bajó por las escaleras e insistió una vez más.

—¿Qué sucede? —preguntó alterado Felipe que había recorrido el camino desde el otro lado del salón a grandes zancadas.

—Han secuestrado a María. Han sido los fisianianos —respondió la bibliotecaria casi entre sollozos.

—Pero, ¿qué dices? Si María está en su habitación.

Joaquín y Roberto llegaron junto a los dos amigos.

—Acabo de subir ahora y no está —llegó a decir entre lágrimas—. Un hombre me acaba de llamar al móvil y me ha dicho que, si queremos verla de nuevo, tenemos que entregarle los cinco manuscritos de Magdalena.

Roberto corrió hacia la puerta de la calle sin que nadie le diese tiempo a decir nada. Eran poco más de las dos de la tarde del sábado 6 de julio. El ayudante de Joaquín les había dado dos grandes sorpresas en los últimos días: el jueves, cuando quedó al descubierto su medalla y tuvo que reconocer que era un rosacruz, y ayer, viernes, cuando, poco después de que Laura terminase de leer la carta que le había enviado su abuelo, les aseguró que tanto éste como el bisabuelo de la bibliotecaria habían pertenecido la hermandad rosacruz.

—No es la misma medalla —había respondido Roberto el jueves por la noche dirigiéndose a María—. Es idéntica a la que tiene Joaquín, pero ésta es mía. Cada miembro de la hermandad de la rosacruz posee una igual.

Todos abrieron los ojos como platos, incluido Joaquín, que por su expresión desconocía la afiliación de Roberto. Les acababa de confesar que era miembro de los rosacruces.

—Sí, soy un rosacruz

—¿Y por qué no lo dijiste antes? —preguntó enojada María.

—No creí que fuese necesario. Además, la hermandad nos prohíbe, salvo casos muy excepcionales, hacer pública nuestra pertenencia a la fraternidad.

De nuevo, el silencio se apoderó de la estancia. Roberto lo rompió con su voz grave y segura.

—Es cierto, como muy bien explicaron el martes Felipe y Joaquín, que la hermandad rosacruz de A Coruña tiene como misión más importante ayudar a aquellas personas que busquen los manuscritos y protegerlos de los fisianianos. Y también es cierto que ni ellos ni nosotros sabemos dónde están escondidos.

—Pero tú ahora sí —atacó Felipe.

—Pero por respeto a los tres y a Joaquín no saldrá nada de mis labios. Podéis confiar en mí. Daría mi vida por los cuatro si fuese necesario. Al conocer mi vínculo con vosotros, mis hermanos me han pedido que les informe del lugar en el que se esconden los papiros para protegeros mejor, pero me he negado a revelarlo por respeto a vosotros y a Joaquín. Y han entendido mi postura.

Roberto se había iniciado en el rito rosacruz hacía doce años. Ahora tenía treinta. Procedía de una familia de rosacruces, de la que muchos de sus miembros habían tenido como objetivo prioritario proteger a las personas que buscaban los manuscritos de María de Magdala. En los últimos cien años había habido mucha gente, de todas las partes del mundo, que había viajado a A Coruña para buscar los documentos que había escondido el doctor Papus, pero nadie había llegado tan lejos como ellos. Hasta que no vio el primer papiro, Roberto creía que su existencia sólo era una leyenda, pero la leyenda era cierta.

—¿Qué sabes de Papus? —preguntó entusiasmada Laura, a la que ya se le había olvidado del enfado.

—Además de todo lo que os ha contado Joaquín: que nació en A Coruña, donde vivió unos años antes de trasladarse a París, que fue inventor, filósofo, escritor, hábil conferenciante y un gran médico que recorrió toda Europa para estudiar la medicina natural y tradicional de los curanderos y que curaba tanto cuerpos como almas, el doctor Papus fue el líder del ocultismo en París y el gran maestro de la Orden Cabalística de la Rosacruz. Ya os ha contado Joaquín que era hijo de un químico francés y de una gitana vallisoletana. La madre de Papus era descendiente del gran maestro de la orden rosacruz del siglo XVIII, Cagliostro, que nació en Palermo en 1743. Él fue quien instituyó el uso del altar triangular, la Shekinah, en el centro de los templos rosacruces. Toda la vida de Cagliostro fue un desenfreno. En 1777 fue detenido en Inglaterra por predecir los números ganadores de la lotería real. Fue profesor de ocultismo y sus curaciones asombraron a todo el mundo. Lo encarcelaron de por vida en el castillo de León en 1791, donde moriría cuatro años después.

—En uno de esos años fue cuando mantuvo relaciones con la tatarabuela de la madre de Papus. Si Cagliostro fue uno de los grandes miembros de la hermandad rosacruz, su tataranieto le superó con creces.

Mientras los jóvenes de su época, siguió Roberto con su relato, vivían la intensa efervescencia política por la que atravesaba Europa a finales del siglo XIX, Papus pasaba interminables horas en la Biblioteca Nacional de París o en la Biblioteca del Arsenal, que poseía unos inmensos fondos bibliográficos de ocultismo. Allí estudiaba todo lo que le pudiesen revelar los caminos de la cábala y la alquimia. También quiso conocer el legado de la antigüedad egipcia y los misterios de los griegos y de los romanos. Comenzó a contactar con todas las sociedades secretas de su tiempo y en 1882, con sólo diecisiete años, fue iniciado en las artes ocultas. En 1888, Stanilas de Guaita fundó la Orden Cabalística de la Rosacruz, dirigida por un consejo supremo compuesto por doce miembros en el que se encontraba Papus. El jefe supremo era De Guaita. A su muerte, en 1897, Papus se convirtió en el jefe supremo hasta su fallecimiento en 1916.

—El signo distintivo de los miembros del consejo supremo es la letra hebraica aleph. Además de este grado superior, existen otros dos a los que se accede por iniciación. Los miembros de la hermandad pueden abandonar la orden cuando quieran, con la única condición de que deben guardar en secreto las enseñanzas que han recibido. Las letras RC nos sirven de sello, siglas y emblema. Mis padres, en honor a los rosacruces, me pusieron de nombre Roberto Carlos. Existen muchos Robertos Carlos en el mundo que pertenecen a la hermandad —explicó el rosacruz.

—Joaquín nos dijo que los rosacruces no tenéis relación con el cristianismo, pero ¿tenéis algún dios? —preguntó María.

—Desde sus orígenes, la hermandad se ha mantenido al margen de afiliaciones religiosas. Preferimos que en temas religiosos cada miembro siga su camino. Los rosacruces no somos partidarios ni contrarios a ninguna religión. Nos limitamos a no aceptar ningún dogma y quien lo hace lo realiza a título individual.

—Pero Joaquín dijo que uno de vuestros fines era acabar con la figura del Papa —apuntó Laura desde el alféizar de la ventana.

—No es suficiente con lo que os ha contado para que vosotros mismos queráis también acabar con la mentira del papado. Los primeros obispos de Roma no fueron papas, ni se creyeron ser sucesores de San Pedro, ni pretendieron ser infalibles. Lo dice Magdalena en el segundo manuscrito y lo confirma la biblia: Jesucristo no necesita sucesores porque siempre está vivo y su sacerdocio es perpetuo por lo que no necesita a un representante suyo en la tierra. Así aparece en Hebreos 7:23: «Jesús posee un sacerdocio perpetuo porque permanece para siempre», y en Romanos 6:9: «Cristo, una vez resucitado de entre los muertos, ya no muere más», ambas epístolas redactadas por San Pablo —recitó de memoria Roberto, algo que les llamó la atención a los tres amigos y al anfitrión—. La jerarquía eclesiástica se lo inventó todo y no le importa que en los evangelios aparezca lo contrario. Ellos aseguran, para conseguir ese halo de poder necesario para dominar a sus fieles al que hacía referencia Joaquín, que el fundamento del cristianismo es el apóstol San Pedro y sobre esta mentira edifican su particular iglesia, pero no la de

Cristo, sino la que a ellos les interesa para, primero, conseguir y después, mantener su poder sobre todos sus seguidores. Predican un evangelio distinto al que aparece en las escrituras. Y si han sido capaces de modificar la jerarquía de Jesús en la iglesia, que el mismo maestro creó, qué no se atreverán a cambiar del resto de dogmas. Y toda esta falacia la corona el Papa arrogándose el título de vicario de Cristo en la tierra. ¡Qué desfachatez!

Roberto se mostraba muy enojado y continuó con su exposición. El resto no se lo impidió. Si el *pontifex maximus* en la Roma pagana afirmaba ser el puente o mediador entre los hombres y los dioses, el Papa dice ser también el mediador entre Dios y el hombre. Los papas aseguran ser los vicarios, representantes o sustitutos de Cristo en la tierra. Pero él no necesitaba representantes porque sino lo habría dejado dicho, aseguró enfadado el rosacruz.

—Y vuelven a ir en contra de la biblia porque en Timoteo 2:5 se asegura que «hay un solo mediador entre Dios y los hombres: Jesucristo hombre». Entonces, en qué quedamos. ¿Quién es el mediador en la Iglesia creada por Jesús, el Papa o el propio Jesucristo? Lo que pretenden es que los creyentes sigan al Sumo Pontífice para someterlos a su poder anticristiano y al hacerlo se apartan de Cristo y siguen a su enemigo: el Papa.

El salón se quedó en silencio por unos instantes. La primera en reaccionar fue María.

—¿Nos quieres decir que el Papa es el anticristo?

Roberto afirmó con la cabeza.

—Anticristos han existido muchos y habrá muchos más. Pero a lo largo de la historia, el anticristo por excelencia es el Papa al pretender ocupar el lugar de Jesús en la tierra y al mismo tiempo pregonar una doctrina contraria a la de Cristo. ¿Dónde hallamos en la biblia pasajes sobre el papado, la sucesión apostólica, la infalibilidad papal, la confesión, la misa, el purgatorio, la trinidad y muchos otros preceptos católicos? La doctrina explícita, como tal, no aparece en la biblia. Se inventó con el devenir de los años a través de muchas controversias entre los que estaban a favor de seguir la doctrina de Cristo y los que pretendían crear una nueva, hasta llegar a la actual que no se parece en nada a la que pregonó Jesús y por la que luchó Magdalena.

Roberto les explicó la historia del Papa y el número 666. Joaquín no era partidario de mezclar teorías poco contrastadas y llenar de pájaros las cabezas de sus amigos, pero permaneció en silencio. El número 666 era el número de la bestia, el del diablo, que aparece en Apocalipsis 13:18: «Aquí se requiere de sabiduría. El que tiene entendimiento calcule el número de la bestia, pues es número de hombre, y su número es 666», recitó de memoria Roberto. Uno de los títulos favoritos de los papas, les dijo el rosacruz, después del de pontífice máximo, es el de vicario del hijo de Dios, que durante siglos apareció escrito en la corona del Papa. Su traducción al latín es *vicarius filii dei*.

—Si se aplican los valores numéricos de las letras romanas a estas tres palabras —aseguró triunfante Roberto— el número resultante es 666. Recordad que la U es sustituida por la V en el alfabeto romano. Es el único título religioso y la segunda palabra del nuevo testamento que posee este valor numérico.

—¿Y cuál es la otra? —preguntó entusiasmada María.

—Tradición. Pero hay más. Las letras que quedan sin valor de vicarius filii dei forman la palabra farse.

La explicación que se da del número 666, siguió Roberto, es la misma por la que se nombran 153 peces en el evangelio de San Juan. En los cuatro evangelios la palabra pez aparece en 17 ocasiones y 153 es 1+2+3+4 hasta 17. En el Apocalipsis, la palabra bestia aparece en 36 ocasiones y 666 es 1+2+3+4 hasta 36.

María y Laura abrieron la boca ante aquel dato. Felipe y Joaquín ya conocían esta teoría que para el seminarista no era más que una simple coincidencia y para el anfitrión un fuego de artificio demasiado impactante. Joaquín era más partidario de rebatir el poder que había adquirido la Iglesia con argumentos más sólidos que apelar al anticristo, pero aun así no intervino en la conversación y dejó que Roberto siguiese.

—La llegada del anticristo —continuó el rosacruz— aparece de manera clara anunciada en la biblia. Lo hace en el Apocalipsis, como acabamos de ver, y también en la segunda Epístola a los Tesalonicenses, que escribió San Pablo. Anticristo es una palabra griega que significa vicario de Cristo y también rival de Cristo: intenta ser Cristo y a la vez lucha contra él. Pretende ser el mismo Cristo, pero usurpa su lugar. No hay nadie en el mundo que tenga unas pretensiones semejantes... A excepción del Papa.

Felipe se revolvió en su asiento. Roberto notó la incomodidad del seminarista y optó por utilizar la biblia para reforzar su tesis. No quería crear un mal ambiente.

—En la Epístola a los Tesalonicenses se asegura en el 2:4 que el anticristo «se eleva sobre todo lo que lleva el nombre de Dios o es objeto de culto, hasta el extremo de sentarse él mismo en el santuario de Dios y proclamar que él mismo es Dios». El Papa es el único que se encuentra sentado sobre la Iglesia y exige que se le llame Su Santidad, Sumo Pontífice y todos esos títulos que están más cerca de una divinidad que de un hombre. El Papa se proclama Dios al asegurar que es infalible y que puede perdonar los pecados. Y además es un asesino.

—Te refieres —apuntó Laura sin demasiada efusividad— al apoyo que durante toda la Historia ha otorgado a determinadas guerras o a los miles de personas que murieron a causa de la inquisición en toda Europa.

Roberto negó con la cabeza.

—Me refiero al apóstol San Pedro, el primer Papa de la historia.

—Pero si no mató a nadie —cortó extrañada María.

—¿Cómo que no? Aparece en la biblia.

Laura y María no daban crédito a lo que escuchaban. Ambas miraron a

Felipe y Joaquín, que asintieron con la cabeza. Aquellas palabras aún revoloteaban en la cabeza de Laura cuando, junto a sus dos amigos y Roberto, divisó la iglesia de Santiago. El penúltimo templo de los siete que formaban la eme mayúscula. A la informática ya se le había olvidado el secuestro que había sufrido hacía unas horas por parte de los seguidores de la Congregación de San Pedro ad Vincula. Roberto la había rescatado y eso se lo agradecería toda su vida. Laura y Felipe también. Durante el desayuno, y antes de que María decidiese acudir sola a la iglesia de Santiago, habían acordado repetir la misma táctica que tan buenos resultados les había dado el día anterior. Acudirían al templo a la misa de las siete. Y allí estaban los cuatro, mientras recitaban en silencio los seis versículos que habían encontrado en el quinto cilindro de madera. El primero aparecía en Éxodo 4:17 y decía: «Toma también en tu mano este cayado porque con él has de hacer las señales». El segundo correspondía a Lucas 11:10: «Porque todo el que pide, recibe; el que busca, halla; y al que llama, se le abrirá». El tercero estaba en Isaías 25:12: «La fortificación inaccesible de tus murallas derrocará, abajará, la hará tocar la tierra, hasta el polvo». El cuarto, en Lucas 13:24: «Luchad por entrar por la puerta estrecha, porque, os digo, muchos pretenderán entrar y no podrán». El quinto, en Isaías 45:2: «Yo marcharé delante de ti y allanaré las pendientes. Quebraré los batientes de bronce y romperé los cerrojos de hierro». Y, por último, el sexto, en 2Corintios 3:17: «Porque el señor es el espíritu, y donde está el espíritu del señor ahí está la libertad».

Lo único que tenían claro es que debían buscar una puerta estrecha a la que deberían llamar. Como decía el primer versículo, Roberto portaba, a modo de cayado, un palo de peregrino. Quedaban aún varios minutos antes de que comenzase la misa. Como el día anterior dieron una vuelta por el interior de la iglesia. No encontraron nada que pareciese una puerta pequeña. Decidieron sentarse y mientras escuchaban el oficio esperaban que los seis versículos encajasen como había sucedido en las cinco anteriores iglesias. Pero no fue así. Los treinta y cinco minutos pasaron y ninguno consiguió enlazar los versículos con nada que estuviese allí dentro. La gente comenzó a abandonar el templo. Eran las ocho menos diez del sábado 6 de julio.

Los cuatro eran conscientes de que les vigilaban los fisianianos, pero también sabían que los rosacruces les protegían. Volvieron a escudriñar el templo en grupo. Juntos, nunca les harían daño. El encuentro de Felipe con los fisianianos y el secuestro de María habían ocurrido cuando ambos se encontraban solos. La informática juró no despegarse ni un solo metro de sus dos amigos y de Roberto. El cuarteto había dado la tercera vuelta completa al templo cuando Laura se detuvo en la primera capilla de la derecha. Los cuatro primeros versículos encajaron en su cabeza. Sin hacer ningún comentario, cogió el cayado que llevaba Roberto y de la forma más disimulada que pudo golpeó una pequeña ventana situada en la pared de la derecha, que estaba tapada con cemento. Los golpes sonaron a hueco. María, Felipe y Roberto miraron a la bibliotecaria con cara de asombro.

Como decía el primer versículo, había tomado en su mano el cayado; como señalaba el segundo, había llamado a la puerta y ahora sólo quedaba que «la fortificación inaccesible» cayera abajo para que lucharan «por entrar por la puerta estrecha». Y tenía razón el cuarto versículo. Parecía demasiado estrecha para que pasase el cuerpo de una persona. «Muchos pretenderán entrar y no podrán». Roberto se dirigió a dos personas que se encontraban en la iglesia. Debían ser dos rosacruces, pensaron los tres amigos.

—En dos minutos, mis hermanos nos limpiarán el camino de fisianianos —aseguró después de volver junto al trío.

La espera se hizo eterna.

—Ahora —gritó en bajo cuando comprobó que ningún seguidor de la Congregación de San Pedro ad Vincula les observaba.

Laura golpeó la pared del ventanuco con el cayado y el palo se hundió cuarenta centímetros.

—Está hueco —exclamó exultante Felipe.

Laura terminó de romper toda la pared de la ventana. Metió la mano, pero no encontró nada. Allí no se encontraba el manuscrito. De repente comprobó que los cascotes habían desaparecido. Habían caído abajo. Sin pensárselo dos veces subió al alféizar y se dejó deslizar por la pendiente. María, Felipe y Roberto la siguieron. La bajada parecía no tener fin. Estaba oscuro y no veían nada. El descenso nunca terminaba.

———————

La aparición de Jesús supuso una revolución para nuestras costumbres y nuestra forma de pensar. Él no siguió muchos de los preceptos recogidos en la ley judía que hace mucho tiempo nos otorgaron nuestros antepasados. Fue esta lucha contra las imposiciones tomadas al pie de la letra la que le provocó muchos problemas. Pero él nunca actuaba contra las convenciones sociales porque le apeteciese. Siempre tenía una explicación sensata, aunque muchos no la entendían. Como aquella ocasión en la que entró un sábado en un templo y comenzó a enseñar como hacía el resto de los días. Había allí un hombre enfermo y se dispuso a curarlo. Los fariseos y los escribas, que estaban al acecho para acusarlo de ir contra las normas, le preguntaron si era lícito curar en sábado, algo que según nuestras leyes está prohibido, ya que es día de descanso. Jesús, con un temple y una serenidad admirable, se levantó y les dijo: '¿Quién de vosotros que tenga una oveja y cae en un hoyo en sábado no la cogería y la sacaría de allí? Pues más vale la vida de un hombre que la de una oveja. Yo os pregunto si es lícito hacer el bien en sábado'. Acto seguido sus acusadores se miraron, abandonaron el lugar y Jesús empezó a curar al enfermo.

Recuerdo que en otra ocasión también le preguntaron por qué había omitido las abluciones antes de comer, algo que también está prohibido. Y el maestro les contestó: 'Vosotros, los fariseos, purificáis por fuera la copa y el plato, mientras por dentro estáis llenos de rapiña y maldad'. Ellos no respondieron nada y se fueron. Otro día cruzábamos en sábado por unos sembrados y arrancamos algunos alimentos para comer. Y de nuevo le recriminaron: 'Tus discípulos están haciendo una cosa que no es lícita hacer en sábado'. Jesús pensó unos instantes su respuesta y a continuación les preguntó: '¿No habéis leído en las sagradas escrituras lo que hizo David cuando él y los que le acompañaban sintieron hambre y entraron en la casa de Dios y comieron los panes de la presencia, algo que no era lícito ni para él ni para sus acompañantes, sino para los sacerdotes? ¿Tampoco habéis leído en la ley que un sábado los sacerdotes quebrantaron el templo sin incurrir en culpa? El sábado está hecho para el hombre y no el hombre para el sábado'. De nuevo, los fariseos no dijeron nada.

Otro día subimos con Jesús a Jerusalén. Entramos en el templo y allí estaban todos los vendedores de bueyes, ovejas y palomas. También se encontraban allí los cambistas, cada uno en su puesto. El maestro cogió unas cuerdas a modo de látigo, les volcó las mesas, desparramó el dinero por el suelo y los echó fuera del recinto: 'Mi casa será llamada casa de oración para todas las gentes, pero vosotros la tenéis hecha una cueva de bandidos'. Los sumos sacerdotes y fariseos se enteraron y comenzaron a buscar la manera de apresarle porque le tenían miedo.

Hubo más ocasiones en las que lo pusieron a prueba, como cuando colocaron ante él a una mujer adúltera y le preguntaron si había que apedrearla como castigo o como cuando le requirieron si era lícito pagar los tributos al César. La primera ocurrió en el templo de Jerusalén, en una de las muchas ocasiones en las que acudió allí para enseñar. Los escribas y los fariseos pusieron ante él a una mujer y le dijeron: 'Esta mujer ha sido sorprendida en adulterio y la ley de Moisés asegura que este tipo de mujeres deben morir apedreadas'. Pero Jesús no les hizo caso porque sabía que querían ponerlo en evidencia. Él nunca fue partidario de la violencia y ellos lo sabían. Le insistieron un par de veces, pero continuó sin hacerles caso. Después de persistir durante un tiempo, mi maestro resolvió el problema con su habitual inteligencia al retarles con una frase, una sola frase que era tan esclarecedora como para que nadie diese el primer paso: 'Aquel de vosotros que esté libre de pecado que tire la primera piedra'. Tras unos instantes de duda, la gente que se encontraba alrededor se apartó hasta dejar solos a Jesús y a la mujer. 'Nadie te ha condenado', dijo entonces. 'Tampoco yo te condeno. Ahora vete y en adelante no peques más'. Aquella actuación había sido una ofensa para los fariseos y los sumos sacerdotes que no la olvidarían. En cambio, para mí, y para otros que estábamos junto a él, fue una nueva lección del maestro.

La segunda ocasión en la que lo pusieron a prueba ocurrió cuando enviaron junto a nosotros a unos hombres de los suyos que fingieron ser personas justas. Su idea era sorprenderlo mientras atacaba o decía alguna palabra contraria al poder para poderlo apresar. Entonces le dicen: 'Sabemos que hablas y enseñas sin tener en cuenta la condición de las personas. ¿Es lícito entonces pagar el tributo al César?'. Jesús, que se dio cuenta de que querían hacerle caer en una trampa, salió de ella con una gran astucia. '¿Por qué me tentáis de esta manera?', les dijo. 'Traedme un denario', pidió. Tras examinarlo por ambas caras les preguntó: '¿De quién es la imagen e inscripción que aparece en ella?'. Y ellos le respondieron extrañados: 'Del César'. Y Jesús les contestó: 'Pues lo que es del César devolvédselo al César y lo que es de Dios, a Dios'. Y todos los allí presentes nos maravillamos por la forma en la que había salido de aquel apuro tan comprometido. Los hombres que fueron enviados por los escribas y los sumos sacerdotes se marcharon sin conseguir su objetivo. Yo sentí un gran alivio.

La ruptura de los rígidos esquemas culturales de la época que supuso la aparición de Jesús la comprobamos un día cuando llegamos a Samaria. Habíamos abandonado Judea y volvíamos a Galilea para descansar un tiempo. Nos detuvimos a las afueras de una ciudad llamada Sicar. Jesús se encontraba separado del grupo al lado de un pozo y todos vimos cómo se ponía a hablar con una mujer samaritana. Nuestras costumbres impiden que un hombre y una mujer dialoguen solos en público si no son marido y mujer. Además, los judíos y los samaritanos no nos tratábamos. Pero a Jesús le daban igual todas esas prohibiciones. Para él, todos éramos iguales. Todos éramos ovejas de su rebaño.

El maestro siempre demostraba un gran cuidado con las mujeres. Nunca me cansaré de repetirlo. Siempre tenía una palabra amable o un gesto de ternura hacia nosotras que lo dignificaba. Y con los niños era igual. Cuando entrábamos en los pueblos y ciudades no sólo se le acercaban personas mayores, también lo hacían niños, unos solos y otros cogidos de la mano de sus padres. Al principio, los progenitores presentaban a sus hijos a Jesús, pero hubo algunos de los que lo acompañábamos, entre ellos Pedro, que les riñeron por molestarlo de aquella manera. Él lo oyó y les dijo: 'Dejad que los niños se acerquen a mí y no se lo impidáis, porque de los que son como éstos es el reino de Dios. Yo os aseguro que el que no reciba el reino de Dios como un niño no entrará en él'. El maestro utilizaba con mucha asiduidad las parábolas como forma de que sus enseñanzas fuesen mejor entendidas. Para explicar el amor que sentía por los niños y la importancia que tenían en el reino de Dios, acto seguido nos contó la parábola de la oveja perdida. 'Si un hombre tiene cien ovejas y se le descarría una de ellas, ¿no dejará en los montes las noventa y nueve para ir en busca de la descarriada? Y si llega a encontrarla, os digo de verdad que tiene más alegría por ella que por las noventa y nueve no descarriadas. De la misma manera, no es voluntad de vuestro padre celestial que se pierda uno solo de estos pequeños'. Al acabar de hablar comenzó a abrazar a todos los niños y los bendijo poniéndolos las manos sobre ellos. Después de aquel episodio, los niños no volvieron a tener más problemas para acercarse a él.

Jesús tuvo muchos quebraderos de cabeza por lo que hacía y decía. No sólo porque quebrantaba el sábado al curar a los enfermos o entraba en una sinagoga o arrancaba espigas para comer durante ese día, ni porque omitía las abluciones antes de la comida o hablaba a solas con una mujer en público, sino porque llamaba Dios a su propio padre, haciéndose a sí mismo igual a Dios. Por eso hubo ocasiones en las que los mismos judíos quisieron apedrearlo y buscaban cualquier disculpa para matarlo.

Al comienzo de su magisterio, cuando yo ya me encontraba junto a él, Jesús recorrió toda Galilea. Enseñaba en sus sinagogas donde proclamaba la buena nueva del reino de los cielos. También aprovechaba para curar todo tipo de enfermedades y dolencias. En este apartado yo era su mejor ayudante, aunque también había más que nos asistían. Gracias a la cantidad de curaciones que realizaba, nuestra fama se extendió por todos los lugares de la región. Él era muy bueno sanando a la gente. Tenía un don especial para curar el sufrimiento de las personas. Sus conocimientos los había adquirido en los viajes que había realizado por toda Galilea antes de comenzar su magisterio. Su fama aumentaba y cada día llegaba más gente para oírlo y para ser curada de su enfermedad. Jesús comprobó que había mucho trabajo por delante y que no le iba a dar tiempo a predicar en todos los lugares. 'Yo os aseguro que no pasará esta generación hasta que todo esto suceda', solía afirmar cuando se refería a la llegada del reino de los cielos. Seleccionó, entonces, a doce de los que estábamos junto a él y los envió por las ciudades y los pueblos a proclamar la buena nueva y a curar a los enfermos.

Jesús me dio la posibilidad de ser también un apóstol como ellos, pero me dijo que le sería más útil si me quedaba a su lado, y así lo hice. Después sí me convertí en un apóstol. Para mí tenía reservado el papel de sacerdotisa. Quería que ejerciera funciones de dirección y de enseñanza dentro del grupo que le seguíamos y también fuera. Por la seguridad de los doce, Jesús los envió en parejas: Santiago, el de Zebedeo, con su hermano Juan; Felipe con Bartolomé; Tomás con Mateo, el publicano; Santiago, el de Alfeo, con Tadeo; Simón, el cananeo, con Judas, el iscariote, y Pedro con su hermano Andrés. Antes de partir les pidió en un tono muy serio: 'No toméis nada para el camino, ni pan. Lo único que podéis llevar es un bastón que os ayude a caminar. Tampoco llevéis una túnica de más. Id con las manos vacías. Cuando entréis en una casa, quedaos en ella hasta que os marchéis. No id de una a otra. Los que no os reciban con agrado, salid de la ciudad y sacudid el polvo de vuestros pies como señal contra ellos'. Y así lo hicieron los doce. Recorrieron las ciudades y los pueblos mientras anunciaban la buena nueva y curaban a los enfermos. Después de dos lunas, regresaron y nos relataron todas las experiencias que habían vivido, dónde los habían recibido con las manos abiertas y dónde habían tenido que sacudir el polvo de sus pies como señal contra ellos.

Después del retorno de los doce, Jesús designó, de entre el resto, a otros setenta y dos apóstoles, entre ellos una docena de mujeres. Los envió de dos en dos delante del grupo a todos los lugares por donde debíamos pasar nosotros. Y les dijo: 'Id, mirad que os envío como corderos en medio de lobos. No llevéis bolsa ni alforja ni sandalias. Y no saludéis a nadie en el camino. En la casa en la que entréis decid primero 'Paz en esta casa'. Y si hubiera allí un hijo o una hija de paz, vuestra paz reposará sobre ellos. Si no, se volverá a vosotros. Cuando entréis en una ciudad y os reciban con agrado, comed lo que os pongan, curad a los enfermos que allí estén y decidles: 'El reino de Dios está cerca de vosotros'. Por el contrario, cuando lleguéis a una ciudad y no os reciban como creéis oportuno, id a la plaza y decid: 'Hasta el polvo de vuestra ciudad, que se nos ha pegado en los pies, nos lo sacudimos. Pero, aun así, sabed que el reino de Dios está cerca". Así lo hicieron y un par de lunas después volvieron con nosotros. Alguno tuvo problemas, pero todos regresaron sanos y salvos.

Jesús siempre utilizaba parábolas cuando hablaba en público. Una vez nos explicó por qué lo hacía: 'A vosotros se os ha dado el conocer los misterios del reino de los cielos, pero a ellos no. A quien tiene se le dará y le sobrará, pero a quien no tiene, aun lo que tiene se le quitará. Por eso les hablo en parábolas, porque viendo no ven, y oyendo no oyen ni entienden'.

Una de las que más me gustaba era la que solía usar para darnos ánimos:

'Vosotros sois la luz del mundo. No puede ocultarse una ciudad situada en la cima de un monte. Ni tampoco se enciende una lámpara y la ponen debajo del celemín, sino sobre el candelero, para que alumbre a todos los que están en la casa. Brille así vuestra luz delante de los hombres para que vean vuestras buenas obras y glorifiquen a vuestro padre que está en los cielos'.

Recuerdo un día que Jesús oraba en solitario. Cuando terminó, uno de los que lo seguíamos se le acercó y le pidió que nos enseñase a orar a todos como lo hacía él. Aceptó, pero antes nos dio un consejo que deberíamos guardar siempre: 'Cuando oréis no seáis como los hipócritas que lo hacen en las sinagogas y en las plazas para ser vistos por todos. Hacedlo en solitario y para vuestro interior'. Y a continuación nos enseñó la oración que aún hoy repetimos. Dice así: 'Padre nuestro que estás en los cielos, santificado sea tu nombre. Venga a nosotros tu reino. Hágase tu voluntad así en la tierra como en el cielo. Nuestro pan cotidiano, dánosle hoy, y perdónanos nuestras deudas, así como nosotros hemos perdonado a nuestros deudores, y no nos dejes caer en la tentación, mas líbranos del mal'. Jesús siempre nos decía que si nosotros no perdonábamos las ofensas que nos hacían, Dios tampoco perdonaría las que nosotros hiciésemos.

No usamos imágenes ni esculturas de nuestro Dios, ni nos arrodillamos ante ellas. Así lo dicen las antiguas escrituras y así lo seguimos haciendo. En el segundo libro de la Torá, Éxodo, Yahveh nos dice que no habrá más dioses que él, que no hagamos esculturas ni imágenes que lo representen, ni, por supuesto, nos postremos ante ellas ni les demos culto, porque él es un dios celoso. Jesús seguía este precepto al pie de la letra y no dejó que construyésemos esculturas o hiciésemos imágenes de Dios.

———————

—Los doce apóstoles no tuvieron una función superior al resto como nos ha querido hacer creer siempre la Iglesia —aseguró indignada María, después de acabar de escuchar el sexto y penúltimo manuscrito de Magdalena—. Sólo fueron escogidos por Jesús para llevar a la gente su mensaje y curar a los enfermos.

—Así es —ratificó Joaquín—. La palabra apóstol procede del vocablo griego *apostoloi*, que significa *enviado*. Y no tiene otra consideración añadida. El mandato que reciben los doce apóstoles aparece en los tres evangelios sinópticos de la misma forma que lo ha narrado María de Magdala. En Mateo 10:1, en Marcos 3:13 y en Lucas 6:12. Y aunque la Iglesia quiere ver en estos tres pasajes el nombramiento de los doce como apóstoles, las palabras de Magdalena demuestran que el objetivo de Jesús no era este, ni tampoco crear la institución apostólica como defiende la iglesia.

—Y ella dice en el manuscrito que, tras la vuelta de los doce apóstoles, Jesús envió a otros setenta y dos más con el mismo cometido —apuntó Laura.

—Ese pasaje también está recogido en la biblia: en Lucas 10:1 —alertó Joaquín—. También son ciertas las palabras de María de Magdala cuando asegura que Jesús era contrario a muchos de los preceptos de las leyes imperantes en aquella época. Es cierto que había entrado en sábado en una sinagoga y había curado a un enfermo. Aparece en Mateo 12:9, en Marcos 3:16 y en Lucas 6:6. También está recogido en la biblia que Jesús omitió, en algunas ocasiones, las abluciones antes de comer —Lucas 11:37—, que expulsó a los vendedores del templo —Mateo 21:12, Marcos 11:11, Lucas 19:45 y Juan 2:14—, que no le importaba que sus discípulos arrancasen espigas en sábado —Marcos 3:23, Mateo 12:1 y Lucas 6:15 o que habló con una mujer en público y a solas —Juan 4:7—, y que además era samaritana. Con este tipo de actuaciones, Jesús rompió los rígidos esquemas culturales de la época y, como en el caso de la samaritana, dignificó a la mujer.

—Y con este último acto, Jesús no sólo reniega de los arquetipos sociales imperantes en aquella época —apuntó Felipe desde su confortable sillón de diseño—, sino que también convierte a la samaritana en el típico discípulo-testigo que suele aparecer en el evangelio de San Juan. Tras la conversación con Jesús, la mujer corre a anunciar la llegada del Mesías y «muchos samaritanos de aquella ciudad creyeron en él por las palabras de la mujer», dice el versículo 4:39. El intercambio de impresiones entre Jesús y la samaritana también aparece reflejado en la carta apostólica *Mulieris Dignitatem* que escribió Juan Pablo II en 1988. Asegura el Papa a propósito de este encuentro: «Estamos ante un acontecimiento sin precedentes: aquella mujer se convierte en discípulo de Cristo; es más, una vez instruida, anuncia a Cristo a los habitantes de Samaria, de modo que también ellos lo acogen con fe. Es éste un acontecimiento insólito si se tiene en cuenta el modo usual con el que trataban a las mujeres los que enseñaban en Israel; pero en el modo de actuar de Jesús de Nazaret, un hecho semejante es normal. Cristo habla con las mujeres acerca de las cosas de Dios y ellas lo comprenden; se trata de una auténtica sintonía de mente y de corazón, una respuesta de fe». Veis. El Papa también reconoce que Jesús trataba a las mujeres de forma diferente a como lo hacía el resto.

—Pues parece que el papa Juan Pablo II no es tan malo con las mujeres como creíamos. «Aquella mujer se convierte en discípulo de Cristo» —apuntó con sorna María—. Algo es algo.

—No te confíes —advirtió Roberto.

—Lo cierto —reconoció Joaquín —es que este sexto manuscrito de Magdalena está lleno de acontecimientos que también recogen los evangelios. No sólo los que ya hemos visto, sino el pasaje en el que dice a los discípulos que dejen que los niños se acerquen a él, que se encuentra en Marcos 10:13, Mateo 19:25 y Lucas 18:15; cuando se refiere a la parábola de la oveja perdida que aparece en Mateo 18:12; cuando le colocan ante él a una mujer adúltera y dice que el que esté libre que tire la primera piedra, que está en Juan 8:5, o cuando le preguntan si es justo pagar el tributo al César, pasaje que se puede hallar en Mateo 22:18, Marcos 12:13 y Lucas 20:20. También es cierto, como cuenta Magdalena, que a Jesús lo quisieron apedrear —Juan 10:13 y 8:59—, y que lo querían matar no sólo porque quebrantaba el sábado y no seguía otros preceptos de las leyes, sino porque llamaba a su padre Dios: Juan 5:18. Lo mismo que cuando dice que «no pasará de esta generación hasta que esto suceda», recogida en Marcos 13.30. Esta frase refuerza la idea de que Jesús no necesitaba un sucesor en la tierra porque pensaba que la llegada del reino de los cielos era inminente. También aparece en los evangelios en numerosas ocasiones que curaba a los enfermos y que por eso alcanzó una gran fama en la región —Lucas 5:15, Mateo 8:16 o Marcos 1:40—, pero es extraño que María de Magdala no haya hecho ninguna mención al casi centenar de milagros que llenan los cuatro evangelios. Lo único que dice es que su maestro tenía un don especial para curar a los enfermos, como lo tienen otras personas hoy en día.

—Los milagros que realiza Jesús son invenciones de la jerarquía religiosa y se hicieron por la necesidad que tenía la Iglesia primitiva de poseer ese halo de poder celestial que explicó el otro día Joaquín —apuntó el rosacruz.

Era viernes, poco antes de comer. Laura, María, Felipe y Roberto acababan de llegar a la casa de los Cantones tras recuperar el quinto manuscrito. Joaquín había encendido el ordenador para traducirlo. La carta escrita por el abuelo de Laura, que la bibliotecaria había recibido la mañana anterior, aseguraba que su bisabuelo, el doctor Pérez Costales y Emilia Pardo Bazán habían ayudado a Papus a esconder los siete manuscritos en siete iglesias de la ciudad. Joaquín les había contado la historia de los cinco años que el joven Pablo Picasso había vivido en A Coruña y Laura había recordado que en un libro que había leído aparecía un hombre llamado Papus, que había tenido una reunión casi secreta con un grupo de personas en la ciudad coruñesa.

—¿Y la escritora Emilia Pardo Bazán?, ¿cuál es el nexo de unión con el resto? —había preguntado Felipe.

—Además de alojar a Papus durante los siete días que permaneció en la ciudad —explicó Joaquín—, la condesa tuvo una actividad política muy relevante. Fue consejera de instrucción pública y una gran activista feminista. Llegó a separarse de su marido. Recordad que vivió a finales del siglo XIX. Su padre, José Pardo Bazán, era una figura muy destacada del Partido Liberal Progresista. La autora de *Los pazos de Ulloa* era una gran amiga del doctor Pérez Costales y ambos fundaron la Sociedad

Folklore Gallego, precursora de la Academia Gallega. Tan grande era su amistad que Pérez Costales se convirtió en un personaje de uno de sus libros, el doctor Moragas, que aparece en *La piedra angular* y que la condesa escribió en 1891. Emilia Pardo Bazán realizó numerosos viajes por Inglaterra, Alemania, Italia y Francia.

—Y quizá fue en ese momento cuando conoció a Papus —apostilló con rapidez y entusiasmo María.

—Quizá —apuntó Joaquín—. Y quizá también la cercanía entre la casa del bisabuelo de Laura y la de Emilia Pardo Bazán fue suficiente para que ambos se conociesen.

Laura llevaba un rato callada. Desde hacía unos minutos, una duda le roía las entrañas. Después de que todos terminaron de hablar, la bibliotecaria reunió fuerzas para preguntarle a Roberto la cuestión que la martirizaba.

—Te voy a hacer una pregunta y quiero la verdad —le pidió mientras le miraba a los ojos.

La bibliotecaria, sentada en el alféizar de una de las ventanas, hizo una pausa de varios segundos

—¿Mi bisabuelo y mi abuelo eran rosacruces? —soltó con rapidez, como si aquellas siete palabras la quemasen.

Roberto, que no se lo esperaba, dirigió una mirada indagatoria a Joaquín, después a María y después a Felipe, para depositar, por último, sus ojos verdes en los ojos azules de Laura.

—Sí —contestó con rotundidad.

Aquella afirmación había salido desde lo más profundo de su corazón, porque sabía lo importante que era para Laura y lo importante que habían sido para la fraternidad.

—Los dos pertenecieron a la hermandad de los rosacruces y los dos llegaron a dirigirla hasta su muerte. Los que los conocieron sólo cuentan cosas buenas de ellos. Eran muy respetados y guardaron el secreto de las siete iglesias hasta que murieron. Por eso, para mí es un honor conocer a la biznieta y a la nieta de dos de los hermanos rosacruces más importantes que han existido.

—Y la reunión a la que asistió Papus en A Coruña —intervino Felipe— era una asamblea de rosacruces.

—La mayor parte de los que asistieron sí, como el bisabuelo de Laura, el doctor Pérez Costales o la escritora Emilia Pardo Bazán, pero, por ejemplo, el padre de Pablo Picasso no lo era y algunos más que asistieron tampoco. Cuentan nuestros archivos que aquella cita en la casa del bisabuelo de Laura fue memorable.

—¿La reunión fue en mi casa? —preguntó sorprendida la bibliotecaria.

—Que mejor lugar para realizarla que la vivienda del gran maestro de la hermandad rosacruz. Cuando visitó A Coruña, en 1893, Papus ya se había convertido, a sus treinta y ocho años, en una eminencia del ocultismo, pero tu bisabuelo también tenía un gran reconocimiento. Con tan solo treinta años, era el gran maestre de la hermandad en España. Veinte años después de su muerte, ocurrida en 1917, tu bisabuelo le envió a tu abuelo una carta como la que acabas de recibir. A tu abuelo le llegó a sus manos justo veinte años después del fallecimiento de su padre. Y ahora veinte años después de la desaparición de tu abuelo te ha llegado a ti. Recuerda lo que dijo el otro día Joaquín. Los rosacruces tenemos muy en cuenta los ciclos. Ésta era la leyenda que nos han contado, pero los más jóvenes creíamos que sólo era eso, una leyenda.

—¿Y hay alguna sorpresa más que deberíamos saber? —preguntó Laura con una sonrisa en los labios.

—No —mintió Roberto.

La bibliotecaria se quedó más tranquila, pero otra duda, casi más importante que la de saber si sus antepasados eran rosacruces, la asaltó de nuevo.

—Si mi abuelo y mi bisabuelo no quisieron recuperar nunca los manuscritos, es que no querían que saliesen a la luz.

—Vosotros tres —respondió Roberto —empezasteis el camino de la eme mayúscula sin saber lo que buscabais. Además, en la carta de Papus y en la de tu abuelo te están invitando a que los encuentres. Y debe ser por algo muy importante que se me escapa.

El resto asintió.

Como asintieron la tarde del jueves cuando después de escuchar de boca de Joaquín el contenido del cuarto manuscrito, el anfitrión les explicó la teoría de que Magdalena fue una sacerdotisa y que escribió un evangelio: el evangelio de María, declarado apócrifo por la Iglesia Católica. También les contó qué era un evangelio canónico y un evangelio apócrifo. Pero para que lo entendiesen sin problema decidió empezar por el principio de todo: el origen de la Iglesia cristiana.

—Fue la creencia de que Jesús estaba vivo, de que había muerto y después había resucitado, la que dio origen a la nueva Iglesia y a su misión de dar a conocer a todo el mundo esta gran noticia —comenzó Joaquín—. Como ocurre con la frase «tú eres Pedro y sobre esta piedra construiré mi iglesia», hay otra cita fundamental que es el centro, el núcleo duro, del nuevo testamento. Aparece en Marcos 16:6 y dice: «Buscáis a Jesús de Nazaret, el crucificado. Ha resucitado. No está aquí». Si no existiese o se eliminase esta afirmación, sobre la que la Iglesia hace descansar la proclamación de la resurrección del Mesías, su fe desaparecería. Reconoce San Pablo en la Primera Carta a los Corintios, en 15:14: «Si Cristo no ha resucitado, entonces nuestra predicación no tiene contenido ni vuestra fe tampoco».

Tras la muerte de Jesús, los primeros cristianos tuvieron la seguridad de que los preceptos que seguían eran los correctos, porque aún vivían testigos directos de lo que había sucedido, explicó el anfitrión. Usaban la transmisión oral para compartir las enseñanzas. Pero, a medida que pasó el tiempo, desaparecieron los que habían vivido en aquella época, la comunidad cristiana creció y se hizo más necesario, para seguir los preceptos de Jesús, desconfiar de la transmisión oral y de la memoria. Fue así como se decidió poner por escrito lo que había ocurrido: habían nacido los evangelios.

—Etimológicamente —apuntó Felipe—, evangelio significa *buena noticia* y sobre todo se refiere a la buena noticia de que el Mesías ha resucitado tras ser crucificado. En el antiguo testamento, el término evangelio aparece en veintiséis ocasiones.

—Ninguno de los evangelios es contemporáneo de Jesús —aseguró el anfitrión—. Por orden cronológico, los estudios aseguran que el primero es el de Marcos, que fue escrito entre el año 66 y el 74. Le siguió el de Lucas, que es del año 80, y el de Mateo, que está fechado alrededor del 85. El último, el de Juan, fue escrito sobre el año 100. Todos están datados en fechas en las que los testigos directos ya han muerto y también casi sus hijos. Y en este primer momento es cuando ya aparecen las primeras desviaciones sobre quién de verdad mató a Jesús. Cuando Marcos escribió su evangelio, miles de judíos eran crucificados por rebelarse contra los romanos. Si el evangelista quería que su escrito sobreviviese, y también él, a esa persecución, no podía acusar a los romanos de haber matado a Jesús, sino que los causantes tenían que ser unos judíos en desacuerdo con lo que él decía y hacía. Esta creencia fue adoptada por el resto de los evangelistas y también por la jerarquía de la nueva Iglesia naciente. Si no lo hubiesen hecho, ni los evangelios ni la Iglesia habrían sobrevivido a la opresión romana. Por su parte, Lucas fue un médico que trabajó al servicio de un oficial romano. Al igual que Marcos, no podía escribir que los romanos habían causado la muerte de Jesús, como así lo hicieron. Ellos le veían como un líder nacionalista, un antirromano que luchaba contra su poder. Por eso le mataron. Y, por último, cuando Mateo escribió su evangelio ya estaba asumido en la tradición que los judíos lo habían matado. En resumen, los evangelios fueron escritos para ser leídos en

Roma. De lo contrario, no hubiesen tenido futuro. La jerarquía de la emergente Iglesia cristiana no sólo modificó los acontecimientos para poder sobrevivir, sino que también los alteró para aumentar su número de fieles, arrebatárselos a las otras religiones paganas y convertirse así en la iglesia oficial del imperio romano. Es así como la historia protagonizada por Jesús, y también por Magdalena y el resto de sus discípulos, sufrió continuas amputaciones, añadiduras, remiendos y tachaduras. A pesar de que en Apocalipsis 22:18 se asegura que aquel que ose cambiar algo del libro sufrirá el castigo divino, la biblia ha sido modificada a lo largo de los siglos y ya nadie sabe lo que se ha añadido, lo que se ha suprimido y, más importante, lo que aún queda de las primitivas enseñanzas de Jesús. Los evangelios se han convertido en una distorsión deliberada de la verdad para ofrecer otra realidad que nunca existió y que se adaptó a las necesidades de la Iglesia cristiana de aquella época. Es triste reconocer que las únicas que nos hablan de Jesús son fuentes cristianas tergiversadas y malinterpretadas.

El silencio se hizo en el salón. Todos meditaron las últimas palabras. Y no sólo se modificaron los evangelios actuales, continuó, también se desecharon o destruyeron otros muchos que eran contrarios a la nueva doctrina. La primera vez que ocurrió fue tras el Concilio de Nicea del año 325, en el que bajo la autoridad del emperador Constantino se escogieron unos textos en detrimento de otros. Trescientos años después de la muerte de Jesús se aseguró en este concilio, y ya quedó para siempre, que Cristo es Dios. Nunca antes se había dicho. La selección de los textos de aquel cónclave fue realizada por unos obispos parciales, influenciados por Constantino, quienes excluyeron evangelios como los de María Magdalena, Tomás o Felipe. Desde aquel momento fueron catalogados como apócrifos, porque contenían pasajes y acontecimientos contrarios a la nueva doctrina cristiana. Durante el reinado del emperador Flavio Teodosio (379-395) se destruyeron, con la aprobación de la iglesia, todos los documentos que pudiesen ser peligrosos para la nueva religión. Lo mismo sucedió durante el mandato del emperador Valentiniano III (425-454). Un siglo después del Concilio de Nicea, una nueva religión, no la de Jesús, sino otra diferente, había conseguido suplantar a la verdadera.

—Pero darían alguna excusa más creíble para descartar los evangelios apócrifos —intervino indignada María.

—Su razón fue que, al contrario que los cuatro canónicos, los apócrifos no fueron inspirados por Dios ni por el Espíritu Santo ni nacieron en comunidades cristianas, sino gnósticas. Pero resulta curioso que, en sus orígenes, los evangelios canónicos no estaban considerados que los había inspirado el Espíritu Santo o Dios. Fue otra añadidura más de la jerarquía cristiana para, por una parte, desechar el resto de evangelios que no se adaptaban a su doctrina y, por otra, aumentar el halo de poder y ligar su religión con el reino celestial.

—¿Y todos los evangelios apócrifos fueron destruidos? —preguntó desanimada María.

Joaquín hizo una pausa y la miró con cara de pena. La informática pensó que la respuesta sería afirmativa. Pero el anfitrión negó con la cabeza.

—No. Afortunadamente, no. El hombre es el único animal con inteligencia —sonrió con picardía—, aunque muchas veces no lo demuestre. Hasta el siglo IV existió un monasterio en un pueblo egipcio llamado ahora Nag Hammadi. Cuando los monjes se percataron de que muchos de los documentos que poseían acababan de ser prohibidos por la iglesia, copiaron a mano y en papiros medio centenar de ellos, entre ellos los evangelios de Felipe y Tomás, y los encuadernaron en cuero en trece volúmenes. Estos documentos estuvieron enterrados durante 1600 años hasta que fueron encontrados en 1945. Su descubrimiento se convirtió en uno de los mayores hallazgos de la historia moderna y corroboró que lo que aparece en la biblia es una versión censurada de lo que ocurrió. Estos manuscritos cuentan que María de Magdala escribió un evangelio; que fue la depositaria de un conocimiento más profundo del misterio de Jesús que el apóstol San Pedro se resistió a asumir; que fue una figura central de la primitiva Iglesia cristiana y que fue la compañera del señor. Magdalena ratifica la autenticidad de estos textos porque muchos de los pasajes que aparecen en ellos los ha repetido en el primer manuscrito que encontrasteis el lunes.

Antes de contarles el contenido de los evangelios apócrifos, algo que deseaban con todas sus fuerzas Laura, María y Roberto, Joaquín les relató cómo se había producido el descubrimiento de los escritos de Nag Hammadi, dieciséis siglos después de haber sido escondidos. Era diciembre de 1945, Mohammed Ali Samman, un pobre campesino, salió a recoger un fertilizante natural al monte Sabakh. Mientras lo buscaba desenterró sin querer una gran jarra de barro. El hallazgo fue una desilusión. En lugar de encontrar oro, que era lo que pensaba que había dentro, descubrió en su interior una docena de viejos libros encuadernados en estuches de cuero marrón. Derrotado, volvió a su casa y los tiró junto a un montón de ramas que servían para alimentar el fuego. Después relataría que algunas hojas acabaron en las llamas. La mayoría se salvó y pasó de mano en mano hasta llegar al Museo copto de Egipto, donde se encuentran en la actualidad. Los científicos determinaron que se trataban de los evangelios perdidos.

El descubrimiento fue considerado uno de los mayores hallazgos arqueológicos del siglo. Son cincuenta y dos textos divididos en trece códices. En total, más de 1.100 papiros. Son traducciones de originales griegos al copto, la lengua que hablaban los egipcios cristianos. Han sido datados en el primer siglo después de Cristo por lo que son contemporáneos de los cuatro evangelios canónicos. En 1977 acabó su traducción y se publicó su contenido.

—Es un descubrimiento muy reciente —apuntó Laura sorprendida.

—Así es. Tras numerosos estudios se comprobó que los papiros contenían los evangelios de Felipe, Tomás, tratados teológicos y palabras atribuidas a Jesús que con gran rapidez volvieron a ser declarados apócrifos por la Iglesia Católica.

—¿Tan grave es su contenido? —preguntó María.

Joaquín hizo una pausa.

—Depende de quién los escuche. Para Felipe, por ejemplo, seguro que es muy grave. Estos documentos nos revelan a un Jesús más místico. No era un Cristo que hacía milagros ni poseía poderes celestiales, recordad que María de Magdala nunca menciona los milagros que su maestro realizaba, tal vez porque nunca existieron, sino un guía espiritual que enseñaba que el reino de Dios se encontraba dentro de cada persona. Era un Jesús más parecido al que nos está descubriendo Magdalena en los manuscritos. Estos textos muestran también a esta mujer como líder de la comunidad cristiana, que Jesús tenía más predilección por ella que por el resto, a ella «la amó distinguiéndola del resto», se dice en uno de los textos, y que el apóstol San Pedro no es protagonista y se niega a aceptar el puesto de privilegio que ha adquirido Magdalena. Analicemos lo que dicen el evangelio de María de Magdala; el texto titulado *Pistis Sofía*, también declarado apócrifo, y dos de los evangelios encontrados en Nag Hammadi: el de Felipe y el de Tomás. En todos comprobaréis cómo algunos de sus pasajes son muy similares a los que aparecen en el primer manuscrito que descubristeis el lunes.

De los cincuenta y dos papiros encontrados en 1945 en la población egipcia de Nag Hammadi, continuó Joaquín, dos destacan por su gran relevancia histórica: el evangelio de Santo Tomás y el evangelio de San Felipe. El primero contiene 114 dichos o logias sin una narración que los conecte y está presentado en forma de diálogo entre Jesús y el apóstol Tomás. Dos terceras partes de su contenido, es decir, setenta y nueve dichos, tienen paralelismo con los evangelios sinópticos. Estas coincidencias son aún mayores cuando sólo se tienen en cuenta los versículos que Mateo y Lucas poseen en común, es decir, los pasajes que proceden de la fuente común de ambos.

—¿Qué fuente común? —preguntó Laura intrigada.

—¿Puedes responder Felipe? —contestó Joaquín.

El seminarista asintió con la cabeza.

—Muchos estudiosos consideran al evangelio apócrifo de Tomás como el eslabón perdido en el proceso de elaboración de los evangelios canónicos. Es lo que los expertos han llamado la fuente Q, del alemán Quelle, *fuente*. Una colección de dichos de Jesús que sirvieron de base para la redacción de los evangelios de Mateo y Lucas. Fue así como se pudo explicar el origen de muchos versículos que aparecen en estos dos evangelios, pero no en el de Marcos. Por ello, los eruditos consideran que el evangelio de Santo Tomás debe ser aceptado como el quinto evangelio.

—¿Y por qué no se acepta? —inquirió María.

Joaquín sonrió.

—Porque recoge pasajes que no son bien recibidos por la Iglesia. Una de sus características más importantes es que la mayor parte de las parábolas que posee, y que también se encuentran en los evangelios canónicos, no tienen una interpretación. Este dato confirma que las explicaciones que aparecen en los evangelios recogidos en la biblia son añadiduras posteriores de la Iglesia. Pero vayamos a lo más importante. El evangelio de Santo Tomás ratifica sin ninguna duda el antagonismo entre Magdalena y San Pedro que ella destaca en los manuscritos que habéis descubierto estos días. Por ejemplo, en este texto es donde aparece la frase expresada por el apóstol y que recoge María de Magdala en el primer papiro: «¡Que se aleje María de nosotros pues las mujeres no merecen la vida!». Por lo tanto, esta acusación ya no se encuentra sólo en el documento que habéis encontrado, sino también en el evangelio de Santo Tomás, que ha sido declarado auténtico, aunque no está reconocido por la Iglesia. El segundo evangelio apócrifo, el de San Felipe, también ayuda a demostrar que Magdalena estuvo desde el principio con Jesús, como ella misma asegura en los manuscritos y también en los evangelios apócrifos, y que era su compañera. En uno de los pasajes, Felipe dice: «Había tres Marías que siempre caminaban con Jesús: la madre, su hermana y la Magdalena, a quien se llamaba su pareja. Pues María es su madre, su hermana y su pareja».

—¿Es cierto que Jesús y María de Magdala estaban casados? —preguntó Laura sorprendida.

—Ahora voy a eso. En otro interesantísimo pasaje de este evangelio se ponen de manifiesto los celos que tenían algunos discípulos de ella. La razón era su situación tan cercana a Jesús que el propio maestro reconoce con sus palabras: «Y la compañera del Salvador es María Magdalena. Cristo la amaba más que a todos los discípulos y solía besarla con frecuencia en la boca. Los demás discípulos se ofendieron y expresaron su desaprobación. Le dijeron: '¿Por qué la amas más que a nosotros?'. Y el Salvador respondió: '¿Por qué no os amo de la manera que la quiero a ella?' Cuando un ciego y uno que ve están juntos en la oscuridad no hay diferencia entre ellos. Cuando viene la luz, el que ve verá la luz y el ciego permanecerá en la oscuridad».

—¿Nos quieres decir —interrumpió entusiasmada María— que hubo una historia de amor entre Jesús y Magdalena?

—Yo sólo me limito a contaros lo que dicen los evangelios apócrifos, que, aunque no estén admitidos por la Iglesia, sí lo están por los estudiosos del cristianismo. Existen eruditos que afirman que estuvieron casados y que tuvieron un hijo, pero de eso, hasta estos momentos, no hay pruebas. Quizá María de Magdala, en alguno de los tres manuscritos que restan por descubrir, arroje más luz sobre este asunto.

Joaquín les explicó que en otro de los textos encontrados en Nag Hammadi, el *Diálogo del Salvador*, se remarca la gran relevancia que tuvo Magdalena en el inicio del cristianismo hasta mostrarla como una verdadera líder dentro del grupo que seguía a Jesús. En él se recoge cómo es alabada por su maestro como superior a cualquier otro discípulo, incluidos los apóstoles, y aparece definida como «la apóstol que sobrepasa a los otros» porque «ella conocía todo» y fue «la reveladora de la grandeza del revelado».

—Antes de explicaros lo que relata el evangelio de María de Magdala, hay otro escrito muy importante llamado *Pistis Sofía*, escrito también por el apóstol Santo Tomás, y que se encuentra en la actualidad en la Biblioteca Británica. En él, por una parte, se percibe el puesto preeminente que tiene Magdalena, y por otra, se observa que Pedro no posee un papel protagonista dentro del grupo de Jesús, siente celos de ella y no acepta el puesto de privilegio que tiene esta mujer. Por ejemplo, la importancia de María de Magdala se observa cuando de las cuarenta y seis veces que los discípulos le preguntan a Jesús, treinta y nueve son intervenciones de ella. También se percibe su liderazgo al realizar la mayor parte de las interpretaciones de las palabras del maestro o cuando se afirma en el escrito que María y Juan, el virgen, serán «superiores a todos los discípulos». Magdalena escribe en los manuscritos que habéis descubierto que Pedro la rechazaba y en *Pistis Sofía* aparece el pasaje en el que el apóstol le dice a Jesús: «Señor mío, no podemos soportar a esta mujer porque habla todo el tiempo». Y cuando ella le asegura: «Pedro me hace vacilar, me asusta el odio que tiene hacia las mujeres». Y, por último, este texto también recoge la intervención de Jesús cuando le replica al pescador que quien recibe la revelación y la gnosis debe hablar y da lo mismo que sea hombre o mujer. Y cuando la declara bienaventurada y le asegura que puede hablar sin miedo. Por lo tanto, las palabras de Magdalena que aparecen en los manuscritos escondidos en las siete iglesias están ratificadas por las que se encuentran en *Pistis Sofía*, otro documento declarado auténtico por los estudiosos, aunque no por la Iglesia Católica.

—¿Sabías que estos pasajes del primer manuscrito aparecían en este escrito? —preguntó Felipe.

—Lo supe poco después, pero preferí guardar silencio. Era demasiado pronto para llenaros la cabeza de pájaros. Ahora he creído que era el momento. Sigamos con el evangelio de María —continuó Joaquín que disfrutaba con esta parte de la historia.

Primero les remarcó que debían tener muy en cuenta que ella había sido una mujer muy importante en su época porque posee un evangelio que lleva su nombre, algo muy poco frecuente. De esta forma, se coloca al mismo nivel que el resto de los evangelistas. Faltan muchas páginas del texto original, pero se conservan las suficientes para asegurar que fue una figura central y relevante de la primitiva Iglesia cristiana, el primer testigo de la resurrección de Jesús, su compañera y amiga más íntima y la más digna conocedora de sus secretos. Una mujer a la que se le escuchaba y que, en muchas ocasiones, se hacía lo que ella decía. El texto fue redactado en lengua copta y descubierto a finales del siglo XIX. Está datado en el año 150 por lo que es contemporáneo de los cuatro evangelios canónicos. Se conserva, desde 1896, en el Departamento de Egiptología de los Museos Nacionales de Berlín, donde permaneció bajo la censura durante varias décadas. Algunas de sus citas han sido recordadas al pie de la letra por los padres de la Iglesia Clemente de Alejandría, Justino y Macario. Lo que quiere decir que el texto era muy conocido en los primeros siglos del cristianismo.

—El evangelio de María —continuó Joaquín— es un documento breve del que sólo se conservan diez de sus diecinueve páginas. La primera parte es una revelación de Jesús. En la segunda, ella les narra al resto de los discípulos, una vez que el maestro ya ha muerto, parte de las conversaciones que mantuvo con él y las revelaciones que le hizo. Sus palabras causan un gran malestar en una parte del grupo hasta el punto de poner en entredicho sus afirmaciones. Las revelaciones que realiza, y que cuenta al resto de seguidores, las denomina las siete potestades de la ira.

Laura dejó a un lado este episodio que había sucedido dos días antes, el jueves por la tarde, y retornó al salón de la casa de los Cantones. Eran las diez de la noche del sábado 6 de julio. Aún era de día. Hacía poco menos de una hora que habían recuperado el sexto manuscrito.

—¿Os dais cuenta —interrumpió la bibliotecaria a María, que le contaba a Joaquín cómo habían encontrado el penúltimo papiro— de que el siete vuelve a estar muy presente en esta historia? Cuando Joaquín nos habló el jueves del evangelio de María se refirió a las siete potestades de la ira que Magdalena revela al resto de los discípulos.

—Pero hay más sietes en esta historia —apuntó su amiga—. Papus protagoniza una buena parte de ellos: estuvo siete días en A Coruña; nació a las siete de la mañana; con 17 años fue iniciado en las artes ocultas; a esa misma edad entró en la Facultad de medicina de París y en 1897 se convirtió en el jefe supremo de la Orden Cabalística de la Rosacruz. También su antepasado, Cagliostro, el gran maestro de la Orden Rosacruz, está relacionado con este número: fue detenido en Inglaterra en 1777 por predecir los números ganadores de la lotería.

—El bisabuelo de Laura —intervino Roberto— murió en 1917; su abuelo recibió en 1937 una carta similar a la que tiene ella; la hermana de Picasso murió en A Coruña a la edad de siete años y los documentos de Nag Hammadi fueron publicados en 1977.

—Y en la iglesia de San Nicolás —siguió Felipe entusiasmado— nos sentamos en el séptimo banco y la pila que escondía el quinto manuscrito se encontraba bajo un cuadro que representaba el séptimo paso del vía crucis.

Joaquín tomó la palabra.

—El otro día, cuando hablamos del siete, os dije que más adelante os explicaría que este número, por influencia judía, ocupa un lugar privilegiado dentro de la religión católica: son siete los sacramentos (bautismo, comunión, confirmación, extremaunción, orden sacerdotal, matrimonio y penitencia) —recitó casi sin respirar—; siete, los pecados capitales (codicia, envidia, gula, ira, lujuria, orgullo y pereza); siete, las virtudes que hay que tener (caridad, esperanza, fe, fortaleza, prudencia, justicia y templanza) y siete, los dones del Espíritu Santo (conocimiento, consejo, entendimiento, fortaleza, sabiduría, piedad y respeto a Dios). También en el Apocalipsis, la aparición del siete es continua: siete iglesias (1:4), siete espíritus ante el trono de Dios (1:4), siete sellos (5:1), siete trompetas (8:2) siete copas de oro (17:3)... Pero no sólo el siete está relacionado con la religión católica: siete son los chakras o centros energéticos de la filosofía oriental; en la India hay siete centros de peregrinación; los antiguos egipcios dividían el cielo en siete partes;

siete son los huecos de la cabeza (dos oídos, dos ojos, dos fosas nasales y la boca) y siete son las colinas que rodean ciudades como Roma, Jerusalén o Lisboa.

Laura aún tenía en su cabeza las palabras que Roberto había dicho el jueves por la noche.

—El Papa se proclama Dios al asegurar que es infalible y que puede perdonar los pecados. Y además es un asesino —había exclamado con una vehemencia que les había sorprendido.

Tras el primer momento de asombro, el rosacruz les explicó que, en la biblia, en los Hechos de los apóstoles, en 4:34-37 y en 5:1-10, se narra como San Pedro, el primer Papa de la historia, mataba a un hombre y a una mujer por no entregarles una parte de sus posesiones. Tras la muerte de Jesús, siguió Roberto, los apóstoles instaron a los judíos a desprenderse de sus riquezas. Así aparece recogido en el 4:34-37 de los Hechos de los apóstoles, que el rosacruz recitó de memoria: «No había entre ellos ninguna necesidad, porque todos los que poseían campos o casas los vendían, traían el importe de la venta, lo ponían a los pies de los apóstoles y se repartía a cada uno según su necesidad». Tras este pasaje relata el fraude que realizaron Ananías y su mujer Safira, por el que el apóstol San Pedro acabaría con sus vidas.

—Se encuentra al comienzo del capítulo cinco —dijo el rosacruz, antes de volver a recitar de memoria—. «Un hombre llamado Ananías, de acuerdo con su mujer Safira, vendió una propiedad y se quedó con una parte del precio, sabiéndolo también su mujer; la otra parte la trajo y la puso a los pies de los apóstoles. Pedro le dijo: 'Ananías, ¿cómo es que Satanás llenó tu corazón para mentir al Espíritu Santo y quedarte con parte del precio del campo? ¿Es que mientras lo tenías no era tuyo y una vez vendido no podías disponer del precio? ¿Por qué determinaste en tu corazón hacer esto? No has mentido a los hombres, sino a Dios'. Al oír Ananías estas palabras, cayó y expiró. Y un gran temor se apoderó de cuantos lo oyeron. Se levantaron los jóvenes, lo amortajaron y lo llevaron a enterrar. Unas tres horas más tarde entró su mujer, que ignoraba lo que había sucedido. Pedro le preguntó: 'Dime, ¿habéis vendido en tanto el campo?' Ella respondió. 'Sí, en eso'. Y Pedro replicó: '¿Cómo os habéis puesto de acuerdo para poner a prueba al espíritu del señor? Mira, aquí, a la puerta, están los pies de los que han enterrado a tu marido; ellos te llevarán a ti'. Al instante ella cayó a sus pies y expiró».

La existencia de esta historia, siguió Roberto, en la que el apóstol mata a un hombre y a una mujer por ocultarle parte del dinero que tenían que entregarle, era algo muy grave.

—No sólo era el César quien les instaba a pagar los impuestos, sino también los suyos. San Pedro les obligaba a darles una parte de sus ganancias y si no lo hacían, los mataba —bramó el rosacruz.

María retornó a la tarde del jueves cuando Joaquín se encontraba a punto de hacerles partícipes del contenido del evangelio de María. El anfitrión sacó unas hojas. Eran una traducción al español del texto. Las había encontrado en internet.

—Después de la relevación de Jesús, el evangelio recoge la parte más interesante, que os voy a leer a continuación, y que se produce poco después de su muerte, cuando les ha pedido a sus discípulos que sólo prediquen los preceptos que les ha dado: «Ellos, sin embargo —comenzó a leer—, se encontraban entristecidos y lloraban amargamente diciendo: '¿Cómo iremos hacia los gentiles y predicaremos el evangelio del reino del hijo del hombre? Si no han tenido con él ninguna consideración, ¿cómo la tendrán con nosotros?' Entonces, Miryam se levantó, los saludó a todos y les dijo: 'No lloréis y no os entristezcáis; no vaciléis más, pues su gracia descenderá sobre todos vosotros y os protegerá. Antes bien, alabemos su grandeza, pues nos ha preparado para ello. Dicho esto, Miryam convirtió sus corazones al bien y empezaron a comentar las palabras del Salvador. Pedro le dijo: 'Miryam, hermana, nosotros sabemos que el Salvador te apreciaba más que a las demás mujeres. Danos cuenta de las palabras del Salvador que recuerdes, que tú conoces y nosotros no, que nosotros no hemos escuchado'. Miryam respondió:' Lo que está escondido para vosotros os lo anunciaré'». Es interesante —interrumpió su lectura el anfitrión— el liderazgo que Magdalena trasmite gracias a este episodio. Los discípulos están desamparados y ella los guía y les pide que no se entristezcan. Es más, Pedro, su rival, acepta que ella es una figura importante dentro del grupo y reconoce que Jesús la apreciaba más que a las demás mujeres y que había mantenido conversaciones con el maestro que no había tenido con el resto. A continuación, Magdalena les narra lo que habló con Jesús. Desafortunadamente, faltan páginas. Aun así, sus palabras provocan una reacción violenta en Andrés y, sobre todo, en Pedro, que se queja a los demás discípulos: «Después de decir todo esto —siguió leyendo—, Miryam permaneció en silencio, dado que el Salvador había hablado con ella hasta aquí. Entonces, Andrés habló y dijo: 'Decid lo que os parece acerca de lo que ha dicho. Yo, por mi parte, no creo que el Salvador haya dicho estas cosas. Estas doctrinas son bien extrañas'. Pedro respondió hablando de los mismos temas y les interrogó acerca del Salvador: '¿Ha hablado con una mujer sin que lo sepamos, y no manifiestamente, de modo que todos debamos volvernos y escucharla? ¿Es que la ha preferido a nosotros? Entonces Myriam se echó a llorar y le preguntó al rudo pescador: 'Pedro, ¿qué piensas? ¿Supones acaso que yo he reflexionado estas cosas por mí misma o que miento respecto al Salvador? Entonces Leví habló y le dijo al apóstol: 'Pedro, siempre fuiste impulsivo. Ahora te veo ejercitándote contra una mujer como si fuera un adversario. Sin embargo, si el Salvador la hizo digna, ¿quién eres tú para rechazarla? Bien cierto es que el Salvador la conoce perfectamente; por esto la amó más que a nosotros». Esta última parte —aseguró Joaquín—, además de aparecer también al final del primero de los manuscritos que habéis encontrado, vuelve a subrayar, como ya ocurrió antes y también en el evangelio de San Felipe, que Magdalena tuvo una relación más intensa con Jesús que el resto de los discípulos y que era una figura muy relevante dentro del grupo, aunque después fue relegada hasta casi desaparecer.

El evangelio de María, continuó el anfitrión, refleja el debate que existía en la naciente Iglesia cristiana sobre el papel que debían poseer las mujeres en la transmisión de la tradición. También muestra que en la época en la que se escribió existía un sector de la iglesia, que al final impuso sus tesis, que reclamaba la autoridad del apóstol San Pedro y rechazaba el papel que habían adquirido las mujeres, representado por Magdalena. Mientras, otro sector, que fue el que perdió, reivindicaba el protagonismo de María de Magdala porque consideraba que así sería más fiel a los preceptos que les transmitió Jesús.

Eran poco más de las nueve de la noche del sábado 6 de julio. Acababan de recuperar el sexto manuscrito y se encontraban en el salón de la casa de Joaquín. Los cuatro le narraban de forma atropellada cómo habían salido de las profundidades de la iglesia de Santiago. A unos metros de ellos, el potente ordenador traducía el sexto papiro a una velocidad endiablada. Durante el desayuno, y antes de que María decidiese ir por su cuenta a la iglesia y fuese secuestrada por los fisianianos, todos acordaron acudir al templo de Santiago a la misa de las siete. La táctica había salido perfecta el día anterior en la de San Nicolás y apostaron por repetirla. Además, al ser sábado, habría mucha más gente por las calles.

Y allí, delante del templo del apóstol peregrino, se encontraban en aquellos momentos Laura, María, Felipe y Roberto. Los cuatro sólo tenían en su cabeza los versículos que habían encontrado en el quinto cilindro de madera. El primero aparecía en Éxodo 4:17 y decía: «Toma también en tu mano este cayado porque con él has de hacer las señales». El segundo estaba en Lucas 11:10: «Porque todo el que pide, recibe; el que busca, halla; y al que llama se le abrirá». El tercero aparecía en Isaías 25:12: «La fortificación inaccesible de tus murallas derrocará, abajará, la hará tocar la tierra, hasta el polvo». El cuarto era Lucas 13:24: «Luchad por entrar por la puerta estrecha porque, os digo, muchos pretenderán entrar y no podrán». El penúltimo estaba en Isaías 45:2: «Yo marcharé delante de ti y allanaré las pendientes. Quebraré los batientes de bronce y romperé los cerrojos de hierro». Y el quinto y último aparecía en 2Corintios 3:17: «Porque el señor es el espíritu, y donde está el espíritu del señor, ahí está la libertad». Todos habían llegado a la conclusión de que lo primero que tenían que buscar era una puerta estrecha o algo que se le pareciese. Roberto, como decía el primero de los versículos, portaba a modo de cayado un bastón de peregrino.

Construida con los sillares de la antigua Torre de Hércules, la iglesia de Santiago era la más antigua de la ciudad. En el mismo lugar en el que se levantaba existió en el siglo I un templo en el que se veneraba al dios pagano Neptuno. La relación de la edificación moderna con el apóstol Santiago tenía su origen en los peregrinos que llegaban por mar a A Coruña y que después continuaban a Santiago de Compostela a través del camino inglés. Al traspasar el umbral de una de las puertas de la muralla medieval que rodeaba la Ciudad Vieja coruñesa, lo primero que divisaban era la fachada principal de la iglesia de Santiago. Durante los siglos XII, XIII y XIV, viajeros procedentes de Inglaterra y de los países nórdicos desembarcaron en el puerto herculino para peregrinar hasta la catedral de Santiago. En esta época, el camino francés estaba conquistado por los moros, por lo que el camino inglés adquirió un gran auge. Además, esta vía era más rápida y económica que los largos y polvorientos senderos del trayecto francés.

La iglesia fue construida en el siglo XII en estilo románico y reformada después en estilo gótico. En la actualidad, su planta era basilical de una sola nave, aunque la existencia de tres ábsides hacía pensar que en algún momento de su historia tuvo tres naves. Poseía la mayor escultura de Santiago peregrino. La portada principal estaba decorada con un rosetón ojival y bajo el tímpano aparecía una imagen esculpida del apóstol a caballo. Se sabía con seguridad que desde 1380 se reunía en su atrio el consejo de la ciudad, convocado por su campana. En una de sus torres, en la actualidad sólo quedaba la del campanario, se guardaba la pólvora para defender la ciudad cuando era atacada.

Faltaban unos minutos para las siete. Los cuatro habían subido los siete escalones hasta el atrio de la iglesia. Habían admirado la fachada y después habían subido las otras dos series de siete y seis escalones antes de entrar en su interior. No vieron a nadie que pudiera ser un fisianiano o un rosacruz, pero sabían que se encontraban allí. El cuarteto se dispuso a dar una vuelta por el interior de la iglesia antes de que comenzase la misa. Tenían en mente los seis versículos, pero ninguno fue capaz de encajarlos. Decidieron sentarse y esperar a que durante el oficio alguno de los cuatro tuviese suerte, como le había ocurrido a Felipe el día anterior. El oficio acabó y ninguno encontró la puerta pequeña en la que tenían que hacer «las señales» con el cayado. No entendían las pistas que había dejado el doctor Papus, a pesar de que en esta ocasión eran seis versículos. Sin embargo, no estaban dispuestos a abandonar la búsqueda tan pronto. Comenzaron a pasear por la iglesia. Los cuatro iban juntos. Después del susto del secuestro de María, habían decidido no arriesgarse: ninguno se separaría ni un metro del resto. Aquella decisión los retrasaba porque no podían investigar cada uno por su lado, como habían hecho en las cinco iglesias anteriores, pero había sido la condición impuesta por Joaquín para dejarlos marchar. Habían completado la tercera vuelta completa al interior del templo cuando Laura se detuvo ante la primera capilla que se abría a la derecha. Sus compañeros la imitaron. Sus corazones comenzaron a acelerarse. Fue entonces cuando los cuatro primeros versículos encajaron en la cabeza de la bibliotecaria como un rompecabezas.

Sin decir nada, cogió el cayado que portaba Roberto y golpeó un pequeño ventanuco tapado con cemento que había en el muro de la derecha. Los golpes sonaron a hueco. Los cuatro versículos también encajaron en las cabezas de María, Felipe y Roberto. Allí, tras aquella pared, se encontraba el sexto cilindro de madera. Como decía el primer versículo, Laura había tomado en su mano el cayado y había hecho «las señales». Había llamado y, como decía el segundo, «todo el que pide, recibe; el que busca, halla; y al que llama se le abrirá». Ahora quedaba, como aseguraba el tercero, que «la fortificación inaccesible de tus murallas derrocará, abajará, la hará tocar la tierra, hasta el polvo». Y como recogía el cuarto, «luchad por entrar por la puerta estrecha porque, os digo, muchos pretenderán entrar y no podrán». Y tenía razón este pasaje. Parecía demasiado estrecha para que entrase una persona. A Laura le extrañó que los dos últimos versículos no tuviesen explicación, pero estaba segura que tras aquella pared se encontraba el sexto manuscrito.

Roberto les pidió que esperasen un momento antes de realizar cualquier movimiento y se dirigió al lugar en el que se encontraban dos hombres. Intercambió un par de frases con ellos. Debían ser también rosacruces, pensaron a la vez Laura, María y Felipe.

—En un par de minutos mis hermanos nos limpiarán el camino. Después tendremos muy poco tiempo para actuar —les aseguró tras volver junto al trío a grandes zancadas.

Cuando el rosacruz lo creyó oportuno, le pidió a Laura que comenzase a «llamar». La bibliotecaria golpeó un par de veces la pared que tapaba el ventanuco. No cedía. A la tercera tomó impulso y el cayado se hundió hasta la mitad. El golpe no había llamado la atención de la media docena de personas que había en el templo. Terminó de romper el resto de la pared que cubría la ventana e introdujo la mano en el hueco. No había nada. Algo fallaba, se dijo. Aún faltaban los dos últimos versículos. Extrañada, comprobó que los restos que habían taponado el orificio habían desaparecido. No estaban allí. Aquel hueco sólo era la puerta de acceso al lugar en el que se hallaba el sexto manuscrito y se encontraba bajo el suelo que pisaban. Sin pensárselo dos veces, subió a la ventana que le quedaba a la altura de su cintura y se dejó deslizar por la pendiente. María, Felipe y Roberto la siguieron. La bajada parecía no tener fin. A los pocos segundos se hizo la oscuridad y ya no vieron nada. Laura comprobó que descendían en zigzag. Cuando comenzó a deslizarse, cada vez a más velocidad, la bibliotecaria se aferró al quinto versículo: «Yo marcharé delante de ti y allanaré las pendientes. Quebraré los batientes de bronce y romperé los cerrojos de hierro». Eso esperaba.

La pendiente finalizó. No veía nada. Todo seguía oscuro. Tampoco escuchaba nada. El ambiente estaba impregnado de un penetrante olor a humedad. De repente escuchó un ruido sordo sobre su cabeza. Cada vez se hacía más intenso. Le entró el pánico. Intentó levantarse, pero aquel ruido la embistió con fuerza. Era María que acababa de chocar contra ella. Se abrazaron en la oscuridad y se preguntaron si estaban bien. Respondieron de forma afirmativa. Instantes después llegaron Felipe y Roberto. La oscuridad era absoluta. Ninguno se aventuraba a calcular cuántos metros habían descendido. Sólo sabían que se hallaban en los sótanos de la iglesia de Santiago. El rosacruz les pidió que no se movieran. Laura y María seguían cogidas de la mano. Roberto llevaba un mechero. Lo encendió y a su lado distinguió tres figuras. A su izquierda divisó una antorcha y la prendió. La dependencia se llenó de luz. Los tres amigos suspiraron. Aquel lugar no tenía más de diez metros cuadrados. Con un rápido vistazo comprobaron que allí no se encontraba el sexto manuscrito. Sólo, el final del tobogán de piedra pulida por el que acababan de descender. Por la pendiente que tenía, se convencieron de que les sería imposible volver a subir. Frente a ellos vieron una puerta.

—Tiene batientes de bronce y cerrojos de hierro —gritó Laura.

El quinto versículo se acababa de cumplir: «Yo marcharé delante de ti y allanaré las pendientes. Quebraré los batientes de bronce y romperé los cerrojos de hierro». Laura intentó abrir la puerta, pero le fue imposible. Se giró hacia sus amigos.

—El quinto versículo dice que alguien marchará delante de nosotros y allanará las pendientes, quebrará los batientes y romperá los cerrojos. Pero, aquí no hay nadie —exclamó desanimada la bibliotecaria.

—No seas como la Iglesia Católica, que toma todo al pie de la letra —le espetó María—. Es una metáfora. Esa persona que va hacer todo eso no existe. Bueno, sí existe. Somos nosotros. Es nuestra determinación para seguir adelante, nuestro empeño para encontrar los siete manuscritos, nuestras ganas de continuar sin importarnos los peligros que podamos correr, nuestra fe en toda esta maravillosa historia lo que nos han empujado hasta aquí y abrirán esta puerta. ¿Quién marchó delante de nosotros y nos allanó el camino? Fuiste tú, Laura. La misma que no pensó ni un segundo en meterse por la ventana y lanzarse al vacío sin importarle lo que hubiera un metro más abajo. La misma que al final de todo esto tendrá que tomar una gran decisión —la informática hizo una pausa—. Y ahora, Felipe y Roberto romperán los batientes y los cerrojos y comprobaremos qué se esconde al otro lado.

Los cuatro guardaron unos segundos de silencio. Lo que había dicho María era verdad. Pero no tenían tiempo para pensar en ello. Mientras Laura sujetaba la antorcha, los dos hombres comenzaron a golpear el cerrojo. Allí dentro, entre aquellas cuatro paredes, los golpes retumbaban el doble. Pero en la iglesia, a muchos metros por encima, nadie los oía. Tras varios minutos de dura pelea, el cerrojo cedió y pudieron abrir la puerta. Felipe, que cerraba el grupo, aún no había terminado de cruzar el umbral cuando Roberto soltó una exclamación.

—¡Santo Dios!

—¿Qué sucede? —preguntaron asustadas Laura y María.

El rosacruz comenzó a encender las antorchas situadas en las paredes de la sala circular a la que acababan de acceder.

—¿Sabéis qué es esto? —preguntó emocionado—. ¿Sabéis qué es esto? Es un templo rosacruz. El Gran Templo Rosacruz. Existe una leyenda, que siempre nos cuentan a los niños rosacruces, que narra la existencia de un gran templo rosacruz en A Coruña. Un templo subterráneo del que salieron todos los ritos de la hermandad y en el que se iniciaron los primeros hermanos rosacruces hace cientos de años. Y se encuentra bajo la iglesia de Santiago. Y Papus lo sabía —rió a carcajadas.

—Era el gran maestre —intervino Felipe.

—El centro del templo —continuó entusiasmado Roberto— está presidido por la shekinah, el altar triangular que instituyó Cagliostro, el antepasado de Papus.

Estatuas de mármol blanco de hombres y mujeres adornaban las paredes. El suelo también era de mármol, pero de color marrón. El techo, en forma de cúpula, estaba recubierto de yeso y oro. No se parecía a ningún otro templo que habían visto antes. Era tal su belleza que ninguno de los cuatro tenía palabras para describírselo a Joaquín. Ninguna figura presidía la sala. La decoración era austera, pero, aun así, el lugar era espectacular. Sobre todo, su cúpula de yeso y oro. Alrededor del altar se disponían tres hileras de bancos, también de mármol blanco, que formaba tres círculos concéntricos.

Seguían sin encontrar el manuscrito, aunque todavía quedaba el sexto versículo por encajar: «Porque el señor es el espíritu, y donde está el espíritu del señor, ahí está la libertad». Laura se acercó al altar. En su base observó una trampilla cuadrada. Le sorprendió que el sexto manuscrito fuese tan fácil de encontrar. Pero allí no estaba. Al levantarla aparecieron cuatro ruedas de madera. Dos arriba y dos abajo. Al instante comprendió lo que eran. Aquellas cuatro ruedas, de unos diez centímetros de diámetro, eran la llave para encontrar el sexto manuscrito. Cada una tenía tallados setenta y siete números. Otra vez el siete, se dijo la bibliotecaria. Ahora sólo faltaba hallar la combinación para descubrir el lugar en el que se escondía el cilindro. Estaba segura de que su razonamiento era el acertado y les hizo partícipes a sus amigos de su descubrimiento. Felipe era el más incrédulo.

—¿Sabes cuántas combinaciones posibles existen con cuatro ruedas y setenta y siete números? Miles.

—No tenemos prisa —sonrió María que se puso a girar las ruedas de forma aleatoria.

Probaron multitud de combinaciones. Sobre todo, con el siete. Creían que, si había sido tan importante durante toda aquella historia, en ese momento debería serlo aún más. A la media hora, Laura se desanimó y se sentó en la primera grada de bancos que rodeaba el altar.

—No puede ser tan complicado —les dijo—. Tiene que haber una clave escondida.

Aún quedaba el sexto versículo por utilizar y la bibliotecaria pensó que en él debía buscar los números de la combinación. Pero ¿cómo?, se preguntó derrotada.

—Cincuenta, cincuenta, uno y uno —soltó en alto después de unos minutos—. Esa es la combinación.

Laura lo había encontrado. María, Felipe y Roberto se giraron extrañados hacia ella.

—¿Y por qué es ésa? —preguntó la informática, que también se había sentado, mientras el seminarista y el rosacruz movían las ruedas de forma aleatoria.

—Está en el sexto versículo. Recita en alto la primera frase.

—Porque el señor es el espíritu —obedeció la informática.

—¿Cuántas de sus letras tienen valor numérico en el alfabeto romano?

María tardó unos segundos en localizarlas.

—Cuatro —respondió triunfante—. Las dos eles de los dos artículos y las dos íes de la palabra espíritu.

—¿Y cuál es su valor?

—Cincuenta, cincuenta, uno y uno.

Felipe colocó los números casi al mismo tiempo que María los decía. Al llegar a la cuarta rueda, buscó el uno con mucho cuidado y lo deslizó muy despacio hasta su sitio. Sonó un click, pero no pasó nada. Todos se quedaron expectantes. Instantes después se abrió otra trampilla, imperceptible a la vista cuando estaba cerrada. Se encontraba junto a la que guardaba las cuatro ruedas. Allí apareció el cilindro de madera con el sexto manuscrito de Magdalena. El seminarista dejó que fuese Laura la que lo sacase. La bibliotecaria lo abrió y dio un salto de alegría. Contenía el sexto papiro y el sexto pedazo de papel con los siete versículos. Echó un vistazo al papel y se lo guardó en el bolsillo de su pantalón. Ahora sólo quedaba salir de allí. El templo era precioso, pero salvo Roberto, el resto prefería estar al aire libre. No vieron ninguna puerta por la que salir, excepto por la que habían entrado y por allí no podían volver al exterior. Los cuatro llegaron a la conclusión de que tenía que haber otra salida. No creían que los rosacruces utilizasen la empinada rampa por la que habían bajado para abandonar el recinto.

—Aún nos queda la última frase del sexto versículo —apuntó Felipe—. Aún no la hemos usado: «y donde está el espíritu del señor, ahí está la libertad».

—Pero aquí no hay ningún señor —exclamó Laura a la vez que miraba a su alrededor—. No hay ninguna imagen de Jesús ni de Dios.

—Recuerda —apuntó Roberto, que seguía maravillado por el lugar— que los rosacruces no tenemos un señor ni un dios, sino que cada uno tiene el suyo.

—Entonces, ¿es otra metáfora?

Roberto asintió. Los cuatro comenzaron a buscar por toda la sala, pero sin saber qué tenían que encontrar. Llevaban media hora escudriñando todos los recovecos del templo y Laura comenzó a pensar que jamás saldrían de allí. No podían avisar a nadie porque los gruesos muros impedían que los teléfonos móviles tuviesen cobertura. La bibliotecaria volvió a sentarse en el mismo lugar en el que había encontrado la combinación para abrir la trampilla. Quizá le diese suerte, pensó.

A su espalda estaba la puerta por la que habían entrado. Enfrente se erguía la estatua de un hombre armado con un casco, un escudo y una espada. Parecía un soldado de las cruzadas. Miró a su alrededor y no vio ninguna figura que se le pareciese. Aquel podía ser el señor que buscaban. Sólo faltaba encontrar el lugar en el que se alojaba su espíritu. Se levantó y se dirigió con paso decidido hacia la estatua de mármol. Sus pensamientos se agolpaban en su cabeza. Laura la miró a los ojos y creyó hallar la respuesta. Como buen guerrero, pensó que su espíritu se alojaba en su espada. La tocó de arriba a abajo, pero allí no se encontraba la libertad que anunciaba el sexto versículo. Sabía que el espíritu no sólo era el ente inmaterial o alma al que se referían los católicos. El espíritu también era el ánimo, el valor, el aliento o el esfuerzo. ¿Y dónde debía guardar todas esas virtudes un guerrero como aquel?, se preguntó.

—En su corazón —susurró—. Otra metáfora. Ahí está la libertad. Nuestra libertad. En su corazón.

Se acercó a la estatua. La tenía a poco más de un palmo. No vio nada en aquella zona del pecho que le pudiese ayudar. Laura dio una patada al suelo. Con las prisas y los nervios había dirigido su mirada a la zona derecha del pecho en lugar de a la izquierda. Allí estaba la libertad: un pequeño escudo del tamaño de un puño. Lo acarició con las yemas de los dedos y al llegar al centro lo presionó. El escudo se incrustó un par de centímetros en la armadura de piedra. Laura dio un salto. Detrás de la estatua se movió una piedra que dejó al descubierto un hueco en la pared. Su tamaño no superaba el metro. Al escuchar el ruido, María, Felipe y Roberto se giraron hacia Laura

—¿Cómo lo has hecho? —preguntó eufórica la informática, que al igual que Felipe y Roberto corrían hacia ella.

—He tocado el lugar en el que los guerreros como éste tienen el espíritu: en el corazón. Es otra metáfora —sonrió triunfante.

El rosacruz cogió una de las antorchas

—Seguidme. Tenemos que salir de aquí.

Los cuatro se introdujeron en el túnel. Estaba oscuro. Tenían que gatear porque la altura no superaba el metro. Tampoco podían ir en parejas porque era demasiado estrecho. Tras unos minutos, María, que iba tras Roberto, que abría el grupo, miró por encima del rosacruz, pero no vio el final. Sólo oscuridad. Un poco después decidieron detener la marcha para descansar unos instantes. Aunque el suelo era de piedra lisa, les dolían las rodillas. Reanudaron el camino. El grupo giró a la izquierda y de repente el túnel se hizo más grande. Los cuatro se levantaron. Tenían las articulaciones doloridas. Siguieron a paso rápido. Desembocaron en otro túnel mayor que parecía el de una alcantarilla. La antorcha que portaba Roberto era lo único que les daba luz. Una veintena de metros más adelante observaron, pegada a la pared, una escalera que ascendía hacia el techo. Tendría unos treinta peldaños. El rosacruz le entregó la antorcha a Felipe y subió con rapidez. Al llegar al final empujó la tapa hacia arriba. Un chorro de luz inundó el túnel. Por fin, luz natural.

—Subid —gritó el rosacruz.

Laura fue la primera. Le costó alcanzar el último peldaño, ya que llevaba el cilindro de madera con el sexto manuscrito. Luego subió María. Cuando Felipe se disponía a colocar el primer pie en el escalón escuchó a su espalda el ruido de unas pisadas que se acercaban a gran velocidad. No miró hacia atrás, tiró la antorcha que le había dado Roberto y subió los escalones de tres en tres. Cuando María y el rosacruz tiraban de él, y antes de que su cuerpo saliera por completo de la alcantarilla, creyó notar que alguien le agarraba el zapato. Roberto volvió a colocar la tapa de la alcantarilla con gran rapidez y los cuatro escaparon a la carrera.

Habían salido al final de la calle Tabernas, la calle en la que vivía Laura. Se encontraban a poco más de cien metros de la iglesia de Santiago. Corrieron hacia Puerta Real para coger un taxi. El trayecto hasta la casa de Joaquín lo hicieron en un par de minutos. Llegaron sin problemas. En aquellos momentos se encontraban en el salón de la casa de los Cantones rememorando aquel increíble episodio. Pero tenían un problema: Laura había perdido el papel que contenía los siete versículos que debían ayudarles a encontrar el séptimo y último manuscrito.

María no estaba dispuesta a esperar hasta la siete de la tarde del aquel caluroso sábado para acudir a la iglesia de Santiago y recuperar el sexto papiro. Había accedido a hacerlo de esa manera el día anterior, pero algo en su interior le impedía esperar tanto tiempo. No podía aguantar otra vez tantas horas encerrada en aquella casa cuando sabía que a un par de kilómetros se encontraba el penúltimo manuscrito de

Magdalena. Todos acabaron de desayunar. María les dijo que tenía un fuerte dolor de cabeza y subió a su habitación a descansar. Laura se puso a leer uno de los libros de la biblioteca de Joaquín; Felipe, a escuchar música, y el anfitrión y Roberto, a realizar la gimnasia que el primero tenía que hacer todos los días para fortalecer su maltrecha espalda.

La informática esperó unos minutos y salió de su habitación. A su derecha escuchó a los dos hombres en el gimnasio. Giró a la izquierda y atravesó el pasillo hasta las escaleras. Se quitó los zapatos y descendió con mucho cuidado hasta el salón. Vio a Laura sentada en el alféizar de una de las ventanas. Leía ensimismada el mismo libro que había empezado el día anterior. Se titulaba *La princesa de los apóstoles*. Felipe se encontraba tumbado en uno de los sillones. Escuchaba música a través de unos auriculares inalámbricos. Con gran rapidez, cruzó el umbral de la puerta del salón y quedó fuera del alcance de la mirada de sus dos amigos. Laura levantó la vista del libro. Le había parecido ver a alguien que se había movido a la entrada del salón. Agudizó el oído, pero no escuchó nada. Volvió a sumergirse en la apasionante historia que estaba leyendo. María cerró la puerta de la entrada a cámara lenta. Dio un suspiro de alivio, se puso los zapatos y bajó las escaleras de tres en tres. Una bocanada de aire caliente la recibió al salir a la calle. Eran poco más de las once de la mañana del sábado 6 de julio. Como toda la semana, aquel día los termómetros también rondarían los cuarenta grados. Giró a la izquierda y se dirigió a la iglesia de Santiago. Tenía por delante quince minutos de camino por los Cantones y la avenida de la Marina.

A la informática le dio un vuelco el corazón cuando se topó con la fachada del templo. Durante el trayecto había mirado más de una docena de ocasiones por encima de su hombro, pero no vio a nadie que la siguiese. Estaba equivocada. Pensaba que con una gorra y unas gafas oscuras podía pasar desapercibida. Pero no era así. Subió el primer grupo de siete escalones hasta el atrio y después los otros dos de siete y seis hasta la entrada de la iglesia. Había memorizado el día anterior los seis versículos y los había repetido de manera insistente durante la caminata. Comenzó la búsqueda con muchos ánimos. Después de dar tres vueltas por el interior del recinto y no encontrar nada, decidió sentarse en uno de los bancos. Pensó que unos minutos de descanso le ayudarían a relajarse después de tanta agitación. Escuchó cómo un par de personas se sentaban detrás de ella. No le dio importancia. De repente, alguien le tapó la nariz y la boca con un pañuelo. Un fuerte e intenso olor, que la ahogaba, penetró en sus pulmones. Se desmayó.

Eran las dos y media. Se acercaba la hora de comer. Joaquín le pidió a Laura que subiese a comprobar cómo se encontraba María. Se había retirado a su habitación después de desayunar y no habían vuelto a saber nada de ella. En ese momento, la bibliotecaria recibió una llamada en su móvil. Se quedó pálida. Subió al piso superior. Su amiga no se encontraba en su habitación. La llamó un par de ocasiones. No obtuvo respuesta. Bajó a la planta de abajo. Volvió a insistir. Tampoco estaba allí.

—¿Qué sucede? —preguntó alterado Felipe que había recorrido el camino desde el otro lado del salón a grandes zancadas.

—Han secuestrado a María. Han sido los fisianianos —respondió la bibliotecaria casi entre sollozos.

—Yo la encontraré —afirmó el rosacruz antes de cerrar la puerta y bajar las escaleras de cuatro en cuatro.

Unos minutos después, Joaquín recibió una llamada en su móvil. Era el rosacruz.

—El portero le ha dicho que la vio salir a las once.

—Lleva más de tres horas fuera —exclamó Felipe preocupado.

María recuperó el conocimiento. Lo primero que notó fue un fuerte dolor de cabeza y lo segundo, que tenía vendados los ojos y estaba sentada en una silla con las manos y los pies atados. Tras unos instantes se dio cuenta de que no había nadie en la habitación. Había perdido la noción del tiempo y desconocía cuántas horas llevaba allí. De repente le entró el pánico y pensó en Laura y en Felipe.

—¡Hola! —gritó.

La única respuesta que recibió fue el eco de su voz y después otra vez el silencio.

—¿Hay alguien ahí? —insistió nerviosa.

Nadie respondió. Intentó desatarse, pero era imposible. Los nudos eran muy fuertes. Volvió a probar, pero perdió el equilibrio y cayó al suelo sobre su costado izquierdo. Se hizo daño en el hombro. Escuchó unos pasos que se aproximaban a gran velocidad. Cada vez sonaban más cerca. La puerta de la habitación se abrió. Las pisadas se acercaron a ella. Le entró el pánico y sintió un nudo en el corazón. Pero sólo fueron unos segundos. El tiempo suficiente para que le quitaran la venda y encontrarse con los inmensos ojos verdes de Roberto. El rosacruz la desató las manos. Antes de que hiciese lo mismo con los pies se fundieron en un abrazo, el mismo, o aún mayor, que recibió la informática cuando entró por la puerta de la casa de los Cantones y Laura y Felipe se abalanzaron sobre ella. Eran casi las cuatro de la tarde.

—Estoy bien. Estoy bien —repetía María de forma insistente— Sólo me duele la cabeza y las muñecas por intentar desatarme.

Primero Laura y después Felipe se acercaron a Roberto. Le dieron un abrazo de agradecimiento. El seminarista le preguntó cómo había encontrado a su amiga.

—Es secreto de sumario —se limitó a responder el rosacruz con una gran sonrisa.

María, arrepentida, les contó lo que le había sucedido. En ningún momento había visto a sus secuestradores. Dudó en un primer momento que fuese obra de los fisianianos. La bibliotecaria le aseguró que se equivocaba y le relató la llamada que había recibido hacía unas horas.

Gran parte de la carrera de Historia la habían estudiado juntas Laura y María. Les unía una amistad que el tiempo no había hecho más que agrandar. Por eso se le hizo un nudo en el estómago y otro en el corazón cuando escuchó aquellas dos frases.

—Tenemos a su amiga. Si quiere verla con vida, entréguenos los cinco manuscritos de Magdalena —dijo una voz ronca de hombre al otro lado del teléfono móvil.

Los fisianianos habían secuestrado a María.

CAPÍTULO 7

Gracias a Joaquín, toda aquella aventura había sido más fácil, pensó Laura. Sin él, habría sido imposible llegar hasta el punto en el que se encontraban. Eran las nueve de la mañana del domingo 7 de julio y el despertador acababa de sonar. Quince minutos después había quedado con el resto del grupo para desayunar. A las diez irían a buscar el séptimo y último manuscrito a la iglesia Castrense. Después tendría que tomar una gran decisión.

Cuando bajó al salón, María y Roberto terminaban de colocar la mesa. Joaquín se encontraba frente al ordenador. Sólo faltaba Felipe, que bajó unos minutos después. En el ambiente reinaba una tensa calma. Sabían que podía ser el último día de aquella magnífica historia. Todos tenían sentimientos encontrados. Ansiaban recuperar el séptimo papiro para completar el rompecabezas, pero si lo conseguían se terminaba la gran aventura que habían vivido durante la última semana. Sin embargo, iba a ser más complicado que el resto. Cuando hallaron el sexto cilindro, en los sótanos de la iglesia de Santiago, Laura se había guardado el papel con los siete versículos en uno de sus bolsillos. En la huida apresurada por el túnel lo había perdido. Sólo recordaba el último versículo y no sabían si sería suficiente. No tardarían mucho tiempo en comprobarlo.

—Me ha llamado mucho la atención —reconoció María mientras bebía un sorbo de café— la afirmación que hace Magdalena en el manuscrito que encontramos el viernes cuando dice que Jesús «pretendía salvar a su pueblo. Pretendía salvarlo del yugo opresor de los romanos» y que «muchas de sus palabras hablaban de una liberación de nuestro pueblo». Según ella, esta actitud provocaba recelos en los romanos y también en algunos judíos. Pero lo que más me ha sorprendido es cuando asegura que él quería que su pueblo pudiese tomar las decisiones con libertad y que tuviese la libre determinación para decidir su futuro. Esto lo firmaría en la actualidad cualquier político nacionalista.

Todos sonrieron.

—A mí también me ha llamado la atención —intervino Laura— el pasaje que aparece después en el que explica que Jesús compartía los ideales de los zelotes, pero no sus formas, que dentro del grupo había zelotes, que él era el heredero del trono de Jerusalén y que, por eso, los zelotes eran sus seguidores. La biblia no dice nada de eso.

Joaquín dejó su taza en la mesa. Dirigió su silla de ruedas hacia el sillón donde se encontraba la biblia de pastas verdes de Felipe y pasó las páginas hasta encontrar lo que buscaba.

—Es el evangelio de San Juan. Lee el versículo 6:15 —le pidió a la bibliotecaria mientras le acercaba la biblia.

—"Dándose cuenta Jesús de que intentaban venir a tomarle por la fuerza para hacerle rey, huyó de nuevo al monte él sólo».

Laura cerró la biblia y la dejó muy despacio sobre la mesa.

Todas las miradas se dirigieron al anfitrión.

—Los judíos —comenzó— esperaban un mesías bélico y triunfador, un rey que los liberase de la opresión de los romanos. Pero Jesús cumplía ese perfil a medias. Él quería liberar a su pueblo, de eso no hay duda, pero sin utilizar la violencia. Cuando realizó su entrada en Jerusalén, no fue tan exitosa como preveía. Pretendía crear una Judea idílica, libre de los romanos, pero falló en su objetivo porque los judíos estaban divididos y no creían que podrían expulsar a los romanos sólo con las palabras.

Gracias a los evangelios, se sabe que Jesús pertenecía a la tribu de Judá y que era descendiente directo del rey David y, por lo tanto, de sangre real. Él era el heredero del trono de Jerusalén. Los zelotes, defensores de la guerra contra los romanos, querían echarlos de su país y que Jesús se convirtiese en su rey.

En el año 6, después del nacimiento de Cristo, los romanos dividieron la región en dos provincias, Judea y Galilea, e instauraron un nuevo censo para recaudar mejor los impuestos a sus habitantes. Muchos judíos se resistieron y algunos lo hicieron de una forma más activa y radical: así nacieron los zelotes. La palabra zelote proviene del vocablo *celo*. Los integrantes de este grupo eran celosos del honor de Dios, apasionados, fanáticos y nacionalistas. Se oponían a todo poder extranjero y se negaban a pagar los impuestos. Una facción, aún más radical, eran los sicarios. Siempre llevaban bajo su túnica una sica: una daga curvada más letal que un puñal. Dentro del grupo de Jesús había varios zelotes. El evangelio de San Lucas así lo asegura en el 6:15 al llamar a uno de ellos «Simón, el zelote». El apodo de Judas, iscariote, se refiere a su afiliación sicaria. Los apodos de los hermanos Santiago y Juan, *boanerges*, y el de Pedro, *barjona*, eran nombres de lucha utilizados por este grupo. El movimiento fue aniquilado por los romanos tras la rebelión popular de Masada del año 66.

—¿A qué se refiere Magdalena cuando dice que Jesús era un nazareno y su lema era el servicio abnegado? ¿La palabra nazareno no se refiere a que era de Nazaret?

Joaquín negó con la cabeza

—Es cierto que la biblia habla de Jesús como el nazareno, pero los estudiosos han concluido que no se refiere a que provenga de Nazaret.

Hay teorías que defienden que este pueblo nunca existió. En caso de que le llamasen por el nombre de su lugar de procedencia deberían decir Jesús de Belén. El término nazareno se refiere a una afiliación. Los nazarenos tenían muchos puntos de conexión con los gnósticos y dos de sus lemas eran el servicio abnegado hacia los demás y la no utilización de la violencia.

—El pasaje del manuscrito de Magdalena en el que narra el nacimiento de Jesús —intervino María— también es muy interesante porque no menciona la visita de los reyes magos y sí otros detalles que yo desconocía.

Todos esperaron a que Joaquín comenzase a hablar, pero tuvieron que aguardar unos segundos porque acababa de engullir medio bollo con mantequilla.

—Salvo el episodio de los reyes magos —arrancó el anfitrión después de beber un sorbo de café—, que Magdalena omite porque se le olvidó, porque Jesús no se lo contó o porque nunca fueron a visitarle, el resto aparece en la biblia tal y como ella lo relata. La historia del nacimiento del Mesías sólo se encuentra en dos de los cuatro evangelios: Mateo y Lucas. En los de Marcos y Juan no se hace ninguna mención. Y al contrario de lo que suele ocurrir con los sinópticos, los dos que abordan este acontecimiento no repiten los mismos datos, sino que se complementan uno con otro. Los pasajes que se señalan tanto en estos dos textos bíblicos como en el manuscrito de Magdalena son que José y María viajaron desde Galilea a Belén para empadronarse y que allí nació Jesús (Lucas 2:1); que, al no tener alojamiento, su madre lo colocó en un pesebre (Lucas 2:7); que los visitaron unos pastores (Lucas 2:8); que nació en tiempos del rey Herodes (Mateo 2:1) y que le pusieron de nombre Jesús, que en hebreo significa *Yahveh salva* (Mateo 1:21). También concuerdan sus palabras con otros acontecimientos reseñados en otras partes de la biblia: que con su nacimiento se cumplieron las profecías recogidas en las antiguas escrituras: que una doncella encinta iba a dar a luz a un hijo al que llamaría Emmanuel (Isaías 7:14), que de Belén saldría quien iba a dominar Israel (Oseas 11:1) y que de Egipto le llamaría (Miqueas 5:1). También coinciden en que los tres huyeron a Egipto hasta que murió Herodes (Mateo 8:13), que a los ochos días fue circuncidado (Lucas 2:21), que volvieron de Egipto y que Jesús estuvo cuarenta días y cuarenta noches en el desierto (Lucas 4:2).

—Y ahora que tenéis los elementos de juicio suficientes —intervino Roberto— para asegurar que la religión que conocemos no es la que pregonó Jesús ni la que defendió Magdalena, ¿queréis saber quién fue la gran instigadora de los numerosos cambios producidos en los preceptos cristianos?

—Sí —pidieron Laura y María a coro.

—Una de las grandes culpables, por no decir la gran culpable, de que la religión católica haya llegado a nuestros días tan modificada y tan diferente a como la creó Jesús fue Santa Elena, la madre del emperador Constantino.

—¿El mismo bajo cuya autoridad —preguntó con rapidez María— se celebró el Concilio de Nicea en el que se escogieron unos evangelios en detrimento de otros?

—Exactamente. Ella fue la culpable de que su hijo abrazase la religión cristiana. Y Constantino, como no le gustaba cómo era esa religión, modificó muchos de sus preceptos y creó otra diferente a su medida. Fue en ese concilio donde, bajo la tutela del emperador, se eliminaron todos los datos que presentaban a un Jesús humano y terrenal para convertirlo en un ser supremo de origen divino. Fue también allí donde se manipuló y desprestigió la imagen de María de Magdala y se acusó de herejes a todos aquellos que no siguiesen el cristianismo que ellos propugnaban.

Elena, la madre de Constantino, prosiguió Roberto, era una seguidora de la nueva religión creada por Jesús, aunque en aquel tiempo, principios del siglo IV, aún no la habían legalizado. Aun así, ya poseía una gran relevancia. Su hijo era un general del ejército romano que respetaba a los cristianos, aunque era pagano. Tras la muerte de su padre, Constancio, fue proclamado augusto, aunque Majencio fue aclamado emperador de Roma. En el año 311, ambos se enfrentaron en la batalla de Puerto Milvio, a las afueras de Roma. El vencedor sería nombrado emperador. La noche anterior, Constantino tuvo un sueño. Vio una cruz luminosa en el cielo y oyó una voz que le dijo: «Con este signo vencerás». Al día siguiente, ordenó colocar la cruz en varias banderas de su ejército y al grito de «Confío en Cristo, en quien cree mi madre» comenzó la batalla. La victoria fue total para Constantino. Majencio murió ahogado en el río Tiber y el hijo de Santa Elena fue proclamado emperador. Dos años después, firmó el famoso Edicto de Milán por el que legalizó el cristianismo y se convirtió a esta religión. Fue una decisión, sobre todo, política, ya que el cristianismo se había convertido en un gran poder. La influencia de su madre Elena también fue muy importante.

—Constantino —siguió el rosacruz con su relato— era adorador del sol Invictus, una variante del culto al dios pagano Mitra. Por eso, el emperador impregnó el cristianismo de la aureola mitraica al usar elementos de este último como el bautismo, la eucaristía, la resurrección de un dios salvador, el uso de campanas o el incienso. Y también, la mitra, el báculo, la capa roja o el anillo que portan los actuales papas y que antes llevaban los sumos sacerdotes que adoraban al dios Mitra. Fue Constantino quien, en el año 314, cambió de forma arbitraria la fecha del nacimiento de Jesús y la trasladó al 25 de diciembre para que coincidiera con la fiesta pagana del sol que se celebraba ese día en Roma. Aunque en el Concilio de Nicea, en el año 325, habían escogido los evangelios que eran más proclives a las ideas del emperador, Constantino necesitaba poseer pruebas físicas de la existencia del salvador. Y lo que era aún más importante: con todos los cambios que había realizado, también le hacía falta demostrar la existencia de un mesías superior y celestial. Así, su versión sería aceptada y convencería a la población pagana para que abrazase el cristianismo. Comenzó entonces la búsqueda de las pruebas que sustentasen las fábulas de la nueva religión, unas pruebas que tuvieron una gran importancia, y aún la tienen, para crear, aumentar y preservar las bases del cristianismo.

Constantino envió a su madre, ferviente seguidora de Jesús, para que las encontrase y así demostrar que la historia que había inventado era cierta.

—Pero es imposible que las hallase —exclamó Roberto— no existían. Pero las descubrió. ¿Y cómo? Se las inventó. Nadie se atrevería a poner en duda la palabra de la madre de un emperador.

En el año 326, la emperatriz Elena peregrinó a Jerusalén con el objetivo de encontrar la cruz en la que había muerto Jesús. Su hijo la había empezado a utilizar como presagio de victoria. Los cristianos que vivían en Jerusalén desconocían el lugar en el que se hallaba, pero, en cambio, le mostraron el emplazamiento en el que la tradición aseguraba que se encontraba la tumba del Mesías: bajo el templo pagano de Venus. La madre de Constantino mandó derruir el edificio con el fin de descubrir el Santo Sepulcro.

—Pero menuda sorpresa se llevaron. Además de encontrar la sepultura de Jesús, hallaron tres cruces. A partir de ese momento, se extendió la leyenda de que una de ellas era la auténtica vera cruz porque producía curaciones milagrosas. Habían nacido las reliquias —sentenció Roberto—. A partir de ese momento ya no hubo tregua: que si un cabello de María, que si el corazón de Jesús, que si un dedo de San Juan el bautista... Si se juntasen todas las astillas que hay en el mundo que afirman pertenecer a la cruz del Mesías, formarían un madero de varios cientos de metros. Y si se hiciese lo mismo con los cabellos de María, tendría una melena que arrastraría por el suelo. En el siglo XI, Constantinopla estaba repleta de reliquias de la Iglesia cristiana: manuscritos de Jesús; el oro que le regalaron los reyes magos; las trompetas de Jericó; el hacha que Noé utilizó para construir el arca; la corona de espinas; la túnica, y así, cientos y cientos de pruebas que ratificaban las mentiras cristianas que se había inventado Constantino. Con el paso del tiempo, el fraude y la falsificación se convirtieron en los mejores embajadores de la nueva religión. Ya lo dijo el papa León X en el siglo XVI: «La fábula de Cristo ha sido tremendamente provechosa para la iglesia».

El desayuno fue más rápido que el de los días anteriores. Todos deseaban acudir a la iglesia Castrense, recuperar el séptimo y último manuscrito, traducirlo y conocer la gran decisión que a continuación debía tomar Laura. El círculo estaba a punto de cerrarse. Y en cierta manera era así. El templo de las Capuchinas, el primero que formaba la gran eme mayúscula, se encontraba a poco más de trescientos metros en línea recta de la iglesia Castrense. Allí se dirigían en esos momentos Laura, María, Felipe y Roberto. Era domingo. No había mucha gente por la calle. Sólo algunos jóvenes que volvían a casa después de una larga noche de fiesta. Aparcaron el coche en uno de los laterales del templo. La iglesia Castrense, donde se celebraban todos los actos religiosos relacionados con los militares, se levantaba en la calle San Andrés. En un principio, el solar había estado ocupado por el hospital de San Andrés que fue destruido en 1589 durante el asedio inglés. En 1881, el ruinoso edificio se demolió y en su lugar se construyó la iglesia de San Andrés, también conocida como la Castrense.

El cuarteto entró en el interior. Allí estaban enterrados los restos de los dos promotores del templo: Eusebio da Guarda y Modesta Goicouria. No había rastro de los fisianianos. Los cuatro pensaron que aquella iglesia, como la de las Clarisas, no se encontraba entre las que debían vigilar. Estaba vacía. Cinco esculturas, tres a la izquierda, la de Cristo crucificado, la de San Eusebio y la de la Virgen del Carmen, y dos a la derecha, las de Santa Modesta y Santa Rita, adornaban el templo. Eran obra de Isidoro Brocos, que fue profesor de Pablo Picasso durante los años que el pintor vivió en A Coruña. Las miradas de Laura, María, Felipe y Roberto se posaron sobre el altar. Allí creían que se escondía el séptimo cilindro con el séptimo manuscrito. En la huida por el túnel de la iglesia de Santiago, a la bibliotecaria se le había caído el papel con los siete versículos. Antes de meterlo en el bolsillo le había echado un vistazo, pero sólo recordaba el último, Mateo 23:19: «Ciego, ¿qué es más importante, la ofrenda o el altar que hace sagrada la ofrenda? Quien jura, pues, por el altar, jura por él y por todo lo que está sobre él». A falta del resto de versículos, concluyeron, antes de salir de la casa de los Cantones, que el séptimo manuscrito debían buscarlo en el altar. Y hacia allí se dirigieron Laura y María, mientras Felipe y Roberto vigilaban que nadie accediese por la puerta principal ni por la lateral. Las dos amigas inspeccionaron el altar y sus alrededores durante más de diez minutos. No encontraron nada. Tuvieron que detener su búsqueda un par de veces al entrar varias personas. Los turistas abandonaron la iglesia a los pocos minutos.

Derrotadas, las dos mujeres cedieron sus puestos a Felipe y Roberto. Ellos tampoco tuvieron suerte. Sobre sus cabezas comenzaba a revolotear la idea de que iba a ser imposible encontrar el séptimo y último papiro sin saber los seis primeros versículos. Laura había perdido la cuenta de las veces que se había maldecido por sacar el papel del cilindro y meterlo en el bolsillo. Pero ya era tarde para lamentarse. Los cuatro se sentaron en un banco. Lo habían tenido tan cerca que estaban a punto de llorar de impotencia. Nadie podía ayudarles, ni el propio Papus. El séptimo manuscrito quedaría para siempre perdido en aquel templo. Habían inspeccionado la iglesia palmo a palmo, pero sin la ayuda de los seis primeros versículos era buscar una aguja en un pajar. Felipe no se daba por vencido. Él había comenzado toda aquella historia, hacía casi una semana, y quería terminarla. El seminarista volvió a recitar el versículo de Mateo muy despacio. Masticaba las palabras intentando desentrañar su significado. Era la única pista que tenían y debían estrujarla al máximo. «Ciego, ¿qué es más importante, la ofrenda o el altar que hace sagrada la ofrenda? Quien jura, pues, por el altar, jura por él y por todo lo que está sobre él». Felipe posó su mirada en la pared de la izquierda, después en la de la derecha y soltó una carcajada. Laura, María y Roberto le miraron con cara de incredulidad. El seminarista les pidió que se acercasen.

—Al igual que la primera palabra del versículo, hemos estado ciegos.

Este pasaje del Evangelio según San Mateo nos quiere decir que todo lo que está sobre un altar es sagrado, porque el altar lo hace sagrado.

Laura, María y Roberto lo apremiaron con la mirada.

—Y en esta iglesia no hay sólo un altar sino cinco más —aseguró con rotundidad mientras dirigía su mirada hacia las estatuas—. Y estos altares son también sagrados. Ahora tenéis que averiguar en cuál de los cinco se encuentra escondido el manuscrito.

Los tres dirigieron sus miradas hacia las cinco figuras que adornaban las paredes del templo.

María fue la primera en responder.

—En la de San Modesta.

—¿Por qué en ésa? —preguntó asombrado Roberto.

—Porque Modesta Goicouria fue una de las promotoras de este templo.

—Y Eusebio da Guarda también, y enfrente está la talla de San Eusebio —respondió el rosacruz.

—Pero entre un hombre y una mujer, ¿a quién elegiría Papus para esconder el último manuscrito de Magdalena?

La iglesia seguía vacía. Acordaron que María y Roberto vigilasen las puertas, mientras Laura y Felipe buscaban el papiro. Fue el seminarista el primero en dar con él. Como si fuese un acto ceremonioso se lo entregó a la bibliotecaria. Era ella la que tenía que tomar ahora una gran decisión. Para empezar, abrió el cilindro. Allí estaba el séptimo manuscrito. Y también un pequeño papel con dos hileras de números. En la de arriba aparecían el 42, 55 y 41, y en la de abajo el 2, 15 y 46.

—¿Son versículos de la biblia? —preguntó Laura.

Felipe negó con la cabeza. Aquellos seis números podían ser cualquier cosa menos versículos de la biblia.

Antes de terminar me gustaría hacer referencia, porque necesito sacarlo de mi interior, a los últimos días que Jesús pasó con nosotros. Aún me duele el corazón cada vez que lo recuerdo. Cuando acabamos de cenar, todo el grupo se dirigió a un huerto cercano. Estábamos contentos y cantábamos canciones. La cena, en el piso superior de la casa de Ezequiel, había sido maravillosa: todos allí juntos, hombres y mujeres, compartiendo sus enseñanzas. Había sido increíble el momento en el que uno a uno nos había lavado los pies. También había sido increíble cuando tomó el pan y el vino, lo bendijo, lo repartió a los que estábamos allí presentes y nos dijo que lo hiciésemos de aquella manera en memoria suya. Y aún hoy lo hacemos.

La noche hacía tiempo que había caído. No llevábamos ni diez minutos en el huerto cuando apareció Judas, el iscariote, con la cohorte y los guardias enviados por los sumos pontífices y los fariseos. Portaban antorchas y armas.

Jesús no se extrañó. Pedro, en cambio, con su habitual vehemencia, sacó su espada y le cortó la oreja derecha al siervo del sumo sacerdote. El maestro le ordenó que se tranquilizase y que guardase el arma.

A partir de ese momento, Judas se convirtió en un traidor. La gente comenzó a asegurar que le había vendido por treinta monedas y que poco después se había ahorcado. Uno de ellos fue Pedro. Pero todo era falso. Lo supe muchos años después, cuando Judas acudió a visitarme. Los dos ya estábamos mayores, pero aún se nos encendían los ojos cada vez que hablábamos de Jesús. Fue muy reconfortante su visita y los días que permaneció conmigo. Me extrañó mucho que lo traicionara después de todo el amor que se tenían. Pero yo había visto con mis propios ojos cómo lo entregaba a los romanos, a los escribas y a los fariseos. Me extrañó su acto porque no necesitaba señalar a un hombre que estaba perseguido y vigilado por quienes lo arrestaron. Tampoco necesitaba las treinta monedas que dijeron que había recibido por delatarlo. Todos conocíamos las riquezas que poseía. Para él, las treinta monedas era una cantidad insignificante. Sabía el valor del dinero porque además era el que lo administraba dentro del grupo. Yo misma le daba de mis bienes para mantener al resto. Siempre tuve la convicción de que los utilizaba de la manera más acertada. Por eso me sorprendió todo aquello. Había algo que no encajaba. Desafortunadamente, lo supe mucho tiempo después. Cuando Judas acudió a visitarme años más tarde y me contó la verdad, todas las piezas encajaron como un rompecabezas.

Había sido Jesús quien le había pedido que lo delatase. Lo había elegido a él para que le ayudase a completar la misión que había venido a cumplir en la tierra. No me eligió a mí, la esposa que llevaba en su vientre el fruto de nuestro amor; ni a su amada madre, ni a sus hermanas, ni a sus hermanos Santiago, Joset o Simón. Se lo pidió a Judas porque sabía que, aunque le costase mucho, era capaz de hacerlo por él. Al iscariote le encargó la misión más difícil de todas: sacrificarlo. Sabía que Judas entendería su deseo de desprenderse de su cuerpo terrenal para ser libre. Cuando vino a visitarme, me contó que Jesús le había explicado que todos éramos un espíritu atrapado en un cuerpo material y que la salvación llegaba cuando escapábamos a la materialidad de nuestra existencia. Y fue Judas el que le permitió lograr esa libertad que tanto añoraba. Y lo hizo ayudándole a que su cuerpo muriese en este mundo. 'Tú, Judas, ofrecerás el sacrificio de este cuerpo de hombre del que estoy revestido', le exhortó el maestro. También le aseguró que prefería que su liberación llegase de la mano de un amigo y no de la de un enemigo. Por eso lo eligió a él.

Muchos años después, cuando Judas me contó la historia, me costó creerlo. Yo también me había convencido de que era un traidor, que lo había vendido por treinta monedas y que después se había ahorcado. Por eso sentí un escalofrío por todo mi cuerpo cuando apareció delante de mí. Los dos éramos ya viejos, pero lo reconocí al instante. Era difícil de creer que lo hubiese traicionado. Para Judas, Jesús era como su hermano. Su cuerpo, supuestamente colgado de un árbol, nunca se recuperó. Prefirió desaparecer y viajar por el mundo. Dinero no le faltaba. Mientras me narraba lo que el maestro le había pedido, me di cuenta de que tenía sentido. Jesús nos solía decir que no nos preocupásemos por nuestra vida, ni que temiésemos que matasen nuestro cuerpo. Fue entonces cuando supe que, para liberarnos de esta existencia, teníamos que desprendernos de nuestro cuerpo físico. Y así lo había hecho él. Al escuchar las palabras de Judas comprendí un episodio que había sucedido durante la última cena. A la mitad de la celebración, Jesús tomó la palabra: 'En verdad os digo que uno de vosotros me entregará'. Los allí presentes no entendimos lo que nos quería decir. Pedro, que se encontraba separado del maestro por mí, me pidió que le preguntase a quién se refería. Recosté mi cabeza sobre su pecho y le dije: 'Señor, ¿quién es?'. 'Es aquel a quien dé el bocado que voy a mojar', contestó. Y mojando el pan se lo acercó a Judas. Pero ninguno de los que estábamos alrededor de la mesa entendimos nada. Ahora sí.

Cuando prendieron a Jesús, le ataron las manos y lo llevaron al palacio de Caifás, el sumo sacerdote. Todos los discípulos huyeron despavoridos. Tenían miedo de que también los apresasen por pertenecer a su grupo. Yo le seguí para saber a dónde lo conducían, pero me detuvieron. Logré escaparme y abandoné el lienzo que me cubría, pero volví a darles alcance. En la puerta del palacio me encontré con Pedro, que también había seguido al grupo por otro camino. Me sorprendió verlo allí. A pesar de todas las veces que había dicho que daría su vida por Jesús, todos los que lo conocíamos sabíamos que nunca lo haría. Se quería demasiado a sí mismo para poner en peligro su vida.

Como yo conocía al sumo sacerdote, ya que había sido amigo de mis padres, pude entrar en el palacio sin problemas. A Pedro se lo impidieron. Antes de que comenzase el interrogatorio, me acerqué a la puerta y le di unas monedas a la portera para que lo dejase pasar. Viendo a Pedro, la chica le preguntó: '¿No eres tú también de los discípulos de ese hombre?'. El pescador negó con la cabeza. Así se cumplían las palabras de Jesús cuando le dijo que antes de que cantase el gallo lo negaría en tres ocasiones. Aquella fue la primera. Después lo negaría otras dos más.

Cuando terminó el interrogatorio, en el que le escupieron, abofetearon y golpearon, lo llevaron ante Pilato. Era ya de madrugada. En el pretorio, el gobernador de Roma en la provincia lo volvió a interrogar. Una de las preguntas que le realizó fue si se consideraba el rey de los judíos. A lo que Jesús le contestó que sí. Pedro hacía tiempo que había abandonado a su maestro y yo era la única de sus discípulos que se encontraba cerca de él. Los romanos decidieron acabar con su vida. Me lo contó un sirviente después de entregarle unas monedas. Comprendieron que era un líder que podía levantar a nuestro pueblo contra ellos. Los sumos sacerdotes y los fariseos, en cambio, querían que desapareciese porque 'si dejamos que siga así, todos creerán en él y vendrán los romanos y destruirán nuestro lugar santo'. Fue así como se unieron para acabar con Jesús. Pilato ordenó azotarlo, mientras sus soldados trenzaban una corona de espinas. Lo desnudaron y le colocaron un mantón púrpura sobre sus hombros. Cuando terminaron de burlarse de él, al grito de 'Salve, rey de los judíos', le quitaron el manto, le pusieron sus ropas y lo llevaron a crucificar. Salió del pretorio hacia el lugar llamado Calvario cargando con su cruz. Nada más atravesar la puerta, sus ojos se posaron en los míos. No estaba triste. No tenía miedo. Esbozó una sonrisa y comenzó a caminar.

Parte de las mujeres, entre ellas la madre de Jesús y sus hermanas, se habían acercado hasta el pretorio. Ahora éramos un grupo numeroso el que lo seguía. Todas mujeres. De los hombres, no había noticias. Se habían escondido. Al llegar al sitio señalado, lo tumbaron sobre la cruz y le clavaron los clavos. Cada golpe era como si me taladrasen el corazón. Aún hoy sigo recordando ese ruido con la misma nitidez que en aquel momento. Lo colocaron entre otros dos crucificados y allí me quedé yo, rodeada por las otras mujeres, pero sola en mi interior. Mirándolo con los ojos llenos de lágrimas. Mirando a la persona que me había enseñado a amar, con una entrega plena, limpia y eterna. Lloraba por la muerte horrible que estaba sufriendo. Lloraba por la ingratitud de todos aquellos que recibieron sus favores. Lloraba por la debilidad de sus discípulos, sobre todo los hombres, que no supieron defenderlo. Lloraba por la crueldad de los romanos y, sobre todo, por la cobardía de los judíos, que, por miedo, me habían arrancado de mi vida a la persona que más quería. Y lloraba porque el fruto de nuestro amor, que crecía en mi interior, no iba a conocer a su padre.

La ausencia de sus discípulos junto a la cruz fue algo que nunca he perdonado. ¿Dónde estaban todos aquellos que iban a dar su vida por él? ¿Dónde? Soy consciente de que no era fácil declararse amigo de un condenado a muerte, pero allí estábamos nosotras, las mujeres, al pie de su cruz. Ellos huyeron despavoridos porque temían correr la misma suerte que su maestro. El amor que yo sentía por Jesús era tan grande que me impedía alejarme de él. Mi vida ya no era mía. Era toda de él. Allí me encontraba junto a él, inseparable como en los últimos años. No podía estar en otro lugar. No quería estar en otro lugar. Allí estaba mi amor crucificado. Allí tenía que seguir sirviéndole. Esta vez, en silencio, con las lágrimas derramándose por mi cara y unos tremendos deseos de morirme para reunirme con él. Los soldados, mientras mi maestro agonizaba, se repartieron sus ropas en cuatro partes. La túnica se la echaron a suertes. Antes de morir, Jesús, que vio a su madre y que a su lado me encontraba yo, le dijo: 'Mujer, ahí tienes a tu hija'. Acto seguido, dirigiéndose a mí, me dijo:

'Mujer, ahí tienes a tu madre'. Después, suspiró y cerró los ojos. Los judíos, para que el sábado no quedase ningún cuerpo sobre la cruz, le pidieron a Pilato que les quebraran las piernas a los tres y después les bajasen. Así lo hicieron con los dos ladrones, pero al llegar a Jesús y verlo ya muerto, le clavaron una lanza en el costado.

Era ya el atardecer y cerca de nosotras se encontraba José de Arimatea, que hacía poco se había unido al grupo de los discípulos. Le pedí que me acompañase al pretorio de Pilato para que me diese su cuerpo. El gobernador romano se extrañó que ya estuviese muerto, pero accedió al saber que le habían clavado una lanza en el costado. Con mucho cuidado, lo bajamos de la cruz y lo envolvimos en vendas con aromas, conforme a la costumbre judía de sepultar. Cerca, excavado en una roca, había un sepulcro vacío. Allí lo colocamos. Pedí que me dejaran un minuto a solas. Quería estar junto a él. Me acerqué a darle el último beso y noté sus labios calientes. Aún respiraba. Di un salto y quise salir a avisar al resto. Pero me contuve. De hacerlo, intentarían matarlo otra vez. No se lo diría a nadie. Ni a su madre. Por lo menos, hasta que pasase todo el revuelo. Apenada y sollozando salí del sepulcro. La puerta quedó cerrada con una gran roca. El grupo se retiró. Bien entrada la noche volví con dos discípulos. Eran jóvenes y fuertes. Entre los tres retiramos la piedra. Di un gran suspiro cuando comprobé que aún estaba vivo. Le hice las primeras curas. Sangraba de forma abundante por la herida del costado. Le sacamos de allí y le llevé a una casa que había alquilado. Los siguientes días hice una vida de viuda, como si Jesús ya no estuviese entre nosotros. Pero sí lo estaba. Aún no se había ido.

El domingo, como esposa suya, me acerqué al sepulcro con los frascos para embalsamarle. Pero, claro, no se encontraba allí. Fingí una gran sorpresa y corrí a contarles al resto que el cuerpo de Jesús había desaparecido de su tumba. Tras muchas deliberaciones, y sin que yo estuviese de acuerdo al igual que una gran parte del grupo que le seguíamos, tomaron la decisión de contar a todo el mundo que Jesús era el verdadero mesías, que había resucitado y que se les había aparecido a todos ellos. Para dar mayor credibilidad a aquella mentira acordaron decir que ya les había anunciado su intención de sacrificarse por nosotros y que después resucitaría al tercer día. Era inconcebible. No lo podía tolerar. En otro momento habría luchado con todas mis fuerzas para que esa mentira no siguiese adelante, pero en aquellos días me preocupaba más curar sus heridas. Pese a todos mis cuidados, no mejoraba.

Lo cuidé lo mejor que pude. Puse todos mis conocimientos, día y noche, para sanarlo, pero sus lesiones eran muy graves, sobre todo la herida del costado que no paraba de sangrar. Aguantó varias lunas, pero poco a poco se fue apagando, hasta que murió. Embalsamé su cuerpo y me preparé para partir. Aquel ya no era mi sitio. Sin Jesús no merecía la pena estar junto a una gente que mancillaba su memoria. Poco antes de mi marcha hubo una reunión para elegir al sustituto de Judas, del que decían que se había ahorcado. Pedro se levantó y dijo a los allí presentes: 'Conviene, pues, que de entre todos los hombres que anduvieron con nosotros todo el tiempo que el señor Jesús convivió con nosotros a partir del bautismo de Juan hasta el día en que nos fue llevado, uno de ellos sea constituido testigo de su resurrección'. De repente hubo un murmullo. '¿Qué ocurre?', preguntó el rudo pescador. '¿Por qué tiene que ser un hombre y no una mujer?', habló al fondo una voz de varón. Pedro calló. '¿Y por qué no es María de Magdala, la misma que estuvo al pie de la cruz y su seguidora más fiel?', gritó otro. 'Porque Jesús estableció que los doce fuéramos sólo hombres', respondió enfadado Pedro. Un murmullo de desaprobación inundó el lugar. No hubo más insistencia. Presentaron a dos candidatos varones, José y Matías, y eligieron a este último. Ese día comprendí que aquél ya no era mi sitio. Compré un barco, coloqué en él el cuerpo embalsamado de Jesús y puse destino a este lugar, donde he pasado todos estos años, donde moriré y donde seré enterrada.

———————

El ruido de los dos motores del avión, al que Joaquín le había puesto de nombre *Adarbil*, ahogaron sus últimas palabras. Laura, María, Felipe y Roberto no habían pestañeado ni un solo instante durante la última media hora. En algunos momentos tuvieron que reprimir sus lágrimas al pensar en el sufrimiento de María Magdalena. El anfitrión acababa de terminar la lectura del séptimo y último manuscrito. No estaban sentados en los mismos lugares en los que habían escuchado los seis anteriores, sino en los confortables sillones del avión privado de Joaquín que volaba a Francia. Aun así, el momento había sido igual de mágico o aún más. Los asientos estaban enfrentados, de modo que los cinco se podían ver las caras. Dos horas antes habían encontrado el último papiro en la iglesia Castrense y dentro de tres llegarían al final de aquella aventura. Aún les quedaba más de una hora de viaje hasta el aeropuerto de Perpignan.

La llamada amenazante de un fisianiano que había recibido Joaquín por la mañana, cuando los cuatro habían acudido a recuperar el séptimo manuscrito, había quedado en un segundo plano ante los nuevos acontecimientos.

Eran las once y cuarto de la mañana del domingo, 7 de julio. Laura, María, Felipe y Roberto salieron a la carrera de la iglesia Castrense, la última de las siete que formaban la gran eme mayúscula. La bibliotecaria llevaba el séptimo papiro y el pequeño papel con dos hileras de tres números: 42, 55 y 41 y 2, 15 y 46. Felipe les había asegurado que no eran versículos de la biblia. Esperaban que Joaquín fuese capaz de saberlo. Y tenían razón. Nada más verlos, una punzada en el corazón le hizo estremecerse.

—Son las coordenadas de un lugar. Los tres números de arriba corresponden a la longitud y los tres de abajo, a la latitud. Acompañadme —pidió al cuarteto mientras dirigía su silla de ruedas hacia el ordenador.

Escribió las coordenadas en una página web que buscaba cualquier lugar del mundo con solo introducir la longitud y la latitud, y tras comprobar en el mapa a dónde conducían los seis números, se recostó victorioso sobre el respaldo de su silla de ruedas. El punto rojo señalaba un lugar del sudoeste de Francia.

—¿Qué sitio es ése? Nunca había oído hablar de él —preguntó intrigada María.

—¿Nunca has escuchado nada del padre Berenger Sauniere, de los enigmáticos pergaminos que encontró en su iglesia que le sirvieron para vivir con gran ostentación y tener sobre él la atención del mismo Vaticano?

Los cuatro negaron con la cabeza.

—La leyenda asegura que halló algo tan importante, algo tan poderoso, que si un día saliese a la luz haría temblar los cimientos de la Iglesia cristiana. Este párroco francés descubrió un secreto tan relevante que le reportó grandes cantidades de dinero y le permitió, incluso, chantajear a la iglesia.

—¿Los siete manuscritos de Magdalena? —preguntó Laura.

—Algo mucho más importante. Algo mucho más importante —repitió el anfitrión, antes de realizar una parada para tomar aire y hacerles a los cuatro una proposición que tenía la seguridad de que no la iban a rechazar—. Mi avión privado se encuentra en el aeropuerto de Alvedro, a diez minutos de aquí. En media hora estaría listo. ¿Queréis que vayamos allí? ¿A la región del Languedoc, tierra no sólo de los romanos y los merovingios, sino también de los templarios y, sobre todo, de los cátaros?

Mientras Joaquín llamaba a su piloto para que el avión estuviese preparado lo antes posible, María introdujo los programas necesarios para traducir el séptimo manuscrito en el ordenador portátil. Antes de que saliesen de la casa de los Cantones comenzaría el proceso y poco después de despegar ya podrían leer las últimas palabras de María de Magdala.

Y eso era lo que acababan de hacer. Pese a que el relato había sido increíble y el tiempo había volado, aún les restaba recorrer algo más de la mitad de los 1.200 kilómetros que los separaban de Perpignan, el aeropuerto más cercano al lugar al que se dirigían. Tenían tiempo para analizar el último y revelador documento.

—Lo sabía —gritó exultante María poco después de que Joaquín acabase la lectura y antes de que plegase la tapa del ordenador portátil que tenía sobre sus piernas—. Magdalena y Jesús estaban casados e iban a tener un hijo. Lo sabía. Sólo por las palabras que utiliza cuando se refiere a él, se percibe que entre ellos había algo más que una relación de amistad.

—Vayamos por orden —resopló Joaquín mientras levantaba la pantalla del ordenador y retornaba al comienzo del documento.

Laura miró por la ventana. El cielo estaba despejado. No se veía ni una sola nube en el horizonte. Abajo, el paisaje era casi todo verde. Desde que salieron de A Coruña, el avión bordeaba la costa.

—Como en los anteriores manuscritos —comenzó el anfitrión con un rictus de seriedad en su rostro—, Magdalena nos narra acontecimientos que ya conocemos porque aparecen en la biblia, pero incluye otros que son novedosos y que hacen variar preceptos de la religión cristiana que hasta ahora eran verdades inamovibles. Comencemos por los primeros y después seguiremos con los segundos, algunos de los cuales tienen relación con el lugar a donde nos dirigimos.

Joaquín les aseguró que eran ciertos los pasajes en los que Jesús vaticina que uno de los presentes en la última cena lo va a traicionar (Mateo 45:20, Lucas 22:14, Marcos 14:47 y Juan 13:21). También cuando Judas llega al huerto junto con los que lo prenden (Mateo 26:47, Marcos 14:43, Lucas 22:47 y Juan 18:2); Pedro desenvaina su espada e hiere a uno de ellos (Mateo 26:51, Lucas 22:49, Marcos 14:47 y Juan 18:10); llevan a Jesús al palacio de Caifás (Juan 18:24) y después al pretorio de Pilato (Juan 18:28, Mateo 27:2, Marcos 15:1 y Lucas 23:1); ordena azotarlo mientras sus soldados trenzan una corona de espinas y le colocan un manto púrpura (Mateo 27:27, Marcos 15:16 y Juan 19:2) y lo crucifican y se reparten sus vestidos (Mateo 27:25, Marcos 15:21, Lucas 23:26 y Juan 19:17). Sin embargo, el último manuscrito también contenía acontecimientos que aparecían en la biblia, pero con significativas diferencias. Uno de ellos era el momento en el que San Pedro le pide a Magdalena que le pregunte a Jesús por la persona que lo va a traicionar.

—El anuncio de la traición de Judas —explicó Joaquín ante un auditorio que seguía ensimismado sus palabras— está narrado en los cuatro evangelios, pero sólo en el de Juan, el pasaje es semejante al que relata Magdalena, con una única salvedad. El suceso aparece en el texto en el 13:21-26: «Cuando dijo estas palabras, Jesús se turbó en su interior y declaró: 'En verdad, en verdad os digo que uno de vosotros me entregará'. Los discípulos se miraban unos a otros, sin saber de quién hablaba. Uno de sus discípulos, el que Jesús amaba, estaba a la mesa al lado de Jesús. Simón Pedro le hace una seña y le dice: 'Pregúntale de quién está hablando'. Él, recostándose sobre el pecho de Jesús, le dice: 'Señor, ¿quién es?'. Le responde Jesús: 'Es aquel a quien dé el bocado que voy a mojar'. Y mojando el bocado, lo toma y se lo da a Judas, hijo de Simón iscariote». Magdalena narra este mismo episodio con la única salvedad de que es a ella a quien Pedro le pide que le pregunte a Jesús. Este pasaje ratifica que María de Magdala es el discípulo amado que aparece en el evangelio de San Juan y cuya presencia fue después suprimida.

En Marcos 14:51 hay otra similitud con el relato de Magdalena. Ella asegura que cuando seguía al grupo que llevaba a Jesús, la sorprendieron. Logró escaparse y en su huida tuvo que abandonar la tela que la cubría. Sobre este suceso, el evangelista escribe: «Un joven seguía a Jesús cubierto sólo de un lienzo, y lo detienen. Pero él, dejando el lienzo, se escapó desnudo».

—Ésta es una prueba más —intervino Laura casi enojada— de las modificaciones que ha sufrido la biblia. Ella había sido la única que había seguido a Jesús, pero tras los cambios se convirtió en un enigmático joven.

—Algo similar —apuntó Felipe— ocurre cuando se refiere al momento en el que se encuentra con San Pedro en la puerta del palacio y tiene que interceder ante la portera para que pueda entrar. Este pasaje se encuentra en el 18:15-17 del evangelio de San Juan, y en él se vuelve a modificar la identidad de Magdalena por la del discípulo amado: «Seguían a Jesús, Simón Pedro y otro discípulo. Este discípulo era conocido del sumo sacerdote y entró con Jesús en el atrio, mientras Pedro se quedaba fuera junto a la puerta. Entonces, salió el otro discípulo, el conocido del sumo sacerdote, habló a la portera e hizo pasar a Pedro. La muchacha portera le dice a Pedro: '¿No eres tú también de los discípulos de ese hombre?'. Dice él: 'No lo soy' — terminó de leer el seminarista su biblia que, pese a todo, siempre llevaba consigo.

—Lo mismo sucede —siguió Joaquín, mientras miraba por la ventana— cuando Jesús está en la cruz y, según la versión de Magdalena, observa que la madre del Mesías se encuentra al lado de ella y le dice: «Mujer, ahí tienes a tu hija» y dirigiéndose a María de Magdala le indica: «Mujer, ahí tienes a tu madre». En el evangelio de San Juan, en 19:26-27, se narra también este pasaje, pero la identidad de Magdalena vuelve a ser suplantada por la del discípulo amado: «Jesús, viendo a su madre y junto a ella al discípulo a quien amaba, dice a su madre: 'Mujer, ahí tienes a tu hijo'. Luego dice al discípulo: 'Ahí tienes a tu madre'.

Hacía unos minutos que el avión ya no sobrevolaba la costa. Laura pensó que estarían en tierras navarras o aragonesas. Joaquín finalizó el recuento de los pasajes que aparecían tanto en el manuscrito de Magdalena como en la biblia, y cómo eran modificados o suprimidos, con la propuesta que realiza Pedro para sustituir a Judas por otro seguidor.

—El relato que acabamos de escuchar sigue al pie de la letra lo que está escrito al comienzo, en 1:21-23, de los Hechos de los apóstoles. El contenido es el mismo, excepto el momento en el que protestan porque María de Magdala no es la escogida. Este pasaje vuelve a suprimirse en la biblia.

El dueño del avión hizo una pausa y volvió a mirar por la ventanilla. Aún les quedaba un rato para aterrizar en el pequeño aeropuerto de Perpignan.

—Ahora vayamos con todo lo que nos ha contado ella en el manuscrito y que desconocíamos, aunque hay estudios que ya lo afirmaban. Supongo que lo primero que queréis que abordemos es que estaban casados y tuvieron un hijo.

Todos asintieron. En la antigua cultura hebrea no estaba bien visto que un hombre o una mujer no se casaran. Según la ley judía, era obligación de la familia buscarles pareja a sus hijos. Es muy difícil entender que en aquella época Jesús optase por una vida célibe, pese a que él no seguía determinadas reglas. Todo el mundo se casaba.

—No parece comprensible —remarcó Joaquín desde su cómodo sillón de cuero blanco— que si Jesús hubiera optado por casarse y tener hijos, tuviera que ocultarlo. Él nunca demonizó la unión entre dos personas ni la sexualidad. Todo lo contrario. Santificó esta última al asegurar que la vida matrimonial era compatible con los preceptos que él defendía. Él nació de una mujer y su naturaleza, aunque quieran hacernos creer lo contrario, era humana. Existen pruebas documentadas que demuestran que la Iglesia suprimió de la biblia los pasajes en los que se señala que estaban casados.

Laura, María, Felipe y Roberto abrieron los ojos como platos. En 1958 se descubrió, en un monasterio al este de Jerusalén, un manuscrito del Patriarca Ecuménico de Constantinopla. Contenía una carta del obispo Clemente de Alejandría (120-215) en la que explicaba que había ordenado borrar un pasaje de la biblia que aseguraba que Jesús y Magdalena eran marido y mujer. En la carta que envía al obispo Teodoro, Clemente reconoce que mandó eliminar del evangelio de San Marcos varios versículos de la resurrección de Lázaro en los que se reconocía de forma explícita que estaban casados.

—La carta acaba con una instrucción taxativa: deben ser guardados secretamente los textos peligrosos del evangelio de San Marcos. «No todas las verdades deben ser dichas a la humanidad», escribió el obispo de Alejandría.

Numerosos teólogos e investigadores, continuó Joaquín, consideran que la boda de Caná, citada en los evangelios, sería la ceremonia de unión entre Jesús y Magdalena. La posibilidad de que ella estuviese embarazada era muy factible y, por eso, una de las razones por las que tuvo que huir fue porque esperaba un hijo de Jesús.

—Tras su muerte no habría sido fácil mantener en secreto su unión. En esos momentos, la vida de Magdalena tuvo que ser muy observada, tanto por un bando como por el otro. El hecho de que estuviese embarazada de un hombre que había sido condenado a muerte era muy peligroso para aquella mujer, ya que podía repetirse la historia con el hijo que llevaba en su vientre. Además, en esa época arreciaban las persecuciones contra los discípulos y los seguidores de Cristo y ella misma reconoce, en uno de sus manuscritos, que no recibió ninguna ayuda de Pedro. Pero hay otro elemento muy importante que quiero destacar. Aunque suprimieron los pasajes que narraban que ambos eran esposos, se olvidaron, por ejemplo, de eliminar los comentarios, incluidos en los evangelios de Mateo, Marcos y Lucas, que aseguran que Jesús no era hijo único, sino que tenía más hermanos y hermanas. En Mateo 12:46 se dice: «Todavía estaba hablando a la muchedumbre cuando su madre y sus hermanos se presentaron fuera y trataban de hablar con él. Alguien le dijo: '¡Oye! Ahí fuera están tu madre y tus hermanos que quieren hablarte'». En Marcos 3:31 se narra un hecho similar: «Llegan su madre y sus hermanos, y quedándose fuera lo envían a llamar». Y, por último, en Lucas 8:19 se repite el mismo episodio: «Se presentaron donde él, su madre y sus hermanos, pero no podían llegar hasta él a causa de la gente».

Laura, María y Roberto comprobaron cómo Felipe afirmaba con la cabeza. Los tres pasajes aparecían en la biblia, aunque la Iglesia siempre había asegurado que Jesús había sido hijo único y que María era virgen tanto antes como después de que él naciera.

—Pues a mí, lo que más me ha impactado de este manuscrito es el momento en el que relata que Judas no traicionó a Jesús —interrumpió Laura emocionada.

—Estos días —aclaró Joaquín— os he hablado de los evangelios apócrifos de Felipe, Tomas o Magdalena, pero también existe el evangelio de Judas. Fue descubierto en Egipto en 1978 y, como curiosidad, recoge la misma versión que acabamos de leer en el escrito de Magdalena: que Judas fue el discípulo privilegiado al que Jesús le encargó la difícil misión de sacrificarlo, que no fue un traidor, que no lo vendió por treinta monedas y que no se ahorcó, sino que sobrevivió. Según este papiro de veintiséis páginas hallado en una cueva egipcia envuelto en cuero, actuó a petición de su maestro. Sólo hizo lo que él le pidió y así le ayudó a completar la misión que había venido a cumplir en la tierra. El documento está escrito en copto, el idioma de los antiguos cristianos, y comienza así: «Éste es el relato secreto de la revelación que Jesús contó en una conversación con Judas iscariote durante una semana, tres días antes de que celebraran la pascua». Antes de su descubrimiento, la existencia del evangelio de Judas se conocía por unas referencias que había realizado el obispo Irineo de Lyon, en el año 180, en su tratado *Contra la herejía*.

El texto hallado en Egipto desarrolla la idea, que avanza Magdalena en su manuscrito, de que Jesús le pidió que lo entregara a los romanos y a los judíos para liberarse de su cuerpo terrenal. «Tu superarás a los demás discípulos. Tu sacrificarás el cuerpo que me viste», le había anticipado durante la conversación que mantuvieron a solas. «Levanta tus ojos al cielo... la estrella que lidera el camino es tu estrella», le dijo antes de avisarle de que, por ayudarle, sería «maldecido por otras generaciones».

—Esa idea de que el cuerpo terrenal no es importante —intervino Felipe— lo corrobora Jesús en dos pasajes recogidos en la biblia. En Lucas 11:22, el maestro asegura: «Por eso os digo: 'no andéis preocupados por vuestra vida, qué coméis, ni por vuestro cuerpo, con qué os vestiréis»' y en Mateo 10:28, «No temáis a los que matan el cuerpo, mas no pueden matar el alma».

El avión devoraba kilómetros a gran velocidad. Quedaba media hora para aterrizar en el aeropuerto de Perpignan. Aún tenían tiempo para abordar uno de los asuntos, quizá el más espinoso, de los que contenía el último manuscrito de Magdalena: la falsa resurrección de Jesús.

—Recordad —insistió Joaquín— que la resurrección del Mesías es el episodio fundamental en el que se basa y se asienta la Iglesia Católica. Gracias a ella se puede demostrar su divinidad. Si alguna vez se descubriese que no resucitó, la religión católica no tendría sentido. La jerarquía romana no se cansa de repetir que Jesús resucitó para perdonarnos los pecados. «Si no resucitó Cristo, vacía es nuestra predicación, vacía también es nuestra fe», dice San Pablo en la Primera Epístola a los corintios, en 15:14. Si no ha resucitado, no hay perdón ni hay nada. Y tampoco existiría la Iglesia Católica.

El anfitrión les explicó que la biblia contenía pasajes que reforzaban las palabras de Magdalena de que Jesús nunca resucitó. La primera que destacó fue la gran incredulidad demostrada por los apóstoles y el resto de los discípulos al conocer la resurrección de su maestro. Simplemente no se la creen. En Lucas 24:36 se afirma: «Estaban hablando de estas cosas, cuando él se presentó en medio de ellos y les dijo: 'La paz con vosotros'. Sobresaltados y asustados, creían ver un espíritu. Pero él les dijo: '¿Por qué os turbáis, y por qué se suscitan dudas en vuestro corazón? Mirad mis manos y pies. Soy yo mismo». Los discípulos siguen sin creer que ha resucitado y les tiene que pedir algo de comer para que crean en él: «Como ellos no acababan de creerlo a causa de la alegría y estaban asombrados, les dijo: '¿Tenéis algo de comer?'. Ellos le ofrecieron parte de un pez asado. Lo tomó y comió delante de ellos». También en Marcos 16:11 y 16:13 y en Juan 20:14 aparece esta incredulidad sorprendente de los apóstoles y discípulos sobre la resurrección de Jesús. En Lucas 24:11, cuando Magdalena y las otras dos mujeres corren en busca del resto del grupo para contarles que ha resucitado, se asegura que «todas estas palabras les parecían como desatinos y no las creían».

—Pero, ¿cómo puede el apóstol San Pedro mostrar una pizca de incredulidad cuando se habían cumplido los vaticinios de su maestro de que le iba a negar en tres ocasiones antes de morir? —preguntó Roberto— ¿No habían sido los apóstoles testigos de los innumerables milagros que había realizado? ¿No dirían después que esperaban la resurrección como ya lo había asegurado Jesús? ¿No era notorio y conocido por sus discípulos que resucitaría al tercer día? A no ser que todo hayan sido añadiduras posteriores. Es decir, que sean mentiras. Sorprende mucho esta inexplicable incredulidad de sus seguidores cuando ya estaban advertidos de que iba a volver del mundo de los muertos.

En Mateo 27:51 se asegura que, tras la muerte de Jesús, tembló la tierra y se abrieron las rocas. Si algo así hubiese ocurrido, siguió Joaquín, habría sido un acontecimiento digno de aparecer en los libros, pero no existe ninguna mención de ese gran terremoto que sacudió Jerusalén tras el fallecimiento del Mesías. Tampoco hay constancia de que ni el emperador ni los sacerdotes acudiesen hasta la cruz para aceptar que habían ejecutado a un hombre que después había resucitado. Un versículo después del que recoge el temblor se afirma que en el momento de morir Jesús «se abrieron los sepulcros y muchos cuerpos de santos difuntos resucitaron». Si esto sucedió así, este pasaje invalida la doctrina cristiana que garantiza que la resurrección de los muertos sólo llegó después de la de Jesús, nunca antes.

—Porque hasta ese momento no existía la resurrección —apuntó Joaquín—. Nadie había resucitado antes. Ésta es otra prueba más de las añadiduras y modificaciones chapuceras que sufrió la biblia durante los primeros siglos del cristianismo.

Las mayores contradicciones y las mayores pruebas de manipulación de los textos evangélicos aparecen en el momento de narrar la resurrección, explicó el dueño del avión. Si se comparan los cuatro evangelios canónicos, no coinciden ni los testigos que ven al resucitado, ni la cronología de los hechos, ni los lugares. En Mateo, Magdalena y otra María acuden al sepulcro, hay un terremoto, baja un ángel del cielo, mueve la piedra de la entrada del sepulcro, se sienta en ella y deja a los guardias «como muertos». En Marcos, a Magdalena y a la otra María se les une Salomé; van a embalsamar el cuerpo, algo de lo que no se informa en Mateo, no hay terremoto, la piedra ya aparece movida, un joven está dentro y los guardias han desaparecido. En Lucas, «las mujeres», sin especificar quiénes, acuden al sepulcro con los aromas; tampoco hay terremoto ni guardias. La piedra está retirada, el cuerpo de Jesús se ha evaporado y en esta ocasión se les aparecen dos hombres. Por último, en Juan, la única mujer es Magdalena, no se informa de que vaya a ungir el cuerpo, no hay terremoto, ni guardias, ni ángeles.

—Las trampas hay que hacerlas mejor. Hay un dicho que dice que para ser un buen mentiroso hay que tener buena memoria. Y los evangelistas y los que hicieron los cambios no tenían mucha —afirmó con una sonrisa Joaquín—. Los acontecimientos de la resurrección tampoco aparecen en el manuscrito de Magdalena que acabamos de leer, ni que se abriese la tierra cuando murió Jesús, ni cuando después bajó el ángel. Todo fueron añadiduras posteriores para crear ese halo celestial alrededor de la figura del Mesías que necesitaba el cristianismo para convertirse en una religión de masas y abandonar las catacumbas. Otra invención fue el uso y la adoración de imágenes de Dios, de Cristo, de María y de los santos del cristianismo. Según recoge la biblia en dos ocasiones, en Deuteronomio 5:2 y Éxodo 20:4, esta práctica estaba prohibida en tiempos de Jesús, algo que Magdalena reconoce en uno de los manuscritos. Dicen estos dos pasajes: «No te harás imagen, ni ninguna semejanza de lo que esté arriba en el cielo, ni abajo en la tierra, ni en las aguas debajo de la tierra. No te postrarás ante ellas ni les darás culto». Pero, ¿cómo es posible que cambien los mandamientos, algo que prohíbe el mismo Jesús en Mateo 5:17, y hagan imágenes de Dios, de Jesús y de todos los protagonistas cristianos? —el dueño del avión hizo una pausa—. Ellos lo hicieron para atraer a los fieles de otras religiones. Los paganos se basaban en el culto a las imágenes, en el culto a algo que podían ver con sus ojos. Mientras, la base doctrinal del cristianismo era la fe, el creer sin ver. Por eso se tuvieron que inventar las imágenes para que los nuevos fieles abrazasen a la nueva religión.

Las apariciones de Jesús a sus discípulos, cuando ya ha resucitado, también presentan muchas contradicciones en los evangelios. En Lucas 24:13 se asegura que ascendió el día que resucitó. Sin embargo, en los Hechos de los apóstoles, el mismo Lucas reconoce en 1:3 que apareció durante cuarenta días. San Pablo, en la Primera carta a los corintios, aumenta la cantidad al señalar que se hizo visible a más de quinientas personas.

—Si los evangelios recogieron muchos de los milagros que realizó Jesús durante su magisterio, ¿por qué no ocurrió lo mismo con el más de medio millar de supuestas apariciones del resucitado de las que sólo se narran tres? ¿No hubiera sido más productivo dar publicidad a unos hechos tan increíbles y divinos para que los paganos se sumasen la nueva religión? —se preguntó Joaquín.

Una de las mayores incongruencias que recoge la biblia, continuó desde su sillón, es el tiempo que Jesús permaneció en el sepulcro antes de resucitar. La Iglesia ha enseñado siempre que volvió del mundo de los muertos al tercer día, como se asegura en Mateo 16:21, Marcos 10:34 y Lucas 24:7. Los defensores de esta tesis contabilizan la tarde del viernes, cuando murió, todo el sábado y la mañana del domingo, cuando Magdalena acudió a la tumba. Pero este espacio de tiempo invalida la señal que el Mesías había prometido con anterioridad. En el evangelio de San Mateo 12:38, los discípulos le piden una prueba para creer en él y Jesús les promete que les dará la señal del profeta Jonás: «Porque como estuvo Jonás en el vientre del gran pez tres días y tres noches, así estará el hijo del hombre en el corazón de la tierra tres días y tres noches».

—Del viernes por la tarde hasta el domingo por la mañana no hay tres días y tres noches. Solo una tarde, un día entero y una mañana —

exclamo Joaquín—. No sólo no saben mentir, sino que tampoco saben contar. Pero la biblia recoge multitud de contradicciones en sus textos: en Génesis 6:19 se dice que Dios ordenó a Noé que metiese dos pares de animales en el arca; en Génesis 7:2, que llevase siete pares. En Génesis 2:17 se recuerda que Adán moriría el mismo día que comiese la fruta del árbol prohibido; en Génesis 5:5, que vivió 930 años. En la primera epístola de Samuel 17:23 se apunta que David mató a Goliat; en la segunda de Samuel 21:19, que fue Eljanán. Según Mateo 1:16, Jacob fue el padre de José, esposo de María; en Lucas 3:23 fue Eli. En Marcos 11:7 y Lucas 19:35, Jesús entró en Jerusalén a lomos de un asno; en Mateo 21:7, en dos animales. En Mateo 3:13, Juan el Bautista reconoció a Jesús antes de bautizarlo; en Juan 1:32 dice «y yo no le conocía». En Mateo 26:48, Judas besó a Jesús; en Juan 18:3 no lo hizo. En Juan 19:17, el Mesías cargó con su cruz; en Mateo 27:31 se la llevó Simón. En Mateo 27:5 se apunta que, tras traicionar a Jesús, Judas lanzó las monedas dentro del templo y después se ahorcó; en Hechos 1:18, que se compró un campo y que se cayó de cabeza, «se reventó por medio» y se derramaron sus entrañas. En Mateo 2:13 se destaca que Jesús pasó los primeros años de su vida en Egipto; en Lucas 2:21, que su estancia fue en Nazaret. Cuando Jesús caminó por las aguas, en Mateo 14:33, sus discípulos exclamaron: "Verdaderamente eres hijo de Dios» y en Marcos 6:49: «Viéndole ellos caminar sobre el mar, pensaron que era un fantasma y gritaron».

Laura, María y Felipe seguían las explicaciones de Joaquín sin pestañear.

—Y ahora que nos faltan unos minutos para llegar al aeropuerto de Perpignan —comprobó por la ventana que el avión descendía— os voy a contar lo que se sabe del viaje que realizó Magdalena tras abandonar Jerusalén.

Sus tres compañeros de aventura se acomodaron en sus asientos.

Desde hacía más de mil años, comenzó Joaquín, existían dos tradiciones sobre el lugar de su exilio forzoso. La leyenda oriental asegura que, tras la desaparición de Jesús, vivió en Éfeso, donde murió. En el año 886 sus reliquias fueron trasladadas a Constantinopla y depositadas en el monasterio de San Lázaro. Por su parte, la leyenda occidental cuenta que tomó un barco y arribó a las costas de la Provenza francesa, que en aquellos momentos pertenecía a la Galia romana de Herodes Agripa II. La embarcación atracó en un lugar denominado Masilla, hoy Marsella. Allí predicó las enseñanzas de Jesús y convirtió a numerosos fieles. Se retiró los últimos treinta años a una gruta a hacer penitencia y murió en Aix en Provence.

—¿Es ahí a dónde nos dirigimos? —preguntó María entusiasmada, mientras daba un respingo en su asiento.

—No, no te apresures. La primera mención que asegura que el cuerpo de Magdalena se encuentra en Francia es del siglo IX, en la abadía de Vezelay, en la Borgoña francesa. En 1279, Carlos II de Sicilia, conde de Provenza e hijo del rey Carlos de Anjou, viajó a Vezelay y ordenó realizar unas excavaciones para hallar su cuerpo. El 4 de diciembre encontró el sepulcro de Sidonio que contenía unos restos humanos y un papiro con la siguiente inscripción: «El año de la Natividad del señor 710, el sexto día del mes de diciembre, bajo el reinado de Eudes, piadosísimo rey de los franceses, en la época de las devastaciones causadas por la pérfida nación sarracena, el cuerpo de la muy amada María Magdalena ha sido trasladado muy secretamente y durante la noche, desde su sepulcro de alabastro a este de mármol, de donde se ha sacado el cuerpo de Sidonio, para que esté más oculto y al abrigo de las invasiones». Lo único que faltaba era el maxilar inferior. El príncipe Carlos viajó a Roma con el sarcófago para que el papa Bonifacio autentificase el hallazgo. Al comprobar que le faltaba el maxilar, el pontífice se acordó de que en San Juan de Letrán se conservaba un maxilar que se aseguraba que era de Magdalena. Ordenó su traslado a la capital romana y comprobaron que la pieza encajaba a la perfección. A partir de entonces, la devoción por Vezelay, lugar en el que se encontraba la tumba, creció sin límite. Ningún otro sepulcro, excepto el de Jesús en Jerusalén, el de San Pedro en el Vaticano y el del apóstol Santiago en Galicia, ha recibido tantas visitas y tantos homenajes. En un solo año, en 1332, acudieron a

Vezelay cinco reyes: Felipe de Valois, rey de Francia; Alfonso IV, rey de Aragón; Hugo IV, rey de Chipre; Juan I de Luxemburgo, rey de Bohemia y Roberto de Anjou, rey de Sicilia. Y en un solo siglo, en el XIV, lo visitaron siete papas: Juan XXII, Benedicto XII, Clemente VI, Inocente VI, Urbano V, Gregorio XI y Urbano VI.

—Es a Vezelay a dónde nos dirigimos —insistió María.

—Tampoco. Vamos a Rennes le Chateau.

En ese instante, las ruedas del avión acariciaron la pista del aeropuerto. Habían llegado a Perpignan. El reloj marcaba las dos y media de la tarde. El calor era sofocante. Más que en A Coruña, donde habían pasado la semana más calurosa que se recordaba. Laura llevaba una mochila en la que iban bien protegidos los manuscritos de Magdalena. Alquilaron una furgoneta con aire acondicionado. Aún quedaban cien kilómetros hasta llegar a Rennes le Chateau. La pequeña población estaba enclavada en el corazón del Languedoc-Rosellón, la mítica región de Corliers, centro de los misterios de cátaros y templarios. Todavía restaban casi dos horas de viaje, así que Joaquín les explicó lo que sabía del secreto de Rennes. Un secreto descubierto por un pobre cura de pueblo, Berenger Sauniere, que lo convirtió en menos de tres años en uno de los hombres más ricos de la comarca.

—Y os preguntaréis ¿qué encontró en ese lugar? —interrogó Joaquín, ya dentro de la furgoneta —. Halló unos manuscritos de un valor incalculable. Tan relevantes que hasta la jerarquía católica estuvo muy pendiente de él y, tras su muerte, aún lo está de ese lugar. En verdad, no se sabe bien qué descubrió, espero que este viaje nos lo aclare, pero siempre se ha asegurado que está relacionado con la Iglesia y que su conocimiento destruiría muchos de sus dogmas. Sería una herejía que atentaría contra los fundamentos del cristianismo, algo hierático que desestabilizaría el catolicismo. Sauniere descubrió algo tan importante que le permitió chantajear a la propia iglesia. Se cree que haría alusión a un terrible secreto en relación a Jesús: el acta de matrimonio de su unión con Magdalena, las pruebas de que había tenido descendencia o de que nunca había resucitado, el árbol genealógico de sus descendientes... Cualquiera de estos descubrimientos sería un cataclismo para la Iglesia cristiana, que perdería toda su credibilidad y que la jerarquía eclesiástica no podía permitir que viera la luz. ¿Fueron las enormes sumas de dinero de las que dispuso el precio de su silencio? No se sabe con exactitud. Pero lo que sí se conoce es que lo que descubrió fue tan importante que cambió su vida. Mientras vivió, guardó silencio sobre el origen del dinero y nunca reveló su hallazgo.

Berenger Sauniere nació el 11 de abril de 1852. Era el mayor de siete hermanos. A los veintisiete años recibió las órdenes sacramentales y seis después, el 1 de junio de 1885, llegó a Rennes le Chateau. Para cualquier cura francés, ser enviado a este recóndito pueblo de poco más de doscientos habitantes era un castigo, un viaje al fin del mundo. Su indisciplina le había provocado su exilio forzoso, que le condujo a descubrir algo muy peligroso para la religión católica. Al llegar a Rennes se encontró con una iglesia semiderruida. Había sido construida sobre unos cimientos visigóticos del siglo VI. La última restauración databa del siglo XV. Como muchos otros sacerdotes, Sauniere tomó a una joven como su ama de llaves. Por aquella época no llegaba a la veintena. Se llamaba Marie Dernarnaud. A lo largo de los más de treinta años que permanecieron juntos fue algo más que su ama de llaves. A la muerte de Sauniere se convirtió en su heredera y en la actualidad se encuentra enterrada junto a él.

Siete años después de su llegada, el cura decidió realizar unas pequeñas reformas en el templo con el dinero que había dejado su antecesor. Al retirar la piedra del altar, descubrió que una de las columnas visigóticas que la sujetaban estaba hueca. En su interior encontró unos manuscritos antiguos guardados en tubos de madera. De manera inexplicable, comenzó a enriquecerse y en poco tiempo se convirtió en una persona muy poderosa e influyente. En los siguientes años, edificó un auténtico paraíso en Rennes. Reformó la iglesia a lo grande. Construyó la Torre Magdala, una edificación de estilo neogótico que utilizó como biblioteca. Convirtió Villa Bethania en una mansión victoriana de tres plantas y habilitó los terrenos colindantes con espectaculares jardines.

En ese instante, Joaquín detuvo su explicación. Todos miraron al frente. El camino se dividía en dos. A la derecha nacía la D 52. Roberto, que conducía la furgoneta, tomó la curva muy despacio. El cartel explicaba que el destino era Rennes le Chateau. El indicativo, en francés, anunciaba el lugar al que se dirigían: «Rennes, el lugar de los misterios». La carretera, poco a poco, comenzó a empinarse. Nadie hablaba en el interior del vehículo. Todos tenían un nudo en el estómago. Sobre todo, Laura, María y Felipe, que acariciaban el final de aquella historia. El sol golpeaba con fuerza aquel paraje, pero gracias al aire acondicionado no pasaban calor. El pueblo al que se dirigían ostentaba el prestigio de ser el lugar más misterioso de Europa, guardián del secreto mejor protegido de la historia. Tras cinco kilómetros de empinada ascensión sobre una carretera que se retorcía a cada metro, el grupo divisó el final del camino: Rennes le Chateau. Allí estaba, sobre lo alto de una colina, bajo el ardiente sol del verano, con una situación dominante sobre el resto de la comarca. Vista de lejos, la aldea, enclavada en el corazón de la región cátara, parecía aislada del resto del mundo, un lugar olvidado por el tiempo, el fin del mundo, como le pareció a Berenger Sauniere cuando llegó por primera vez el 1 de junio de 1885.

Aquel pequeño pueblo del sudoeste de Francia sólo tenía unas pocas casas aferradas a una calle empinada. Roberto aparcó la furgoneta en una pequeña explanada. Se encontraban a doscientos metros en línea recta de la Torre Magdala, a otros doscientos de Villa Bethania y a otros doscientos de la iglesia. Felipe ayudó a Roberto a sacar la silla de ruedas. Mientras, Laura y María escudriñaban todos los rincones del pueblo que su mirada alcanzaba. Eran las cinco menos cuarto. No había mucha gente. Sólo algunos turistas despistados atraídos por el secreto de Rennes le Chateau. Hacía un calor casi insoportable. La atmósfera estaba muy cargada. Había un silencio extraño, como cuando está a punto de descargar una gran tormenta. Pero el cielo estaba despejado. Desde el mismo momento en el que abrió la puerta de la furgoneta y la recibió una bocanada de aire ardiente, Laura había sentido una sensación muy extraña. Aquel sitio no era normal, se dijo. María y Felipe pensaron lo mismo.

Los cinco se encaminaron hacia la iglesia. Joaquín había imprimido un plano del pueblo que había encontrado en internet. A pesar de las cuestas, el motor de la silla de ruedas respondía sin problemas. Dirigió al grupo hasta el lugar en el que, según el mapa, se hallaba el templo. Laura, María y Felipe no se perdían ni un solo detalle. De repente, divisaron la iglesia. Era pequeña, de estilo románico. Se alzaba en la parte más alta de la calle. El grupo se adentró expectante por el camino que conducía a la entrada del templo. El pasillo transcurría entre dos muros de piedra de un metro de altura. Cuatro personas se encontraban en la puerta. Leían un papel que comunicaba que el horario de visitas acababa a las cuatro y media. Eran las cinco. Derrotados dieron la vuelta y desanduvieron el camino. No podían esperar al día siguiente. Estaban tan cerca del final que querían acabar cuanto antes. Mientras pensaban qué hacer, rodearon la iglesia y entraron en el cementerio. Todas las tumbas eran antiguas. Al fondo destacaba una. Era la de Berenger Sauniere. Tenía una lápida de color ocre en la que aparecía tallado el perfil del sacerdote. Un par de ramos de flores recién puestas adornaban la tumba.

—Siempre tiene flores frescas —apuntó Joaquín—. El 17 de enero de 1917 sufrió un infarto en la puerta de la Torre Magdala. Murió cinco días después. Cuando el sacerdote del pueblo vecino acudió a confesarle y a darle la extremaunción, salió despavorido negándole el sacramento. Alguien, el 12 de enero, había encargado un ataúd para Sauniere. El testamento indicó que no poseía ningún dinero y que todos los inmuebles estaban inscritos a nombre de la ama de llaves. Marie Dernarnaud vivió en Villa Bethania hasta que murió en 1953.

Laura tuvo una corazonada y pidió al resto del grupo que la siguiese. Salieron del cementerio y volvieron a cruzar el pasillo entre los dos muros. No había nadie delante de la puerta de la iglesia. Seguía cerrada. La bibliotecaria se detuvo unos metros antes. Levantó la vista hacia el frontispicio y leyó en alto la leyenda que aparecía escrita en él: *Terribilis est locus iste*.

—Sauniere —apuntó Joaquín cuando detuvo su silla de ruedas a la altura de la bibliotecaria— mandó labrar esta advertencia en la piedra para quien osase traspasar el umbral del templo. *Terribilis est locus iste*. Este lugar es terrible. La frase aparece en Génesis 28:17, y el pasaje completo dice: «Que terrible es este lugar. Esto no es otra cosa que la casa de Dios y la puerta del cielo».

—¿Esa no es también la frase que había en la entrada de la iglesia de San Jorge? —preguntó sorprendida María.

Todos afirmaron con la cabeza.

Laura se adelantó al grupo y se acercó a la entrada. Los cuatro siguieron sus pasos sin moverse. La bibliotecaria se colocó frente a la puerta. Llevaba a la espalda la mochila con los siete manuscritos. Las palabras de su abuelo la golpeaban en la cabeza. «Cuando encuentres el último manuscrito tendrás que tomar una gran decisión». Levantó la mano y dio siete golpes con los nudillos. Inmóvil, esperó una respuesta. Estaba a punto de volver a llamar cuando la puerta se abrió muy despacio. Apareció una mujer. Llevaba puesta una capa granate y una capucha que le tapaba media cara. Había abierto tan poco el portón que solo ella podía verla. El resto del grupo desconocía quién se encontraba tras la puerta.

—¿Laura Forcarey? —hizo una pausa la mujer—. Pase. No tenga miedo. La esperábamos —dijo en perfecto español, pero con acento francés.

La mujer se apartó y Laura entró en la iglesia. La puerta se cerró muy despacio tras ella.

—¿Y nosotros? —preguntó María desilusionada.

—Parafraseando a Jesús, lo que va a hacer ahora sólo puede hacerlo ella —respondió Felipe sin apartar la mirada del portón que se acababa de cerrar.

—Lo sé. La esperaremos aquí hasta que salga.

Laura agradeció la humedad del templo. Pese al cambio de temperatura, sintió la misma atmósfera cargada que al salir de la furgoneta y durante todo el camino. La bibliotecaria percibió un ambiente muy extraño en el interior del templo. Debió ser el mismo que notó la comitiva de François Mitterrand cuando visitó el lugar. El presidente de la república francesa se atrevió a entrar, pero el resto del grupo que le acompañaba se quedó fuera. La mujer la invitó con una amable sonrisa a que la siguiera hasta uno de los bancos.

—¿Por qué nos hemos sentado en éste, el séptimo desde la entrada? —preguntó Laura.

—Ya veo que has aprendido mucho en los últimos días. Nos hemos sentado aquí por la misma razón por la que golpeaste siete veces la puerta o llevas los siete manuscritos de Magdalena guardados en esa mochila.

La bibliotecaria se sorprendió de que lo supiera, pero también conocía su nombre y estaba segura de que sabía muchas más cosas de ella. Hizo un rápido recorrido por la iglesia.

—¿Te gusta? —preguntó la mujer mientras se quitaba la capucha y dejaba al aire una gran melena rubia y unos impresionantes ojos azules.

No debía llegar a los sesenta.

—Es un poco oscura y aun así resalta el color de las estaciones del vía crucis, que, por cierto —se sorprendió la bibliotecaria—, están colocadas en dirección contraria a la habitual.

—En esta iglesia hay muy pocas cosas habituales —sonrió la mujer—. Ya las descubrirás. Me llamo Dominique Roix.

Magdalena era el personaje central de la obra de Sauniere, le dijo la mujer. No sólo la iglesia estaba consagrada a Sainte Marie Madelaine. El cura había mandado construir la Torre Magdala en el extremo occidental de las murallas de Rennes y había pintado un cuadro de Magdalena que había colocado en el altar. Su estatua se hallaba entre los pasos doce y trece del vía crucis.

—Supongo que tras la lectura de los siete manuscritos habrás llegado a la conclusión de que Magdalena no fue ni la prostituta pecadora ni la ramera mujerzuela que nos han querido enseñar. Fue una mujer culta, demasiado avanzada para su época, que se reveló contra la sociedad, las leyes y las costumbres de su tiempo. Sus únicos pecados fueron su afán de conocimiento, su deseo de libertad y su inconformismo con el papel que le había tocado desempeñar. Eso fue suficiente para que la tacharan de mujer pecadora. Ella fue una heroína moderna, por su individualismo y por su fuerza de voluntad. Una líder, con letras mayúsculas. Ayudó a organizar y a financiar las actividades de la Iglesia emergente, predicó y tuvo sus propios discípulos y al final tuvo que exiliarse a estas tierras. Su influencia en los comienzos del cristianismo fue enorme y debido a su relevancia se acentuó el papel de pecadora arrepentida. Este retrato erróneo fue inventado para contrarrestar uno anterior, lleno de fuerza, como mujer independiente, profetisa, discípula ejemplar, líder apostólica, esposa de Jesús y madre de su hijo.

Dominique hizo una pausa. Quería que Laura comprendiese la importancia de sus palabras. Los padres de la iglesia, a partir del siglo II, siguió, excluyeron del canon oficial los himnos y los escritos que ensalzaban el papel de Magdalena como la discípula preferida y la portadora de las enseñanzas de Jesús. Según la biblia, ella fue el testigo privilegiado de la muerte y resurrección del Mesías, los dos acontecimientos fundacionales y fundamentales de la fe cristiana. También fue la primera que descubrió la tumba vacía, la primera que se encontró con Jesús después de muerto y la primera que proclamó el evangelio al obedecer a su maestro, que le pidió que corriese a contar que acababa de resucitar. Es la única persona que en los cuatro evangelios aparece en todos estos acontecimientos. En los cuatro, ella encabeza el grupo de las mujeres que siguen a Jesús hasta la cruz, aunque la identidad de las otras varía de un evangelio a otro. Sobre su presencia en estos lugares nunca hubo duda. El hecho de que se la nombre en los cuatro evangelios, que fueron redactados por cuatro comunidades distintas en un período de más de cien años, indica que era reconocida por todos como la mujer más celebre de la naciente Iglesia cristiana.

—Es muy significativo —aclaró Dominique— que los textos oficiales del cristianismo aborden con tanta profusión la figura de Pedro en comparación con la de Magdalena, cuando los apócrifos mantienen muy vivo su recuerdo como una mujer muy relevante dentro del grupo que seguía a Jesús. Según la biblia, aceptada por la iglesia, ella fue la única persona elegida para anunciar el acontecimiento central y más relevante: la resurrección de Jesús. Y como pago, la han relegado a un papel secundario, hasta casi hacerla desaparecer.

La mujer le aseguró que María de Magdala cumplía los requisitos necesarios, que estipuló San Pablo en sus cartas, para ser apóstol: el haber visto a Jesús resucitado y el haber sido enviada para anunciarlo al resto de discípulos. Recuerda, le dijo, que la palabra apóstol significa enviado. Por eso, los primeros padres de la Iglesia la nombraron *apostolarum apostola*, la apóstol de los apóstoles, aunque este título fue olvidado de forma intencionada con el paso de los años. A principios del siglo XIX se descubrió en la Universidad de Oxford un manuscrito que narraba la vida de Magdalena. Se titulaba *De vita vitae Mariae Magdalenae*. Lo escribió Raban-Maur, arzobispo de Maguncia a principios del siglo IX. En este documento utiliza el título de *apostolarum apostola* para referirse a María de Magdala, expresión que también repite Santo Tomás de Aquino.

—Algunas de las frases que aparecen en *De vita vitae Mariae Magdalenae* son —recitó de memoria la mujer— "Jesús hizo de ella la apóstol de los apóstoles», «ella no tardó en ejercitar el ministerio del apostolado con el que había sido honrada», «evangelizó a sus compañeros apóstoles con la buena nueva de la resurrección del Mesías» y «fue elevada al honor del apostolado e instituida evangelista de la resurrección» —Dominique hizo otra pausa—. No quiero alargarme con más explicaciones porque sé que durante esta última semana te has dado cuenta de la importancia que tuvo esta mujer en la creación de la religión cristiana y de la escasa relevancia que goza en estos momentos. La verdad es que no han sido muy respetuosos con ella.

Laura asintió sin decir palabra. Estaba demasiado impresionada por lo que le estaba ocurriendo y por lo que le podía ocurrir. Los manuscritos continuaban en su mochila, de la que no se separaba.

—Y ahora vamos con Berenger Sauniere —siguió la mujer.

El párroco encontró unos textos escritos en francés antiguo, redactados de forma oscura, que escondían una clave oculta. Se habían añadido letras, algunas se encontraban marcadas con un punto y otras, desplazadas de su lugar correcto. Eran indicios de que los documentos estaban en clave.

—De eso se dio cuenta él, pero por más que los estudió no fue capaz de descifrarlos. Por eso decidió viajar a París.

Llegó a la capital francesa en enero de 1893, donde permaneció las tres semanas siguientes. El cura acudió a Saint Sulpice, la iglesia más grande de París después de la de Notredame, donde le entregó los valiosos documentos al abad Bieil, director del seminario. Éste le presentó a su sobrino, Emile Hoffet, una gran autoridad en manuscritos antiguos y sociedades secretas. Él sería el encargado de descifrarlos. París era, a finales del siglo XIX, el centro del esoterismo europeo, terreno abonado para las hermandades secretas. Hoffet comenzó a desentrañar los pergaminos y encontró la clave de algo perdido y muy preciado. Acogió al cura en su distinguido círculo de esoteristas y gracias a ello entró en contacto con rosacruces y ocultistas. A pesar de que las sociedades secretas eran muy elitistas y herméticas, recibieron al sacerdote con un gran entusiasmo, como si fuese uno más. Así conoció a la diva de la ópera Emma Calvet que era miembro de la Sociedad Independiente de

Estudios Esotéricos, fundada por Papus. A todos ellos, los invitaría con asiduidad a Rennes.

—Durante su estancia en París, y gracias a las indicaciones de Emile Hoffet, Sauniere adquirió en el Museo del Louvre varias reproducciones de cuadros. Una de ellas llevaba como título *Los pastores de la Arcadia*, de Poussin.

—Una copia de ese cuadro está en la iglesia de las Capuchinas de A Coruña, donde recuperamos el primer manuscrito —saltó Laura.

—Exactamente. Papus lo colocó allí como una pista más para encontrar los papiros. El nombre de Poussin aparecía en uno de los documentos que halló Sauniere. El pintor francés también conocía el secreto de Rennes.

—Pero, ¿cuál es el secreto de Rennes?, ¿qué es lo que encontró Sauniere? —preguntó con insistencia la bibliotecaria, que comenzaba a impacientarse.

Dominique hizo una pausa para tomar aire.

—Los documentos que descubrió indicaban el sitio en el que se hallaban los manuscritos de María de Magdala, el acta de boda de Jesús y Magdalena, la tumba de ella y la de su hijo y, sobre todo, y lo más importante, el lugar donde se ubicaba el sepulcro de Jesús. Y estaba aquí, muy cerca.

Laura no daba crédito a lo que escuchaba. No sólo Sauniere conocía el emplazamiento de las tumbas de Magdalena y la de su hijo, sino también la del mismo Jesús. Su descubrimiento pondría de manifiesto que su resurrección había sido una invención. El final de la Iglesia Católica. A su vuelta de París, continuó Dominique, el párroco se pasó varias noches en el cementerio adyacente a la iglesia borrando las inscripciones de dos lápidas de la tumba de una mujer llamada Marie de Negri d'Albes. Al igual que los pergaminos, estas lápidas también contenían errores premeditados de ortografía y caracteres fuera de su lugar. En una de las lápidas aparecía una fecha, 17 de enero, el mismo día que Sauniere sufrió un infarto en la puerta de la Torre Magdala.

—El cura pretendía hacer desaparecer —aseguró Dominique— una parte de las pruebas que ayudaban a encontrar la tumba de Jesús, pero un viejo arqueólogo de la zona había copiado su contenido años antes. A pesar de ello, nadie, salvo Sauniere, ha sido capaz de descifrarlo. Las lápidas se encontraban en el rincón noroeste del cementerio. Una de ellas ya no existe y la otra no posee ninguna inscripción. Ambas tenían grabadas una serie de frases enigmáticas, entre ellas *et in arcadia ego*, que también se encontraba en uno de los manuscritos hallados por el cura y en el cuadro de Poussin.

El párroco continuó durante varios años con los trabajos de restauración de la iglesia y la construcción de la Torre Magdala, mientras convertía Villa Bethania en un suntuoso hotel para sus importantes visitas. Se gastó una enorme fortuna que procedía de los pagos de la Iglesia y de las donaciones de misteriosas sociedades secretas. Los primeros tenían como objetivo que no hiciese público su descubrimiento, y las segundas, que siguiese con la búsqueda de pruebas de lo que había encontrado. Cumplió con los dos. Dirigió en persona la reconstrucción del templo dedicado a Santa Magdalena y en su interior dejó muchas pistas. Lo adornó con símbolos heréticos y le añadió decoraciones, figuras estrafalarias y tallas estrambóticas.

Además de la inquietante advertencia de la fachada, *terribilis est locus iste*, este lugar es terrible, Berenger Sauniere colocó junto al portón de la entrada una estatua del demonio Asmodeo. Es lo primero que ve el visitante al acceder al templo. Si alguien desea persignarse, la pila con el agua bendita nace de los cuernos del demonio. Es una talla de madera policromada. Su piel es rojiza y sus ojos desorbitados miran en dirección al altar. La mitología asegura que Asmodeo era el guardián de los secretos y que tuvo una agitada vida amorosa: mató a los siete maridos de su enamorada. Encima de la pila están labradas dos letras, BS, y una inscripción en latín: «con este símbolo le vencerás». Más arriba, aparece un grupo de cuatro ángeles que marcan con total exactitud los cuatro puntos cardinales y una cruz con una rosa en su interior: el símbolo rosacruz. Sauniere también señaló los cuatro puntos cardinales en el suelo con sesenta y cuatro baldosas blancas y negras como si fuese un tablero de ajedrez.

—Pero donde más claves dejó fue en las catorce estaciones del vía crucis repartidas por las paredes de la iglesia. En ellas realizó modificaciones poco ortodoxas. En todas incluyó algún detalle inexplicable o alguna desviación de la biblia. Otras escenas no pertenecen a los evangelios. En una se puede observar a Jesús, camino del calvario, despidiéndose de una mujer que lleva un niño en sus brazos. En otra, Magdalena aparece con el velo de viuda, y en otra, Jesús, cuando va a ser sepultado, sangra de forma abundante por un costado. Sólo sangraría así si aún estuviese vivo. Toda la simbología de la Iglesia muestra que Jesús no murió en la cruz y que estaba casado con Magdalena. A ambos lados del altar puedes observar una estatua de María y otra de José. Cada uno lleva en brazos a un niño, lo que sugiere que Jesús tenía otro hermano o que uno es Jesús y el otro su hijo. Otro elemento enigmático es que en los documentos que halló Sauniere había una referencia a unas manzanas azules que ayudarían a encontrar las tumbas. En los días de buen tiempo, los rayos de sol bajos pasan a través de las vidrieras del lado sur y dibujan en la pared un árbol cubierto de frutos redondos parecidos a las manzanas. Como ocurría ahora...

Y era cierto. Los rayos que se colaban a través de las vidrieras se proyectaban sobre el muro. Mientras la imagen se precisaba, los frutos maduraban y se volvían rojos, excepto tres de ellos que permanecían azules. El fenómeno de las manzanas azules sólo duró un par de minutos.

—Y esto, ¿qué significa? —preguntó Laura fascinada.

—Lo sabrás dentro de poco —respondió Dominique con una sonrisa—. ¿Recuerdas el cuadro de Poussin? A diez kilómetros de aquí, en Arques, existió una tumba idéntica a la que plasmó el pintor en el lienzo. El paisaje también es similar al que hay en la colina rocosa donde se encontraba el sarcófago. Poussin era muy aficionado a realizar juegos de palabras. Si se cambia el orden de las letras de la frase *et in arcadia ego*, yo estoy en la arcadia, aparece otra más enigmática, *i ego arcana dei*, yo oculto los secretos de dios. Y si se vuelve a modificar, el resultado es mucho más misterioso, pero también más esclarecedor: *arcam dei tango*, estoy tocando la tumba de dios.

Estoy tocando la tumba de Dios, estoy tocando la tumba de Dios, repitió varias veces la bibliotecaria.

—La tumba de Sauniere mira hacia ese lugar. También el castillo de Serre, el de Arques y el de Costaussa. Los tres fueron construidos por los templarios para proteger...

—La tumba de Jesús —terminó la frase Laura casi en silencio.

—Exacto —exclamó triunfal Dominique—. Allí se encontraba su tumba. Lo sabían los templarios, lo sabía Poussin en 1638 y lo supo Sauniere en 1893, tras descubrir que en los documentos que halló en la columna hueca, en el cuadro de *Los pastores de la Arcadia* y en las dos lápidas que borró, existían una serie de claves que conducían hasta ese lugar.

—¿Y por qué hablas en pasado de la tumba de Jesús? —preguntó Laura extrañada.

—En 1971, estalló allí una bomba que destruyó el sarcófago. Era la cota 681, número que también aparece en uno de los pergaminos que encontró Sauniere. La bomba la colocó el dueño de la parcela cansado de ser molestado por los buscadores de tesoros.

Laura se llevó las manos a la cara.

—¿Destruyó la tumba de Jesús?

—Sí, pero sus restos ya no se encontraban allí. Habían sido traslados con anterioridad. Acompáñame —pidió Dominique mientras se levantaba del banco.

La iglesia tenía un ambiente muy cargado y extraño. La mirada de Laura se detuvo en la estatua de Santa Magdalena. Estaba entre las estaciones doce y trece. Portaba una cruz y a sus pies tenía una calavera. La bibliotecaria siguió a la mujer hasta el altar.

—¿Te has fijado en que todas las estatuas de esta iglesia tienen algo en común? —le preguntó Dominique cuando se dio la vuelta.

Laura observó las nueve tallas que decoraban el templo. No encontraba ninguna semejanza entre ellas.

—Un momento —dijo la bibliotecaria extrañada—. Todas miran al suelo.

Dominique asintió con la cabeza. Instantes después se agachó y tiro de una anilla que se encontraba disimulada en el suelo. Levantó la losa y Laura observó los tres primeros peldaños de una escalera. La mujer comenzó a bajarlos. La bibliotecaria la siguió. Tras descender una veintena de escalones, llegaron al final. Laura se percató de que había varios túneles. La mujer se encaminó al primero de la izquierda. Un par de velas cada dos metros iluminaban el camino. Al fondo, Laura observó una luz más potente. El túnel desembocó en una gran cripta. Lo que vio a continuación no se le olvidaría en la vida. Seis mujeres, vestidas con las mismas ropas que Dominique, se levantaron de sus asientos. En el centro de la gran dependencia observó tres grandes moles de granito. Casi a cámara lenta se acercó a ellas. Las siete mujeres siguieron sus pasos sin moverse. Cada uno de los tres sarcófagos tenía un nombre grabado: Joseph, Magdalena y Jesús. Laura dio un paso atrás cuando terminó de leer el último.

—Son las tumbas de Jesús, de Magdalena y de su hijo —susurró mientras se giraba hacia Dominique.

La mujer asintió.

—Acompáñame —le pidió.

Las siete mujeres se sentaron en círculo. Laura observó el gran parecido entre todas ellas.

—Te presento a mis seis hermanas —ratificó la francesa.

—Y tú eres la séptima, la más joven de todas —soltó con rapidez la bibliotecaria.

Las siete mujeres esbozaron una pequeña sonrisa.

—Hace treinta años que protegemos este lugar —comenzó una de las hermanas Roix—. Antes lo hicieron otros siete grupos de siete hermanas. No estamos solas. Hay mucha gente que cuida de que no nos suceda nada. Mucha más de la que puedas llegar a pensar y mucho más importante de lo que puedas imaginar.

Como si tuviesen ensayado el discurso, cada una de las siete hablaba durante unos minutos y dejaba paso a la siguiente. Ninguna interrumpía a la que tenía la palabra. Todo había comenzado cuando Berenger Sauniere descubrió los documentos en el pilar hueco. Allí encontró las claves para conocer dónde estaban las tumbas de Jesús, de Magdalena y de su hijo, así como una gran cantidad de documentos originales pertenecientes a la primera época del cristianismo. Con la ayuda, tanto económica como logística, de las sociedades secretas parisinas, el párroco halló los lugares en los que se escondían las tres tumbas y todos los manuscritos. En una de las reuniones que mantuvieron en Villa Bethania, en la que estuvieron presentes Papus, Emma Calvet, Emile Hoffet y otros reconocidos miembros de sociedades secretas, acordaron agrupar los tres sarcófagos y los documentos en un mismo lugar: la cripta subterránea de la iglesia de Rennes le Chateau. Muy pocos conocían que su entrada secreta se encontraba frente al altar y que con anterioridad había sido el sepulcro de los señores de Rennes. El primer paso fue recuperar la tumba de Jesús. Según los documentos hallados por Sauniere, todo apuntaba a la cota 681 de Arques, el mismo lugar en el que casi un siglo después estallaría una bomba que la destruiría. Gracias a la oscuridad de la noche, la tumba de Jesús recorrió los diez kilómetros de distancia entre Arques y Rennes. Después le tocó el turno a la de Magdalena. Estaba en Vezelay, como la tradición aseguraba. Unos días después, yacía junto a la de su esposo. Diecinueve siglos después volvían a estar juntos. La última fue la del hijo de ambos, Joseph. Se encontraba en una ermita semiderruida en las afueras de Marsella. Fue la más fácil de recuperar.

Era marzo de 1893. Dos meses después del viaje de Sauniere a París, la tumba de Jesús, la de Magdalena y la de su hijo ocupaban la cripta subterránea de la iglesia de Rennes. Al mismo tiempo, comenzó la búsqueda de los documentos originales del cristianismo: los cuatro evangelios canónicos, tal y como se escribieron antes de ser corregidos; los originales de los evangelios apócrifos de Magdalena, Judas, Felipe, Tomas y Santiago; el acta de matrimonio de Jesús y Magdalena; su árbol genealógico y otro medio centenar de documentos originales redactados en los comienzos de la era cristiana y sin las modificaciones que sufrieron después. A finales del verano, la cripta de Rennes se había convertido en un gran museo que acogía la verdadera historia de la religión católica y que de ver la luz la destruiría por completo. Unas semanas después, Sauniere, Papus, Calvet y Hoffet recibieron la noticia de que la jerarquía católica conocía la existencia de sus actividades y que querían hacerse por la fuerza con todos los tesoros. Era la única forma de que la fe católica no se derrumbase. Tras largas y tensas reuniones, acordaron que lo más oportuno era volver a dispersarlos de forma temporal. Las tres tumbas se colocaron en lugares diferentes y los documentos se repartieron por toda Europa.

Papus dividió el manuscrito de Magdalena en siete partes, las metió en siete cilindros de madera, viajó hasta su ciudad natal y las escondió en otoño de ese mismo año en siete iglesias de A Coruña. Cada una de las personas que se encargaron de ocultar tanto las tumbas como los documentos tuvo la ayuda de las hermandades rosacruces de esos lugares. La presión de la Iglesia Católica descendió y, aunque siempre ha mantenido una vigilancia activa sobre Rennes, nunca ha decidido actuar. Sabe que si, por algún error, algunos de los papeles, y sobre todo la tumba de Jesús, sale a la luz, será su fin. En aquella reunión en Villa Bethania, a finales del verano de 1893, en la que se decidió separar las tres tumbas y los documentos, también se acordó que un siglo después, si se creía oportuno, todos los tesoros volviesen a estar juntos bajo el suelo del templo de Rennes.

—Y eso es lo que ocurre desde hace unos años —aseguró Dominique con los ojos chispeantes—. Las tres tumbas vuelven a estar aquí juntas, así como la mayoría de los evangelios y otros documentos. Faltan todavía algunos, como los originales de la Epístola de Santiago, la Segunda Epístola de San Pedro, la Epístola de San Judas o el Apocalipsis. Los cuatro forman parte de la biblia y se encuentra en Verona, Málaga, Londres y Hamburgo. También faltaba el testamento de Magdalena, pero hoy te tocaba traerlo a ti.

Laura abrió su mochila y, como un acto ceremonioso, le entregó muy despacio un papiro a cada una de las mujeres. Cuando acabó, las siete se levantaron a la vez y los colocaron en una gran estantería de madera donde había otros documentos y varios huecos vacíos.

—¿Nunca habéis pensado hacer público todo lo que está guardado aquí? —preguntó.

—Sí. Lo hemos pensado mucho —respondió una de las siete hermanas—. Pero, ¿quiénes somos nosotras para dar un paso tan importante que acabaría con la fe de cientos de millones de personas? Tú has tenido en tus manos los manuscritos de Magdalena y sabes el poder que tienen, ¿acaso quieres tener una responsabilidad tan grande? Nosotras podemos decir, y ahora tú también, y mucha más gente también, que conocemos la verdad. La verdad del origen del cristianismo. La verdad con mayúsculas. Una verdad que acabaría con la organización más grande del mundo. Si Sauniere, Papus y el resto no quisieron que se conociera, respetemos sus deseos. Pero eso sí, luchemos con todas nuestras fuerzas, y hasta con nuestras vidas, por salvaguardar todo lo que se encuentra entre estas cuatro paredes.

Las siete hermanas la acompañaron hasta el pie de la escalera de madera. Tras despedirse de manera afectuosa, Laura subió junto a Dominique. Aunque el templo no estaba muy iluminado, agradeció el cambio de luz. Abajo, la claridad era escasa.

—¿Y qué les vas a contar a tus amigos? —se interesó la mujer mientras se dirigían hacia la salida.

—La verdad. Ellos también tienen derecho a saberla. Me han acompañado durante toda esta historia y sin su ayuda no habría conseguido recuperar los siete manuscritos. Además, uno de ellos, Roberto, es un rosacruz.

—Lo sé —respondió la mujer mientras acariciaba con suavidad la cara del diablo Asmodeo, que como en los últimos cien años continuaba con sus ojos desorbitados sosteniendo la pila con el agua bendita a la entrada del templo.

La mujer abrió la puerta de la iglesia. Laura miró fuera y vio a sus cuatro amigos esperándola. María y Felipe corrieron a abrazarla. La bibliotecaria fue a su encuentro. No pudo evitar que se le escaparan unas lágrimas.

—¿Estás bien? —preguntó María preocupada—. Tardabas tanto que ya empezábamos a impacientarnos.

—Estoy bien. Estoy bien —repitió de forma insistente—. Ha sido maravilloso. Os tengo tantas cosas que contar, pero esperad un momento que quiero despedirme de Dominique.

La bibliotecaria se acercó a la mujer que se había quedado en el quicio de la puerta de la iglesia. Se miraron y se fundieron en un abrazo. Cuando se separaron, Dominique le entregó un papel. Tenía escritos dos hileras de números: una arriba y otra abajo.

—¿Las coordenadas de un lugar? —preguntó Laura con una sonrisa.

—Exacto —sonrió Dominique—. El lugar en el que se encuentra la tumba de San Pedro.

—¿La tumba de San Pedro? —preguntó con los ojos abiertos como platos—. Pero ¿no está bajo el altar papal en el Vaticano?

Dominique soltó una pequeña carcajada.

—Ya deberías saber que no todo lo que asegura la Iglesia Católica es cierto. Y si está relacionado con el príncipe de los apóstoles, menos. Tienes que traerla aquí, pero va a ser mucho más complicado que recuperar los siete manuscritos de la princesa de los apóstoles.

———————

Yo advierto a todo el que escuche las palabras proféticas de este libro: «Si alguno añade algo sobre esto, Dios echará sobre él las plagas que se describen en este libro. Y si alguno quita algo a las palabras de este libro profético, Dios le quitará su parte en el árbol de la Vida y en la Ciudad Santa, que se describen en este libro»

Apocalipsis 22:18-19

HECHOS REALES QUE APARECEN EN EL LIBRO

Las iglesias de las Capuchinas, San Jorge, la Colegiata, Santa Clara, San Nicolás, Santiago Apóstol y la Castrense, situadas en la ciudad de A Coruña, forman una gran eme mayúscula. Las siete se encuentran separadas por menos de un kilómetro.

Todos los lugares descritos en el libro son reales.

El contenido de los versículos también es cierto.

La Colegiata guarda en su interior una imagen de Magdalena.

Gerard Anaclet Vincent Encausse Pérez, Papus, nació en A Coruña en 1865. Con cuatro años se marchó a vivir a Paris, donde se convirtió en un célebre médico y ocultista. En 1893 regresó a la ciudad coruñesa. De 1897 a 1916 fue el jefe supremo de la Orden Cabalística de la Rosacruz. El apelativo de Papus proviene del genio de la primera hora del *Nuctemeron* que escribió Apolonio de Tiana.

En el libro *Los cinco años coruñeses de Pablo Ruiz Picasso* se cita la visita que Papus realizó a A Coruña en 1893.

El pintor Pablo Picasso vivió en A Coruña de 1891 a 1895.

La escritora Emilia Pardo Bazán vivió a finales del siglo XIX en una casa de la calle Tabernas. En la actualidad es un museo.

La Congregación de San Pedro ad Vincula fue fundada en Francia en 1839 por Carlos José María Fissiaux.

Los evangelios apócrifos de Felipe, Tomás, María y Judas han sido descubiertos en los últimos 150 años. Los dos primeros fueron hallados en 1945 en la población egipcia de Nag Hammadi.

En el siglo XIV, cinco reyes y siete papas visitaron la tumba de Magdalena en Vezelay.

El párroco francés Berenger Sauniere llegó a Rennes le Chateau el 1 de junio de 1885. Siete años después, al realizar unas reformas en la iglesia, encontró unos documentos en el interior de una columna hueca que le convirtieron en un personaje poderoso e influyente. Además de reformar el templo en su totalidad, construyó la Torre Magdala y Villa Bethania.

En 1893, en su viaje a París con los documentos, Sauniere compró en el Louvre una reproducción de *Los pastores de la Arcadia*, que Nicolás Poussin pintó entre 1638 y 1639. El original se encuentra en el museo del Louvre.

En 1971, estalló una bomba en la población francesa de Arques que destruyó una tumba idéntica a la que pintó Poussin en su cuadro.

A la entrada de la iglesia de Rennes, consagrada a María Magdalena, Sauniere mandó labrar la inscripción *terribilis est locus iste*; colocó junto a la puerta una figura del diablo Asmodeo que sujeta la pila con el agua bendita; ordenó que todas las estatuas mirasen al suelo e incluyó extrañas modificaciones en las catorce estaciones del via crucis. En una, Magdalena aparece con el velo de viuda, en otra, Jesús se despide de una mujer con un niño en brazos y en otra, cuando va a ser sepultado, sangra de forma abundante por el costado.

En un manuscrito descubierto en la Universidad de Oxford en el siglo XIX, el arzobispo de Maguncia, Raban-maur utiliza el título de *apostolarum apostola* para referirse a Magdalena.

En 1958 se descubrió una carta del obispo Clemente de Alejandría, que nació en el 120, en la que reconocía que había ordenado eliminar del evangelio de San Marcos una parte de la resurrección de Lázaro en la que se aseguraba que Jesús y Magdalena eran esposos.

Agradecimientos por mejorar el libro a Alfonso, Chiqui, Hernán, J. A. Fraga, María, Toño y Sonia.

Printed in Great Britain
by Amazon